지혜로 통찰하는
힘 얻으소서

2023. 남 지 심 합장

우담
바라

Udambara

35주년 기념판

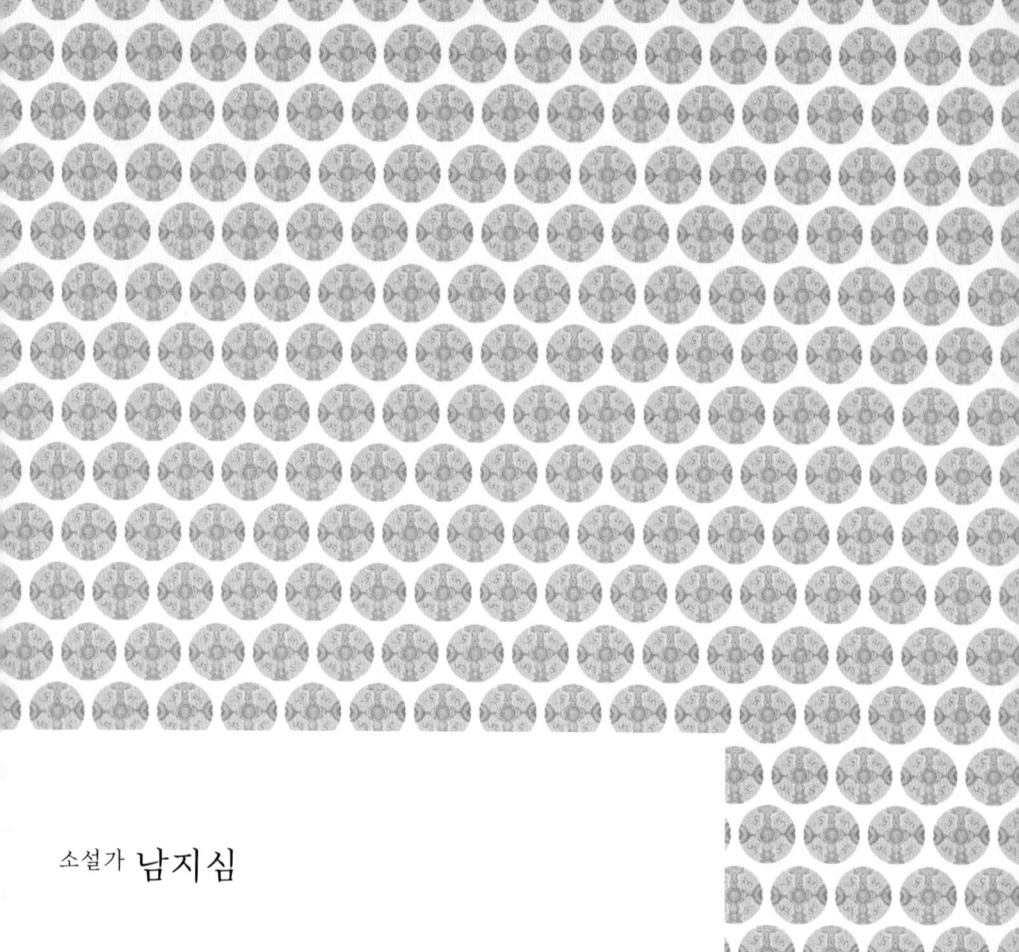

소설가 남지심

인간의 내면에는 오욕칠정의 늪과 함께 평화와 고요, 청정함이 있다. 앞부분이 인간군상의 영역이라면 뒷부분은 진리를 추구하는 종교인의 영역이다. 남지심 작가는 뒷부분을 작품 속에 녹임으로써 인간의 의식영역을 확대하려고 노력해 왔다.

문단과는 일면식도 없이 40여 년을 전업 작가로 활동하고 있는 그는 지금도 새벽 3시면 일어나 향을 사르며 하루를 시작한다. 청정수로 차를 내리고 책상에 앉아 사경을 한다. 기도하고 글을 쓰는 작가의 일상은 앞으로도 계속될 것이다.

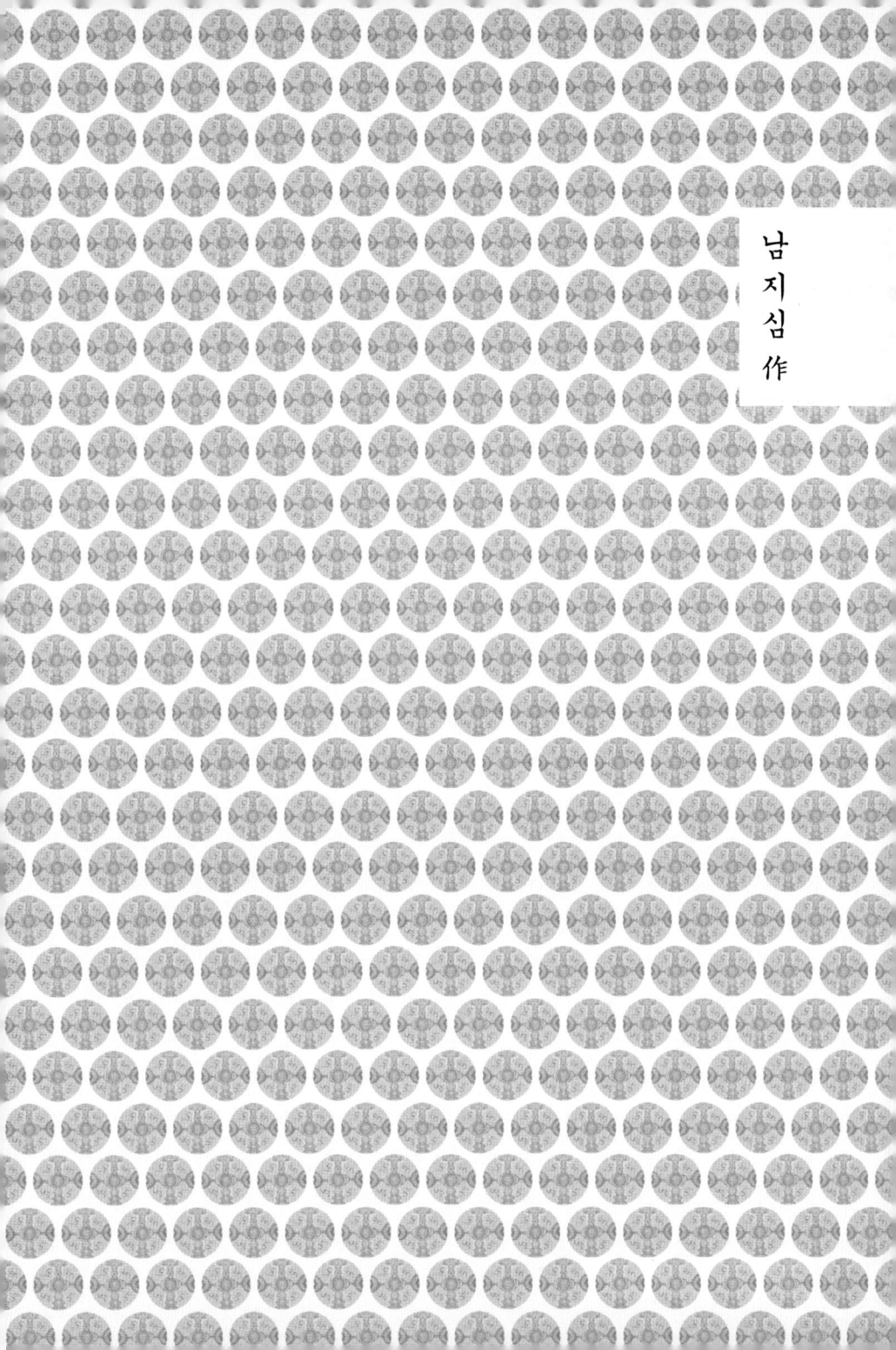
남지심 作

차례

1장 007

2장 049

3장 093

4장 141

5장 179

6장 213

7장 259

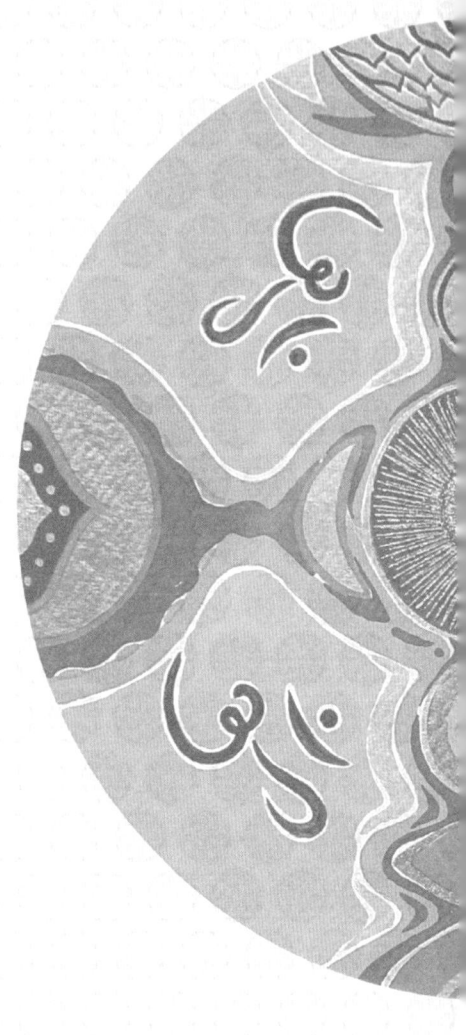

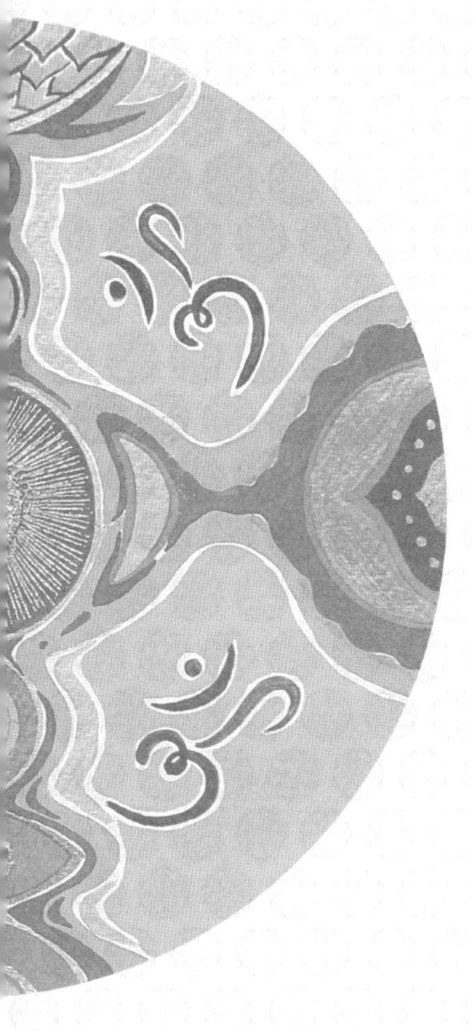

299 ...... **8**장

335 ...... **9**장

375 ...... **10**장

429 ...... **11**장

477 ...... **12**장

521 ...... **13**장

1
장

Udambara

청동화로엔 관솔불이 담겨 있고 화로 위에 놓여 있는 다관(茶罐)에선 대숲 사이로 불어오는 바람 소리보다 더 청아하게 찻물 끓는 소리가 들려오고 있다. 반안(半眼)을 뜨고 삼매에 잠겨 있는 백족화상(白足和尙) 앞에 공손하게 찻잔을 놓은 지효(知曉)는 결가부좌를 하고 앉은 백족화상의 발을 가만히 바라본다. 상아로 빚은 것처럼 투명하게 보이는 발바닥은 허공을 향해 반듯하게 놓여 있다. 지효는 황홀한 눈으로 잠시 백족화상의 발을 바라보다가 조용히 뒤로 물러나 앉는다.

"앗, 저런."

뒤로 물러나 앉은 지효가 자신 앞에 놓인 찻잔을 들고 막 차를 마시려고 하는 순간 반안을 뜨고 삼매에 잠겨 있던 백족화상이 자신 앞에 놓인 찻잔을 들어 허공 위로 확 뿌렸다. 그러자 화로를 가운데 두고 둥그렇게 둘러앉아 차를 마시려던 스님들은 모두 고개를 들어 백족화상을 바라보았다. 그의 손에는 찻잔이 들려 있었는데 찻잔 안에 담긴 차는 쏟아부은 것처럼 말끔하게 비워져 있었다.

　새벽 2시 15분, 도굴범이 수리사(修理寺) 5층 석탑을 해체하고 그 속에 안치돼 있던 금동제 사리함을 도굴해가려는 순간 갑자기 도굴범 얼굴 위로 뜨거운 물이 쏟아지며 시계(視界)를 가려 범인은 그 자리에서 비명을 지르고 쓰러졌다.
　그때 비명 소리를 듣고 달려온 스님들에 의해 범인들은 붙잡혔는데, 이번에 범인들이 도굴해가려고 했던 사리함은 제일 중심에서부터 심향함· 순금함· 백은함· 유리함· 나전함으로 장식된 진귀한 사리함으로 국보급에 해당하는 문화재이다. 이 사리함 안에는 불치사리 1과가 봉안돼 있었는데, 기록에 의하면 이 불치사리는 신라 문성왕 때 견당사에 있던 원홍이라는 스님이 당나라에 가서 모셔 온 것이라고 한다.
　절에 계신 스님들은 물론 신도들까지도 이번에 일어난 이적은 사리함 속에 봉안돼 있는 불치사리의 영험 때문이라고 굳게 믿었으며, 수리사 경내는 불치사리를 친견하려고 몰려든 신도들로 연일 장사진을 이루고 있었다. 경찰은 달아난 일당 4명도 함께 수배 중이다.

"여보, 강릉 할머님 오셨어요."
"응?"
해체된 사리탑 사진을 보고 있던 최길성은 신문에서 고개를 들며 아내를 바라보았다.
"강릉 할머님 오셨다니까요."
영옥은 멍한 얼굴로 자기를 쳐다보고 있는 최길성을 보며 빨리 나가보라고 채근을 했다.
"강릉 어머님이?"
최길성은 그제야 정신이 돌아온 듯 들고 있던 신문을 방바닥에 놓고 얼른 밖으로 나갔다.
"어머님 오셨군요. 추우신데 어떻게 오셨습니까?"
거실로 나온 최길성은 이 씨의 손을 덥석 잡으며 말했다.
"잘 있었는가?"
이 씨는 입까지 가린 목도리를 한 손으로 내리며 최길성을 쳐다봤다.
"저야 잘 있습니다. 추우신데 어서 안으로 들어오십시오."
최길성은 이 씨의 팔을 끌며 말했다.

"이 사람이 왜 이렇게 안 들어오지? 자네가 좀 내다보게."

뒤를 돌아다보던 이 씨가 최길성을 보며 말했다.

"누가 같이 왔습니까?"

"곽 서방이 같이 왔네."

"그럼 제가 나가보겠습니다."

최길성이 슬리퍼를 신고 막 현관문을 나가려고 할 때 곽 씨가 새끼로 묶은 보따리를 들고 들어왔다.

"뭘 이렇게 들고 오십니까?"

최길성은 곽 씨가 들고 온 보따리를 받아들며 인사를 했다.

"안녕하십니까?"

곽 씨는 들고 온 보따리를 현관 마루에 놓으며 최길성을 쳐다봤다. 그의 얼굴은 백년지기를 만난 사람처럼 반가워하고 있었다.

"네, 저는 잘 있었습니다. 어서 안으로 들어오십시오."

먼저 방으로 들어간 최길성은 아랫목에 깔아놓은 이불을 들치며 이 씨한테 앉기를 권했다.

"가만있게. 옷부터 좀 벗고."

이 씨는 목에 둘렀던 두터운 머플러를 풀고 두루마기 고름을 풀려고 했다.

"가만히 계십시오. 제가 벗겨드리겠습니다."

최길성은 얼른 이 씨 곁으로 다가가 이 씨의 두루마기를 벗겨 옷걸이에 걸었다.

"날씨가 어떻게 찬지 손이 곱아서 펴지지를 않네."

이 씨는 빨갛게 언 손을 맞잡으며 웃었다.

"어서 앉으셔서 제 절부터 받으십시오."

"절은, 일 년에 몇 번씩 보는데……."

"그래도 절은 받으셔야지요."

최길성은 이 씨 앞에 엎드려 절을 했다.

"그래, 자네도 어서 앉게."

이 씨는 최길성이 했던 것처럼 아랫목에 깔려 있는 이불을 들치며 최길성이 앉기를 권했다.

"네."

최길성은 이 씨와 마주 앉으며 이 씨를 물끄러미 바라보았다. 서까래를 받치고 있는 대들보 같던 어깨도 많이 구부러졌고, 금비녀를 단정하게 찌른 머리도 숱이 많이 빠진 채 백발이 돼 있었다. 당당한 기개가 허물어진 건 아니지만 이젠 어디를 둘러봐도 구십 노인이 역력했다.

"뭘 그렇게 보는가? 자네도 이제 백발일세."

이 씨는 최길성의 마음을 짚어본 듯 나직이 말했다.

"그렇습니다. 거울을 들여다볼 때면 나도 많이 살았구나 하는 생각이 듭니다."

"많이 살긴, 나도 있는데."

"어머님이야말로 많이 사셔야죠. 앞으로 사신 것만큼만 더 사십시오."

"수욕이 대욕이라는데 자네는 나더러 대욕을 치르라고 축수를 하고 있는 거 같네."

이 씨는 농하듯 웃었다.

"어머님도 참. 그래, 어떻게 오셨습니까? 아무 연락도 없이."

"연락할 사이가 없었네. 갑자기 올 생각을 했기 때문에."

"무슨 일이 있으셨습니까?"

"융의 진학 문제를 자네하고 상의하려고 왔네. 나야 촌에 있으니 뭘 아는가. 아무래도 자네하고 상의한 후에 결정하는 게 좋을 것 같아서 그래서 왔네."

"융이야 대한민국에 있는 학교라면 어디든지 갈 수 있는데 뭔 걱정이십니까?"

최길성이 이 씨를 보며 웃었다.

"이 사람아, 내가 어디 못 가서 그런다고 했나."

이 씨가 눈을 흘겼다. 그런 그의 모습은 보물을 숨겨둔 사람처럼 흐뭇해하고 있었다.

"본인은 어디를 지망하는데요?"

"저는 작곡하는 음악대학을 가고 싶어 하네."

"음악대학을요?"

최길성은 의외라는 얼굴로 반문했다.

"그래. 하지만 선생님들은 의대나 법대를 가라고 하시면서 한사코 반대를 하시네."

"네……."

최길성은 생각하는 표정을 지으면서 천천히 머리를 끄덕였다. 조각가 채련과 예술가 이상의 예술혼을 지닌 담시 사이에서 태어난 아이가 예술가를 희망한다는 것은 자연스러운 일이다. 특히 융이 작곡가를 지망한다는 말을 듣는 순간 최길성은 순간적으로 도다가 종이 떠올랐다. 도다가 종이야말로 완벽한 소리를 얻기 위한 시도가 아니었던가?

"선생님들은 성적이 아깝다고 하면서 한사코 말리시지만 나는 그보다 융의 장래를 생각해서 작곡하는 쪽은 안 갔으면 싶네."

"……."

"하지만 나야 촌에서 산 늙은이니 뭘 아는 게 있는가. 그래서 자네하고 상의를 하려고 서둘러서 올라왔네."

"……."

최길성은 생각에 잠긴 얼굴로 가만히 앉아 있었다.

"자네도 좀 생각해보게. 자네는 세상 물정을 많이 아니 아무래도 다른 사람들보다야 생각이 넓지 않겠나?"

"……."

이 씨의 말을 듣고 있던 최길성은 알았다는 얼굴로 천천히 머리를 끄덕였다. 그러고 있는 그는 마음속으로 뭔가 결정을 내리고 있는 것 같았다.

"뭘 이렇게 가져오셨어요?"

밖에서 영옥의 목소리가 들려왔다.

"메줍니다. 소포로 부치느니 오는 길에 갖다 드리려고요."

"해마다 이렇게 메주를 보내주셔서 어떻게 하죠? 어머, 이건 약식하고 유과 아니에요? 아유, 꿀도 가져오셨네."

고마워하는 영옥의 목소리가 들려왔다.

"어젯밤에 자네한테 올 생각을 하고 약식을 좀 쪘네. 굳기 전에 자네도 한 조각 먹게."

이 씨는 최길성을 물끄러미 바라보며 말했다. 그러고 있는 그녀의 시선이 미세하게 떨리고 있었다.

최길성은 이 씨의 시선을 피하며 슬그머니 고개를 돌렸다. 이 씨가 지금 자신을 보면서 아들과 며느리 생각을 하고 있다는 것을 알기 때문이었다. 이 씨는 아들 집에 올 때는 언제나 약식과 유과를 가져왔고 토종꿀도 한 병씩 들고 왔었다. 자식들한테 별식을 챙겨다 주는 것은 그녀에게 있어선 일종의 도락이었고 삶의 즐거움이기도 했다.

"어머님이 가져오신 약식이에요. 잡숴보세요."

영옥은 쟁반에 따듯한 보리차와 약식을 담은 접시를 들고 들어오며 말했다.

"그보다 어머님 저녁을 얼른 차려드려야지."

"네. 지금 진지를 새로 짓고 있어요."

영옥은 들고 온 쟁반을 두 사람 앞에 놓고 서둘러 밖으로 나갔다.

"곽 선생님, 들어오십시오. 왜 여태 밖에 계십니까?"

최길성은 아내 뒤를 따라 나가며 곽 씨를 불러들였다.

"아파트인데 안팎이 있습니까?"

"그래도 방은 방이지요. 어서 안으로 들어오십시오."

최길성은 한 손으로 문을 밀며 곽 씨가 들어오기를 기다렸다.

"네."

소파에서 일어선 곽 씨는 점퍼 지퍼를 올리며 방으로 들어왔다.

"이거 같이 드십시다."

최길성은 곽 씨를 돌아다보며 약식을 권했다.

"어서 드십시오. 저는 먹고 왔습니다."

곽 씨는 사양하며 자리에 앉았다.

"아침에 먹은 게 여태껏 있는가? 자네도 한 쪽 들게."

이 씨도 곽 씨를 보며 권했다.

"네."

곽 씨가 포크로 약식을 한 쪽 집어 들자 최길성은 이 씨한테도 권했다.

"어머님도 한 쪽 드십시오."

"나는 좀 있다가 저녁을 먹겠네. 자네들이나 어서 들게."

"그럼 이쪽으로 누우시죠. 오시느라고 힘드셨을 텐데."

최길성은 장롱 안에서 얇은 이불과 베개를 꺼내서 펴주며 말했다.

"그럼세."

이 씨는 피곤한 듯 최길성이 권하는 대로 자리에 누웠다.

"참, 송강이는 어떻게 하기로 했습니까?"

최길성은 이불을 끌어당겨서 이 씨 어깨를 덮어주며 물었다.

"집에서 다니겠다고 하네."

"잘 생각했군요. 그래야죠."

"우리 송강이는 어리지만 속이 깊네."

이 씨가 한 그 말은 송강에 대한 이해였다. 이 씨는 송강이 그 결정을 내리기까지 얼마나 괴로워했는지 잘 알고 있었다. 융이 대학 입학 모의고사에서 전국 수석을 했다는 것을 제일 먼저 알려온 것은 강릉 방송국에서였다. 방송국에선 수험생들을 위한 한 시간짜리 특집을 만들 계획이라면서 융을 취재하기 위해 집으로 오겠다고 알려왔다.

방송국 사람들의 전화를 받은 송강은 눈물이 글썽해진 얼굴로 융보다 더 흥분하며 좋아했다. 그러나 막상 방송국 사람들이 집으로 들이닥쳐서 플래시를 터뜨리며 어느 학교 무슨 과로 진학할 것이냐, 장래 꿈이 무엇이냐, 제일 존경하는 인물은 누구냐 등의 질문 공세를 폈을 때 송강은 비로소 융과의 이별을 실감하게 되었다. 지금까지 막연하게 융은 공부를 잘하니 서울로 가서 공부를 해야 하고, 자기는 집을 떠날 수 없으므로 지방 학교를 다녀야 한다는 피상적인 생각만 하고 있던 송강은 방송 기자의 질문 공세를 듣는 순간 비로소 융이 서울로 가게 되었음을 확인했다.

그것은 이별을 경험하는 첫 아픔이었고 그 아픔은 겉으로 드러낼 수 없는 아픔이었기 때문에 더욱 고통스러웠다. 송강은 며칠 밤을 뜬눈으로 밝힐 만큼 괴로워했고 이 씨는 모른 척하면서 손녀의 아픔을 같이 아파했다. 이 씨는 융과 송강이의 마음을 누구보다도 잘 알고 있었다. 그들은 남매이면서도 남매일 수 없는, 그러면서도 남매여야 하는 기이한 운명 속에 묶여 있었다. 그런 그들의 운명을 바라보고 있어야 하는 이 씨는 늘 풀리지 않는 매듭 하나를 손아귀에 움켜쥐고 있는 기분이었다.

'죽기 전에 내 손으로 매듭을 풀어서 서로 갈 길을 가려줘야 하는데……'

이 씨는 두 아이를 볼 때마다 늘 이 생각을 하며 살아왔다. 그러나 매듭을 풀어준다는 것은 쉬운 일이 아니었다. 그것은 융을 자신의 호적에서 떼어내야 한다는 말과 같은데, 이 씨로서는 자신의 심장을 들어내면 들어냈지 그것만은 할 수 없었다.

이런저런 생각을 떠올리고 있던 이 씨는 언 몸이 녹자 졸음이 스르르 와서 잠 속으로 아물아물 빠져들어 갔다. 이 씨한테서 낮게 코고는 소리가 들리자 최길성은 눈짓을 해 곽 씨와 함께 거실로 나왔다. 식사 전에 잠시라도 편히 주무시게 해드리고 싶어서였다.

"여보, 법복 좀 챙겨주구려."
세수를 하고 들어온 최길성은 아내를 내려다보며 말했다.
"어딜 가시려고요?"
방을 닦고 있던 영옥은 손에 걸레를 든 채 남편을 쳐다보았다.
"도다가에 좀 갔다 와야겠어."
"도다가에요?"
영옥은 의외라는 얼굴로 되물었다.
"백족화상을 만나서 융의 문제를 상의해야겠어."
얼굴을 닦던 최길성은 거울 속에 자신의 모습을 비춰보며 말했다. 이 씨가 다녀간 후, 이 씨가 융의 문제를 상의하는 순간부터 최길성은 그 문제만은 백족화상과 상의해야 한다는 확고한 신념을 가지고 있었다. 그것은 백족화상이 융을 낳아준 아버지라는 사실 때문이 아니었다. 아버지니 아들이니 하는 속연(俗緣)은 그들하곤 너무 먼 단어들이었고, 그것을 사실로 인식한 사람은 아무도 없었다. 최길성 자신은 물론 이 씨까지도 융은 채련의 아들로만 생각해 왔고 그래서 뜨거운 정을 나눌 수 있는 자신의 살붙이로 거둘 수 있었다.

그런데 융의 장래 문제를 결정해야 하는 지금 이 순간 그 일만은 꼭 백족화상의 조언을 들어야 한다는 생각이 들었다. 그것은 융을 바라보는 최길성의 시선 때문이었는지도 모른다. 군계일학이라는 말은 알고 있지만 최길성으로선 닭 무리 속에 섞여 있는 한 마리의 학을 본 일이 없다. 그러기 때문에 그 단어가 뜻하고 있는 의미는 늘 관념적으로만 받아들여졌다.

그런데 융을 보고 있으면 최길성은 늘 닭 무리 속에 섞여 있는 한 마리의 학을 보고 있는 기분이었다. 그것은 고고하다든지 기품이 있다든지 하는 말하고도 달랐다. 마치 천인(天人)이 지상에 내려와 있는 것 같은 기분, 융한테서 느껴지는 감정은 신비 바로 그것이었다. 다른 사람들도 융한테서 그런 감정을 느끼고 있는지 그것은 최길성으로선 알 수 없는 일이었다. 누구를 통해서 그 감정을 확인해 본 일도 없고 또 확인해 볼 수 있는 성질의 것도 아니었다.

최길성은 일 년에 한두 번쯤 강릉에 내려가서 이 씨 집을 방문해왔다. 그것은 이 씨를 보기 위한 것과 융을 보기 위한 것이 반반씩이었다. 그들 두 사람은 피를 나눈 혈연이 아님에도 최길성은 그들에게서 혈연 이상의 정을 느껴왔다. 융이 어렸을 때는 앓지나 않는지, 다른 아이들처럼 무럭무럭 잘 크고 있는지가 궁금해서 봄과 가을이면 한 차례씩 이 씨 집을 찾았다.

그러나 세월이 십 년, 이십 년이 흘러 융이 소년으로 청년으로 커감에 따라 최길성은 융의 모습이 불현듯 보고 싶어서 강릉을 찾은 적이 한두 번이 아니었다. 최길성은 처음엔 가슴 밑바닥에 깔려 있는 채련에 대한 그리움 때문에 융을 찾곤 했다. 그러나 융이 점점 자라면서 저대로의 모습을 드러내자 융 자체에 매료되어 융이 보고 싶어질 때가 가끔 있었다.

그 융이 이제 소년의 틀을 벗고 한 사람의 성년으로 성장함에 있어 그가 어떤 길을 가는 게 좋은지 그건 솔직히 최길성으로서도 알 수가 없었다. 공부를 잘하는 아이는 흔히 법대나 의대로 가는 것이 상례로 되어 있지만 그런 상례를 적용시키기엔 융이 너무도 신성하게 느껴졌다.

이런 문제를 결정하는 데는 본인의 의사를 존중해야 하고, 주위 어른들은 그 의사에 따라야 한다는 것을 최길성이 모르는 바가 아니다. 그는 자신의 아들인 형규의 진로를 결정할 때는 이 원칙을 철저히 따랐다. 그래서 형규는 그의 희망대로 행정학과로 진학했다. 그러기 때문에 지금 융도 그가 원하는 대로 음대 작곡과를 가는 것이 순리에 맞는 결정 방법이겠으나 최길성은 왠지 융의 장래만은 백족화상과 의논한 후에 정해야 한다는 선입견 비슷한 것을 가지고 있었다. 그것은 융의 장래만은 좀 더 신성한 곳으로 향하도록 결정되어야 한다는 자기 최면 같은 것이었는지도 모른다.

"가시면 며칠이나 계실 건데요?"

장롱 서랍 속에서 법복을 꺼내던 영옥이 남편을 돌아다보며 물었다.

"글쎄, 가봐야 알겠지만 아마 사오 일은 걸려야 할걸."

거울 앞에 서 있던 최길성은 몸을 돌려 아내를 보며 말했다.

"그렇게나요?"

영옥은 떼를 쓰듯 남편을 쳐다봤다.

"오는 길에 강릉에도 들르려면 그 정도는 걸려야 할 거야."

"도다가에 가실 거면 어젯밤에 미리 말씀하시지 그러셨어요. 김이라도 좀 재워 보내게요."

"한 시간 정도 여유가 있으니 지금이라도 빨리 재우구려."

최길성은 아내가 꺼내놓은 법복을 펴보며 말했다.

"한 시간 안에 몇 장이나 재워요? 김 재우려면 얼마나 시간이 걸리는데요."

"그럼 이리 가져오구려. 나도 같이 거들어줄 테니까."

"싫어요. 제가 그냥 할게요."

영옥은 남편의 청을 거절하고 서둘러 부엌으로 들어가 냉장고 문을 열고 비닐에 싸둔 김을 꺼냈다. 그리고 새로 짜서 아직 뚜껑도 열지 않은 들기름병과 기름을 바르는 솔도 챙겨놓았다.

영옥은 식탁 위에 놓여 있는 고운 소금 통의 뚜껑을 열고 부지런히 손을 놀려 김을 재우기 시작했다. 청록색 김 위에 고운 소금을 솔솔 뿌리는 그녀의 손놀림은 잽쌌다. 한참 동안 정신없이 김을 재우던 영옥은 자신의 손끝을 내려다보며 가만히 생각에 잠겼다. 솔직히 말해 남편이 도다가로 가는 게 마음이 편치가 않았다.

그녀의 머릿속에 도다가란 지명은 채련의 영상과 연결 지어져 있었다. 도다가의 종 밑에 채련의 유해를 뿌렸다는 말을 들은 때문도 있었지만 도다가는 처음부터 채련과 인연 지어진 곳이라는 걸 영옥은 들어서 알고 있었다. 그러기 때문에 남편인 최길성이 도다가로 가는 것은 남편을 옛날 정인(情人)의 곁으로 떠나보내는 일처럼 마음이 괴로웠다.

그것은 함께 길을 가는 두 나그네 중 한 사람만이 찾아갈 고향을 가지고 있는 것과 같은 이치였다. 찾아갈 고향을 가지고 있고 가끔 그쪽으로 발길을 돌린다고 해서 그것이 함께 길을 가는 사람에게 배신일 수는 없을 것이다. 그런데 영옥은 남편이 도다가로 떠날 때마다 마음 한구석에서 배신감 같은 게 느껴져서 괴로웠다. 그런 감정이 온당하지 못하다는 것은 그녀 자신도 잘 알고 있었다. 때문에 영옥은 그런 감정을 느끼고 있는 자기 자신이 더욱더 괴로웠다.

정확히 말해서 영옥이 도다가에 대해 느끼는 알 수 없는 거리감은 꼭 채련 때문만은 아니다. 거기에서 살고 있는 지효나 백족화상, 그리고 그들과 함께 수행하는 스님과 도다가의 촌로들에 대해서도 똑같이 경원하는 마음이 생겼다. 지효나 백족화상은 그리운 얼굴들이다. 너무도 그리운 얼굴들이었다. 그립다는 표현은 보고 싶다는 말과는 달랐다. 높고 푸른 가을 하늘을 쳐다보며 느끼게 되는 알 수 없는 그리움, 그런 그리움을 지효나 백족화상을 떠올릴 때마다 영옥은 느껴왔다.

그리움으로 말하자면 채련 역시 마찬가지였다. 지효처럼 가깝게 지낸 건 아니었지만 지효를 통해 채련의 얘기를 늘 들어왔고, 젊은 날 지효가 채련에 의지해 그녀의 고통을 위로받고 싶어 했듯 영옥의 마음 한구석에도 채련에 대한 신뢰라고 할까 그런 감정이 자리하고 있었다. 그러기 때문에 지금 최길성의 아내가 되었다 하더라도 채련에 대해 여자로서의 질투를 느끼고 있는 건 아니었다. 채련이 그럴진대 지효에 대해 그럴 리가 없고 백족화상에 대해선 더더욱 그럴 리가 없었다. 그런데도 영옥은 남편이 도다가에 갈 때마다 채련의 얼굴이 제일 먼저 떠올랐고, 그다음엔 지효의 얼굴과 백족화상 얼굴이 차례로 떠오르면서 마음이 괴로웠다.

영옥이 최길성의 아내가 된 지도 10년 세월이 흘렀다. 10년 동안 영옥은 최길성이 보호해주는 따뜻한 울타리 안에서 한 여자로서의 행복을 정착시키고 있었다. 빨래니 청소니 식사니

하는 일상적인 일들이 그녀가 하는 일의 전부였지만 영옥은 그 일을 잘 익히기 위해 노력해왔고, 그녀의 노력만큼 그 일은 익숙하게 그녀의 손끝으로 배어들어왔다.

영옥은 결혼 후 한 번도 청바지를 입지 않았다. 그래서인지 그녀의 몸은 이제 청바지보다는 풍성한 홈웨어에 더 잘 길들여져 있었다. 영옥은 발끝까지 덮이는 치렁한 홈웨어를 입고 부엌과 방과 거실을 오가며 하루 종일 종종걸음을 쳤고 그런 자기 자신에 대해 행복해했다.

최길성은 햇볕이 잘 드는 유리벽처럼 밝고 따뜻한 공간을 만들어 주었고, 두 사람은 아이들과 함께 유리벽 속의 따뜻함을 즐겨왔다. 여기까지는 남편 최길성과 자신이 함께 공유하고 있는 부분이었다. 그러나 최길성에게는 그것만이 아닌 또 다른 세계가 있었다. 그 또 다른 세계는 아내인 자기가 함께 공유하고 있는 부분이 아니었다. 영옥은 남편이 지어준 유리 온실 속에 갇혀서 밝고 따듯한 햇빛만 즐기고 있는데, 남편은 온실 안팎을 자유롭게 드나들며 자신이 붙들고 있는 구도의 밧줄을 놓지 않고 있었다.

영옥은 그것을 똑똑히 보았고 그것은 또한 자기의 모습을 들여다보게 하는 거울이었다. 영옥은 자신이 생활의 안일과 영혼을 맞바꾸었다는 생각을 하고 있었다. 육신과 함께 영혼이 안일한 일상에 안주하면서부터 영옥은 정신적인 추구는 고사하고 분노나 증오에도 치열해지지 못했다. 그것은 성숙이 아니라 상실이었고 영옥은 그런 자기 자신을 누구보다도 잘 알고 있었다.

하지만 지금 와서 온실 안의 안일을 떨쳐버리고 다시 온실 밖으로 뛰쳐나간다는 것은 자신이 없었다. 그러기 때문에 도다가와 인연을 맺은 채련과 지효 그리고 백족화상은 꿈과 그리움의 대상이면서도 가까이하기엔 너무나 요원한 존재들이었다. 그런데 최길성은 달랐다. 그는 자기와 함께 온실 속에서 공존함에도 불구하고 마치 싸리 울타리를 넘나들듯 그들과 자유롭게 교류하며 지냈다.

영옥이 착잡한 마음으로 김을 재우고 있을 때 최길성이 부엌으로 들어왔다.

"아직 멀었어?"

부엌으로 들어온 남편은 법복을 깨끗이 입고 있었다.

"……."

"준비한 것만 주지."

"알았어요."

의자에서 일어난 영옥은 행주에 손을 닦으며 남편을 쳐다봤다. 희끗희끗한 머리는 귀밑까지 내려올 만큼 길었지만 회색 법복을 입고 있는 그는 영락없는 스님의 모습이었다.

"당신 아주 절로 들어가지 그러세요?"

이런저런 생각으로 마음이 착잡해진 영옥은 꼬부장한 기분으로 말했다.

"그러려면 당신도 데려가야 할 텐데 당신을 있게 할 절이 있을까?"

최길성이 농을 했다.

"그럼 당신 밥해주는 공양주로 따라가죠 뭐."

영옥은 가스 불에 김을 구우며 말했다.

"공양주는 여기서도 하고 있잖아."

최길성의 말 속엔 깊은 애정이 담겨 있었다. 사시사철 청바지만 입고 방황의 늪을 헤매고 있던 영옥이가 자신의 날갯죽지 밑으로 들어온 이후 그녀는 가족을 위해 최선을 다하고 있었다. 최길성은 그런 아내에 대해 늘 고마움과 함께 미안한 감정을 느끼고 있었다. 그가 아내에게 느끼는 미안한 감정은 나이 차이에서 오는 안쓰러움 때문인지도 몰랐다. 60고개에 올라선 그는 17년이라는 나이 차이를 뛰어넘은 채 자기한테 의지해 살고 있는 영옥에 대해 늘 안쓰러움과 함께 미안함을 느끼고 있었다.

"다른 건 다 준비하셨어요?"

"준비가 뭐 있나. 칫솔 하나만 가지고 가면 되는데."

"당신은 좋으시겠네요. 다른 사람은 죽어야 극락을 가는데 당신은 살아서도 극락을 오락가락하시니까요."

영옥은 구운 김을 반듯하게 썰며 말했다.

"내가 부러우면 당신도 동행하지."

"싫어요."

영옥은 자른 김을 비닐봉지에 밀봉시켜서 남편한테 건네주었다.

"그럼 다녀올게."

최길성은 김을 작은 가방 속에 넣더니 몸을 돌렸다.

"조심해서 다녀오세요."

현관으로 내려선 영옥은 남편 어깨 위에 있는 머리카락을 털어주며 말했다.

"응."

구두를 신으려고 허리를 구부리고 있던 최길성은 손을 뒤로 돌려서 아내 손을 꼭 잡아주며 인사를 받았다.

"……."

영옥은 동행하기 싫어하는 자기 마음을 남편이 알고 있다고 생각했다. 그런 생각을 하자 영옥은 자신도 모르게 눈물이 핑 돌았다.

종을 만들던 송 노인이 죽은 후 도다가는 서서히 가람터로 변해갔다. 송 노인이 쓰던 검은 기와집은 개조되어 요사채로 쓰였고, 그 뒤로는 아미타불을 본존불로 모신 극락전이 세워졌으며, 극락전 아래로는 관세음보살을 모신 관음전과 약사보살을 모신 약사전이 극락전을 옹위하고 좌우로 서 있었다. 극락전 뒤로는 열반당이라는 조그만 암자가 바위 뒤에 숨듯 한쪽 지붕 끝만 살짝 보이며 숨어 있었고, 백족화상과 채련의 애절한 사랑을 담은 도다가 종을 매단 종각은 호수가 보이는 언덕 위에 세워져 있었다.

만행을 끝내고 도다가로 돌아온 담시는 열반당으로 들어가면서 일체의 방문은 물론 공양을 들이는 일도 하지 말라고 당부했다. 그는 백일 동안 대선정에 들기로 결심하고 외부인의 출입을 금했던 것이다. 백일 동안 금식을 한다는 것은 있을 수 없는 일이었지만 그의 도력(道力)을 믿고 있는 도다가 촌로들은 그의 청을 들어주기로 합의를 보았다. 담시가 대선정에 든 지 열이틀 되는 날에 지효가 담시를 찾아 도다가로 왔다. 뼈아픈 방황 끝에 비로소 한 분 스승을 만난 기쁨에 젖어 있던 지효는 담시를 만나보지도 못한 채 그대로 도다가에 머물러 있을 수밖에 없었다.

겸손이 구도의 첫 번째 과정이라고 생각하고 있는 지효는 도다가에 와서도 궂은일은 자신이 도맡아 하고자 노력했다. 궂은일을 하는 것은 자기 자신을 낮추는 일이고, 그것은 겸손의 시작이었다. 지효는 나무를 때서 공양을 짓고 산나물이나 밭에 있는 푸성귀를 뜯어다 찬을 만들었다. 도다가에 있는 도반들은 하루에 일종식을 하기 때문에 공양 짓는 일은 사시예불 때 맞춰서 하루에 한 번만 하면 되었다. 지효는 공양 짓는 일 외에도 시간이 나면 법당 뜰에 있는 풀을 뽑고 화단에 심어놓은 꽃을 가꾸었다. 그러면서 도다가가 지니고 있는 독특한 향취에 깊숙이 젖어들었다.

도다가에는 두 분 스님과 다섯 분의 촌로들이 살고 있었다. 두 분 스님은 도다가가 가람터로 바뀌면서 외부에서 온 스님들이고, 촌로들은 옛날 송 노인이나 배 노인이 있을 때부터 함께 살았던 사람들이었다. 그들은 한평생을 도다가에 살면서 종 불사가 있으면 송 노인을 도와 종을 만들고 청자를 구울 때면 배 노인을 도와 청자를 구워내면서 살아온 사람들이었다.

그들은 실제로 이름이나 성을 가지고 있지 않은지, 아니면 그런 걸 쓸 필요가 없어서 쓰고 있지 않은지 특별한 호칭 없이 함께 어울려 살아가고 있었다. 지효는 처음에 그런 그들이 이상하게 느껴졌지만 얼마 지나지 않아 자신의 성이나 법명마저도 필요 없게 되었음을 알게 되었다. 도다가 사람들은 입으로 소리를 내서 말하는 경우가 거의 없었다. 그들은 서로 바라보면서 눈빛으로 자신들의 의견을 전달하기 때문에 호칭 같은 건 자연히 생략될 수밖에 없었다.

도다가에 머물면서 지효가 가장 관심을 가진 인물은 달운 스님이었다. 그는 세수로 70이 넘었다고 하는데 그가 하는 일은 망태를 지고 산에 가서 꼴을 해오거나 아니면 화단을 가꾸는 일이 전부였다. 그의 등에는 늘 꼴망태가 짊어져 있었으며 하루에도 몇 번씩 산을 오르내리면서 꼴을 해다가 두엄자리에 갖다 부었다. 두엄을 만드는 것은 땅에 음식을 먹이기 위해서라 했다. 그는 땅이 자신의 몸뚱이처럼 음식을 먹어야 하는, 살아 있는 생물이라고 생각하고 있었다.

달운 스님은 꼴을 할 때나, 화단을 가꿀 때나, 두엄자리를 만들 때나 그가 깨어 있는 시간은 언제나 '나무아미타불 관세음보살' 하고 염불을 하며 다녔다. 지효는 그의 입에서 염불소리가 끊어지는 것을 본 적이 없었다. 그는 늘 염불을 하고 다니다가 도다가 촌로들이 몇 마디 말을 주고받으면 옆에서 히죽이 웃으면서 "그려 맞어." 하며 고개를 몇 번 끄덕이는 것이 의사표시의 전부였다.

그런 달운 스님은 정관 스님하고는 너무나 대조적이었다. 정관 스님은 담시하고 어린 시절부터 함께 수행한 도반이었다고 하는데 한 치의 흐트러짐도 없이 청정하게 계율을 지키는 율사 스님이었다. 그는 새벽예불을 올린 후부터 결가부좌를 틀고 앉아서 사시예불 때까지 참선을 계속했다. 공양 때도 반안(半眼)을 뜨고 조용히 식사를 할 뿐 입을 여는 일은 한 번도 없었다. 공양이 끝나면 발우를 닦아 시렁 위에 올려놓고 조용히 밖으로 나가 호숫가를 포행했다. 그의 모습을 볼 수 있는 시간은 사시 공양 때와 호숫가를 포행할 때뿐이었다. 지효는 그런 정관 스님을 볼 때마다 그가 암흑의 장막 속에 갇혀 있다는 느낌이 들었다. 그는 늘 지효의 머릿속에서 암흑으로 연상되었다.

지효가 도다가에 온 지 석 달이 조금 못 되었을 때, 정확히 말해서 담시가 선정에 든 지 93일이 되던 날 밤 자정부터 담시가 있는 열반당에서 방광(放光)이 되기 시작했다. 마치 열반당 자체가 방광을 하고 있는 것처럼 조그만 암자에서 밝은 광명이 고요히 뿜어져 나와 어두운 도다가 경내를 두루 비췄다.

도다가가 광명에 휩싸이자 정관 스님, 달운 스님은 물론 도다가 촌로들까지도 깊은 환희심을 느끼고 극락전에서 용맹정진을 시작했다. 지효도 그녀의 생 안에서 최초로 환희심을 경험했고, 그런 환희심 속에서 도반들과 함께 용맹정진에 동참했다. 그러면서도 사시마지 때 부처님께 올리는 공양만은 잊지 않고 자신의 손으로 지었다.

7월 7일, 사시예불 때 지효는 부처님께 올릴 공양을 지어서 두 손으로 공손히 받쳐 들고 법당 안으로 들어갔다. 그러던 그녀는 너무 놀라서 숨도 쉬지 못하고 그 자리에 가만히 서 있었다. 법당 안엔 담시가 다른 스님들과 똑같은 모습으로 무릎을 꿇고 앉아서 부처님께 예불을 드리고 있었기 때문이었다.

담시를 본 순간 지효는 그의 모습이 아름다워서 숨이 막혔다.

무엇이라고 표현할 수 없는 아름다움. 지효가 담시를 보면서 느낀 최초의 감정은, 구도란 저런 아름다움에 이를 수 있는 것이구나 하는 생각이었다. 백일 결제를 마치고 나온 담시의 몸에선 달무리 같은 은은한 광채가 돌았다. 특히 그의 발은 상아로 막 빚어놓은 것처럼 희고 깨끗해서 누구 입에선가부터 그는 백족화상으로 불리게 되었다.

백족화상을 본 이후 지효는 수도자로서 자기 자신에게 전환이 오고 있음을 느꼈다. 오체투지(五體投地)와도 같이 백족화상 앞에 자신을 완전히 던져버리고 그의 가르침에 따르고 싶은 마음. 그것은 신(信), 즉 믿는 마음이었고 종교에 대한 새로운 귀의였다. 백족화상이 열반당에서 나온 지 5일이 되었을 때 지효는 백족화상이 기거하는 토굴을 찾아갔다. 산죽이 울처럼 둥그렇게 자라고 있는 토굴은 송 노인이 처음 도다가에 와서 살던 집으로, 백족화상은 도다가에 오면 늘 이 토굴에 머물렀다.

"스님, 지효입니다."

지효는 문밖에 서서 자신이 왔음을 알렸다. 그러자 잠시 후에 문이 열리고 백족화상이 모습을 나타냈다.

"어서 오십시오."

백족화상은 조용히 미소를 지으며 지효를 맞았다.

"스님, 문안인사 드리겠습니다."

지효는 백족화상 앞에 엎드려 공손히 삼배를 했다.

"……."

그러자 백족화상도 합장으로 삼배를 같이 했다.

"스님께 가르침을 받고 싶어서 찾아뵈었습니다."

지효는 백족화상을 향해 나직이 말했다.

"오신 지 오래되었다는 말을 듣고 나도 한번 뵈려고 했습니다."

"월정리에서 스님을 뵌 후 바로 스님을 찾아 여기로 왔습니다."

"그러셨군요. 나는 오랫동안 만행을 했던 끝이라 힘을 좀 모아야겠다는 생각이 들어 한철 결제에 들었습니다."

백족화상은 마치 동료한테 지나온 경위를 설명하듯 진지하게 말했다.

"……."

지효는 그런 백족화상을 가만히 바라보았다. 그의 모습은 진실 그 자체처럼 너무도 진실하게 느껴졌다.

"공부를 하고 싶다고 하셨는데 지금도 같은 생각이십니까?"

백족화상이 가만히 지효를 보며 물었다. 지효를 보고 있는 그의 시선에서 푸른 광채가 뿜어져 나왔다.

"스님, 스님 밑에서 가르침을 받고 싶습니다. 공부를 할 수 있게 허락해 주십시오."

지효는 오체투지하는 심정으로 간곡하게 청했다. 백족화상은 잠시 눈을 감고 생각에 잠기더니 말했다.

"그러시다면 여기서 관음관을 해보십시오."

"……."

지효는 백족화상을 가만히 올려다봤다. 그가 말하고 있는 의미가 얼른 전달이 되지 않아서였다. 그러자 백족화상은 지효의 마음을 헤아린 듯 말했다.

"부처님을 관(觀)하는 것은 진여자성을 잃지 않는 수행 방법입니다. 항상 부처님을 칭명하며 실상을 관하면 자력(自力)과 타력(他力), 관(觀)과 염(念), 정(定)과 혜(慧)를 함께 닦아가는 심심미묘한 공부가 됩니다."

백족화상의 말은 법음처럼 지효의 가슴에 와 닿았다. 지효는 백족화상의 말을 한 치의 의구심도 없이 받아들이고 있었다.

"스님이 일러주신 대로 해보겠습니다."

지효는 백족화상에게 감사한 마음으로 삼배를 드렸다. 백족화상을 친견하고 토굴 밖으로 나온 지효의 가슴은 새로운 희열로 차올랐다. 지금까지 알고 있던 모든 지식은 다 쏟아버리고 자신의 가슴을 빈 그릇으로 만들어 백족화상의 가르침을 받아들이고 있는 그런 기분이었다.

그날부터 지효는 일심으로 관세음보살을 칭명하며 관음관을 했다. 관세음보살의 정수리에 솟아오른 육계를 관하고 육계 위에 씌워진 천관을 관하고 천관을 장엄시킨 마니주와 천관 속에서 있는 화신불을 관했다. 자마금색으로 빛나는 몸과 목에 둘러진 원광을 관하고 원광 속에 계신 오백화신불과 화신불을 모시고 있는 수많은 보살과 천인들을 관했다. 그리고 미간에서 7보의 광명을 뿜어내는 백호와 손가락 끝마다 8만 4천의 광명을 발해 세상을 두루 비추는 보배 손을 관했다. 쌀을 씻을 때도, 불을 땔 때도, 채마밭을 가꿀 때도, 김치를 담글 때도, 예불을 드릴 때도, 가부좌를 하고 참선을 할 때도 그녀는 언제나 관세음보살을 칭명하며 관음관을 했다.

그렇게 2년 정도 지나자 관세음보살님의 육계가 허공 속에 솟아올랐다. 허공 속에 솟아오른 육계는 찬란한 황금빛을 발하며 서서히 다가와 태산처럼 지효 앞을 가로막았다. 그러면서 온 허공이 빛의 광명 속에 휩싸였다. 지효는 그 광경이 너무도 장엄해 숨을 죽이며 눈을 감았다. 그러나 눈을 감아도 허공이 빛의 광명 속에 휩싸여 있기는 마찬가지였다. 그 순간 이후 지효는 자신이 관세음보살님의 육계를 관했다는 확신을 가졌다.

관세음보살님의 육계를 관한 지효는 다시 관세음보살님의 천관을 관하기 시작했다. 관세음보살을 칭명하면서 보살님의 머리 위에 씌워진 아름다운 보배관과 보배관을 장엄하게 만들고 있는 수만 개의 마니주와 마니주가 뿜어내는 아름다운 빛과 그리고 보배관 속에 서 계신 화신불을 관했다. 그의 하루하루는 오로지 관세음보살님을 칭명하고 천관을 관하는 것으로 보내졌다. 그 일은 쉬려야 쉬어지지 않고, 멈추려야 멈춰지지 않았다. 지효는 자신을 이끌고 있는 힘이 백족화상의 가르침에 대한 믿음 때문임을 알고 있었다.

백족화상의 가르침에 대해 신뢰하는 마음은 지효에게 있어선 신앙과도 같았다. 가르침뿐 아니라 백족화상 그 자체가 그녀에게는 예배와 공경의 대상이었다. 함께 참선을 할 때, 법당에서 예불을 드릴 때, 도량에서 잠시 스칠 때, 지효는 백족화상의 모습에서 뭐라고 표현할 수 없는 기쁨과 용기를 얻을 수 있었고 그 기쁨과 용기는 다시 신심으로 이어졌다. 지효는 그런 자기 자신을 돌이켜볼 때마다 소현(韶顯)의 말을 생각하게 되었다. 고려의 승려였던 소현은 해동육조의 상을 각 사찰에 봉안해두도록 권유하며 이렇게 강조했다.

'상(像)으로부터 경(敬)이 생겨나고 경으로부터 신(信)이 생겨나며 신으로부터 혜(慧)를 얻을 수 있다.'

지효는 백족화상을 볼 때마다 소현의 말을 공감했다. 백족화상을 보고 있으면 그 앞에 오체투지하고 경배를 드리고 싶은 공경심이 생겨나고 그 공경심은 그의 가르침에 대해 한 치의 의구심도 없이 그대로 믿게 되는 믿음으로 연결되었다.

천관을 관하기 시작한 지 다시 2년쯤 지난 어느 가을날, 지효는 요사채 뜰에 자리를 펴고 그 위에 대추를 널어 말리고 있었다. 그녀는 평소 하던 대로 관세음보살을 칭명하면서 손으로 대추를 고루고루 널어 햇볕이 잘 쬐이도록 하고 있었다. 그때 푸른 가을 하늘 위로 은백색으로 빛나는 보관 하나가 높다랗게 떠올랐다. 지효는 황홀함을 느끼며 그 보관을 가만히 바라보았다. 관 둘레에는 수천만 개의 영롱한 구슬들이 둘러져 있었고, 구슬 하나하나에서 무지갯빛과도 같은 오색찬란한 빛이 고요히 뿜어져 나와 원을 그리듯 오른쪽으로 돌며 허공 속으로 끝없이 퍼져나갔다. 그리고 관 중앙에는 달 표면처럼 노르스름하고 또 그렇게 투명하게 느껴지는 부처님이 빛 속에 휩싸인 채, 아니 스스로 빛을 뿜으며 조용히 서 계셨다.

지효는 그날의 감동에서 며칠 동안 헤어나지 못했다. 그녀의 눈앞엔 은백색 보관과 장엄한 수천만 개의 구슬, 구슬 하나하나에서 뿜어져 나오던 오색찬란한 빛, 그리고 빛 속에 휩싸여 계시던 밝고 투명한 부처님의 모습, 이러한 영상이 거울 속에 비쳐지듯 그녀 가슴속에 비쳐져서 떠나지 않고 있었다.

지효가 천관을 관한 감동에서 헤어나지 못하고 있을 무렵 백족화상에게서 받은 또 한 번의 감동은 그녀의 구도에 큰 힘이 되어주었다. 지효가 천관을 관한 지 3일이 지난 밤, 참선을 끝낸 스님들은 평소에 하던 대로 차를 마시기 위해 화롯가에 둘러앉았다. 그때 백족화상이 화로 위에서 끓고 있는 다관을 내려 차를 만들었다. 스님들은 그때그때 돌아가면서 차를 만들었고 백족화상도 가끔 그 일을 했기 때문에 모두 무심한 얼굴로 앉아 있었다.

　더운물로 찻잔을 하나하나 데워놓은 백족화상은 다관에 차를 넣고 그 차가 우러나기를 기다리는 듯 조용히 눈을 감고 앉아 있었다. 화롯가에 둘러앉은 스님들도 백족화상과 비슷한 자세로 눈을 감고 조용히 앉아 있었다. 그렇게 얼마간 앉아 있던 백족화상은 조용히 다관을 들어 차를 따랐다. 비취빛 찻잔 속에는 노르스름한 차가 7푼쯤 따라졌다. 백족화상은 자신이 따른 찻잔을 들고 지효 앞으로 가서 가만히 찻잔을 놓고 지효를 향해 공손하게 합장을 했다. 무심한 얼굴로 앉아 있던 스님들은 그제야 두 사람을 번갈아 바라보았다.

　"공부가 깊어지심을 나뿐 아니라 천신과 신장님들도 모두 함께 기뻐하고 계십니다."

　차 공양을 마친 백족화상은 지효를 향해 나직이 말했다. 그 순간 지효의 가슴속에선 우레를 치는 것 같은 소리가 들려왔다. 백족화상의 나직한 목소리가 지효에겐 우렛소리처럼 크게 들렸다.

　백족화상이 합장을 풀고 자신의 자리로 돌아가자 방 안에는 침묵이 흘렀다. 모두 긴장한 얼굴로 자세를 흐트러뜨리지 않고 앉아 있었다. 그때 달운 스님이 지효 앞으로 나와 백족화상처럼 공손하게 합장하고 허리를 굽히며 예를 갖춰 말했다.

　"스님의 공부가 깊어지셨음을 소승도 천신과 함께 기뻐하고 있습니다."

그러자 다른 스님들도 조용히 자리에서 일어나 지효를 향해 공손히 합장하고 공부가 깊어졌음을 천신과 함께 기뻐한다고 말했다. 그 순간 지효의 가슴은 뜨거운 감동으로 차오르면서 눈물이 쏟아져 내렸다. 자신이 살아왔던 길이 헛되지 않았다는 감동이, 도반들도 자신의 정진을 함께 기뻐하고 있다는 감동이, 하찮고 하찮게 느껴졌던 자기 자신에게도 무언가 의미가 부여되고 있다는 감동이, 세상에서 완전히 버림받은 존재로 알고 있었던 자신을 도반들은 사랑해주고 있었다는 감동이 뒤엉켜서 걷잡을 수 없이 눈물을 흘러내리게 했다.

백족화상으로부터 차 공양을 받은 지효는 자신의 내면에서 새로운 전환을 맞았다. 그것은 정진에 대한 확신이었다. 지금까지 지효는 자기 자신이 미욱한 날벌레와 같다는 생각을 하며 살아왔다. 앞에 문이 막혀 있음에도 그것을 뚫고 나가려고 필사적으로 몸부림치고 있는 날벌레, 날고 또 날고 수없이 날아오르지만 몸뚱이는 번번이 문살에 부딪혀 곤두박질칠 수밖에 없는 날벌레, 그러나 날벌레는 자신의 미욱한 행동을 멈출 수가 없었다. 문을 뚫고 나가야 함은 생명 속에 던져진 절체절명의 명제였기 때문에 비록 밖으로 나갈 구멍을 찾지 못한다 해도 나가려는 노력만은 계속되어야 했다.

그러나 이젠 한발 물러서서 문을 바라볼 수 있는 지혜를 가질 수 있었다. 문은 어디쯤에 열려 있는가? 바람에 펄럭이는 뚫어진 구멍은 없는가? 빛이 새어 들어오는 곳은 어딘가? 지효는 자신에게 또 한 번의 전환을 가져다준 백족화상을 떠올릴 때마다 가슴속에서 뜨거운 감동이 솟아올랐다. 특히 천신, 신장과 함께 자기 자신도 지효의 정진을 기뻐하고 있다는 말은 그녀에게 생명을 새로 불어넣어 준 것 같은 감격을 안겨주었다.

지효로서는 천신과 신장을 볼 수 없고 느낄 수 없었다. 그들의 실체를 부정하는 것은 아니지만 그들은 자신의 감각으로 감지되는 그런 존재들이 아니었다. 그러기 때문에 지효는 천신과 신장들을 생각해본 적이 없고 그들이 자신과 인연 지어져 있다는 것은 더욱 생각해본 적이 없었다. 그런데 백족화상은 천신과 신장들도 자기와 함께 지효의 정진을 기뻐하고 있다고 분명히 일러주었다. 백족화상의 그 말은 지효에게 말로 표현할 수 없는 용기를 주었고, 그리고 뭔가 신성한 힘이 자기의 정진을 지켜봐주고 있다는 것에 대한 확신도 가지게 해주었다.

그 일이 있은 후 지효는 더욱더 열심히 관음관을 했다. 일념으로 관세음보살을 칭명하며 관세음보살의 형상을 관했다. 자마금색으로 빛나는 몸과 목둘레에 둘려져 있는 원광과 원광 속에 안주하고 계신 오백화신불과 화신불 한 분 한 분을 모시고 있는 수많은 보살과 천인들을 관했다. 그리고 미관백호에서 뿜어져 나오는 광명과 손가락 하나하나마다 8만 4천의 광명을 뿜어내어 중생을 제도하는 손도 관했다. 깨어 있는 시간은 물론 잠 속에서까지도 자신의 생명을 던져 오로지 관세음보살만을 생각했다. 겨울이 가고 봄이 오고 다시 겨울이 가고 봄이 오고… 이렇게 하기를 다섯 번. 그러나 관세음보살은 자마금색의 몸도, 칠보로 빛나는 백호도, 손가락 마디에서 뿜어내는 8만 4천의 광명도, 마니보주가 꽃피는 천복륜의 발도 보여주지 않으셨다.

그러나 지효는 조금도 초조하거나 조급해하지 않았다. 횃불을 들고 길을 가고 있는 것 같은 편안함이 일었다. 백족화상은 그녀에게 있어 길을 밝혀주는 횃불이었다. 백족화상이 옆에 있는 한 지효는 횃불에 의지해 한 발 한 발 앞으로 나아갈 수 있었다. 지효가 도다가에 온 지 9년이 되던 해 정월, 도다가에서는 예년에 하던 대로 초하루부터 한 주일 동안 삼계중생의 고액소멸을 비는 기도가 행해졌다. 미물은 미물대로, 인간은 인간대로, 천인은 천인대로 모두 자신을 감고 있는 고액의 늪에서 벗어나 편안한 마음으로 지혜를 증득시켜 나갈 수 있기를 비는 기도였다. 기도 중엔 도다가에 있는 스님들이 모두 동참해서 중생들의 고액소멸을 비는데, 이 기도에 동참한 스님은 67명이었다.

지효가 처음 도다가에 왔을 때는 달운 스님과 정관 스님

두 분밖에 계시지 않았다. 그러나 백족화상이 도다가에 안주하면서부터 함께 수행하고자 모여든 스님들이 10년 사이에 67명이 되었다. 도반들의 수효가 늘자 그들의 의식주를 해결하는 일이 속가에서와 마찬가지로 커다란 문제가 되었다. 그래서 약초도 심고 농사도 지었지만 거기서 산출되는 것으로는 한 철 식량밖에 되지 않았다. 이 문제로 백족화상이 고심하자 도다가의 촌로들은 종을 만들거나 청자를 다시 구워보자고 제의했다. 도다가에는 송 노인이 쓰던 종터와 배 노인이 쓰던 가마터가 그대로 남아 있었다. 촌로들의 제안을 받은 백족화상은 지그시 눈을 감고 있다가 말했다.

"청자를 구워보지요."

그때 백족화상의 표정을 지효는 잊을 수가 없었다. 그의 표정 속엔 채련에 대한 아픔이 꽃물처럼 배어 있었다. 도를 이룬 사람도 그리움의 감정을 가지고 있는가? 그것은 백족화상을 보면서 지효가 느낀 의문이었고, 그 의문은 백족화상에 대해 한없는 친애감을 느끼게 했다.

도다가에서 다시 청자를 굽는다는 소식이 전해지자 거래하던 상인들이 하나둘 모여들기 시작했다. 그들은 배 노인의 낙관이 찍힌 청자를 요구했듯이 이젠 백족화상의 낙관이 찍힌 청자를 요구해왔다. 백족화상은 그들의 요구에 응해 자신의 낙관이 찍힌 청자를 구워야 했고, 청자를 굽는 일은 거의 그의 일상 생활을 차지하고 있었다.

정월 상단기도가 끝나자 도다가에 있는 스님들은 모두 자신의 처소로 돌아와 참선을 계속했다. 지효는 한 주일 동안 용맹기도를 드린 때문인지 무엇인가 알 수 없는 어떤 가속도의 힘이 자신에게 작용하고 있는 것 같은 느낌이 자꾸 들었다. 그 느낌에 힘을 얻으며 더욱 열심히 정진했다. 그렇게 한 주일이 지나자 정월 대보름이 되었다. 대보름날도 다른 날과 다름없이 스님들은 모두 참선에 들었고 지효도 저녁예불 이후까지 다른 스님들과 함께 참선을 계속했다. 밤이 깊어지자 지효의 가슴속은 달이 떠오르는 것처럼 환해지면서 간헐적으로 전신에 신열이 올랐다. 그런 상태가 이어지자 지효는 참선을 계속해야겠다고 생각하며 호숫가로 나왔다. 흰 눈이 그대로 남아 있는 호숫가는 달빛을 받아 백야처럼 환했고 호수 가장자리엔 반쯤 녹은 얼음이 유리알처럼 반짝이고 있었다.

주목 나무 밑에 자리를 잡은 지효는 신고 있던 털신을 벗어서 깔개를 하고 그 위에 결가부좌를 하고 앉았다. 한참 동안 그렇게 앉아 있자 그녀의 몸은 서서히 이완되어 가더니 마침내 작은 입자로 부서지며 부챗살처럼 넓게 허공 속으로 쫙 빨려들어 갔다. 지효는 한없는 편안함과 희열을 느끼며 그 자리에 그대로 앉아 있었다. 시간의 개념도 공간의 개념도 다 초극되어 버린 텅 빈 상태, 그런 상태가 얼마간 이어지더니 무한대의 광명이 소용돌이치면서 관세음보살이 모습을 나타내셨다. 관세음보살은 광명 그 자체였고 허공 또한 광명 그 자체였다. 그리고 자기 자신 역시 광명 그 자체였다. 무엇을 갈라 생각할 것이 없고 무엇을 따로 바라볼 것이 없음을 지효는 비로소 알았다.

얼마쯤 지났을까? 광명 속에 휩싸여 있던 허공의 빛이 걷히고 하늘 위에는 둥근 보름달이 높다랗게 모습을 드러냈다. 그러면서 결가부좌를 하고 앉은 자신의 모습도 보였다. 지효는 결가부좌를 풀고 자리에서 일어났다. 가슴이 터질 것 같은 희열 때문에 자신을 어떻게 주체할 수가 없었다. 그래서 지효는 무작정 호숫가를 돌았다. 한참 동안 호숫가를 돌던 지효는 백족화상을 만나 자신의 지금 심정을 알려주고 싶었다. 그래서 미친 듯이 경내로 뛰어 들어갔다. 경내로 들어서자 가람은 깊은 정적 속에 싸여 있었다. 지효는 그제야 자신의 감각이 현실 속으로 돌아옴을 느끼며 하늘을 올려다봤다. 달은 극락전 위로 떠올라 있었다. 달의 위치로 봐 자정이 훨씬 넘은 것 같았다.

지효는 백족화상이 거처하고 있는 토굴을 올려다봤다. 토굴 역시 깊은 정적 속에 싸여 있었다. 지효는 한순간 암담함을 느끼다가 극락전으로 발길을 돌렸다. 부처님 앞에 나아가서 감사의 참배를 드리고 싶어서였다. 극락전으로 오르는 층계는 마치 탑처럼 느껴졌다. 지효는 달빛 속에 모습을 드러내고 있는 층계를 가만히 바라보다가 한 계단 한 계단 오르기 시작했다. 층계를 다 오른 지효는 법당 옆으로 돌아가서 살며시 문을 열었다. 그 순간 지효는 너무 놀라 문설주를 잡고 우뚝 멈춰 섰다. 법당 안에는 백족화상이 문 쪽을 향해 결가부좌를 하고 앉아 있었다. 지효는 법당 안으로 들어가 백족화상 앞에 오체투지하고 엎드렸다.

"스님, 지효입니다."

백족화상은 고개를 들어 지효를 바라봤다.

"스님, 장하십니다. 정말 장하십니다."

"……."

'스님 장하십니다. 정말 장하십니다.' 지효는 입 속으로 백족화상이 한 말을 따라 했다. 이분은 내게 스님이라는 호칭을 되돌려주기 위해 10년 동안 공부를 시키셨구나. 백족화상을 올려다보는 지효의 얼굴은 눈물로 뒤덮여 있었다.

2장

Udambara

"엄마, 아빠 찾으시는 전환데……."

이랑은 와이셔츠를 다리고 있는 영옥을 보며 말했다.

"어디시냐고 물어보고 지방에 가셨다고 그래."

"그랬는데 엄마 좀 바꿔 달래."

이랑은 한 손으로 수화기를 막으며 작은 목소리로 말했다.

"……."

영옥은 스위치를 돌려 다리미 불을 꺼놓고 수화기를 받아 들었다.

"여보세요?"

"안녕하셨습니까? 저 박동화입니다."

수화기 너머로 동화의 목소리가 들려왔다. 영옥은 너무나

의외의 목소리에 심한 충격을 받고서 가만히 그 자리에 서 있었다.

"최 선생님을 뵈려고 했더니 지방에 가셨다고요?"

"지금 서울에 계신가요?"

"네, 서울입니다."

"언제 가실 건데요? 가시기 전에 오시면 연락을 드리라고 할게요."

영옥은 동화 연락처를 메모할 생각으로 볼펜을 들며 말했다.

"다니러 온 게 아니고 아주 살려고 왔습니다."

"네?"

"몇 년 전부터 오고 싶다는 생각을 하고 있었는데 마침 모교에서 자리를 마련해주더군요."

"……."

"자세한 말씀은 나중에 드리겠습니다. 최 선생님 오시면 제가 왔다는 말씀만 전해주십시오."

"사오 일 후쯤 다시 연락을 주세요. 그때면 오실 거예요."

"알겠습니다. 안녕히 계십시오."

저쪽에서 수화기를 놓는 소리가 들려왔다. 영옥은 수화기 놓는 소리를 듣고도 그대로 멍청히 서 있었다. 나이를 먹으면 얼굴이 늙어가듯 목소리 또한 늙어간다. 동화의 목소리는 마흔 넘은 중년 남자의 목소리를 하고 있었다. 마흔이 넘고 목소리

또한 늙었지만 동화가 왔음을 안 순간 영옥은 충격을 받았다. 왜 충격을 받았는지 그것은 영옥 자신으로서도 확실하게 알 수가 없었다.

10년 전 동화가 처음 서울에 왔을 때 그때 동화를 향한 영옥의 감정은 분노로 타고 있었다. 그것은 지효 때문이었다. 그러나 이젠 동화를 지효와 연결 지어서 생각하고 싶지 않았다. 생각하고 싶지 않은 게 아니라 그럴 의미를 잃고 있었다. 동화가 왔다고 해도, 동화가 행복하게 산다고 해도 지효는 괴로워하지 않을 것이다. 그런 것은 이미 지효를 괴롭힐 힘을 가지고 있지 못하기 때문이다. 그럼에도 동화의 존재는 이상하게 영옥의 마음에 걸렸고, 그리고 충격 같은 것을 안겨주었다. 왜일까?

"엄마, 전화도 하지 않으면서 왜 수화긴 들고 그래?"

소파에 앉아서 소설책을 읽고 있던 이랑이가 이상한 듯이 엄마를 쳐다봤다.

"내 정신 좀 봐."

영옥은 겸연쩍어하며 수화기를 놓고 돌아섰다.

"……?"

이랑은 그런 엄마를 보며 고개를 갸웃하더니 도로 책을 읽기 시작했다. 자리로 돌아온 영옥은 스위치를 돌려 불을 켜고 다시 다리미질을 했다. 그러는 그녀의 머릿속엔 동화 생각이 떠나지 않았다.

5, 6년 전쯤 동화한테서 장문의 편지가 왔었다. 마치 참회록을 쓰듯 자신이 지나왔던 길과 심정을 소상히 밝힌 그의 편지는 리포트지로 11장이나 되었다. 그는 편지 속에서 1년 전에 아들 하나를 새로 낳았으며, 자신을 사랑하는 아내와 두 아이를 데리고 별 불만 없이 살고 있다고 했다. 그리고 외국에 와서 그들과 어깨를 겨루며 살기 위해 숨 가쁘게 달려왔고 그 결과 목표했던 고지까지 올랐지만, 막상 고지에 오른 자신을 되돌아보면 뿌리를 못 내린 나무처럼 느껴져서 초라하고 외로워질 때가 있다고 했다. 그러나 이러한 것보다 자신을 더 괴롭히는 것은 학문에 대한 회의이며, 과학이 현대인의 의식을 지배하고 있지만 그들에게 해답을 줄 수 있는 영역은 너무나 미미해 과학도로서의 한계를 느낀다고 했다.

동화의 편지를 받은 최길성은 동화한테 답장을 썼고, 그 답장 속에서 영옥과 결혼했음을 알렸다. 영옥은 5,6년 전에 있었던 일을 떠올려보다가 다린 와이셔츠를 옷걸이에 걸어놓고 거실로 나왔다. 이랑은 여전히 소파에 앉아서 책을 읽고 있었다.

"무슨 책인데 그렇게 정신없이 읽니?"

영옥은 무슨 책인지 제목을 확인해보려고 하다가 그냥 이렇게 물었다.

"《사랑의 3중주》 헤세 거야."

이랑은 책에서 눈을 떼지 않은 채 건성으로 대답했다. 영옥은 그런 이랑을 잠시 바라보다가 물었다.

"오늘은 도서관에 안 가고 집에 있을 거니?"

"응. 오늘은 집에서 뒹굴래."

"그럴 거면 엄마랑 백화점에 가자."

"백화점엔 왜?"

이랑은 그제야 고개를 들고 엄마를 쳐다보았다.

"오빠 잠바 바꾸려고."

"오빠 잠바 샀어?"

"응. 늦기 전에 얼른 갔다 오자."

영옥은 거울 앞에 서서 머리를 빗으며 딸의 동행을 채근했다.

"오빠가 맘에 안 든대?"

"그게 아니라 흠집이 있어서……."

"흠집이 있는 걸 왜 사와?"

이랑은 시선을 도로 책에 돌리며 다리를 탁자 위에 올려놓았다. 가고 싶지 않다는 의사 표시였다.

"몰랐으니까 사 왔지. 안 갈래?"

영옥은 조금 언성을 높이며 딸을 돌아다봤다.

"응, 안 갈래. 엄마 혼자 갔다 와."

"같이 가자니까."

"……."

이랑은 굳이 동행을 하자고 하는 엄마가 이상한지 다시 고개를 쳐들고 영옥을 바라보았다.

    며칠 전 백화점 앞을 지날 때 백화점 창문엔 겨울 상품을 반값으로 세일한다는 광고가 붙어 있었다. 광고를 본 영옥은 구경이나 할까 하는 생각으로 백화점 안에 들어갔고 거기서 형규의 점퍼 하나를 사서 들고나왔다. 값은 반값이었지만 색상이나 옷감이 정품 못지않게 마음에 들었다. 그러나 막상 집에 와서 보니 소매 끝에 흠집이 있었다. 영옥은 그날 사 온 점퍼를 형규한테 보여주지도 않고 장롱 속에 그대로 넣어두었다. 다시 나가서 바꿔와야지 하는 생각을 하면서.

    그날처럼 우연히 옷을 사게 될 때 영옥은 언제나 이랑이 것보다는 형규 것을 먼저 샀다. 그것은 그녀를 지배해온 일종의 긴장감이었다. 형규한테 더 사랑을 쏟아야 한다는. 영옥은 그런 것을 의식하고 살아야 하는 자기 자신이 싫었고, 그것을 최길성이나 형규가 원하지 않는다는 것도 알고 있었다. 그러면서도 그 긴장감에서 풀려날 수가 없었다. 형규 점퍼를 바꿔와야겠다고 생각한 순간 영옥은 이랑이도 데리고 나가야지 하는 생각을 했다. 형규 점퍼를 고를 때 보아둔 분홍 점퍼가 생각나서였다.

    "그렇게 앉아 있지만 말고 얼른 준비를 하라니까."

    "엄만 참, 난 책 읽는 게 더 좋은데."

    "책은 갔다 와서 읽으면 되잖아."

"알았어."

이랑은 엄마의 청을 더 이상 거절할 수 없다고 생각했는지 내키지 않는 얼굴로 일어났다. 제 방으로 들어갔던 이랑이 목에 두터운 목도리를 두르며 나오자 영옥은 자동차 키를 찾아 들고 딸과 함께 밖으로 나왔다. 자동차를 세워놓은 주차장은 어둑하게 응달이 져 있었고 바닥은 채 녹지 않은 눈이 그대로 얼어서 빙판을 만들고 있었다.

"엄마 조심해. 미끄러운데."

이랑은 앞문으로 들어가며 주의를 주었다.

"그래 알았어."

영옥은 조심조심 차를 몰며 아파트 단지를 빠져나왔다. 이랑은 그제야 마음이 놓이는지 라디오 스위치를 눌러 음악을 틀었다. 라디오에서는 '산노을'이 소프라노 가수의 고음에 실려 애잔하게 울려 퍼졌다.

"어머, 내가 좋아하는 노래가 나오네."

이랑은 신기한 듯 라디오를 들여다보더니 쿠션에 몸을 기대며 작은 소리로 노래를 따라 불렀다. 그의 목소리는 라디오에서 흘러나오는 가수보다도 더 매혹적이고 감미로웠다. 영옥은 차를 몰며 슬그머니 고개를 돌려 딸을 보았다. 자기는 음치에 가까워서 남 앞에 서서 노래를 불러본 적이 없는데 이랑은 어려서부터 사람들 앞에서 노래하기를 좋아하고 학교에서도 늘 불려 다니며 노래를 했다. 영옥은 그런 딸을 보며 잠시 착잡한 감정에 잠기다가 감정을 떨쳐버리고 싶은지 세차게 머리를 흔들었다.

그들이 백화점 앞에 도착했을 때 흐렸던 하늘에선 비가 내리기 시작했다. 이상 기온 때문인지 금년 겨울은 비와 눈이 엇바뀌어 내렸다. 영옥은 코트 속에 둘렀던 머플러를 꺼내어 머리를 감싸고 딸과 함께 뛰어서 백화점 안으로 들어갔다. 백화점 출입구에는 들어가는 사람과 쇼핑을 끝내고 나오는 사람이 서로 뒤엉켜서 혼잡을 이루고 있었다. 비를 피하기 위해 백화점 안으로 들어가는 사람도 있었고, 쇼핑을 끝내고 나오던 사람도 갑자기 내리는 빗속으로 나갈 자신이 없는지 모두 문 앞에 서서 웅성거리고 있었다.

인파를 헤치고 들어간 영옥은 이랑과 나란히 에스컬레이터에 섰다. 에스컬레이터가 반쯤 올라갔을 때 옆에 서 있던 딸이 고개를 뒤로 돌리고 누군가를 보고 있었다. 영옥은 그런 딸이 이상해서 자신도 고개를 돌리고 에스컬레이터 아래를 내려다보았다. 그러던 그녀는 너무 놀라서 하마터면 비명을 지를 뻔했다. 반대로 내려가는 에스컬레이터에는 세혁이 서 있었고, 그는 이랑과 똑같은 표정으로 에스컬레이터를 타고 올라가는 이랑을 보고 있었다.

세혁을 본 영옥은 본능적으로 얼른 고개를 돌렸다. 그런 그녀의 얼굴은 핼쑥해져 있었다. 영옥이 어찌할 바를 모르고 당황해하고 있을 때 에스컬레이터는 3이라고 쓴 바닥에 두 모녀를 내려놓았다. 에스컬레이터에서 내린 영옥은 딸의 손을 잡아끌고 화장실로 들어갔다. 어딘가로 자신의 몸을 숨기고 싶었다. 아니, 자신의 몸을 숨기고 싶은 것보다 딸의 몸을 숨겨주고 싶었다.

"엄마 왜 이래?"

엄마 손에 잡혀 화장실로 끌려온 이랑은 이상하다는 얼굴로 영옥을 쳐다봤다.

"얼른 들어가. 엄만 이리로 들어갈게."

영옥은 화장실 문을 열어주며 이랑을 들이밀었다.

"난 화장실 가고 싶지 않아. 엄마나 갔다 와."

이랑은 짜증스러운 얼굴로 엄마를 쏘아보더니 화장실 밖으로 나오려고 했다.

"들어가라니까."

영옥은 화장실 문을 닫아주며 명령하듯 말했다.

"왜 이래, 엄마."

이랑은 화난 얼굴로 화장실 문을 열고 도로 나왔다.

"다 돌려면 시간 많이 걸리니깐 들어갔다 오래두."

영옥은 다시 이랑을 화장실 안으로 들이밀어 넣고 자신도 옆에 있는 화장실로 들어갔다. 그러는 그녀의 입술은 피라도 흐를 것처럼 바싹 메말라 있었다.

 최길성이 도다가에 도착한 것은 땅거미가 지고 있는 저녁때였다. 흰 눈이 펼쳐져 있는 들판은 어둠 속으로 가라앉고 밭가엔 멀쑥하게 큰 수숫대가 듬성듬성 서 있었다. 최길성은 밭가를 지나다가 수숫대 위에 앉아 있는 물총새를 가만히 올려다보았다. 호수에서 날아온 놈인지 물총새는 수숫대 위에 앉아서 어둠 속에 잠기는 들판을 우두커니 보고 있었다.
 '그 녀석 뭔가를 그리워하고 있는 거 같군.'
 최길성은 혼자 미소를 지었다. 어둠이 내려앉는데도 둥지 속으로 돌아가지 않고 혼자 들판을 내려다보고 있는 그 새가 꼭 뭔가를 그리워하고 있는 것처럼 느껴졌다. 그리움이라는 단어를 떠올리던 최길성은 걸음을 멈추고 자신도 물총새하고 비슷한 모습으로 어둠 속에 잠기는 들판을 바라보았다. 그러고 있는 그의 머릿속에는 채련의 얼굴이 떠올랐다. 긴 머리를 어깨 위로 내리고 두터운 검은 코트를 입고 걸어오던 모습…….
 '아마 여기쯤이었을 거야.'
 최길성은 주위를 두리번거리다가 길가에 서 있는 찔레 덩굴을 보며 혼자 중얼거렸다. 그때 채련은 종 표면에 쓸 조각을 들고 오솔길을 걸어왔고, 자기는 종 표면에 감을 칡덩굴을 들고 산에서 내려오다가 찔레 덩굴이 있는 밭가에서 서로 마주쳤었다. 어둠 속에 우두커니 서서 채련의 영상을 떠올리던 최길성은 주머니에서 담배 한 개비를 뽑아 입에 물었다. 자신의 머릿속에 떠오르는 채련은 여전히 삼십 대 초반의 젊디젊은 얼굴인데 자기는 육십 노인이 되었다는 생각이 들었다.

'그러고 보니 세월이 흐르긴 흐른 모양이군.'

최길성은 담배 연기를 뿜으며 쓸쓸하게 웃었다. 30년 세월이 분명히 자기 곁을 지나갔는데 최길성은 어쩐지 그 세월을 살았다는 기분이 들지 않았다.

'아무것도 해놓은 게 없어서 그런가?'

최길성은 자신을 향해 이렇게 반문해 보았다. 최길성은 정말 아무것도 한 것 없이 30년 세월을 보냈다는 생각을 하고 있었다. 아니, 30년 세월뿐 아니라 자신의 전 생애를 통해서도 정말 이렇다 하게 해놓은 게 없었다. 젊은 시절에 방황도 많이 했고, 방황의 대가를 치른 후에 종을 만드는 일에 뛰어들었지만 결국 종다운 종도 하나 제대로 만들어놓지 못하고 머리만 반백이 되고 말았다.

아니, 어쩌면 그 자신이 그런 의지를 가지고 있지 않았는지도 모른다. 처음 종에 관심을 가지고 그 일을 시작했을 때는 그야말로 목숨이라도 걸어놓고 화엄 세계를 드러내는 종 하나를 만들어보겠다고 욕심을 냈었다. 그러나 채련과 담시가 도다가의 종을 만든 이후 최길성은 그 욕심에서 벗어났다. 그들이 이미 그런 종을 만들었다는 생각이 들었기 때문이었다.

물론 그 종을 만드는 과정에 자신이 참여하지 않은 것은 아니다. 참여 정도가 아니라 종을 만들겠다는 뜻을 처음 가진 것도 자기 자신이었고, 종을 만드는 일체의 뒷받침을 해준 것도 자기 자신이었다. 그러기 때문에 어떻게 보면 도다가의 종은 최길성이 만들었다고 해도 과언이 아닐 것이다. 그런데도 이상하게 도다가의 종은 담시와 채련의 몫으로만 느껴졌고 자기 자신하곤 처음부터 아무 인연도 없었던 것처럼 생각되었다.

최길성은 그런 감정이 느껴질 때마다 그건 그 종 속에 담시와 채련의 혼이 녹아 들어가 있어서겠지, 하며 자신의 서운한 마음을 달래었다. 도다가의 종이 만들어진 후에도 최길성은 종에서 손을 떼지 않았다. 종 주문이 오면 종을 만들었고, 그때마다 좋은 종을 만들어야 한다는 생각으로 정성을 기울였다. 그러나 처음 쏟았던 그런 열정은 다시 살아나지 않았다. 어둠 속에 서서 담배 한 대를 다 피운 최길성은 발길을 돌려 경내로 들어갔다. 자신이 처음 도다가에 올 때만 해도 송 노인 집 한 채밖에 없었는데 이젠 대가람으로 바뀌어 있었다. 요사채도 증축되었고 선방도 세 채나 새로 지어졌다.

경내로 들어선 최길성은 호숫가에 서 있는 종루를 물끄러미 바라보았다. 채련의 유골을 들고 와 종루 밑에 뿌리고 그 위에 백토를 덮어주던 일이 생각났다. 내가 융의 진학 문제로 담시를 찾아간다는 것을 안다면 채련은 어떤 표정을 지을까. 최길성은 잠시 이런 부질없는 생각에 잠기다가 법당 쪽으로 발길을 돌렸다. 최길성이 법당 층계를 중간쯤 올라갔을 때 어디서 '나무아미타불' 소리가 들려왔다. 최길성은 잠시 귀를 기울이다가 싱긋이 미소를 지었다. 그리고 부지런히 층계를 마저 올라갔다. 그가 법당문을 열자 법당 안에는 예상했던 대로 달운 스님이 혼자 앉아서 향로를 내려놓고 향로 속에 박힌 그루터기 향을 솎아내고 있었다.

"스님, 안녕하셨습니까?"

최길성이 달운 스님을 향해 합장을 하자 달운 스님은 잇몸만 남은 입을 함박같이 벌리며 웃었다.

"나무아미타불."

"그동안 건강은 좋으셨습니까?"

"나무아미타불. 다 나무아미타불."

달운 스님은 다시 함박같이 입을 벌리며 최길성을 쳐다봤다. 최길성은 그런 달운 스님을 보고 싱긋이 웃었다. 일체가 아미타불의 가호 속에 있다는 얘기인지 아니면 아미타불 덕분에 건강하다는 얘긴지 그건 알 수 없지만 아무튼 달운 스님은 아미타불의 보호 속에서 건강하고 행복하게 지내는 것만은 틀림없어 보였다.

최길성은 부처님 앞으로 다가가 공손히 삼배를 하고 물러나왔다.

"스님, 저 먼저 나가겠습니다."

"그래, 나무아미타불."

달운 스님은 또 잇몸만 남은 입으로 함박같이 웃었다. 최길성은 잇몸만 남은 달운 스님이 하도 평화롭게 보여서 사람은 이가 있어서 서로 물어뜯으려고 하는 탐욕을 부리는 것이 아닐까 하는 생각을 잠시 해보다가 혼자 히죽이 웃었다. 자신의 생각이 재미있어서였다. 칠십이 조금 넘어서부터, 그러니까 최길성이 다시 도다가를 드나들기 시작하면서부터 뵈었는데 그때도 달운 스님은 잇몸만 남은 입으로 함박같이 웃었었다.

'보살이 따로 없지.'

달운 스님을 돌아다보던 최길성은 속으로 이렇게 중얼거리며 법당 밖으로 나왔다. 주위는 완전히 어둠 속에 잠겨 있고 경내는 가람 특유의 정적이 감돌았다. 최길성은 잠시 법당 층계에 서서 어둠 속에 불을 밝히고 있는 요사채를 바라보다가 그 쪽으로 발길을 돌렸다. 지효 스님을 먼저 만나기 위해서였다. 최길성이 요사채 쪽으로 걸어갈 때 종무소에서 나오던 스님이 최길성을 알아보고 먼저 인사를 했다.

"아니, 거사님 아입니꺼?"

"향운 스님이시군요."

최길성도 마주 오는 스님을 향해 합장을 했다. 대원사 스님으로 대원사에서 종 불사를 할 때 여러 번 만나 안면이 있는 스님이었다.

"지금 오시는 길입니꺼?"

"네. 그런데 스님은 언제부터 여기 와 계셨습니까?"

"서너 달 됐습니더. 도다가에만 오면 성불한다 하기에 친구 따라 강남 간다고 찾아와 봤습니더."

향운 스님은 허공을 향해 허허 웃었다. 성불한다고 해서 찾아왔다곤 하지만 성불하는 일엔 별로 관심도 가지고 있지 않아 보였다.

"선방엔 안 들어가십니까?"

"모두 틀고 앉았으면 거사님 같은 손님이 오면 누가 맞아 줍니꺼?"

최길성은 싱긋이 웃으며 향운 스님을 바라보았다. 도다가에 오긴 했지만 선방에 들어가긴 싫고 종무소나 지키고 있다가 아는 사람이 오면 반겨주는 것이 그의 일과 같았다.

"지효 스님한테 제가 왔다는 것을 좀 알려주십시오."

최길성은 지효 스님이 거처하는 암자를 찾아가기가 뭣해서 향운 스님한테 부탁했다.

"지효 스님도 좋지만 우선 공양부터 드시소. 부처님도 우유 죽 한 그릇을 잡순 후에야 성불을 하셨습니더."

향운 스님은 앞장을 서더니 부엌 옆에 있는 대중방으로 최길성을 안내했다. 최길성은 번거롭게 해드리는 게 미안하다고 느껴졌지만 아무래도 저녁은 먹어야 할 것 같아서 아무 말 안 하고 방으로 들어갔다. 그러자 조금 후에 행자가 저녁상을 들고 왔다.

"공양 드십시오."

행자는 상을 놓고 공손하게 합장을 하더니 밖으로 나갔다.

"고맙습니다."

최길성은 행자 뒤에 대고 합장을 한 후 수저를 들었다. 하얀 사기 종발 안에 담긴 산초장아찌가 제일 먼저 눈에 들어왔다. 최길성은 산초 하나를 집어 입에 넣었다. 톡 쏘는 듯하면서도 향긋한 맛이 입 속에 감돌았다. 공양을 다 든 최길성이 상을 들고 막 일어서려고 할 때 지효 스님이 들어왔다.

"선생님 오셨습니까?"

지효 스님은 합장을 하며 인사를 했다.

"안녕하셨습니까?"

최길성도 자리에서 일어나 지효 스님을 향해 마주 합장을 했다.

"상을 이리 주십시오."

지효 스님은 상을 받아들고 밖으로 나갔다. 지효 스님이 나가자 최길성은 만장같이 넓은 대중방에 혼자 우두커니 앉아 있었다. 절을 찾을 때면 언제나 느껴지는 감정이지만 특히 도다가에 오면 자신이 미물처럼 초라하게 느껴졌다.

'나도 어서 공부를 해야 할 텐데…….'

최길성은 자신의 생 안에서 정말 공부다운 공부를 해야 한다는 생각을 늘 하고 있었다. 백발은 벌써 성성한데 이렇게 세월만 보내고 앉아 있으니.

그때 지효 스님이 빨간 홍시가 담긴 쟁반을 들고 들어와 최길성 앞에 놓으며 권했다.

"하나 들어보십시오. 항아리 속에 넣어뒀던 거라 싱싱합니다."

"네."

최길성은 홍시를 하나 집으며 가만히 지효 스님을 바라보았다. 사십이 넘은 탓도 있었지만 그녀는 이제 완전히 구도자의 모습을 하고 있었다. 마치 잘 익고 있는 과일처럼 그녀 몸속엔 향내가 익어가고 있었다.

"공부는 잘 되십니까?"

"좋은 스승님을 모신 덕에 공부가 조금씩 깊어가고 있습니다."

지효 스님은 담담하게 자신의 심경을 말했다.

"도다가에 와서 공부하면 모두 성불한다는 말이 돌던데요."

최길성은 미소를 지었다.

"모든 스님이 다 그러신 거는 아니겠지만 많은 스님들이 공부가 깊어가는 기쁨을 느끼고 계십니다."

지효 스님은 조용히 입을 다물었다. 그런 그의 머릿속엔 정관 스님의 얼굴이 스치고 지나갔다.

모든 스님이 성불한다는 말은 어폐가 있지만 도다가에 본격적으로 선원이 개원되고 스님들이 모여들어 백족화상의 지도로 참선을 한 이래 많은 스님들이 선열(禪悅)에 잠기고 있었다. 깨달음에도 깊고 큼에 차이가 있으므로 그들의 깨달음을 가리켜 구경의 경지라고는 할 수 없지만 그래도 많은 스님들이 지금까지와는 완연히 다른 새로운 세계를 체험하면서 자신도 성불할 수 있다는 확신 속에 정진하고 있었다. 그런데 유독 정관 스님만이 그 일에 진척이 없었다. 그 스님은 다른 스님들이 모여들기 이전부터 도다가에 와서 공부를 했고, 누구보다도 치열하게 수행에 임했는데 어쩐 일인지 조금도 앞으로 나아가지 못했다.

대선정에 들었던 백족화상이 도다가에 있는 도반들과 참선을 시작하던 날, 선방에는 백족화상을 중심으로 달운 스님, 정관 스님, 그리고 지효 스님이 함께 자리를 하고 있었다. 그때 백족화상은 무릎을 꿇고 달운 스님을 향해 공손히 합장을 하더니 아미타 부처님께 발원을 했다.

"진리의 본체이신 아미타 부처님, 아미타 부처님께 발원합니다. 저는 이생의 생명을 다 바쳐 달운 스님을 꼭 성불시키겠나이다."

백족화상을 지켜보던 달운 스님은 감격한 나머지 자리에서 일어나 백족화상을 향해 삼배를 했다. 그러자 이번에는 백족화상이 달운 스님 앞에 앉으며 아미타 부처님께 똑같은 발원을 하라고 당부했다. 백족화상의 당부를 받은 달운 스님은 당황한 빛을 숨기지 못하더니 백족화상 앞에 무릎을 꿇고 앉으며 아미타 부처님을 향해 발원했다.

"진리의 본체이신 아미타 부처님, 아미타 부처님께 발원합니다. 저는 이생의 생명을 다 바쳐 백족화상을 꼭 성불시키겠나이다."

달운 스님의 발원을 들은 백족화상은 달운 스님이 했던 것처럼 조용히 자리에서 일어나 달운 스님을 향해 감사의 삼배를 드렸다. 삼배를 마치고 자리에 앉은 백족화상은 지효 스님과 정관 스님을 돌아다보며 두 사람도 서로를 향해 같은 발원을 하라고 일렀다. 백족화상의 당부를 받은 두 사람은 처음 백족화상과 달운 스님이 했던 것처럼 아미타 부처님을 향해 서로를 성불시키겠다는 발원을 했다. 정관 스님을 성불시키겠다는 발원을 하긴 했지만 지효 스님은 그 발원이 가슴에 닿지 않았다.

성불은 고사하고 작은 깨달음도 얻지 못한 자기 주제에 다른 스님을 성불시키겠다고 발원하는 것이 너무도 공소하게 느껴져서였다.

그러나 그 발원을 수없이 반복하면서부터 지효 스님은 새로운 사실을 깨닫게 되었다. 마치 염불하듯 하루에도 수백 번 같은 발원을 하자 지효 스님의 가슴속에선 정관 스님에 대해 전에 느껴보지 못했던 연민이 느껴지면서 그 스님이 꼭 성불하기를 바라는 마음이 생기기 시작했다. 그러면서부터 지효 스님은 정관 스님이 공부를 하는 데 방해가 되는 일, 이를테면 기분을 상하게 하는 일이나 노여움을 느끼게 하는 일은 삼가게 되고 가급적 공부가 잘 되도록 배려를 해주고 싶은 마음이 생겼다.

그런 마음이 생기자 지효 스님은 정관 스님에 대해 전적으로 관심이 가져졌다. 자기가 아닌 다른 존재에 대해 관심을 갖는다는 것은 어느 정도 사랑의 감정이 밑받침되었을 때 가능했고, 그 감정이 밑받침되고 있다고 느끼면서부터 정관 스님에 대해 시시비비를 가리는 마음이 줄어들게 되었다. 그러면서도 한 가지 풀리지 않는 의문은 정관 스님의 공부였다. 그는 누구 못지않게 정진하고 있음에도 불구하고 조금도 앞으로 나아가지 못했다.

"집사람이 스님한테 갖다 드리라고 하면서 이걸 주더군요."

최길성은 가방 속에서 김 봉지를 꺼냈다.

"……."

자신의 생각 속에 잠겨 있던 지효 스님은 고개를 들고 최길성을 쳐다봤다.

"김입니다."

최길성이 설명하지 않아도 방 안에는 고소한 김 냄새가 풍겼다. 절에 계신 스님들은 김을 간식으로 드는 경우가 종종 있었다. 김은 영양가도 많을 뿐 아니라 위에 부담을 주지 않기 때문에 공부하시는 스님들한텐 좋은 간식거리였다.

"이렇게 마음을 쓰지 않아도 되는데…. 참, 부인은 잘 있습니까?"

지효 스님은 미소를 지으며 물었다. 비로소 얼굴에 감정의 물결이 일었다.

"네."

가방 지퍼를 잠그던 최길성은 시계를 들여다보았다. 7시가 지나고 있었다.

"백족화상은 지금 선방에 계십니까?"

"아닙니다. 큰스님은 지금 가마에 계십니다."

"오늘도 청자를 구우시는 모양이군요."

"요즈음은 참선 시간만 빼시곤 거의 가마에 가 계십니다."

"그렇게 무리하시면 건강을 해치실 텐데요."

"그러지 않으시면 도량을 이끌어 가시지 못합니다. 지금 여기서 공부하시는 스님들이 육십 명이 넘습니다."

"……."

최길성은 잠자코 입을 다물었다. 백족화상이 밤을 새워 청자를 굽지 않으면 함께 공부하는 도반들의 의식주를 해결할 수 없다는 것을 그도 잘 알고 있었다.

"그럼 저도 그쪽으로 가보겠습니다."

최길성은 가방을 들고 자리에서 일어섰다.

"제가 모시고 같이 가겠습니다."

지효 스님은 최길성에게서 받은 김을 시렁 위에 올려놓으며 말했다.

"아닙니다. 아는 길인데요."

최길성이 사양했다.

"……."

지효 스님은 달운 스님의 양말을 깁던 일을 잠시 생각하다가 그건 갔다 와서 깁지, 하는 생각을 하며 최길성을 따라 밖으로 나왔다. 지효 스님으로선 최길성에 대한 고마움을 잊을 수가 없기 때문에 마음으로나마 그 고마움을 갚고 싶었다.

"이쪽으로 오십시오."

밖으로 나온 지효 스님이 앞장을 서며 말했다.

"요즈음은 겨울이라 가마에서 일을 하시는 스님들이 많으시겠군요."

"네. 많은 스님들이 큰스님을 도와서 함께 일을 하고 있습니다."

앞에서 가던 지효 스님은 언 땅을 조심조심 걸으며 대답했다.

도다가에서는 새벽에 예불을 드린 후부터 여섯 시간 동안 백족화상을 중심으로 모든 스님이 모여 참선을 한다. 그리고 사시마지 후 점심공양이 끝나면 그때부터 저녁예불 시간까지는 자유 시간이다. 스님들은 이 시간 동안 선방에 남아서 참선을 계속하기도 하고, 경전을 펴놓고 공부를 하기고 하고, 나무를 해오거나 밭일을 하거나 가마에서 백족화상을 도와 청자를 굽는 등의 울력을 하기도 한다.

그리고 저녁공양이 끝나면 저녁예불에 들어가고 예불이 끝나면 모든 스님이 다시 참선을 하는데 이때는 시간이 정해져 있지 않았다. 그러기 때문에 한두 시간으로 참선을 끝내는 스님들도 있고 장좌불와로 밤을 새우는 스님들도 있었다. 그들은 어떤 일을 하든지 일 자체를 수행과 연결시켰다. 따라서 스님들은 나무를 하든지 밭일을 하든지 청자를 굽든지 자신들이 하고 있는 일을 구도로 생각했고 백족화상도 그렇게 하도록 강조했다. 특히 백족화상이 강조하는 것은 도반과 도반의 만남이었다. 만남은 해(解)로 깊어지고, 해는 공경심으로 이어지기 때문에 마음속에서 해가 증득되지 않으면 하화중생의 보살도를 실천할 수 없다고 했다.

"여긴 눈이 많이 왔군요."

"네. 며칠 전에 한 자 넘게 왔습니다."

지효 스님은 신고 있는 털신이 미끄러운지 조심해서 걸으며 말했다. 호숫가에 서 있는 살구나무 밑을 지나 얼마쯤 걸어가자 가마가 보였다. 가마 앞엔 껍질을 벗긴 흰 소나무가 산더미처럼 쌓여 있었고 그 둘레에는 백족화상을 중심으로 도다가의 촌로들과 스님들이 모여 서 있었다.

그들은 조용히 고개를 숙이고 있었는데 그러고 있는 그들 둘레엔 엄숙함과 경건함이 감돌고 있었다. 불을 때기 전에 자신들의 기(氣)를 응징시켜 아궁이 속으로 몰아넣고 있는 것 같았다. 한참 동안 그렇게 서 있던 백족화상은 허리를 반쯤 굽히며 아궁이 속에 불을 지폈다. 그러자 아궁이 속에 있던 흰 나무들이 분홍색으로 물들며 불길을 끌어들이기 시작했다.

백족화상은 아궁이 앞에 서서 타고 있는 불길을 물끄러미 보면서 좋은 청자가 구워질는지를 가늠해보고 있는 것 같았다. 그때 최길성의 옆에 서 있던 지효 스님이 백족화상 옆으로 걸어갔다.

"스님, 서울 거사님이 오셨습니다."

지효 스님은 공손하게 합장을 하며 최길성이 왔음을 알렸다.

"……."

백족화상은 조용히 최길성 쪽으로 몸을 돌렸다.

"안녕하셨습니까, 스님?"

최길성은 백족화상 앞으로 다가가며 합장을 했다.

"거사님이 오셨군요."

백족화상도 미소를 지으며 최길성을 향해 공손히 합장을 했다.

"불을 때시는 줄 알았으면 절에서 기다릴 걸 그랬습니다."

"아닙니다. 이리로 들어오십시오."

백족화상은 도다가 촌로들이 기거하는 방으로 최길성을 안내했다. 전에 배 노인이 쓰던 방을 배 노인이 세상을 뜨자 도다가 촌로들이 그대로 쓰고 있었다.

"들어오십시오."

먼저 방으로 들어간 백족화상이 최길성이 들어오기를 기다렸다.

"네."

최길성은 신을 벗고 안으로 들어갔다.

"인사부터 드리겠습니다."

최길성은 백족화상을 향해 삼배를 했다. 그러자 백족화상도 최길성을 향해 공손히 합장을 했다.

"그동안 별고 없으셨습니까?"

백족화상이 미소를 지으며 안부를 물었다. 최길성은 미소를 짓고 있는 백족화상을 황홀한 눈으로 바라보았다. 인간의 모습이 저토록 아름다울 수 있을까? 그것은 백족화상을 볼 때마다 느끼게 되는 감정이었다.

"저는 별일 없이 지냈습니다. 그런데 스님이 너무 무리를 하시는 것 같습니다."

"저보다 더 무리하면서 사시는 분들이 얼마나 많이 계십니까. 스님들이 공부할 수 있도록 옆에서 도와주시는 분들께 감사를 드리고 있습니다."

백족화상은 나직한 음성으로 말했다. 자신들이 구운 청자를 사 가는 사람들 하나하나에 깊은 고마움을 느끼고 있는 얼굴이었다.

"……."

최길성은 융의 문제를 어떻게 꺼낼까 하고 속으로 궁리하고 있었다. 융은 백족화상에 의해 태어났지만 그 사실을 백족화상한테 밝힌 사람은 아직 아무도 없었다. 채련과의 관계를 가장 소상하게 알고 있는 최길성도 그 얘기만은 아직까지 밝히지 못하고 있었다. 융의 얘기뿐 아니라 채련의 얘기도 최길성은 입에 올리지 않았다. 채련은 융을 낳다가 죽었으며 그녀의 유골은 자기가 들고 와 도다가 종 밑에 뿌렸다는 얘기를.

그러나 얘기를 하지 않았다 해서 백족화상이 그 사실을 모르고 있다고는 생각지 않았다. 백족화상은 융이 이 씨의 보살핌 속에서 자라고 있다는 것도 알고 있을 것이고, 채련의 유골이 도다가 종 밑에 뿌려졌다는 사실도 알고 있을 것이다. 최길성은 백족화상이 그러한 모든 사실을 알고 있다는 것을 알면서도 그 자신은 침묵할 수밖에 없었다.

최길성이 잠시 지나왔던 세월을 더듬어보다가 고개를 들자 가부좌를 하고 앉아 있던 백족화상도 고개를 들고 조용히 최길성을 바라보았다.

"현대인들도 마찬가지지만 특히 미래인들은 과학으로 증명되지 않는 것은 믿으려고 하지 않을 겁니다. 종교도 마찬가집니다. 지금 지상에는 몇 개의 고등 종교가 있지만 그 종교들이 미래인들을 위한 종교로 남아 있기는 어려울 겁니다."

백족화상은 최길성을 보며 이렇게 입을 열었다.

"……"

최길성은 말을 할 때마다 맑은 빛을 뿜어내고 있는 백족화상의 치아를 넋을 잃고 바라보고 있었다.

"지상에 있는 몇몇 종교가 미래인을 구원할 힘을 잃고 소멸해간다 하더라도 불교만은 미래인을 위한 종교로 남을 겁니다. 불교 안에는 그럴 수 있는 힘이 있기 때문입니다. 그러나 불교 안에 그럴 수 있는 힘이 있다 하더라도 그것을 미래인들의 성품에 맞게 변혁하고 개발하지 않으면 불교 역시 소멸해가기는 마찬가질 겁니다."

　백족화상은 잠시 말을 끊고 최길성을 바라보았다. 그의 시선은 빛의 원류에서 뿜어져 나온 광선처럼 너무도 강렬해 최길성은 그 시선을 도저히 받을 수가 없었다.

　"불교가 미래인들의 성품에 맞도록 변혁·개발되어야 한다는 것은 어떻게 하는 것입니까?"

　최길성은 백족화상의 시선을 피하며 이렇게 물었다.

　"그것은 불교 경전 속에 담긴 교리를 과학으로 증명해 내는 일입니다. 지금 과학에선 그 일을 하고 있습니다. 양자역학에서 물질의 최소 단위인 입자가 실재하는 것이 아니라는 것은 이미 증명되었습니다. 그것들은 때로는 입자로 모습을 드러내지만 때로는 파동으로 나타나기도 하지요. 그건 불교의 색즉시공(色卽是空)의 이론과 같은 것입니다. 물론 색즉시공이라는 말 속에는 형상 이상의 의미도 포함돼 있습니다만."

　"……."

　최길성은 멍하니 백족화상을 쳐다봤다. 왜 갑자기 불교 교리를 설명하고 있는지 이해가 가지 않아서였다.

　"거사님도 알고 계시다시피 저는 어린 시절 좋은 스승님을 만난 인연으로 사문의 몸으로 있으면서도 일찍이 천문학과 물리학에 눈을 뜰 수 있었습니다. 그 후부터 오늘에 이르기까지 저는 경전 공부 못지않게 자연과학에도 관심을 가지고 그쪽 공부를 해왔습니다."

"……."

최길성은 백족화상을 쳐다보았다. 그는 노 교수를 만난 것이 자신의 생애에 커다란 전환을 가져다주었다고 술회하고 있었다. 그런 그의 말을 듣고 있는 최길성은 미묘한 감정에 사로잡혔다. 사통오달 막힘이 없었던 노 교수의 학문은 결국 백족화상을 위해 필요한 것이었고 파란만장했던 그의 생애도 어쩌면 백족화상을 만나기 위한 준비 과정이었을지도 모른다는 생각이 들었다.

"불교의 경전 중에서 특히 화엄경은 장엄한 교향곡과도 같습니다. 교향곡 속엔 수많은 음표가 있어 높고 낮음과 길고 짧음을 표현하고 있지만 그것을 소리로 드러내어 들려줄 수 있는 사람은 연주자들입니다. 화엄경의 진리도 이와 같습니다. 화엄경은 우주의 진리를 담고 있지만 그것을 밖으로 드러내주지 않으면 세상 사람들이 그 진리를 알 수가 없습니다. 지금까지는 종교의 영역에서 구도자들이 그 역할을 담당해왔지만 앞으론 구도자만으로는 그 소임을 다할 수가 없습니다. 과학의 힘을 빌려야 합니다."

"……."

"아무리 뛰어난 연주자라 하더라도 연주할 악보가 없으면 소리를 낼 수가 없습니다. 과학은 그와 같습니다. 과학만으로는 진리를 증명할 수 없습니다. 그러기 때문에 과학자는 궁극적으로 종교 속에서 진리를 찾아야 하고 찾은 진리를 과학의 법칙으로 증명해야 합니다. 그것은 연주자가 악보를 보고 악기를 이용해 소리를 내는 일과 같습니다."

"……."

"불교가 미래 종교로 남아서 미래인들에게 지속적으로 불교의 진리를 가르쳐주기 위해서는 도(道)와 과학을 한 그루의 나무로 접목시키는 사람이 나와야 합니다. 그럴 수 있는 사람은 도인인 동시에 위대한 과학자여야 합니다."

백족화상은 입을 다물고 최길성을 바라보았다. 한참 동안 그렇게 최길성을 바라보고 있던 백족화상은 조용히 말했다.

"거사님 주위에 혹시 그럴 만한 재목이 있거든 그 길을 가도록 이끌어주십시오."

"……."

그 순간 최길성의 가슴속은 먹구름이 걷히는 것처럼 시원해졌다. 백족화상이 왜 장장 긴 시간 동안 자신한테 그 이야기를 들려줬는지를 알았기 때문이었다.

"자네, 시장가는 길에 융 내의하고 집에서 막 입을 옷도 몇 벌 사 오게."

대청마루에 선 이 씨는 함지에다 메밀을 담아 들고 나오는 곽 서방네를 보고 말했다.

"지난번에도 몇 벌 사놓으셨잖습니까?"

곽 서방네는 들고 있는 함지를 추스르며 이 씨를 쳐다봤다.

"아무래도 몇 벌 더 보태야겠네. 집 나서서 속옷 주릅들면 되겠는가."

이 씨를 쳐다보던 곽 서방네는 슬그머니 고개를 돌렸다. 이 씨는 융을 떠나보내는 아픔을 내색하지 않으려 했지만 그의 얼굴엔 아픔이 역력히 배어 있었다. 그러기 때문에 이 씨 얼굴을 맞대면하기가 괴로웠다. 함지를 들고 뒤꼍으로 돌아 나온 곽 서방네는 벽에 걸린 키를 내려서 부지런히 메밀을 까불었다. 시장에 가서 메밀을 타가지고 와서 묵을 쑤려면 아무래도 밤중은 돼야 할 것 같았다.

융이 서울로 간다는 결정이 내려진 후 이 씨는 옆에 있는 사람이 보기에 안타까울 정도로 마음의 평정을 잃고 있었다. 우두커니 앉아 있다가 융이 좋아하는 음식이 생각나면 갑자기 그걸 하라고 시켰고, 융한테 소용되는 물건이 있다고 느껴지면 또 그걸 당장 사 오라고 시켰다. 그래서 곽 서방 내외는 거의 매일 융이 좋아하는 별식을 만들고 융한테 소용되는 물건을 사기 위해 시장을 다녀오는 것으로 하루해를 보냈다. 오늘만 해도 점심상을 가지러 간 곽 서방네한테 이렇게 시켰다.

"자네, 메밀묵을 쑤게."

이 씨는 점심 먹는 일보다 융한테 무얼 해먹일까만 생각하고 있는 듯 상 위의 음식은 손도 대지 않았다. 곽 서방 내외는 그런 이 씨가 때론 좀 지나치다는 생각도 들었지만 그의 마음을 누구보다도 잘 알고 있었기 때문에 그가 시키는 일은 무엇이든 거역하지 않고 다 하고 있었다. 메밀을 다 까분 곽 서방네는 키를 걸어놓으려다가 바깥 시렁 위에 얹혀 있는 미역이 눈에 띄어서 미역 한 올을 내려가지고 부엌으로 들어왔다. 들깨를 갈아 넣고 저녁에 미역국이나 끓여야겠다는 생각이 들어서였다. 부엌으로 들어온 곽 서방네는 들고 있던 미역을 분질러 오지자배기 속에 넣고 그 위에 물을 부었다. 시장에 다녀올 동안 미역을 불려 놓기 위해서였다. 미역을 담그고 돌아서려던 곽 서방네는 불현듯 20년 전의 일이 생각나서 오지자배기를 한 손으로 잡고 우두커니 서 있었다.

이 씨가 융을 데려온 지 반년쯤 지났을 때 곽 서방네는 지금처럼 미역을 담그고 있었다. 그때 이 씨가 곽 서방네를 불렀다.

"자네 얼른 대야에다가 더운물 좀 가져오게."

"……?"

곽 서방네가 무슨 말인지 알아듣지 못하고 가만히 서 있자 이 씨가 야단을 쳤다.

"대야에다가 더운물 좀 가져오라는데 왜 그렇게 서 있나?"

곽 서방네는 무슨 영문인지는 알 수 없었지만 아무튼 시키는 대로 물을 데워가지고 안방으로 들어갔다.

"마님, 물 가져왔습니다."

곽 서방네가 들고 온 대야를 앞에 놓자 이 씨는 적삼을 벗더니 바싹 마른 젖꼭지를 씻기 시작했다. 곽 서방네는 어리둥절한 얼굴로 서 있었다.

"다 됐으니 물을 가져가게."

이 씨는 삼층장에서 수건 하나를 꺼내 씻은 가슴을 닦았다. 곽 서방네는 대야를 마루에 내다 놓고 방바닥에 흐른 물을 닦으려고 걸레를 들고 다시 방으로 들어갔다. 그러던 그녀는 너무 놀라서 걸레를 든 채 가만히 이 씨를 바라보았다. 적삼을 입은 이 씨는 며느리 옆으로 다가가 며느리 무릎 위로 기어오르는 융을 안아다가 자신의 젖꼭지를 물렸다. 젖을 먹고 있는 송강을 보자 자기도 같이 젖을 먹겠다고 동미 무릎 위로 기어오르는 융을 차마 볼 수 없었던 것이다. 그렇게 시작해서 근 1년간 이 씨는 융한테 자신의 젖을 물렸다. 돌잔치를 하고도 몇 달 동안 더 젖을 물렸다.

오지자배기 앞에 서서 옛날 일을 떠올리고 있던 곽 서방네는 눈가를 눌러 눈물을 찍어내고 메밀을 담은 자루를 들고 대청마루로 나왔다.

"마님, 얼른 다녀오겠습니다."

"알았네. 갔다 오게."

안에서 이 씨 목소리가 들렸다. 곽 서방네는 메밀 자루를 머리에 이고 중문을 나섰다.

'이 양반은 된장에 풋고추 박힌 것처럼 어디 가서 이렇게 오지 않을까? 이럴 때 오토바이라도 태워다주면 좋으련만…….'

마음이 급해진 곽 서방네는 아침부터 얼굴을 보이지 않는 남편이 야속해서 혼자 구시렁거리며 채마밭 쪽으로 걸어갔다. 그때 감나무 밑으로 걸어오는 최길성이 보였다.

'서울 최 선생님 같은데… 아유, 맞네.'

곽 서방네는 부지런히 감나무 밑으로 걸어갔다.

"최 선생님 오시는군요. 어서 오세요."

곽 서방네는 머리에 이고 있는 자루가 떨어지지 않게 한 손으로 잡으며 인사를 했다.

"안녕하셨습니까? 그런데 어디 가시는 길입니까?"

"시장에 좀 갔다 오려고요. 마님 혼자 계시는데 어서 들어가 보세요."

"그러신 줄 알았으면 제가 타고 온 차를 보내지 말걸 그랬습니다."

최길성은 왔던 길을 되돌아보며 말했다.

"짐도 없는데요 뭐. 그냥 버스 타고 갔다 오죠. 어서 들어가세요."

곽 서방네는 온 얼굴에 웃음을 띠고 최길성을 바라보다가 몸을 돌렸다. 이 씨뿐 아니라 곽 서방 내외에게도 최길성은 미덥고 고마운 손님이었다. 곽 서방네가 깨밭 모퉁이를 돌아가려 할 때, 융이 자전거를 타고 밭 사이로 난 길을 달려왔다.

"아유, 마침 오네. 서울 아저씨 오셨어."

곽 서방네는 다시 온 얼굴에 웃음을 띠며 융을 바라보았다.

"서울 아저씨가요?"

융의 얼굴도 반가움으로 환해졌다.

"어서 가봐."

"네."

융은 자전거 페달을 밟으며 깨밭 모퉁이를 돌아갔다. 융이 깨밭 쪽으로 돌아가자 곽 서방네는 몸을 돌려 부지런히 가던 길을 걸어갔다.

'이러다간 밭가에서 해 떨어지겠네……'

"아저씨."

자전거에서 내린 융은 타고 온 자전거를 대문 앞에 세워놓고 대문 안으로 들어가려는 최길성을 불렀다.

"융이구나. 그동안 잘 있었니?"

"네. 아저씨도 안녕하셨어요?"

"그럼. 어서 들어가자."

"아저씨, 제가 먼저 들어갈게요."

최길성이 융의 어깨를 밀자 융은 최길성이 온 것을 할머니한테 빨리 알리고 싶은지 앞서서 뛰어갔다.

"할머니, 서울 아저씨가 오셨습니다."

융은 대청마루로 올라가며 말했다.

"서울 아저씨가?"

융의 말이 떨어지자마자 이 씨가 안방 문을 열고 나왔다.

"어서 오게. 그러잖아도 오늘은 오나 하고 기다리고 있었네."

"추운데 어서 들어가십시오."

최길성은 신발을 벗으며 이 씨한테 말했다.

"춥긴, 먼 길을 온 자네가 춥지……."

이 씨 얼굴엔 웃음이 감돌았다. 최길성을 보는 순간 답답했던 가슴이 뚫리는 듯했다.

"너도 들어가자."

신발을 벗고 마루로 올라온 최길성은 융을 데리고 안으로 들어갔다.

"어머님, 절 받으십시오."

"절은, 며칠 전에 봤는데……."

"제 절을 앞으로 백 번만 더 받으십시오."

최길성은 이 씨 앞에 엎드려 절을 하며 말했다.

"백 번을 받으려면 일 년에 몇십 번은 와야겠네."

"몇십 번은 못 오지만 일 년에 열 번은 오겠습니다."

"그럼 나더러 백 살을 살라는 말인가?"

이 씨는 눈을 흘겼다.

"백 살은 사셔야죠. 그래야 송강이 시집가는 것도 보시고······."

융이 장가가는 것도 보시고 하는 말을 하려다가 최길성은 입을 다물고 말았다. 융이 세상 사람들처럼 장가를 갈 것 같지가 않아서였다.

"그만 말하고 융한테 절부터 받게."

이 씨는 융을 쳐다보며 웃었다. 융은 최길성의 말이 끝나기를 기다리고 있는 듯 두 손을 맞잡고 단정하게 서 있었다.

"그러지요."

최길성은 자세를 바로 하며 절 받을 채비를 했다. 그러자 융이 공손하게 절을 했다. 이 친구가 훗날 도인의 모습과 과학자의 모습을 함께 보여줄 바로 그 주인공인가? 그런 생각을 하며 융을 바라보고 있는 최길성의 가슴속엔 묘한 감동이 일었다. 그것은 성자를 바라보고 있는 것 같은 감동이었다.

"융도 자네 오기를 기다리고 있었네. 그래, 어떻게 생각했는가?"

이 씨가 먼저 말을 꺼내자 융도 긴장한 얼굴로 최길성을 바라보았다.

"장래 진로를 정하는 데 있어서 내 조언을 받아들일 준비가 돼 있니?"

최길성은 먼저 융한테 물었다.

"네."

융은 그럴 뜻이 있음을 분명히 밝혔다.

"있다마다. 세상에서 융을 자네보다 더 잘 아는 사람이 어디 있겠는가?"

이 씨가 옆에서 거들었다.

"그럼 말하겠는데… 내 생각 같아선 물리학을 전공하는 게 좋을 것 같다."

융은 생각에 잠긴 얼굴로 잠자코 최길성을 쳐다봤다.

"물리학은 우주의 근본 원리를 캐 들어가는 학문이니까 일생을 걸고 해볼 만한 학문이라고 생각한다."

"……."

"네 생각은 어떠냐?"

"저희 물리 선생님도 제게 똑같은 말씀을 해주셨습니다."

"그래서?"

"조금 더 생각해보고 결정하겠다고 했습니다."

"선생님과 내가 함께 권하니 가능한 한 그렇게 하도록 결정해라."

"물리학이라면 나중에 뭐가 되는 건가?"

이 씨는 옆에서 궁금한 듯 물었다. 최길성은 백족화상한테서 들은 얘기를 할까 하다가 그건 이 자리에서 할 말이 아니라는 생각이 들어서 동화를 비유로 들어 설명했다.

"물리학을 하면 송강이 외삼촌 같은 학자가 될 수 있습니다."

"참, 송강이 외삼촌 얘기를 하니 자네한테도 알려줘야겠네. 송강이 외삼촌이 지금 서울에 와 있다네."

"동화가 말입니까?"

최길성은 놀란 얼굴로 되물었다.

"그렇다네. 모교에서 교편을 잡게 되었다고 하더구먼."

"그건 금시초문인데요."

"자네 집엔 연락을 했겠지. 서울에 있으면서 자네한테 연락을 안 했겠나."

"그렇겠지요. 제가 집을 나온 후에 연락을 한 모양입니다."

"그럴 걸세."

"일이 참 묘하게 되는군요. 융이 만약 물리학과를 가게 되면 동화한테 직접 배우게 될 겁니다."

"그래……."

이 씨도 일이 묘하게 되고 있다는 생각이 들었다. 20년이나 해외에 나가 있던 사람이 융의 대학 진학에 맞추어 부른 듯이 돌아왔다는 것은 아무래도 이상했다.

"동화가 돌아왔다는 것은 융을 위해서 아주 잘된 일입니다."

최길성은 어떤 확신을 느끼며 말했다.

"아무래도 그렇겠지."

이 씨도 최길성의 말을 긍정했다.

'융의 에미 생각을 해서라도 지가 우리 융한테 소홀하게는 못하겠지.'

"참, 송강인 어디 갔습니까?"

최길성은 집 안을 둘러보며 물었다.

"송강이 에민 집안에 잔치가 있어서 거길 갔고, 송강인 제 방에 있을 걸세."

"그러면 오라고 하지요. 본 지도 오래됐는데 얘기나 좀 하게요."

최길성은 송강이가 괴로워하고 있을 거라고 생각을 하며 이렇게 말했다.

"그러지. 융아, 네가 누나 방에 가봐라."

이 씨가 융을 돌아다보며 시켰다.

"네."

융은 자리에서 일어나 조용히 밖으로 나갔다. 대청마루로 나온 융은 잠시 마루에 서 있다가 송강이가 거처하고 있는 상방으로 갔다.

"누나 있어?"

융은 나직한 소리로 송강을 불렀다.

"……."

그러나 방 안에선 아무런 대답도 들려오지 않았다. 융은 고개를 갸웃하며 서 있다가 조용히 방문을 열었다. 송강은 책상 위에 엎드린 채 꼼짝도 하지 않고 있었다.

"누나, 서울 아저씨 오셨어."

융은 송강이 뒤로 다가가며 말했다. 그러자 송강은 천천히 몸을 일으키며 융을 돌아보았다. 융을 쳐다보고 있는 눈은 빨갛게 충혈돼 있었고 오른손 안에 쥐어져 있는 하늘색 손수건도 축축하게 젖어 있었다.

"우리 둘이만 있을 땐 누나라고 하지 마."

3장

Udambara

"사장님, 전화 받으세요."

미스 김이 수화기를 놓으며 말했다.

"……."

의자 등받이에 등을 기대고 앉아 있던 최길성은 천천히 등을 일으키며 수화기를 집어 들었다.

"여보세요."

"아빠, 저 이랑이에요."

수화기 너머로 이랑의 목소리가 들려왔다. 이랑은 울고 있었는지 목소리가 우울하게 가라앉아 있었다.

"네가 웬일이냐?"

"아빠, 바쁘시지 않으면 제가 지금 아빠한테 가고 싶어요."

"사무실로?"

"네."

"…그래 오너라."

"고마워요 아빠. 지금 곧 갈게요."

이랑은 고맙다는 인사를 깍듯하게 하고 전화를 끊었다. 최길성은 수화기를 놓고 처음 자세 그대로 의자 등받이에 몸을 기댔다. 딸한테, 아니 아내한테도 무엇인가 변화가 오고 있다는 걸 최길성은 알고 있었다. 그것은 일종의 직감이었지만 그 직감이 맞을 거라는 확신 같은 것이 들었다.

최길성이 도다가에서 돌아오자 아내는 눈에 띄게 허둥대고 있었다. 무엇엔가 쫓기는 얼굴로 불안해했고, 그 불안을 남편한테 숨기려고 애써 노력했다. 최길성은 무슨 일이 있었느냐고 물어보고 싶었지만 아내가 밝히기를 꺼려하는 것 같아서 그냥 모른 척하고 넘겼다. 그러면서 내심으로는 그도 같이 불안해졌다. 영옥과 결혼해서 10년을 사는 동안 최길성은 영옥이 못지않게 생활의 안정을 찾을 수 있었다. 집에 돌아왔을 때 아내가 있다는 것은 휴식과 함께 평안을 주었고 그리고 고약한 외로움에서도 벗어나게 해주었다.

영옥은 생활의 안정을 찾자 성격까지 변해갔다. 도전적이고 냉소적이던 그녀의 성격은 온순하고 희생적인 성격으로 바뀌었으며, 소설을 쓰게 방 한 칸을 달라고 떼를 쓰던 일까지도

까맣게 잊은 듯 평범한 주부의 위치를 즐기고 있었다. 그는 다른 여자들이 하는 것처럼 시장 드나들기를 좋아했고 시장에서 사 온 물건으로 집 안 구석구석을 장식했다. 특히 그녀는 화초 모으기를 좋아해 그들이 살고 있는 아파트는 햇볕이 잘 드는 온실 속처럼 온갖 화초로 가득했다.

그런 속에서 그들 내외는 두 아이들과 함께 행복하게 살았다. 최길성과 영옥의 나이 차이가 많다는 사실만 뺀다면 그들은 누구 눈에도 행복한 부부로 보였다. 영옥이 온순하고 희생적인 성격으로 바뀌면서부터 그녀는 크고 작은 모든 일을 남편한테 의지하게 되었다. 그러기 때문에 그녀에게서 일어나는 일은 물론이고 아이들한테 일어나는 일까지도 최길성은 소상하게 알고 있었다. 심지어는 이랑의 교우 관계까지도.

그런데 이번에 도다가를 다녀온 후부터 집 안 분위기가 달라졌다. 영옥은 무엇인가에 쫓기고 있는 사람처럼 불안해했고, 이랑은 자기가 왔을 때 잠시 와서 인사를 한 것 외에는 거의 얼굴을 보이지 않았다. 그러면서도 그들 모녀는 그동안 일어났던 일을 최길성한테 말하려 하지 않았다. 이랑은 사무실 앞에서 전화를 건 듯 전화를 한 지 5분도 안 돼서 최길성의 사무실로 들어왔다.

"안녕하세요."

문을 열고 들어온 이랑은 미스 김을 향해 까딱 머리를 숙였다. 머리를 까딱 하자 어깨 위를 덮고 있던 긴 머리가 부드럽게 앞으로 쏠렸다.

"어서 오세요. 사장님 안에 계세요."

미스 김은 반쯤 몸을 일으키며 최길성이 있는 방을 가리켰다.

"감사합니다."

이랑은 다시 머리를 까딱 하고 최길성이 있는 방 앞으로 걸어갔다. 몸을 반쯤 일으켰던 미스 김은 도로 자리에 앉으며 이랑의 옆모습을 훔쳐보았다. 까만 코르덴바지에 까만 스웨터를 입은 이랑은 예쁘진 않았지만 매혹적인 데가 있었다. 특히 까만 눈썹과 입술 끝이 약간 올라간 듯한 입은 독특한 매력을 풍기고 있었다.

"아빠."

이랑은 문을 열고 들어오며 최길성을 불렀다.

"오 그래, 어서 오너라."

생각에 잠겨 있던 최길성은 몸을 바로 하며 딸을 맞았다.

"아빠, 이 문 닫으면 안에서 하는 말 들리지 않아요?"

이랑은 문손잡이를 잡고 서서 물었다. 밖에 있는 미스 김이 마음에 걸리는 모양이었다.

"그럼. 그런데 무슨 비밀 얘기가 있니?"

최길성은 웃으며 딸을 쳐다봤다.

"네 좀……."

이랑은 자신의 생각에 골몰해 있어서인지 아빠가 방금 한 말이 전혀 농담으로 들리지 않은 것 같았다.

"……."

최길성은 그런 딸을 가만히 바라보다가 자기도 진지한 태도를 취했다. 상대방이 심각한 이야기를 하고 싶어 할 땐 듣는 쪽에서도 같은 태도를 취해주는 것이 말하는 사람의 입장을 편하게 해준다는 것을 알고 있어서였다.

"아빠……."

이랑은 최길성의 맞은편 의자에 앉으며 다시 최길성을 불렀다.

"그래, 무슨 말이든 하고 싶은 대로 해봐라."

"아빠, 저 오기 전에 무슨 생각하셨어요?"

"응?"

"저 오기 전에 혹시 엄마 생각하지 않으셨어요?"

"그렇게 보였니?"

"네. 아빠를 보는 순간 그런 느낌이 들었어요."

"그랬다면 네 느낌이 정확했구나. 엄마 생각뿐 아니라 너희들 생각까지 하고 있었다."

"저희들 생각이라면 오빠 생각까지도요?"

"그래."

"오빠 생각은 안 하셨을 것 같은데요."

이랑은 입술 끝이 약간 올라간 입을 다물며 최길성을 쳐다봤다. 최길성은 그런 딸을 보며 내심으로 충격을 받았다. 이랑의 지적은 정확했고 정확했다고 느끼는 순간 이랑이가 영악하리만큼 똑똑하다는 생각이 들어서였다.

"그래, 네 말대로 오빠 생각은 거의 하지 않았다. 그런데 넌 아빠의 그런 마음까지를 어떻게 알고 있었니?"

"요즈음 저희 집에서 변하고 있는 사람은 엄마하고 저밖에 없거든요. 그걸 아빠가 모르실 리가 없잖아요."

"……"

최길성은 멍한 얼굴로 딸을 바라보았다.

"사실은 아빠가 가신 후 엄마와 저 사이에 어떤 사건이 있었어요."

"사건?"

최길성은 긴장했지만 긴장한 내색을 보이고 싶지 않아서 담배 한 개비를 피워 물었다.

"네. 하지만 엄만 그 얘길 아빠한테 안 하실 거예요."

"왜?"

"엄만 저한테도 그 얘길 하지 않으려고 하시거든요."

"……"

"하지만 아빠, 전 그 사건을 그냥 넘길 수가 없어요. 그래서 아빨 찾아왔어요."

"무슨 사건이 있었는지 아빠한테 얘길 해봐라. 아빠가 도움을 줄 수 있으면 도움을 주마."

두 사람 사이엔 침묵이 흘렀다. 최길성은 그 침묵이 불편해서 들고 있던 담배를 깊숙이 빨아들였다. 이랑은 어떻게 말을 꺼낼까 궁리를 하는 듯 잠시 고개를 숙이고 있더니 숙였던 고개를 들고 최길성을 바라보았다.

"아빠, 제가 하는 말 들으시고 화내지 마세요."

이랑은 최길성을 가만히 올려다보며 말했다.

"그래. 하고 싶은 얘기가 있으면 어서 해라. 어떤 얘길 들어도 아빠는 화를 내지 않으마."

"아빠 저한텐 친아빠가 있죠?"

이랑은 최길성의 눈을 똑바로 주시하며 물었다.

"……."

최길성은 담배를 낀 손으로 턱을 감싸며 이랑을 쳐다봤다. 태연한 척했지만 담배를 낀 손이 자신도 모르게 떨리고 있었다.

"아빠, 전 그 대답을 듣고 싶어요. 그건 필요 없는 일이니까 몰라도 된다고 저 자신한테 여러 번 타일렀어요. 하지만 그 대답을 듣지 않곤 전 아무것도 할 수 없을 거 같아요. 아빠를 사랑하는 일까지도요."

이랑의 목소린 떨렸고 두 눈엔 눈물이 가득 고였다.

"너한테 대답을 해 주려면 네가 겪은 사건부터 들어봐야겠다.

그 얘기부터 해봐라."

 최길성은 한참 동안 이랑을 바라보다가 부드러운 목소리로 말했다. 열여덟 살 나이로는 감당하기 어려운 괴로움일 거라는 생각이 들어서 오히려 마음이 아팠다.

 "……."

 이랑은 가방에서 손수건을 꺼내 눈물을 닦더니 감정을 진정시키려는 듯 입술을 깨물었다. 최길성은 딸의 감정이 진정되기를 기다리며 담배를 피웠다.

 "아빠가 도가에 가신 다음 날이었어요. 일요일이었기 때문에 집에서 책을 읽고 있는데 엄마가 백화점에 같이 가자고 하셨어요. 새로 사 온 오빠 잠바를 바꿔야겠다고 하면서요."

 "……."

 "전 가고 싶지 않았지만 엄마가 혼자 가는 걸 싫어하시기 때문에 그냥 따라갔어요. 백화점 안에 들어가서 엄마와 제가 에스컬레이터를 타고 중간쯤 올라갔을 때 반대편에서 에스컬레이터를 타고 내려오던 사람이 절 뚫어지게 바라봤어요. 그 사람 얼굴을 보는 순간 저는 유령을 보는 것 같았어요. 그 사람은 제 얼굴을 확대시켜놓은 가면을 쓰고 있는 것 같았거든요. 제가 놀라서 숨도 쉬지 못하자 옆에 있던 엄마도 그 사람을 돌아다봤어요. 두 사람 시선이 마주치는 순간 엄마는 어찌할 바를 몰라 하며 허둥댔고, 에스컬레이터가 3층으로 올라가자 엄마는 저를 화장실로 끌고 갔어요. 그러곤 절 화장실 속으로 밀어 넣으며 억지로 문을 잠그셨어요. 저는 그 순간 그 사람이 제 친아빠라는 걸 알았어요."

"……."

"그래서 전 엄마한테 그걸 확인해보려고 여러 번 시도했어요. 하지만 엄마는 몹시 괴로워하며 제가 말을 걸어오지 못하도록 대했어요."

"……."

"아빠, 제 친아빠는 살아 있는 건가요?"

이랑은 떨리는 목소리로 물었다.

최길성은 한참 동안 허공을 쳐다봤다. 두 모녀가 세혁을 만난 것이 분명한 것 같았다.

"직접 본 게 아니니 확답은 못하겠다만 네가 본 사람이 친아버지가 틀림없는 것 같구나."

최길성은 솔직히 시인했다.

"아빤 그분을 알고 계신가요?"

이랑은 가만히 고개를 들며 물었다.

"만나본 일은 없다만 이름은 옛날부터 들어서 알고 있다. 그건 네가 태어나기 이전부터다."

"어떻게 그분을 알게 됐는데요?"

"미국에서 온 아저씨, 너의 엄마, 지효 스님 그리고 너의 아빠는 모두 친구였었다. 난 옛날부터 미국서 온 아저씨하고 친했기 때문에 너의 아빠 이름도 자연히 듣게 되었다."

"……."

이랑은 '그분은 좋은 사람이었어요.' 하고 물어보고 싶었지만 그럴 용기가 나지 않았다. 어렸을 때 할머니는 친아빠를 가리켜 벼락을 맞아 죽어도 과분한 놈이라고 했었다. 벼락을 맞아 죽는 것보다 더 가혹하게 죽어야 한다는 저주였다. 이랑은 하루에도 몇 번씩 할머니로부터 그런 저주를 들으며 자랐고, 어린 시절 그녀의 머릿속에 그려져 있는 친아빠의 모습은 늘 그런 얼굴이었다.

"친아빠가 보고 싶냐?"

담배를 피우던 최길성이 물었다.

"……."

이랑은 가만히 고개를 들고 아빠의 얼굴을 바라보았다. 석양빛을 받고 있는 최길성의 머리는 반 넘게 세었고 얼굴엔 쓸쓸한 그늘이 드리워져 있었다. 그런 아빠를 보는 순간 이랑은 아빠가 불쌍해져서 견딜 수가 없었다.

'아빠, 아빤 제가 아빠를 누구보다도 사랑하고 있다는 걸 알고 계시죠?'

이랑은 최길성을 쳐다보며 마음속으로 이렇게 속삭였다. 그러고 있는 그녀의 눈엔 다시 눈물이 가득 고였다.

"괴로워하지 마라. 친아빠가 보고 싶으면 내가 만날 수 있도록 주선해주마."

최길성은 딸을 보며 조용히 말했다.

저녁 설거지를 끝낸 영옥은 화장대 앞에 앉아서 손에 로션을 바르고 있었다. 그러면서 거울 속에 비친 자신의 얼굴을 가만히 들여다봤다. 어깨와 가슴 그리고 허리에 살이 조금 올랐지만 거울 속에 비친 자신의 얼굴은 여전히 젊었다. 자신이 젊다고 느낀 순간 영옥은 자신의 감정에 소스라치게 놀랐다. 젊다는 어휘에서 연상되는 얼굴은 세혁이었고 그에게서 받은 충격은 그녀 가슴속에서 고스란히 되살아났다.

영옥이 에스컬레이터 위에서 세혁을 보았을 때 그녀의 가슴으로 처음 전달된 감정은 친근감이었고 그다음으로 전달된 감정은 젊음이었다. 세혁을 못 본 지가 18년이나 되었는데 18년 세월은 어딘가로 증발되고 그의 얼굴은 노상 보아온 것처럼 친근하게 느껴졌다. 마치 옆에 있는 이랑이와 함께 세 사람이 한 가족으로 살아온 것 같은 그런 느낌이었다.

그리고 그다음으로 전달된 감정은 젊음이었다. 짙은 갈색 양복을 입고 에스컬레이터 위에 서 있던 세혁은 40대 중반의 건장한 모습을 하고 있었다. 그의 어깨엔 힘이 있었고 흰 와이셔츠 위로 드러난 목도 탄탄했다. 아니, 그러한 것보다 영옥의 눈에 제일 먼저 들어온 것은 세혁의 검은 머리였다. 검은 머리를 보는 순간 영옥은 눈물이 핑 돌며 가슴이 뭉클해졌다. 그것은 자신이 의식하지 않으려고 애썼던 젊음에 대한 그리움이었다. 그런 감정을 느낀 순간 영옥은 자기 자신이 부끄러워졌다. 알 수 없는 부끄러움이 그녀의 몸을 휘감았고, 똑같은 부피의 두려움이 그녀의 몸을 휘감았다. 그래서 영옥은 허둥댔고 일체의 모든 것에서 도망치려고 딸의 팔을 끌었다.

집으로 돌아온 영옥은 세혁을 만난 충격에서 벗어날 수가 없었다. 그리고 세혁을 본 순간 본능처럼 느꼈던 친근감과 젊음도 자기의 이성으로는 설명할 수가 없었다. 어머니와 별거하면서부터 영옥은 세혁을 까맣게 잊고 있었다. 어머니와 함께 살 때는 어머니가 하루에도 몇 번씩 주문을 외우듯 세혁에 대해 저주를 퍼부었기 때문에 그때는 세혁의 이름을 머릿속에서 지워버리려야 지워버릴 수가 없었다. 하지만 그때도 세혁에 대한 자신의 감정은 냉담함이었지 증오는 아니었다.

마치 불장난하듯 세혁한테 몸을 맡긴 후 임신이 되었다는 사실을 알았을 때의 두려움, 영옥은 그 두려움에서 풀려나기 위해 세혁을 찾아다녔다. 그녀는 아침에 눈만 뜨면 운동권 아이들이 숨어 있는 아지트를 뒤졌고 그런 지 두어 달 후 마침내 세혁을 만날 수 있었다. 그러나 그때 세혁은 이미 다른 여자와 동거를 하고 있었다. 영옥은 그때 세혁을 통해 배신감보다는 절망감을 더 먼저 느꼈다. 그것은 증오도 분노도 아닌 절망감이었다.

그 후 영옥은 혼자 이랑을 키우며 숱한 방황을 했다. 많은 남자를 편력했고 그럴 때마다 똑같은 절망감을 반복했다. 영옥이 완전히 탈진했을 때 그녀 스스로 최길성의 날개 밑으로 기어들어갔다. 최길성의 날개는 그녀를 충분히 보호해줄 만큼 크고 넓었다. 그래서 편안했다. 영옥은 최길성과 살면서 비로소 정신적인 궁핍이나 물질적인 궁핍에서 벗어날 수 있었다. 그건 이랑도 마찬가지였다. 이랑도 최길성의 집으로 옮기면서부터 할머니와 싸우지 않고도 간식을 먹게 되었고 만져보지도 못했던 장난감 속에 파묻혀 하루 종일 놀 수 있게 되었다. 최길성은 두 모녀가 의지하고 휴식할 수 있는 나무였고 영옥은 그런 최길성이 고마웠다.

그러나 부부 사이란 그런 것만으로 공존되는 것은 아니었다. 영옥이 최길성의 아내가 된 직후 영옥은 최길성과 부부 행위에 대해 심한 혼란을 느꼈다. 최길성과 부부 행위를 하고 나면 영옥은 마치 자기 자신이 불륜의 관계를 치른 것 같은 죄의식 속에 빠져들었다. 그건 남편인 최길성도 마찬가지인 것 같았다. 그러기 때문에 그들은 자신들의 행위에 대해 희열을 느낄 수 없었고 오히려 그런 걸 느끼게 될까 봐 두려워하였다.

그런 감정이 반복됨에 따라 그들은 부부 행위 자체를 기피하게 되었고 최길성의 나이가 많아짐에 따라 그 문제는 자연스럽게 해결되었다.

그렇다고 해서 영옥이 육체적인 욕정을 느끼지 않은 것은 아니었다. 그녀는 가끔 육체가 가해오는 갈증 때문에 고통을 당했고 그것을 극복하기 위해 괴로워했다. 하지만 그러한 고통은 일정한 주기를 지나고 나면 다시 평온을 찾을 수 있었기 때문에 생활 자체를 파기시킬 만큼 위험한 것은 아니었다. 그런데 세혁을 만난 순간, 그의 건장한 육신과 젊음을 바라본 순간 영옥은 자신의 몸속에 갇혀 있던 에너지가 갑자기 분출하는 것 같은 혼돈을 느꼈다.

그것은 전혀 예기치 않았던 뜻밖의 감정이었다. 영옥은 자신의 그런 감정이 너무도 기이해서 어떻게 그런 감정이 가능할 수 있었는지 곰곰이 생각해 보았다. 그러던 그녀의 머릿속엔 '여관'이라고 쓴 붉은 글자가 마치 가로등이 켜지듯 선명하게 떠올랐다. 그 순간 영옥은 '아' 하는 신음 소리를 내며 얼굴을 감쌌다. 비록 불장난처럼 몸을 맡기긴 했지만 세혁과의 관계는 자신의 첫 순결을 바친 행위였고, 그러므로 그 기억은 심층 깊은 곳에 똬리를 틀고 있었던 것이다. 특히 이랑의 출생은 그 기억에 영원히 지워지지 않는 덧칠을 해놓은 셈이었다.

영옥은 자신이 세혁을 만난 순간 친근감을 느낄 수 있었던 것도 이랑 때문이었음을 알았다. 세혁을 닮은 딸을 18년 동안 키워왔다는 것은 세혁을 18년 동안 만나 온 것과 다름없었다. 더욱이 이랑의 몸속엔 지금도 세혁의 피가 반쯤 흐르고 있지 않은가. 영옥은 이랑의 몸속에 자신의 피와 세혁의 피가 함께 흐르고 있다는 것을 인식한 순간 온몸으로 전율이 느껴졌다. 자식이란 정말 얼마나 무서운 존재인가?

딩동댕.

초인종 소리를 듣는 순간 영옥은 소스라치게 놀라며 화장대 앞에서 일어섰다. 정사 장면을 들킨 것처럼 가슴이 두근거리고 온몸이 뜨거워졌다.

"누구세요?"

영옥은 티슈 통에서 화장지를 꺼내 손을 닦으며 거실로 나왔다.

"접니다."

형규의 목소리가 들려왔다.

"형규구나. 어서 와."

영옥은 현관문을 열어주며 형규를 맞았다.

"도서관서 오는 길이야?"

영옥은 신을 벗고 있는 형규를 보며 뻔한 말을 물었다. 도서관에서 왔다는 것은 뻔한 일인데 영옥은 저녁마다 같은 말을 묻고 있었다.

"네."

형규는 손끝으로 안경을 밀어 올리며 거실로 올라왔다.

"세수하고 와. 저녁 차려놓을게."

"배고픈데 밥 먹고 씻을게요."

"세수부터 먼저 해. 밥 차릴 동안."

"어머니도 참, 되게 줄기차시군요. 십년 동안 괴롭혀온 일을 한 번도 포기하려고 하지 않으시니 말이에요."

형규는 영옥을 보고 씩 웃더니 안경과 가방을 탁자 위에 올려놓고 화장실로 들어갔다. 영옥은 그런 형규의 등을 보며 미소를 지었다. 10년 동안 괴롭혀왔다는 말이 한없이 친근하게 들렸다. 영옥이 처음 최길성의 집에 왔을 때 형규는 초등학교 6학년이었다. 그때 영옥은 저녁마다 세수하고 밥 먹으라는 말로 형규와 싸웠다. 그런데 10년 세월을 지내놓고 보니 싸웠다는 기억은 말할 수 없이 따뜻한 연대감을 느끼게 해주었다.

영옥이 찌개 냄비를 식탁에 내려놓고 있을 때 세수를 마친 형규가 스웨터 소매를 내리며 부엌으로 들어왔다.

"이랑인 아직 안 왔어요?"

"응, 아직."

영옥은 이랑이 일이 불안했지만 태연하게 말했다.

"보충수업도 없는데 왜 이렇게 늦지?"

"제가 나가볼까요?"

"오겠지. 시장하다면서, 저녁부터 먹어."

"늦게 다니면 위험해요. 세상이 얼마나 험악한데요."

"도서관만 드나드는 골샌님이 세상 험악한 건 어떻게 알아?"

영옥은 의자를 꺼내서 형규와 마주 앉으며 웃었다.

"어머니도 참, 제가 왜 골샌님이에요? 이래도 세상 돌아가는 건 다 알고 있다고요."

"세상 돌아가는 건 몰라도 좋으니 여학생한테나 관심을 좀 가져. 연애 한번 못 해보고 졸업할 참이야?"

"서울에는 제 관심을 끌 만한 여학생이 없어요."

형규는 찌개를 떠먹으며 말했다.

"기가 막혀서. 형규가 얼마나 많은 여학생을 봤다고 서울에 관심 끌 만한 여학생이 없다는 거야."

"여학생이야 많이 봤죠. 중학교 1학년부터 대학교 4학년까지 아침저녁으로 통학하면서 버스 안에서 여학생 쳐다보죠, 학교에서 보죠, 도서관에서 보죠. 그만큼 봤으면 됐지 더 봐요?"

"그런데도 형규를 사로잡을 만한 여학생이 없었어?"

"네. 서울엔 없어요."

형규는 밥을 먹으며 무심히 대답했다.

'서울에 없으면 그럼 시골엔 있어?'

이 말을 물어보려는 순간 영옥의 머릿속엔 송강의 얼굴이

번개처럼 스치고 지나갔다. 얘가 그럼? 영옥은 밥을 먹고 있는 형규의 얼굴을 찬찬히 들여다봤다. 형규가 송강한테 관심을 가지고 있다는 것은 너무나 뜻밖의 발견이었다.

최길성 내외는 방학 때만 되면 형규와 이랑을 데리고 마치 할머니 댁을 다니러 가는 것처럼 강릉 이 씨 댁으로 놀러 갔다. 이 씨 댁은 풍요 그 자체였다. 연당과 동산이 있는 집 주위엔 살구나무·능금나무·감나무·밤나무·석류나무·대추나무·모과나무가 우거져 있었고, 집 안에선 아이들을 위해 온갖 간식이 만들어졌다. 그러나 이러한 것들보다 더 그 집을 풍요롭게 하는 것은 이 씨였다. 고래등 같은 집 안에 이 씨가 있다는 사실만으로도 그 집은 풍요롭게 느껴졌다. 그러기 때문에 영옥도 최길성 못지않게 강릉에 가는 것을 좋아했고, 여름이나 겨울철에 가서 보름 정도 머물러 있는 것은 더할 수 없이 행복한 일이었다. 그래서 방학만 되면 아이들은 아이들대로, 어른은 어른대로 강릉에 갈 계획에 들뜨곤 했다.

아파트 안에만 갇혀 지내던 형규와 이랑은 강릉을 꿈속의 낙원처럼 생각하고 있었다. 그것은 자연이 주는 경이로움 때문이기도 했지만 그보다 강릉에는 융과 송강이가 있기 때문이었다. 최길성 내외한테 이 씨의 존재가 풍요로움의 대상이 되듯이 아이들한텐 융과 송강의 존재가 바로 즐거움의 대상이 되었다. 네 아이들은 만나는 순간부터 연당을 돌며 고추잠자리를 잡았고 신발을 벗어들고 피라미를 잡았다. 참외밭이나 수박밭에 들어가 참외나 수박을 마음대로 따먹었고 식물 채집을 한답시고 풀밭을 쏘다녔다. 그들은 잠자는 시간만 빼곤 밤낮으로 함께 어울려 다녔는데 그들을 통솔하는 대장은 언제나 송강이었다. 융과 송강은 동갑이었고 형규는 그들보다 세 살이 더 많았다. 그리고 이랑은 융과 송강보다도 두 살 아래였다. 그들은 거의 같은 또래지만 그들 속에서 대장 노릇은 언제나 송강이가 했다. 그렇다고 해서 송강이 억세거나 거친 건 절대로 아니다. 송강은 얼굴이 노르스름했고 이목구비나 체격이 작은 편이었다. 그런데도 그 아이는 일국의 공주 같은 고결함을 온몸에 지니고 있었다. 나이를 먹으면서 형규는 송강의 그런 면에 깊은 매력을 느끼고 있었던 모양이었다.

"제가 얼른 나갔다 올게요."

저녁을 다 먹은 형규는 이랑이 마중을 나가야겠다고 생각했는지 식탁에서 일어났다.

"피곤할 텐데……."

"금방 올 텐데요 뭐. 잠깐 나갔다 오죠."

형규가 늦게 오면 이랑도 마중을 나가기 때문에 두 아이들은 서로 마중 나가는 것을 자연스러운 의무로 생각하고 있었다. 형규가 벗어놨던 점퍼를 걸치고 현관으로 나가려고 할 때 벨소리가 들렸다.

"이랑이니?"

"……."

"넌 호랑이도 아닌데 말 떨어지자마자 들어오니?"

형규는 현관문을 열어주며 농을 하려고 하다가 뒤에 서 있는 아버지를 발견하곤 인사를 했다.

"아버지도 같이 오시는군요."

"그래. 어서 들어가자."

최길성은 이랑의 등을 밀며 현관으로 들어섰다. 남편을 본 순간 영옥의 얼굴은 핼쑥해졌다. 남편이 세혁을 만난 사실을 알고 있다는 느낌이 들어서였다.

송강은 문방구 앞에 서서 가게 유리 속을 들여다보고 있었다. 유리 속에는 지나는 행인들의 모습이 인화한 필름처럼 고스란히 비쳐졌다. 한참 동안 유리 속을 들여다보던 송강은 긴장한 얼굴로 유리 속에 비친 사람의 모습을 따라 시선을 옮겼다. 유리 속에는 네 명의 남학생 모습이 비쳐졌고 그 속엔 융도 끼여 있었다. 융의 친구가 먼저 송강을 발견한 듯 융에게 귓속말로 속삭이자 융이 송강의 옆으로 걸어왔다. 송강은 그들의 모습을 지켜보면서도 마치 가게 안을 들여다보고 있는 사람처럼 태연하게 서 있었다.

"왜 여기 있어?"

융이 옆에 와서 물었다.

"……."

송강은 그제야 몸을 돌리고 융을 올려다봤다.

'너를 기다렸어.'

송강은 마음속으로 이렇게 대답하며 융의 표정을 살폈다. 융도 뜻밖에 자신을 만난 것을 기뻐하고 있는 것 같았다.

"어디 가는 길이야?"

송강이 융을 보며 물었다.

"서울 갈 표를 미리 사두자고 해서 터미널에 가는 길이야."

융은 친구들을 돌아다보며 말했다. 융의 친구들은 송강도 잘 알고 있었다. 그들은 가끔 월정리로 융을 찾아왔고 어떤 때는 하룻밤씩 자고 가기도 했다. 하지만 송강은 지금 그 아이들한테 아는 체를 하고 싶지 않았기 때문에 그쪽으로 시선을 보내지 않았다.

"네 표는 아저씨가 사 오셨어."

"아저씨가? 난 모르고 있었는데."

"서울 갈 준비는 너 모르게 하고 있잖아."

"……."

융은 가만히 송강을 쳐다봤다. 너 모르게 하고 있잖아, 하는 말이 너 모르게 아파하고 있잖아, 하는 말로 들렸다.

"친구들한테 가서 다른 준비 때문에 바쁘다고 양해를 구하고 와."

송강은 융을 보며 말했다. 그 말은 너무도 단호해서 명령처럼 들렸다.

"알았어."

융이 머리를 끄덕이고 친구들한테로 돌아갔다. 융이 돌아가자 송강은 다시 몸을 돌리고 가게 유리 속을 들여다보았다. 융이 친구들한테로 가서 양해를 구하는 모습이 유리문 속에 비쳐졌고 조금 후 친구들과 헤어지는 모습도 비쳐졌다.

"비도 비 같지 않은데 그래도 옷은 젖네요."

젊은 여자가 고구마를 담은 자루를 머리에 이고 가면서 말했다.

"그러게 말이에요. 다른 때 같았으면 눈이 한 자는 쌓였을 텐데 금년은 어떻게 된 게······."

비슷한 또래의 여자가 시장바구니에 토종닭 한 마리를 담아가지고 가면서 맞장구를 쳤다. 바구니 속에 담긴 닭은 걸음을 옮길 때마다 머리를 좌우로 흔들며 불안하게 눈알을 굴리고 있었다. 송강은 등 뒤로 여자들의 대화를 듣다 가만히 하늘을 올려다봤다. 가랑비가 내리고 있는데 이상하게 구름 사이로 햇빛이 조금씩 보였다.

"지금 집에 갈 거야?"

융이 송강의 옆에 와 서며 물었다.

"아니."

송강은 몸을 돌리며 융을 쳐다봤다.

"그럼 어디 갈 건데?"

"갈매기 보러 가려고 너를 기다리고 있었어. 내일이면 넌 갈매기를 볼 수 없잖아."

"……."

두 아이의 시선이 강하게 부딪쳤다.

"가지 않을래?"

송강이 먼저 시선을 피하며 물었다.

"가."

융이 몸을 돌렸다. 송강과 융은 버스 정류장 쪽으로 걸어갔다. 그들은 가끔 하굣길에 만나서 갈매기를 보러 바다에 가곤 했었다. 시내버스를 타고 종점에서 내리면 바다가 있었고 바다에 가면 언제나 갈매기가 날고 있었다.

그들이 버스 정류장에 도착하자 '안인'이라는 팻말이 붙은 차도 거의 동시에 버스 정류장에 와 닿았다.

"타."

융이 송강의 등을 밀었다. 차에 오른 두 사람은 맨 뒷자리에 나란히 앉아서 차창 밖으로 시선을 돌렸다. 비가 오는 것도 아니고 날이 갠 것도 아닌 하늘은 어정쩡한 얼굴을 하고 있었고 사람들도 하늘과 비슷한 얼굴로 웅숭그리고 있었다. 사람들이 타자 차는 곧 움직이기 시작했다. 저녁때가 아니어서인지 차 안은 거의 비어 있었고, 생선을 팔러 나왔던 여자들은 빈 고무 대야를 발밑에 내려놓고 차창에 기대어 자고 있었다.

"춥지 않아?"

융이 송강을 돌아다보며 물었다. 비를 맞았는데 괜찮느냐는 물음 같았다.

"응, 괜찮아."

송강은 차창 밖으로 시선을 돌리며 대답했다. 도심지를 벗어난 차는 들판 사이로 난 길을 달리고 있었다. 음울한 하늘 아래로 암갈색 들판이 넓게 펼쳐져 있고 듬성듬성 서 있는 갈대 위로 작은 멧새들이 떼를 지어 날고 있었다. 황량한 들판을 달리던 차가 밭가에 멈춰 서자 할아버지 한 분이 차에서 내렸다. 할아버지는 자신의 머리에 쓴 중절모자가 바람에 날리지 않도록 조심하며 천천히 밭가를 걸어갔다.

얼마쯤 더 달리던 차가 비탈진 언덕길을 올라가자 차창 밖으로 바다가 보이기 시작했다. 창문이 다 닫혔는데도 파도소리는 세차게 들려왔고 바다 냄새도 진하게 풍겨왔다. 차에서 내린 융과 송강은 언제나 했던 것처럼 벼랑 위로 올라갔다. 벼랑 위 바위 틈서리에는 작은 소나무가 서 있었고 퇴색한 억새풀들도 군데군데 보였다.

"오늘은 갈매기가 더 많은 것 같지?"

바다를 보고 있던 송강이가 물었다.

"……."

융은 입을 꾹 다물고 바다를 물끄러미 바라보고 있었다. 날이 궂은 때문인지 갈매기들은 바다를 하얗게 덮고 있었다.

"저 갈매기들은 왜 바닷가를 떠나지 못하고 있을까? 바다가 저렇게 넓은데."

송강은 갈매기를 보며 말했다.

"먹이에 집착하고 있기 때문이겠지."

융도 갈매기를 보며 말했다.

"너도 바다를 나는 갈매기가 되고 싶다고 했지?"

송강이 물었다.

"……."

융은 시선을 돌리며 가만히 수평선을 바라보았다.

"이왕 바다를 나는 갈매기가 될 거면 바다가 얼마나 넓은지 끝까지 날아가 봐. 바닷가만 맴도는 그런 갈매기가 되지 말고."

"너도 그렇게 해."

"나는 바다를 날 수가 없어. 그냥 바닷가에 서서 네가 얼마나 멀리 날아가는지 보고 있을게."

"……."

융은 고개를 돌리고 송강을 돌아다보았다. 송강은 슬픈 얼굴로 멀리 수평선을 바라보고 있었다. 그런 송강을 보는 순간 융은 뭐라고 표현할 수 없는 아픔 같은 게 느껴졌다.

"머리가 젖었어."

가만히 송강을 보고 있던 융은 바지 주머니에서 손수건을 꺼내 송강의 젖은 머리를 닦아주었다. 그리고 손수건을 접어서 도로 바지 주머니에 넣으려고 할 때 송강이 융의 손을 잡았다.

"젖었잖아. 주머니 속에 넣지 마."

송강은 융의 손에서 손수건을 뺏어 자기 손에 꼭 쥐며 다시 수평선 쪽으로 고개를 돌렸다. 그러던 송강은 탄성을 지르며 하늘을 올려다봤다.

"어머, 저 무지개!"

바다 한가운데에 무지개가 하늘을 가로질러 높다랗게 떠 있었다.

"…"

융도 고개를 들어 하늘 위에 떠 있는 무지개를 바라봤다.

"융, 널 축복해주고 있나 봐."

송강은 떨리는 소리로 말하며 융의 손을 꼭 잡았다. 그것은 그녀의 슬픈 사랑을 여는 서종(曙鍾)이기도 했다.

강릉 시외버스 정류장에서 내린 지효 스님은 감개무량한

얼굴로 주위를 살펴보았다. 채탈도첩을 당하고 서울로 갔던 때의 참담한 모습이 떠올랐다. 그때는 완전히 암흑이었는데 이제는 빛이 조금 보이는 것 같았다. 사십이 조금 넘은 나이에 자신의 생 안에서 죽음을 한 번 경험했다는 생각이 들었다. 아니, 자신이 경험한 죽음은 한 번이 아니라 두 번이었다. 속세에서 한 번, 사문의 길에 들어선 이후에 한 번. 죽음을 경험할 때마다 그녀는 다른 모습으로 변신해 갔다. 속인의 몸으로 경험한 죽음은 출가의 길을 열어주었고, 사문의 몸으로 경험한 죽음은 구도의 길을 열어주었다. 그것은 운명처럼 다가와 자신을 변신시켜 놓았다.

사십 조금 넘게 살고 보니 자신을 이끌어왔던 것은 결국 업이었음을 알게 되었다. 때로는 허둥대고, 때로는 몸부림치면서 업의 물결을 거슬러보려고 했지만 결국은 고삐에 끌려가는 황소처럼 업의 과보가 이끄는 대로 순응해왔다는 생각이 들었다. 그런 생각을 하고 있는 지효의 머릿속에 심우도가 떠올랐다. 심우도의 첫 장면은 잃은 소를 찾는 데서부터 시작한다. 목동은 자신의 소를 잃은 것을 알고 잃은 소를 찾아 길을 떠난다. 그것은 바로 구도의 시작이다. 심우도에서 가장 중요한 것은 자신이 소를 잃었다고 자각하는 바로 그 순간이다.

태만한 목동은 소가 도망간 줄도 모르고 풀밭에 누워 낮잠을 자기도 하고, 피리를 꺾어 불기도 하고, 다른 목동과 어울려 장난을 치기도 하고, 싸움을 벌이기도 하며 시간을 보낸다. 그럴 때의 목동은 놀이에 열중해서 소를 챙길 지혜를 갖지 못한다. 그러나 어느 한순간 문득 놀이에서 깨어났을 때 목동은 자신의 소가 도망갔음을 안다. 그때의 당황함, 이것이 바로 구도자에게 있어서의 발심이다. 소가 도망친 것을 안 목동은 소를 찾아 길을 나선다. 그리고 오랜 방황 끝에 소의 발자국을 발견한다. 목동은 소가 살아 있음을 알고 소를 찾을 수 있다는 기쁨에 젖는다. 이것이 심우도의 두 번째 장면이다.

소의 발자국을 발견한 목동은 소를 찾을 수 있다는 확신을 가지고 더욱 열심히 소를 찾는다. 그런 그는 얼마 후 마침내 자기의 잃은 소를 보게 된다. 그때의 희열, 목동은 소를 붙잡는다. 그러나 소는 목동을 따라오려 하지 않는다. 도망을 치려고도 하고 때로는 난폭하게 덤벼들기도 한다. 목동은 소를 데려가기 위해 우선 소를 길들이는 일부터 해야겠다고 생각하고 소를 길들이기 위해 온갖 정성을 쏟는다. 그러자 소는 마침내 주인의 뜻을 따르게 된다. 소가 길들여졌음을 안 목동은 소의 등에 올라앉아 집으로 돌아온다.

소는 이제 어떤 경우에도 주인으로부터 도망치려고 하지 않는다. 그 순간 목동은 소와 자기가 둘이 아님을 안다. 목동은 눈을 들어 세상을 둘러본다. 산이 있고 나무가 있고 숲이 있고 새가 있고 물이 있고……. 모두가 제자리에 있되 그것은 따로 따로 있는 것이 아니라 한 덩어리 속에 녹아 있다. 일체 만물이 한 덩어리 속에 녹아 있는데 소를 몰고 갈 집인들 어디 있겠는가? 목동은 거리로 나온다. 자신의 소가 도망친 줄도 모르고 놀이에 열중해 있는 목동들을 깨우기 위해서다. 이것이 심우도의 그림이다.

지효 스님은 소를 찾는 열 개의 그림 중 자신은 소의 발자국을 발견한 두 번째 장면쯤에 와 있다고 생각했다. 잃은 소가 어디 있는지 소의 모습을 아직 본 일이 없지만 그러나 소가 살아 있음을 확인한 발자국은 보았다. 소의 발자국을 보았다는 것은 소를 볼 수 있다는 약속이 아니겠는가?

터미널 앞에 우두커니 서서 자신의 모습을 돌이켜보고 있던 지효 스님은 걸음을 옮겼다. 아직 채 어두워지진 않았지만 거리엔 가로등이 켜져 있고 가로등 밑으로 사람들이 어깨를 웅숭그리고 걸어가고 있었다. 지효 스님은 바쁘게 걷고 있는 사람들의 모습을 보며 막막해지기 시작했다. 어디로 가야 할지, 누구를 만나야 할지 도무지 알 수가 없어서였다. 그런 지효 스님은 새벽예불 때 있었던 일을 떠올렸다. 새벽예불을 드리고 법당을 나오려고 할 때 백족화상은 지효 스님 옆에 와 서며 말했다.

"스님, 강릉에 다녀오도록 하십시오."

"……"

지효 스님은 어리둥절한 얼굴로 서 있다가 혹시 심부름을 시킬 일이 있을지도 모른다는 생각이 들어 백족화상을 쳐다봤다. 그러나 자신이 고개를 들었을 때 백족화상은 이미 토굴로 가는 숲길을 반쯤 올라가고 있었다. 지효 스님은 어두운 새벽 공기를 가르며 바람처럼 빠르게 산길을 오르고 있는 백족화상을 물끄러미 바라보았다. 발을 땅에 딛고 있으므로 걷는다는 표현을 쓸 뿐이지 스님은 걷는 것이 아니라 바람처럼 가볍게 날고 있는 것 같았다.

지효 스님은 그런 백족화상의 뒷모습을 지켜보다가 발길을 돌렸다. 아무리 생각해도 왜 강릉에 다녀오라고 했는지 그 말뜻을 알 수가 없었다. 지효 스님은 화두를 풀듯 입선 시간에도 방선 시간에도 사시예불 때도… 오전 내내 그 생각만 했었다. 하지만 그 의미는 풀리지 않았다. 그러면서도 한 가지 분명한 것은 자기가 오늘 중으로 강릉에 다녀와야 한다는 사실이었다.

지효 스님은 사시예불을 드리고 서둘러 외출 준비를 했다. 그리고 도반 스님들한테 하루 동안만 외출을 하겠노라는 말을 하고 밖으로 나왔다. 외출을 하기 전에 백족화상께 인사를 드릴까 하다가 강릉에 다녀오는 일은 백족화상으로부터 화두 하나를 새로 받은 것처럼 느껴졌기 때문에 화두를 푼 후에 보고를 드려야겠다는 생각을 하며 그냥 도다가를 떠나왔다. 그러나 강릉에 닿을 때까지도 그 화두는 풀리지 않았고 어디를 가서 무엇을 해야 할지 여전히 막막하기만 했다. 특히 도다가에 들어간 이래 한 번도 외출을 한 일이 없기 때문에 경내를 떠나서 부딪치는 일은 모두 생소하고 힘들게 느껴졌다.

지효 스님은 약간 초조해지는 마음을 누르며 가로수 밑을 걸어갔다. 어두워지면 포교당이라도 들러서 하룻밤 자야겠다는 생각을 하며 얼마쯤 걷자 버스 정류장이 나왔다. 지효 스님은 무심한 얼굴로 정류장에 있는 사람들을 바라보며 그들 곁을 지나갔다. 그때 버스 한 대가 정류장에 와서 멈춰 섰다. 그러자 고개를 빼고 버스를 기다리던 아주머니 한 분이 시장 본 보따리를 들고 버스를 타려고 애를 썼다. 지효 스님은 그 아주머니가 너무 힘들게 보여서 얼른 다가가 보따리를 같이 들어 차에 올려주었다.

"스님, 고마워요."

아주머니는 고개를 돌리고 지효 스님을 돌아다보며 인사를 했다. 지효 스님은 미소로 답례를 하고 인도 쪽으로 올라섰다. 그러던 지효 스님은 몹시 놀란 얼굴로 차에서 내리는 학생을 바라보았다. 그 학생을 보는 순간 백족화상을 보고 있는 것 같은 착각이 들어서였다. 지효 스님이 놀란 얼굴로 쳐다보자 버스 뒷문으로 내리던 융도 지효 스님을 뚫어지게 바라보았다.

'아, 융이구나.'

지효 스님은 융 쪽으로 몇 걸음 다가갔다.

"너 융이지?"

지효 스님이 물었다.

"네."

융은 누군지 얼른 생각이 안 난다는 얼굴로 쳐다봤다.

"넌 송강이구나."

지효 스님은 뒤에 선 송강한테도 인사를 했다.

"……."

송강도 역시 어리둥절한 얼굴로 쳐다봤다.

"난 지효 스님인데… 감나무 위에 앉아서 나를 봤던 거 기억나지 않아? 송강은 감꽃으로 목걸이를 만들고 있었지."

"아!"

두 아이는 거의 동시에 10년 전 기억을 떠올렸다.

"스님은 청은사 스님이셨죠?"

송강이가 웃으며 물었다.

"그랬었지."

지효 스님은 미소를 지으며 머리를 끄덕였다. 돌로 융의 발등을 짓찧고 달아난 꼬마를 잡으려고 바람에 치마를 날리며 논둑길을 뛰어가던 송강의 모습이 떠올랐다.

"스님은 지금 어느 절에 계세요?"

송강이가 물었다.

"도다가."

"그럼 청은사에 가시려고 오셨어요?"

"글쎄……."

"지금은 늦어서 청은사에 가실 수 없어요. 저희들하고 저희 집에 가세요. 스님이 가시면 저희 할머니도 기뻐하실 거예요."

"……."

지효 스님은 뭔가 가슴에 와닿는 것이 있어서 생각에 잠기며 가만히 서 있었다.

"잠시만 기다려주세요. 제가 할머니한테 전화 드리고 올게요."

송강은 공중전화 부스로 뛰어가더니 잠시 후에 돌아왔다.

"할머니가 스님 오셨다는 말을 들으시곤 기뻐하시면서 빨리 스님을 모시고 오랬어요."

송강은 웃으며 전화 내용을 전했다. 할머니가 절에 계신 스님을 좋아하시기 때문에 스님을 모셔가는 일은 할머니를 기쁘게 해드리는 일이라고 생각하는 것 같았다.

"그러지. 나도 보살님을 뵙고 싶은데."

지효 스님은 용화 보살님 댁으로 가야겠다는 결정을 마음속에서 내리고 있었다.

"스님, 이쪽으로 오세요. 아저씨!"

송강은 빈 택시를 향해 손을 흔들며 차도로 뛰어갔다. 그러자 올리브색 택시가 그들 앞에 와서 멈춰 섰다.

"넌 앞으로 타."

송강은 융한테 이르고 자기는 지효 스님 옆자리에 앉았다.

"아저씨, 월정리로 가주세요."

송강은 기사한테 행선지를 알렸다.

"……."

지효 스님은 옆에 앉은 송강을 가만히 돌아다봤다. 노르스름한 피부에 작은 체구인 송강은 외형만 보면 명주 올 같은 섬세함을 느끼게 했다. 그러나 그 아인 자신 앞에 있는 모든 사람을 굴복시킬 수 있는 무서운 힘을 지니고 있는 것같이 보였다.

"도다가는 여기서 얼마나 먼가요?"

송강이가 물었다.

"삼백 리쯤 될 거야."

그때 융이 슬그머니 고개를 돌리고 두 사람을 돌아다보았다. 도다가란 지명에 자신도 관심이 있다는 표정이었다. 고개를 돌리고 뒤를 돌아다보는 융의 얼굴은 채련을 그대로 닮아 있었다. 자신의 생애에 가장 많은 영향을 미쳤던 채련과 백족화상. 그 두 사람의 생명이 융 속에 응집돼 있다는 것이 신비했다.

"월정리 어딥니까?"

어둠 속을 달리던 기사가 고개를 돌리고 물었다.

"저쪽에 있는 큰 기와집이에요."

송강이가 대답했다.

"한 부자 댁 말입니까?"

"네."

기사는 알았다는 얼굴로 어둠 속을 달렸다. 잠시 후 차는 감나무 밑을 지나 이 씨 집 대문 앞에 멈춰 섰다. 대문 앞엔 불이 환하게 켜져 있었고, 이 씨가 지팡이를 짚고 대문 앞에 마중 나와 있었다. 어둠 속에 서 있는 이 씨를 보는 순간 지효 스님은 만감이 교차되면서 가슴속이 뜨거워졌다.

"할머니, 지효 스님 오셨어요."

송강이가 이 씨 앞으로 뛰어가며 말했다.

"정말 지효 스님이시군요. 이게 얼마 만입니까?"

이 씨가 떨리는 손으로 지효 스님의 손을 꽉 잡았다.

"……."

지효 스님은 아무 말도 못 하고 그냥 이 씨를 바라보기만 했다. 그러고 있는 그녀의 마음도 떨렸다.

"어서 들어가십시다. 생전에 한 번 뵈었으면 했더니 부처님이 제 원을 들어주시고 이렇게 스님을 보내셨군요."

이 씨는 지팡이를 짚고 앞에서 걸어갔다. 그러자 융과 송강이가 할머니 옆으로 다가가 이 씨 팔을 부축해 안으로 모시고 들어갔다. 지효 스님은 그런 이 씨의 뒷모습을 물끄러미 바라보았다. 10여 년 전 자신이 이 집을 드나들 때만 해도 한 팔을 등 뒤로 돌리고 꼿꼿하게 걸어 다녔는데 이젠 지팡이에 의지하지

앉곤 걸을 수 없는 것 같았다.

"지효 스님 오셨다. 너도 나와서 인사를 드려라."

이 씨는 안으로 들어가며 며느리한테 일렀다. 그러자 동미가 대청마루에서 내려서며 지효 스님을 향해 공손히 합장을 했다.

"어서 오세요. 그러잖아도 한번 오셨으면 하고 기다렸습니다."

동미는 예전처럼 시선을 아래로 깔고 있었지만 그러나 반가워하는 기색이 역력했다.

"안녕하셨어요?"

지효 스님은 동미를 향해 공손히 합장을 했다. 그러면서 그녀를 가만히 올려다봤다. 파마를 한 머리 앞부분이 희끗하게 세어 있었다. 세월은 모든 사람 위로 어김없이 흘러갔다는 생각이 들었다.

"올라가십시다."

이 씨가 댓돌 위에 신을 벗었다. 그러자 융이 얼른 마루 위로 올라가 이 씨의 손을 잡아주었다.

"아유 스님, 이게 얼마만입니까?"

곽 씨네가 손에 묻은 기름을 닦으며 부엌에서 나왔다. 지효 스님은 몸을 돌리고 곽 씨네를 돌아다보았다. 펑퍼짐한 허리는 여전했지만 그녀도 이젠 노인의 모습을 하고 있었다.

"보살님, 안녕하셨어요?"

지효 스님은 곽 씨네를 향해 미소를 지었다.

"10년 세월이 흘러도 스님 모습은 하나도 변하지 않으셨군요."

"자네나 나는 나이를 몸으로 먹지만, 스님들은 나이를 마음으로 잡수신다네."

이 씨가 돌아다보며 웃었다.

"어서 안으로 들어가 계세요. 곧 공양상을 올리겠습니다."

곽 씨네는 부엌 쪽으로 도로 돌아갔다. 지효 스님은 이 씨를 따라 방 안으로 들어갔다. 집 안은 여전히 정갈하고 가구도 깨끗하게 손질돼 있었지만 옛날처럼 화사하게 보이지 않았다. 지효 스님은 그런 집 안 분위기에서 이 씨의 기가 거의 쇠잔해가고 있음을 알았다.

"이쪽으로 앉으세요."

이 씨는 아랫목에 깔아놓은 요를 들치며 지효 스님한테 앉기를 권했다. 지효 스님은 이 씨가 권하는 대로 아랫목에 앉았다.

"스님께 인사를 드려야 하는데 요즈음은 허리가 바짝 아파서 절을 할 수가 없군요. 그냥 이렇게 앉아서 인사를 드리겠습니다."

이 씨는 앉은 자세로 세 번 절을 했다. 지효 스님도 이 씨를 향해 같은 자세로 절을 했다.

"그동안 도다가에만 계셨다고요."

"네."

"스님 소식은 형규 아버지를 통해서 늘 들어왔습니다. 공부가 깊어지셨다는 소식도요."

"……."

"앞으로도 도다가에 계속 계실 겁니까?"

"아직은 별다른 계획이 없습니다. 하던 공부도 멀었고요……."

"공부야 이생에서 다 못하면 내생에 가서도 또 하시면 되지요."

"……."

"스님."

이 씨가 지효 스님을 불렀다. 스님, 하고 부르긴 했지만 속으로는 자신의 생각을 정리하고 있는 것 같았다.

"네."

지효 스님이 고개를 들고 이 씨를 바라보았다.

"이건 혼자 생각한 것이긴 하지만 한두 해 동안에 생각한 게 아닙니다."

이 씨는 자신이 하고자 하는 말이 갑자기 생각한 말이 아니라 오랫동안 마음속에 넣어두고 생각하고 또 생각했던 말임을 밝혔다.

"……."

지효 스님은 긴장하며 이 씨를 쳐다봤다.

"스님은 우리 집안 내력을 다 알고 계시니 흉허물 없이 말씀드리겠습니다."

"네. 무슨 말씀이든 편안하게 하십시오."

"우리 융이 내일이면 서울로 떠납니다. 서울에 가면 있을 곳이 있어야 하는데… 아무래도 전에 제 에미가 살던 집으로 보내야겠습니다."

"……."

지효 스님은 약간 충격을 받은 얼굴로 이 씨를 쳐다봤다.

"스님도 그 집을 여러 번 가보셨으니 아시겠지만 그 집은 다른 여염집하곤 다릅니다. 앞채는 살림집으로 지었지만 융의 에미가 쓰던 별채는……."

이 씨는 잠시 말을 끊고 생각에 잠겼다.

"……."

지효 스님은 그런 이 씨를 보며 옛날 채련이 살던 집을 떠올렸다. 아틀리에로 쓰던 별채는 아래층과 위층이 모두 넓은 홀로 되어 있었다. 그러기 때문에 이 씨 표현대로 다른 살림집하고는 달랐고 또 일반 살림집으로는 쓸 수도 없는 구조였다. 지효 스님은 이 씨가 자기한테 무슨 얘기를 하려고 그러나 하고 이 씨를 바라보았다. 그러나 이 씨는 여전히 고개를 숙이고 자신의 생각에 잠겨 있었다.

이 씨는 옛날 그 집을 장만할 때의 일을 속으로 떠올리고 있었다. 죽은 한태서가 열 살이 되던 해 친정 쪽으로 먼 친척 되는 사람이 와서 서울 변두리에 마땅한 땅이 있으니 그 땅을 사두라고 일러주었다. 친척의 권유를 들은 이 씨는 마음속으로 곧 그 땅을 사기로 결심을 했다. 아들 태서를 위해서였다. 태서는 마치 다른 자식들의 모자람을 보상받고 태어나기라도 한 것처럼 유독 영특했다. 그래서 이 씨는 아들을 중학교부터 서울로 보내야겠다는 결심을 했고, 그러기 위해서는 서울에다 근거를 만들어둬야겠다는 생각을 하게 되었다. 그렇게 해서 장만한 땅이 지금 서울에 있는 그 땅이었다.

태서는 중학교부터 서울에 가긴 했지만 친척 집에서 하숙을 하였기 때문에 그 땅은 태서와는 상관없이 20여 년 동안 그냥 방치돼 있었다. 그러던 것이 태서가 채련과 결혼을 하게 되면서부터 비로소 태서와 관련을 맺게 되었다. 이 씨는 자랑스러운 며느리를 맞으면서 그 며느리한테 뭔가를 해주고 싶었다. 그건 옛날 자신의 시어머니가 자신을 며느리로 맞으면서 느꼈던 감정과 같은 것이었다. 이 씨는 옛날 시어머니가 자기를 위해 아흔아홉 칸 집을 지어주었듯이 자기도 며느리를 위해 며느리가 원하는 화실이 딸린 집을 지어주고 싶었다. 그렇게 해서 지어진 집이 지금 서울의 그 집이었으므로 그 집은 엄밀히 말해 아들을 위해 지었다기보다는 며느리를 위해 지은 집이었다.

그러나 아들과 며느리는 평생을 같이 살지 못하고 제각기 제 운명의 길을 따라 떠나고 말았다. 채련이 집을 나간 후 태서도 곧바로 영국으로 떠났다. 그때 이 씨는 아들이 돌아오면 그 집으로 들어가겠거니 하고 살구 댁한테 관리를 맡기고 혼자 살게 했다. 그러나 2년 후 돌아온 아들은 그 집으로 들어가지 않고 아파트 하나를 사서 따로 독립을 했다. 이 씨는 자식들을 위해 아무 소용이 없게 된 그 집을 처분할까도 생각했지만 오랜 세월 동안 그 집에 쏟은 정성이 아까워서 그냥 차일피일 미뤄 두고 있었다. 그런데 융을 키우면서부터 이 씨는 그 집을 훗날 융한테 줘야지 하는 생각을 하게 되었다.

융이 장성해 가자 이 씨는 융이 범상한 아이가 아님을 알게 되었다. 언젠가 최길성도 그런 표현을 했지만 융은 정말 군계일학 같은 데가 있었고 재주로나 덕으로나 도저히 그 또래의 아이들이 따를 수 없을 만큼 비범했다. 그런 융을 지켜보면서 이 씨는 융에 대해 말로 표현할 수 없는 애정을 느끼게 되었고 그를 위한 일이라면 무엇이든 다 해주고 싶었다.

"그래서……."

이 씨는 천천히 고개를 들었다.

"……."

지효 스님은 이 씨가 무슨 말이든 편하게 하도록 기다리며 가만히 이 씨를 바라보았다.

"융을 그리로 보내야겠다는 생각을 하고 있습니다. 보내기만 하면 살구 댁이 있으니 뒤야 보살펴주겠지요. 하지만 그것만 가지곤 아무래도……."

이 씨는 말을 끊고 지효 스님을 쳐다봤다.

"……."

"이건 저 혼자 생각해본 일인데 혹시 스님이 도다가를 나오셔서 서울로 가실 의향이 있으시면 그 집에 기거하시는 게 어떠실까 해서요. 아까도 말씀드렸지만 그 집은 다른 여염집하곤 구조가 다릅니다. 별채는 완전히……."

"……."

지효 스님은 멍한 얼굴로 이 씨를 바라보았다. 이 씨가 하고자 하는 말이 무엇인지 알 수 있었다.

"스님이 거기 계시면서 별채에 조그만 법당이라도 하나 차리신다면 저도 이생에서 할 바를 다 하는 것 같고 융도 부처님의 보호 속에서 공부를 마칠 수 있을 것 같아서요."

"……."

바로 이것이었구나. 지효 스님은 오늘 여기까지 온 이유를 확연하게 깨달았다.

"스님 생각은 어떠십니까?"

이 씨가 조심스럽게 물었다.

"글쎄요. 갑작스러운 말씀이어서요."

지효 스님은 조용히 대답했다. 하지만 그녀의 마음속에선 이미 그렇게 하도록 결정지어져 있다는 것을 알고 있었다.

"스님, 어지간하시면 제 청을 들어주십시오. 제가 이생에서 마지막으로 하고 싶은 일이라서 그럽니다."

이 씨는 간곡하게 청했다.

이 씨는 세상을 뜨기 전에 절을 한 채 지어놓고 가야지 하는 생각을 늘 하고 있었다. 이 씨가 그런 생각을 하는 것은 꼭 신심만은 아니었다. 그것은 신심이라기보다는 오히려 갓 시집와서 집안 어른들한테 들은 시조부에 대한 얘기 때문이었다. 이 씨가 시집을 온 지 석 달쯤 되었을 때 시조부인 남명 어른의 제사를 모시게 되었다. 그날 집안사람들은 제수를 장만하면서 남명 어른에 대한 이야기로 꽃을 피웠다. 그분은 멀리 한양에까지 소문이 퍼질 정도로 뛰어난 학자였기 때문에 그분에 관한 얘기는 주로 칭송 쪽이었다. 그때 한쪽에서 밤을 치고 있던 재종숙모 되는 노인이 말했다.

"그 어른도 젊었을 적에는 혈기 방자해서 큰 화를 저지른 적이 있었다고 하더군."

사람들은 모두 그 노인을 쳐다봤고 재종숙모 되는 노인은 자기가 시집을 와서 들었던 얘기를 해줬다.

남명 어른이 서당에 다닐 때였는데 서당 훈장이 늘 불교를 비방하면서 불교는 혹세무민하는 미욱한 종교이기 때문에 이 땅에서 없어져야 한다고 역설했다. 훈장의 말을 귀담아들은 한진수는 서당에서 같이 공부하던 친구를 데리고 뒷산으로 올라가 산에 있던 암자에 불을 질렀다. 그 암자에는 젊은 비구 두 분과 어린 사미승 하나가 공부를 하고 있었는데 한진수 일행이 암자를 찾아갔을 때 마침 두 분 스님은 출타 중이었고 나이가 어린 사미승만이 절을 지키고 있었다. 한진수는 어린 사미승을 끌어내 구타를 하고 절에 모셔놓은 부처님은 물론이고 경책, 암자까지 몽땅 태워버리고 말았다. 그 후 그 사미승은 집으로 돌아갔는데 머리를 심하게 맞은 후유증 때문에 백치에 가까운 폐인이 되었다가 결국은 오래 살지 못하고 세상을 떠나고 말았다.

재종숙모의 말을 듣는 순간 이 씨의 가슴은 시뻘건 다리미가 와서 꽉 누르는 것 같은 충격이 느껴지면서 정신이 몽롱해졌다. 이 씨는 그때 들은 얘기와 함께 그때 받은 충격을 평생 동안 잊지 못하고 있었다. 그것이 얼마나 무서운 죄였는지는 절에 다니면서 더욱 절실하게 알게 되었다. 그래서 이 씨는 그 이야기를 떠올릴 때마다 내 평생에 내 손으로 절 한 채는 지어놓고 가야지 하는 생각을 하고 있었다. 절을 짓고 좋은 도량을 만들어 스님들이 마음 놓고 공부할 수 있게 해드린다면 어느 정도 업 닦음은 할 수 있을 것 같아서였다.

"……."

이 씨의 제안을 듣고 생각 속에 잠겨 있던 지효 스님은 천천히 고개를 들고 문갑 위를 바라보았다. 문갑 위에는 송강의 사진과 융의 사진이 액자에 끼워져서 나란히 놓여 있었다. 융의 사진을 보고 있던 지효 스님은 자신을 향해 조용히 물었다.

'내가 그동안 공부한 것은 융을 만나기 위한 준비였던가?'

4
장

Udambara

"어서 오게. 온다는 시간이 지나도 안 오기에 무슨 일이 있나 하고 걱정을 했네."

최길성은 자리에서 일어나며 동화를 맞았다.

"길이 막혀서요. 서대문에서 종로2가까지 오는데 45분이 걸렸습니다."

동화는 최길성을 쳐다보며 웃었다.

"고생했구먼. 이리로 앉게."

최길성은 먼저 자리에 앉으며 동화도 앉기를 권했다.

"사무실은 조금도 변하지 않았군요."

동화는 자리에 앉으며 감회가 서린 얼굴로 사무실을 둘러보았다.

"변하지 않았지. 변할 일이 없었으니까."

최길성은 책상 위에 놓여 있는 담뱃갑에서 담배 한 개비를 뽑으며 말했다.

"하시는 일은 변하지 않았는데 선생님의 모습은 왜 그렇게 변하셨습니까?"

동화는 싱긋이 웃으며 최길성을 쳐다봤다.

"변했다니, 내 머리를 보고 하는 말인가?"

최길성은 백발이 성성한 머리를 만지며 웃었다.

"어쩌다가 벌써 머리가 그렇게 세셨습니까?"

"어쩌다가라니, 자네도 사십 고개를 넘어서고선……."

"……."

두 사람은 서로 정답게 마주 바라보았다. 이렇다 하게 내세울 만한 인연은 아니었지만 그래도 오랜 세월 소중하게 만나왔다는 생각이 들었다.

"그래, 자리는 잡혀가는가?"

"모교라서 그런지 제 자신이 선생이라는 생각이 안 들고 자꾸 학생 같은 기분이 듭니다."

"그렇다 하더라도 점심시간에 학생 식당으로는 가지 말게."

"어떻게 제 기분을 그렇게 잘 아십니까?"

동화는 유쾌하게 웃었다.

"그야 짐작으로 알지. 그런데 자네는 왜 있던 데 그냥 있지 않고 굳이 고국으로 되돌아왔나?"

최길성은 들고 있던 담배에 불을 붙이며 진지하게 물었다.

"그건 몇 가지 이유에서였습니다."

"어떤 이유였는데?"

"첫 번째는 아무래도 내 땅 같지가 않다는 생각 때문이었고, 두 번째는 더 이상 머물러 있을 흥미를 느끼지 못해서였습니다."

"흥미를 느끼지 못하다니, 왜?"

동화는 자기의 생각을 최길성한테 어떻게 전달시킬 수 있을까를 생각하는 듯 잠시 최길성을 바라보다가 물었다.

"선생님은 현대 물리학의 사상적 원류가 고대 중국의 음양 철학이었다고 한다면 믿으시겠습니까?"

"현대 물리학의 사상적 원류가 동양의 음양 철학이라니?"

최길성은 의아한 얼굴로 반문했다. 흔히 음양 철학 하면 점괘를 푸는 역술가한테나 해당하는 고루한 것으로 알고 있는데 그 음양 철학이 현대 서양 물리학의 사상적 원류가 되고 있다니 이상했다.

"현대 물리학의 대두(大頭)라고 할 수 있는 닐스 보어는 동양 사상인 음양 철학에서 물리학의 상보성 원리를 찾았습니다."

"상보성 원리라면?"

"자연 현상이나 인간 사이에는 항상 양면성이 있는데 서로 반대되는 양면성은 모순이 아니라 서로를 보완시켜주는 작용을 하고 있다는 것이 상보성 원리입니다. 그러기 때문에 이들을 같이 보지 않고는 진리도 논할 수 없다는 거죠. 이 상보성 원리는 극미한 원자 세계에서부터 인간 사회, 더 나아가서는 우주의 구성까지를 꿰뚫어 설명할 수 있는 이론인데, 이 상보성 원리를 상징한 것이 바로 우리가 국기로 쓰고 있는 태극 마크입니다."

"······."

"보어는 개인과 공동체의 이해는 서로 상반될 수 있지만 이것도 모순이 아니라 자체를 구성하는 한 부분이며 서로 대립하면서 공존하는 가운데 조화가 모색된다는 겁니다. 결국 자연 현상이나 인간 사회 현상이나 그것을 설명하는 원리는 하나라는 거죠. 보어는 철학자들은 많이 아는 것 같아도 실제 알아야 할 원리에 대해서 아는 것이 없고, 과학자들은 꽤 구체적인 것을 아는 것 같아도 근본적인 원리에 대해서 아는 바가 없다고 꼬집었지요. 그러기 때문에 미래의 철학자나 과학자들은 이 상보성 원리에 의해 진리에 접근하게 될 것이라고 예언했습니다."

"······."

"보어의 상보성 원리 역시 보어의 직관적인 통찰력과 하이젠베르크의 수학적 체계 그리고 파울리의 철학적 비판이 한데 어우러져서 얻어낸 하나의 금자탑이었습니다."

"……."

최길성은 동화의 말을 이해하는 얼굴로 머리를 끄덕였다. 물리학과 종교가 만나 서로 상호 보완하면서 동일한 진리를 표출해 내야 한다는 백족화상의 이론과 같다는 생각이 들어서였다.

"보어는 어떤 사람이었는데?"

최길성은 백족화상과 같은 의견을 제창했다는 보어에 대해 관심이 생겨서 이렇게 물었다.

"현대 물리학에서 아인슈타인과 쌍벽을 이루었던 거두였습니다. 아인슈타인은 자연법칙의 항구성을 믿은 반면 보어는 자연법칙에 있어서 최종적으로 완성된 상태란 없고 완성을 향한 부단한 전진이 있을 뿐이라고 믿었습니다. 다시 말하면 아인슈타인은 통일된 우주의 질서, 즉 신의 법칙이 있을 것이라고 믿고 있는 반면, 보어는 최종 상태란 없고 우주는 조화를 향해 끝없이 전진하고 있을 뿐이라고 본 거죠. 아인슈타인은 결정론에 사상의 근거를 두었고 보어는 전진론에 사상의 근거를 두었습니다. 이 두 천재는 각각 다른 사상을 가지고 25년간이나 세기(世紀)의 논쟁을 벌였는데 물리학계에서는 대체로 보어의 판정승으로 보고 있습니다."

"어째서?"

최길성은 동화의 말에 흥미를 느끼며 물었다.

"원자물리학은 러드포드의 원자핵 발견으로 새 장이 열렸지만 곧 벽에 부딪히고 말았습니다. 러드포드는 보어하고도 깊은 교의를 나눴던 물리학자인데 그는 실험을 통해 원자들이 파괴될 수 없는 어떤 물질이 아니라 그 안에 극미한 또 다른 입자들로 구성되어 있다는 것을 알았습니다."

"……"

"이 입자들은 매우 추상적인 것으로, 어떻게 보느냐에 따라 입자로도 나타나고 파동으로도 나타납니다. 이때 파동은 음향이나 물결처럼 실재하는 3차원적 파동이 아니라 지극히 추상적인 핵음파입니다. 원자 이하의 아원자(亞原子)들, 즉 양자, 중성자, 전자들은 어떻게 보느냐에 따라 입자일 수도 있고 파동일 수도 있습니다. 그러니까 역으로 말하면 입자일 수도 없고 파동일 수도 없는 것이죠."

"그야말로 색즉시공 공즉시색(色卽是空 空卽是色)이구먼."

"맞습니다. 바로 그겁니다. 물질은 있는 것도 아니고 없는 것도 아닙니다."

"……"

최길성은 신기함을 느끼며 동화를 바라보았다. 그냥 '색즉시공 공즉시색(色卽是空 空卽是色)' 할 때는 그것이 무엇을 설명하는 것인지 얼른 가슴에 와닿지 않았는데, 원자물리학에서 아원자들이 때로는 입자로 때로는 파동으로 모습을 나타낸다는 말을 듣고 보니 색즉시공 공즉시색이라는 말이 이해되는 듯했다.

그 순간 최길성의 머릿속엔 지난번 도다가에 갔을 때 백족화상한테서 들었던 말이 생각났다. 백족화상도 지금 동화가 한 말과 같은 말을 하면서 그건 불교의 '색즉시공(色卽是空)'과 같은 말이라고 설명했었다. 같은 말을 두 번 듣고 나니 이제야 무슨 말인지 이해가 가는군, 최길성은 자신을 돌아다보며 싱긋이 웃었다. 그래도 꽤 많은 것을 알고 있다고 생각해왔는데 자기가 아는 것은 결국 아무것도 없다는 생각이 다시 한번 들었다.

"이왕 말 꺼낸 김에 재미있는 얘길 한 가지만 더 하겠습니다. 어떤 입자가 하나 있었는데 그 입자가 홀연히 소멸하더니 다음 순간 다른 장소에서 그 입자와 성질이 같은 입자가 출현하였습니다. 그렇다면 새로 출현한 입자는 한순간 전에 소멸한 바로 그 입자일까요, 아니면 다른 입자일까요? 하나의 광자(光子)가 소멸하여 음양(陰陽)이 두 개인 전자가 발생하는데 이 현상을 어떻게 설명할 것인가? 아원자들의 세계 속에서는 이와 같이 설명할 수 없는 현상들이 수없이 일어나는데 이러한 현상을 가리켜 하이젠베르크는 불확정성 원리라고 정의를 내렸습니다. 다시 말하면 어떤 기존의 법칙으로서는 설명이 불가능하다는 것이죠."

"가만……."

최길성은 한 팔을 들어 동화의 말을 중단시켰다.

"……."

동화는 무슨 일인가 하고 최길성을 바라보았다.

"자네가 조금 전에 한 말 중에서 방금 여기 있던 입자가 소멸하면서 다음 순간 저쪽에 그와 같은 성질의 입자가 나타난다고 했지?"

"네."

"그렇다면 거기에 일정한 규칙이 있는가? 예를 들어 방향이라든가 거리라든가 하는 점에서 말일세."

"전혀 그렇지 않습니다. 그 자체 안에 어떤 규칙이 있는지 그건 모르지만 밖으로 드러나는 현상으로는 전혀 일정한 법칙이 없습니다."

"그들은 공간도 무한대로 이동하는가?"

"그렇습니다."

"그렇다면 그거야말로 윤회의 개념을 설명한 것 아닌가?"

"……."

동화는 아무 말 없이 최길성을 쳐다보더니 싱긋이 웃었.

"왜 웃는가? 내가 아전인수 격의 해석을 해선가?"

"아닙니다. 저도 지금 그 얘기를 윤회의 개념으로 설명하려고 했는데 선생님이 먼저 말씀해주셔서 그래서 웃었습니다."

"그래? 그렇다면 나도 물리학의 세계를 파악하고 있는 셈이구먼."

최길성은 기분이 좋은지 들뜬 목소리로 말했다.

"흔히들 윤회하면 전생 금생 내생 하는 식으로 시간을 수평적인 단위로 해석하려고 합니다. 마치 레일 위를 달리는 기차처럼 전생에서 금생으로 와 내생으로 달려가고 있다고 믿고 있는 것이지요. 그러나 시간은 그런 수평적인 것이 아닙니다. 시간에 대한 개념은 복잡하니까 다음 기회에 말씀드리겠습니다."

"……."

"A라는 입자가 A의 장소에 있다가 홀연히 사라지더니 B의 장소에 모습을 나타냈습니다. 그런가 하면 B의 장소에서 다시 홀연히 사라져 이번에는 C의 장소에서 또 모습을 나타냈습니다. 이렇게 거리와 공간을 무시하고 자유롭게 이동을 하면서 모습을 나타내는 것, 이것이 바로 입자들의 운동입니다."

"……."

"이러한 입자들의 운동은 윤회의 개념과 아주 비슷합니다. 서울에서 김씨 성을 가지고 살던 사람이 죽어서 부산에 있는 박 씨 집에 태어나고, 부산의 박 씨 성을 가지고 살던 사람이 죽어서 다시 미국에 있는 케네디 가에 태어나고……."

두 사람은 함께 웃었다. 즐겁고 유쾌해졌다.

"자네 얘기를 듣고 보니 물리학이라는 것도 재미있구먼."

"저도 동양 사상, 특히 불교의 교리가 재미있다는 것을 몇 년 만에 비로소 알게 되었습니다. 제가 동양 사상에 관심을 가지기 시작한 것은 보어가 늘 앞가슴에 부착하고 다녔다는 태극 마크를 본 순간이었습니다. 보어의 상보성 원리가 음양 철학에 근거를 두고 있다는 것은 전에도 물론 알고 있었습니다. 그러나 막상 그가 앞가슴에 달고 다녔다는 태극 마크를 본 순간 '나는 지금 왜 여기 와 있는가?' 하는 생각이 번개처럼 빠르게 머리를 꿰뚫고 지나가더군요. 그것은 보석을 발밑에 두고도 그걸 모르고 엉뚱한 곳에 가서 보석을 찾고 있었다는 자각이었습니다."

"……."

"그런 자각을 한 이후 저는 같은 학교에서 동양철학을 강의하고 있던 박성태 교수와 가까이 지내려고 노력했습니다. 그것은 의식적인 노력이었지만 그 결과 저는 박 교수를 통해서 많은 새로운 지식을 얻게 되었습니다. 저와 박 교수와의 친교는 닐스 보어와 요하네스 페데르센의 교우와도 비슷하다고 할 수 있을 겁니다. 물리학자였던 닐스 보어도 그의 지기이면서 동양철학자였던 요하네스 페데르센을 통해 많은 지식과 감화를 받았거든요. 위대한 물리학자인 보어에 제 자신을 비교해서 죄송합니다만."

동화는 최길성을 보며 즐겁게 웃었다. 그는 나이를 먹고 학문이 깊어짐에 따라 인간적인 여유도 가지고 있었다.

"재미있구먼. 계속해보게."

"그런데 말입니다, 어느 날 박 교수가 연구소로 저를 찾아왔습니다. 종교학 세미나가 있는데 같이 동행을 하지 않겠느냐고 제안하더군요. 저는 뭔가 얻을 게 있을 것 같은 예감이 들어서 그를 따라 세미나장으로 갔습니다. 그날 저는 거기서 한 독일인 교수의 주제 발표를 듣고 새로운 세계에 대해 눈뜨게 되었습니다. 그것은 불교에 대한 개안이었습니다."

"……?"

최길성은 긴장하며 동화를 바라보았다.

"주제 발표를 한 사람은 독일에 있는 종교학과 교수였는데 그는 부처님의 연기론에 대해 많은 얘기를 했습니다. 그의 얘기를 듣다 보니 그가 말하고 있는 연기론이 물리학에서 증명되고 있는 내용과 아주 흡사했습니다."

"연기법이 물리학에서 증명되고 있다니, 어떻게?"

"원자물리학에서 아원자적 입자는 독립된 실체가 아니라 상호 연관 작용으로서만 설명될 수 있다는 것이 실험 결과 드러났습니다. 다시 말하면 자연은 어떤 독립된 기본 구성체가 있는 것이 아니라 그물과 같이 복잡하게 얽혀 있어 상호 연관 작용에 의해서 현상을 드러내는 것이라는 거죠. 이 이론은 우주 자체에도 그대로 적용되는데, 우주 역시 떨어지려야 떨어질 수 없는 에너지 모형들의 역동적인 망으로 구성돼 있는 것입니다."

"……."

"이 이론은 불교의 연기법과 아주 흡사합니다. 연기법에서도 어떤 물체가 모습을 드러내는 것은 그것이 실재하는 것이 아니라 무수한 원인과 조건이 모인 결과에 불과하기 때문에 물체를 구성했던 원인과 조건이 흩어지면 물체 자체도 소멸한다는 것 아닙니까?"

"그렇지."

"그러니까 제가 아까 말씀드린 대로 원자물리학에서 밝힌 아원자 이론과 일치하는 것이죠. 아원자적 입자 역시 독립된 어떤 실체가 아니라 상호 연관 작용 속에서만 그 모습을 나타내고 있으니까요."

"……."

"박 교수 덕분에 불교의 교리를 좀 알고 나니 그곳에 더 이상 머무르고 싶은 흥미가 일지 않더군요. 아까도 말씀드렸지만 발밑에 보석이 있는데 그걸 모르고 엉뚱한 곳에 가서 찾고 있다는 자각 같은 것이었다고나 할까요."

"불교가 우리나라에만 있는 건 아니지 않은가? 서양에도 불교학은 발달돼 있다고 하던데."

"그렇습니다. 하지만 불교학으로 본질을 꿰뚫어 볼 수는 없습니다. 그것은 물리학으로 우주의 본질을 꿰뚫어 볼 수 없는 것과 같은 것입니다. 우주의 원리를 꿰뚫어 보려면 학문에다

플러스알파를 해야 합니다. 플러스알파를 해야 한다는 것은 알겠는데 플러스알파가 뭔지는 저도 잘 모르겠습니다."

"……."

동화의 말을 듣고 있던 최길성은 속으로 무릎을 쳤다. 그가 말한 플러스알파는 다른 것이 아니라 바로 수행, 참선이라는 생각이 들어서였다. 참선만이 진리를 꿰뚫어 볼 수 있는 유일한 직관력을 기를 수 있다는 것을 최길성은 알고 있었다. 그것은 바로 백족화상의 주장이었다.

"선생님은 강릉에 다녀오셨다죠?"

동화가 화제를 바꿨다.

"응, 며칠 전에. 참 자네도 강릉을 다녀왔는가?"

"연락만 드리고 아직 가진 못했습니다. 다음 주말쯤 한번 가볼까 합니다."

"그럼 융의 얘기도 아직 못 들었겠구먼."

최길성은 동화를 보며 물었다.

"융의 얘기라니요? 융한테 무슨 일이 있었습니까?"

동화가 긴장하며 물었다.

"무슨 일이 있는 게 아니고… 융이 곧 자네 제자가 될 걸세."

"네?"

"명년에 대학 진학을 하는데 물리학을 전공하기로 했네."

"저희 학교에서 말입니까?"

"그렇다네."

"그거 참 묘한 인연인데요. 오 교수님의 아드님을 제가 가르치게 되다니요."

동화는 감개무량한 얼굴로 말했다.

"그렇게 감개무량해하지 말게. 그 각본은 상당히 오래전부터 짜인 것 같으니까."

최길성은 20여 년 동안 한 편의 드라마가 꾸며지고 있었다는 생각을 하며 이렇게 말했다.

"그건 무슨 말씀입니까?"

"그냥 내 생각인데 자네도 머지않아 내 말을 이해하게 될 걸세."

최길성은 싱긋이 웃으며 동화를 쳐다봤다.

"융은 어떤 편입니까? 어려서 보고 못 봤기 때문에 융에 대해서는 아는 것이 별로 없는데요."

"뭐라고 해야 하나……."

최길성은 혼자 생각에 잠겨 있다가 동화를 보며 말했다.

"자네의 생은 아마도 융을 키우는 데서 그 의미를 찾을 수 있을 것 같네."

"네?"

동화는 의아한 얼굴로 최길성을 쳐다봤다.

"지금 내가 한 말은 앞으로 자네 스스로가 알게 될 걸세."

"선생님도 참, 계속 그렇게 수수께끼 같은 말씀만 하십니까?"

"우주의 원리를 풀겠다고 덤비는 자네니까 내 수수께끼쯤이야 금방 풀 수 있겠지. 우리 어디 가서 술이나 한 잔 하세. 긴 얘기를 했는데."

최길성이 책상 위를 정리하며 자리에서 일어섰다.

"저도 그러고 싶습니다만 오늘은 안 되겠습니다."

"안 되다니, 왜?"

"친구들이 환영술을 사주겠다고 해서요. 지금 곧 그리로 가 봐야겠습니다."

시계를 들여다보며 동화가 말했다.

"친구들이?"

그 순간 최길성의 머릿속으로 세혁의 이름이 스쳐 갔다.

'그 친구도 만나게 되겠구먼.'

"죄송합니다. 다음에 제가 한번 모시겠습니다."

"그렇게 하세."

최길성은 담담한 얼굴로 동화를 향해 작별의 악수를 청했다.

"스님, 다녀왔습니다."

지효 스님은 백족화상 앞에 삼배를 하고 강릉에 다녀왔음을 알렸다. 처음엔 용화 보살과 융을 만난 얘기도 하려고 했지만 자신을 강릉으로 보냈던 백족화상이 그 사실을 모를 리가 없다는 생각이 들어 그냥 입을 다물었다.

"그러셨습니까."

백족화상은 공손히 합장을 하며 인사를 받았다.

"한 철만 더 머물면서 기도를 드리고 떠날까 합니다."

지효 스님은 이번에 강릉에 다녀오면서 자신이 세상 속으로 나가야 할 때가 왔음을 알았다. 아니, 그것은 자신이 안 것이 아니라 백족화상과 용화 보살이 알려준 것이었다. 하지만 막상 나가려고 하니 자신 속에 지니고 있는 힘이 너무 없었다. 그야말로 좁쌀 한 알만큼의 무게도 지니고 있지 못하다는 느낌이 들었다. 그래서 지효 스님은 도다가에 한 철 더 머물면서 관음 기도를 드려봐야겠다는 결심을 굳히며 돌아왔다.

"때가 되면 공부는 세상 사람과 함께 해야 합니다."

백족화상이 말했다.

"……."

"외나무다리로도 강물을 건널 수는 있습니다. 그러나 다른 사람과 함께 건너지는 못합니다."

"……."

"공부하는 수행승들은 이 점을 특히 유의해야 합니다."

"명심하겠습니다."

지효 스님은 백족화상을 향해 공손히 합장을 했다. 백족화상한테 인사를 드리고 나온 지효 스님은 그날부터 관음 기도에 들어갔다. 기도 기간 중엔 묵언(默言)을 할 결심이었으므로 묵언이라고 쓴 팻말을 목에 걸었다. 묵언 중이니 다른 스님들도 협조해달라는 부탁의 표시였다. 지효 스님은 새벽예불이 끝나면 곧바로 관음전으로 내려가 초와 향에 불을 붙이고 다기 물을 새로 갈았다. 그리고 관세음보살님 앞에 엎드려 정성을 다해 5천 배를 했다. 5천 배의 기도가 끝나는 시간은 대략 8시간 정도로 아침 5시에 시작하면 오후 1시가 돼야 끝났다. 1시부터는 다시 관음주력을 시작해 하루에 3만 주씩 관세음보살을 칭명하는 염불을 하는데 기도를 다 끝내고 나오면 저녁공양 시간이 되었다.

스님들이 모이기 전에는 하루에 한 번 사시예불 후 점심공양만 들었지만 외부에서 스님들이 모이고부터 도다가도 하루에 두 번 점심공양과 저녁공양을 들었다. 저녁공양이 끝나면 바로 저녁예불이 시작되기 때문에 지효 스님은 저녁공양 후 다시 저녁예불에 들어갔다. 그리고 예불을 마친 후엔 다른 스님들과 함께 선방에 가서 자정까지 참선을 했다. 도다가엔 자리에 눕지 않고 계속 정진을 하고 계신 스님들이 많았기 때문에 선방은 24시간 늘 개방돼 있었다. 참선을 마치고 자신의 거처로 돌아온 지효 스님은 하루에 세 시간씩 잠을 잤고 다음날 새벽 3시면 자리에서 일어나 다시 새벽예불에 들어가는 일부터 반복했다.

하루에 5천 배씩 절을 하자 처음엔 다리가 떨려 걸음을 옮겨놓을 수 없었다. 그렇게 얼마간 지나자 엄지발톱 두 개가 피멍이 들어 몸을 일으켜 세울 수도 굽힐 수도 없게 되었다. 그러나 지효 스님은 한 치의 흐트러짐도 없이 기도를 계속했다. 그렇게 또 얼마간 지나자 피멍이 들었던 발톱은 빠져나갔고 발가락에선 붉은 피가 흘러내렸다. 지효 스님은 손수건으로 발가락을 묶고 그 위에 양말을 신었다. 그리고 다시 5천 배를 계속했다. 기도를 드리는 것은 자기의 육신과 맞대결해서 싸우는 일이었다. 자신의 육신을 조복받지 않으면 기도는 계속될 수 없었다.

이렇게 하기를 한 달 정도 지나자 몸과 마음이 함께 편안해졌다. 마치 바람이 잦아든 들판에 서 있는 것 같기도 하고 길이 잘 든 가축을 끌고 들길을 가고 있는 것 같기도 하였다. 지효 스님은 자신의 몸과 마음이 편안해지자 해태감에 빠지지 않도록 다시 자신을 일으켜 세웠다. 관세음보살님을 한 번씩 칭명할 때마다 광명의 걸레로 자신의 가슴을 한 번씩 닦는다고 생각했고, 그리고 닦인 가슴을 심안으로 들여다보려고 애를 썼다.

그런 어느 날 기도를 하고 있을 때 갑자기 자신의 가슴속이 환하게 들여다보이는 환각이 느껴졌다. 마치 뚜껑이 열린 홈을 위에서 내려다보고 있는 기분이었다. 그 순간 지효 스님은 경악을 금할 수가 없었다. 하수도 꼭지를 뽑았을 때 머리칼과 가래침과 때 같은 것들이 썩고 또 썩어 앙금을 만들고 있는 것처럼 자신의 몸속도 미세하게 뻗어나간 실핏줄에까지 그런 앙금들이 가득 끼어 있었다. 지효 스님은 비로소 세세생생 쌓아왔던 업장의 찌꺼기가 얼마나 무서운 것인가를 알게 되었다. 그날 이후 지효 스님은 더욱 일념으로 관세음보살님께 매달렸다.

"천 개의 손으로 광명을 뿜어내고 천 개의 눈으로 중생들을 굽어살피시는 관세음보살님, 그 광명의 손으로 제 업장도 닦아주소서."

지효 스님은 한 번 절을 할 때마다 이렇게 애원하며 자신의 업장이 소멸하도록 도와달라고 빌었다. 그렇게 기도를 드린 지 한 달쯤 지났을 때부터 지효 스님은 자신의 정수리를 누르고 있는 알 수 없는 힘을 느끼게 되었다. 그러면서부터 온몸이 가벼워지고 가슴속도 알 수 없는 환희심으로 차올랐다. 지효 스님은 자신의 기도가 조금씩 깊어져 가고 있음을 느꼈고 기도가 깊어져 가고 있음을 느낀 순간부터 관세음보살님에 대한 감사함으로 가슴이 메었다.

백일기도가 열흘쯤 남았을 때부터 지효 스님은 하루 24시간을 꼬박 관음전에서 보내며 한순간도 쉬지 않고 기도를 계속했다. 그녀의 의식 속에는 도다가란 공간도, 도다가에 계신 스님들도, 백족화상까지도 모두 사라지고 오직 관세음보살님과 그를 대면하고 있는 자기 자신만이 보였다. 그렇게 며칠이 지나자 관세음보살님과 자기 자신도 의식 밖으로 사라지고 오직 정수리를 누르고 있는 힘만 확실하게 느껴졌다. 이 세상은 자신의 정수리와 정수리를 누르고 있는 힘으로만 꽉 채워져 있는 것 같았다. 지효 스님은 닷새, 나흘, 사흘, 이틀 그리고 마지막 날까지 그런 상태 속에서 기도를 드렸다. 백일기도를 회향하는 날, 5천 배를 끝낸 지효 스님이 천천히 몸을 일으켜 세울 때 정수리를 누르고 있던 힘이 금빛 찬란한 손으로 바뀌었다. 그러면서 몸속과 머릿속이 통풍이 잘 되는 공간처럼 시원해졌다. 지효 스님은 숨을 죽이며 법당 안을 살펴보았다. 그러나 법당 안엔 아무도 없고 표현할 수 없는 향기만이 법당 안을 가득 채우고 있었다.

바람은 쌀쌀하지만 볕은 완연히 봄을 느끼게 했다. 영옥은 거실에 있던 화분을 베란다로 옮겨놓고 거즈로 잎사귀 위에 쌓인 먼지를 닦아내고 있었다. 그때 전화벨이 울렸다. 전화벨 소리를 듣는 순간 영옥은 자신도 모르게 소스라치게 놀라며 몸을 일으켜 세웠다. 영옥은 잠시 거실을 바라보다가 얼른 슬리퍼를 벗고 전화기 앞으로 다가갔다.

"여보세요? 여보세요?"

"……."

"……."

영옥이 고개를 갸웃하며 수화기를 놓으려고 할 때 소리가 들려왔다.

"오래간만입니다."

그 순간 영옥은 감전된 사람처럼 얼굴이 창백해지며 얼른 수화기를 전화기 위에 올려놓았다. 그러자 잠시 후 다시 벨이 울렸다. 영옥은 어찌할 바를 몰라 하다가 수화기를 집어 들었다.

"내 음성을 기억하고 있는 걸 보니 영옥 씨도 나를 잊고 있진 않았던 모양이군요."

여유 만만한 세혁의 음성이 들려왔다.

"음성을 기억하고 있다고 해서 사람까지 기억하고 있는 건 아니에요."

영옥은 흥분하지 않으려고 안간힘을 쓰며 세혁의 여유 만만함에 대응했다.

"좋습니다. 18년 동안 나를 기억하고 있었으리라고는 나도 기대하고 있지 않습니다."

"……."

영옥은 할 말을 잃고 가만히 서 있었다. 18년이라는 세월을 정확히 지적한 데 대해 묘한 감동이 왔다.

"동화를 통해 영옥 씨 소식을 듣고 몇 달 동안 나름대로 고민을 했습니다. 만나주시겠습니까?"

"……."

영옥은 대답할 말을 찾지 못하고 수화기를 든 채 가만히 서 있었다. 그러면서 단호하게 거절하지 못하는 자기 자신에 대해 분노 같은 게 치밀어 올랐다.

"아파트 건너에 있는 다오기라는 경양식 집에 와 있습니다."

"……."

"나오실 때까지 기다리고 있겠습니다."

세혁이 쪽에서 먼저 전화를 끊었다.

"……."

영옥은 홀린 사람처럼 우두커니 서 있다가 전화기를 놓고 돌아섰다. 이런 일이 있으리라는 예감은 들었지만 막상 당하고 보니 어떻게 대처하는 것이 좋을지 얼른 판단이 서지 않았다. 엄밀히 따지고 보면 자기를 만나겠다고 전화를 한 세혁은 물론이고 그 전화를 받고 당황하고 있는 자기 자신까지도 영옥은 용서할 수 없었다.

18년 전 자신이 산기를 느끼고 병원으로 가려고 할 때, 어머니는 방문을 걸어 잠그고 들어앉아 얼굴도 내밀지 않았다. 그때 어머니는 자기가 난산을 해서 아이가 잘못되기를 바라고 있었는지도 몰랐다. 주위 사람들로부터 축복은 고사하고 염려도 받지 못하고 아이를 낳아야 하는 여자의 심정, 그것은 영옥이 세혁으로 인해 수없이 경험해야 했던 참담한 기억 중 하나였다.

　그런 생각을 하는 영옥의 머릿속엔 진통을 참으며 병원 문을 들어서던 자신의 모습이 떠올랐다. 시시각각으로 다가오는 진통을 참으며 가까스로 병원 문을 들어섰을 때 간호사는 입원 수속 용지를 내놓고 보호자의 성명과 연락처를 적으라고 했다. 그 순간에 느꼈던 또 한 번의 참담함. 영옥은 병원을 도망쳐 나오고 싶다는 생각과 그 자리에서 죽어버리고 싶다는 생각을 동시에 하고 있었다. 그 참담한 순간에 양수가 터지고 진통이 다시 몰아쳐 왔다. 영옥은 배를 잡고 신음하면서 간호사가 내민 종이에다 최길성의 이름과 전화번호를 적고 그대로 병원 바닥에 쓰러지고 말았다. 영옥이 분만실로 옮겨져 딸 이랑을 낳고 입원실로 왔을 때 최길성이 긴장한 얼굴로 입원실 문을 열고 들어섰다. 그는 잠시 영옥을 바라보더니 침대 옆으로 다가와 영옥의 손을 잡아주었다.

　"괜찮아."

　산모에 대한 염려와 연민이 뒤섞여 있었던 최길성의 그 얼굴은 영옥에게 삶에 대한 어떤 용기 같은 것을 갖게 해줬다.

　'그래, 나는 분명히 그의 얼굴을 보면서 새로운 용기를 얻을 수 있었어. 그건 가장 비참한 순간에 가장 따뜻한 얼굴을 본 때문일 거야.'

　옛날 기억을 더듬고 있던 영옥은 자신을 향해 이렇게 말했다.

영옥이 3일 동안 병원에 있다가 퇴원을 할 때 최길성은 정말 보호자처럼 애기 배내옷과 포대기까지 사 들고 와서 퇴원 수속을 밟아주었다.

'그때 그분이 없었으면 나는 어떻게 되었을까.'

그건 영옥으로서는 돌이켜 생각하고 싶지도 않은 기억이었다. 세혁의 전화를 받고 가장 참담했던 순간을 떠올리던 영옥은 안방으로 들어와 화장대 앞에 섰다.

'어떻게 할까?'

영옥은 거울 속에 비친 자신의 얼굴을 들여다보며 이렇게 물었다. 어떻게 할까? 감정만으로는, 아니 이성으로까지도 세혁을 다시 만날 필요가 없다는 것은 너무나 분명한 대답이었다. 그러나 분명한 대답이 나와 있음에도 불구하고 그 대답대로 좇을 수 없는 또 하나의 감정, 영옥은 그 감정 때문에 괴로웠다.

화장대 앞에 서서 거울 속에 비친 자신의 모습을 들여다보던 영옥은 콜드크림 뚜껑을 열고 얼굴에 콜드 마사지를 하기 시작했다. 마사지를 끝낸 영옥은 거즈로 얼굴을 닦아내고 그 위에 스킨을 바르고 로션을 바르고 파운데이션을 바르고 콤팩트로 얼굴을 두드리고… 그리고 눈 화장을 하고 입술까지 발랐다. 영옥은 그러고 있는 자신을 들여다보며 다시 한번 소스라치게 놀랐다. 자신의 동작에 탄력이 있었고 온몸엔 생기가 되살아나고 있었다. 아, 영옥은 손으로 얼굴을 가리며 나직이 신음 소리를 냈다. 마성을 띠며 고개를 쳐드는 또 하나의 자기가 두려워서였다.

화장을 끝낸 영옥은 분홍색 봄 스웨터를 걸치고 세혁이가 기다리고 있는 다오기로 갔다. 문을 열고 들어서자 영산홍 화분 밑에 앉아 있던 세혁이가 자리에서 일어났다. 그는 계속 문 쪽만 보고 있었던 듯 영옥이가 들어서자마자 몸을 일으키며 반겼다. 영옥은 냉정을 잃지 않으려고 애를 쓰며 세혁의 앞으로 걸어갔다.

"만나게 돼서 반가워."

세혁은 반말을 하며 오른손을 내밀었다.

"……."

영옥은 할 말을 잃고 세혁을 쳐다보았다. 그가 한 반말은 단칼에 18년 세월을 잘라버린 것처럼 그녀의 감정을 과거 속으로 밀착시켜놓았다.

"앉아."

세혁은 악수를 청했던 오른손이 멋쩍은지 앞자리를 가리키며 앉기를 권했다.

"……."

영옥은 세혁과 마주앉으며 그를 쳐다보았다. 그는 전날과 다름없이 40대 중반의 건장한 모습을 하고 있었고 여유 만만한 자신감도 지니고 있었다.

"널 잊진 않았어. 만나지는 못했지만."

"……."

"만나지 못했던 것은 만날 수 있다는 생각을 못 했기 때문이었어."

"……."

"딸도 하나 있다지?"

세혁은 마치 지나온 안부를 묻듯 이랑에 대해 물었다.

"……?"

그 순간 영옥은 심한 혼란 속으로 빠져들었다. 그가 이랑의 존재를 알고 있는지 어떤지 의중을 알 수 없어서였다.

"이랑에 대해서 알고 싶은 건 없어?"

영옥도 반말로 물었다. 그건 자기 자신으로서도 전혀 예측하지 못했던 행동이었다.

"이랑이라니? 딸 말이야?"

"……."

그 순간 두 사람은 거의 동시에 백화점 에스컬레이터를 떠올리고 있었다.

"그럼?"

세혁이 경직된 얼굴로 영옥을 쳐다봤다. 영옥의 옆에 서 있던 아이가 섬뜩하도록 자기를 닮았다고는 생각했지만 그 아이에 대해선 더 이상 생각하지 않았었다. 그리고 동화도 옛날 친구들의 안부를 서로 전하는 자리에서 영옥이 딸 하나를 데리고 최길성과 함께 살고 있다는 얘기를 했을 뿐이었다.

"나는 그때 아이를 낳았어."

영옥은 세혁을 똑바로 쳐다보며 말했다.

"그런데 왜 나한테 그 사실을 알리지 않았어?"

세혁은 영옥의 손을 확 끌어당겨 잡으며 격앙된 목소리로 물었다.

"내가 알리지 않았다고 생각하고 있어?"

영옥은 세혁을 똑바로 쳐다보며 물었다.

"우리 어디 가서 처음부터 다시 이야기를 시작하자."

세혁은 자리에서 일어서며 잡고 있던 영옥의 손을 일으켜 세웠다. 그런 그의 모습은 25살 청년으로 되돌아가고 있었다. 영옥은 그런 세혁을 보고 있는 것이 두려워졌다. 아니, 그렇게 느끼고 있는 자기 자신이 두려워졌는지도 모른다.

"앉아. 우린 이제 아무 관계도 없는 남이잖아."

영옥은 세혁과의 관계를 자기 자신에게 확인시키고 싶어서 이렇게 말했다.

"……."

영옥을 물끄러미 내려다보고 섰던 세혁은 아무 말 없이 도로 자리에 앉았다. 두 사람은 한동안 침묵하면서 서로의 얼굴을 마주 바라보았다. 마주보고 있는 얼굴은 분명 사십 고개를 넘어선 중년인데, 두 사람의 감정은 옛날 그 자리에 머물러 있다는 것을 서로 알고 있었다.

"이랑은 행복하게 크고 있어. 나도 물론 행복하고."

영옥은 세혁의 시선을 피하며 말했다. 행복이란 단어를 쓰는 순간 울고 싶은 충동이 느껴졌다. 왜 그런 충동이 느껴졌는지 그건 자신으로서도 알 수가 없었다.

"너희 두 사람이 나하곤 상관없다는 말투군."

세혁은 영옥의 눈을 가만히 들여다보며 말했다.

'너희 두 사람이….'

영옥은 세혁을 쳐다보며 그가 한 말을 가만히 입 속으로 되뇌어봤다. 그 말은 자력만큼이나 강한 힘으로 자신을 세혁 쪽으로 끌고 갔다.

"이랑이라고 했지? 이랑을 낳고 키워줘서 고마워."

"이랑이가 세혁이하고 관계가 있다고 생각해?"

"물론이지. 내 자식이 땅 위에서 숨 쉬고 있다는 게 꿈만 같아."

세혁은 감격해하며 말했다.

"……."

영옥은 긴장한 얼굴로 세혁을 쳐다봤다. 그의 말 뒤에 숨어 있는 뜻을 확인하고 싶어서였다.

"난 지금 아이가 없어. 처가 한 번 임신을 한 적이 있었는데 자궁외임신이 돼서 그 이후엔 아이를 갖지 못했어."

"……."

처라는 호칭을 듣는 순간 영옥은 세혁과 마주 앉아 있는 자신이 초라해져서 가만히 입술을 깨물었다.

"같이 산다고 해서 반드시 사랑하는 건 아니야. 물론 행복한 것도 아니고."

세혁은 덤덤하게 말했다. 영옥의 마음을 헤아려서라기보다 자신의 심경을 토로하고 있는 것 같았다.

"옛날 그 여자야?"

"응."

"두 사람은 지금도 노동 운동을 하면서 살아?"

영옥은 약간 비꼬는 투로 물었다.

"아니, 그 반대야."

"반대라니?"

"나는 사업주가 되었고 내 처는 내가 벌어다 주는 돈으로 노동자의 적개심을 살 만큼 호화로운 생활을 즐기고 있지."

"돈을 많이 버는 모양이군. 무슨 사업을 하고 있어?"

"특허품을 취급하고 있어. 특허를 내고도 그것을 사업으로 발전시키지 못하는 사람들의 특허권을 사서 상품화시키는 일이야."

"……."

"명함을 하나 줄게. 가지고 있어."

세혁은 양복 주머니에서 명함을 한 장 꺼내어 영옥의 앞에 내밀었다. 영옥은 세혁이 건네주는 명함을 받아서 들여다보았다. 세혁이라는 이름 위엔 대표이사라는 직함이 쓰여 있고 그 옆으로는 공장, 영업소, 사무실, 자택을 알리는 전화번호가 빽빽하게 적혀 있었다.

영옥은 들고 있는 명함을 어떻게 할까 궁리하다가 그냥 스웨터 주머니 속에 넣었다. 받은 명함을 되돌려주기도 그렇고 세혁이 앞에서 찢어버릴 수도 없어서였다. 아니, 그건 겉으로 드러난 하나의 핑계였고 그녀의 가슴 깊은 곳에서는 세혁과의 만남이 연결되기를 바라는 또 하나의 갈망이 숨어 있었다.

"이리로 들어오십시오."

최길성은 현관문을 열고 들어서며 뒤에 있는 향운 스님이 들어오기를 기다리고 있었다.

"네."

현관으로 들어선 향운 스님은 흰 고무신을 벗고 거실로 올라왔다.

"이쪽으로 앉으십시오."

최길성은 소파를 가리키며 앉기를 권했다.

"집이 참 좋습니더."

향운 스님은 온갖 화분으로 가득 찬 집 안을 둘러보며 말했다.

"집사람이 꽃을 좋아해서요."

최길성은 미소를 지으며 베란다를 내다보았다. 베란다 선반 위에는 아내가 가꾼 아마릴리스·칼라 칼라디움·글록시니아·베고니아·진자·칸나·수선화·튤립·팬지·은방울꽃 등의 많은 화분이 올망졸망 얹혀 있고, 거실에는 막 꽃송이를 터뜨린 군자란이 몬스테라 크로톤·알로카시아·안수리움 등의 화분 사이에서 우아하게 모습을 드러내고 있었다.

"부인은 어디 가셨습니꺼?"

향운 스님이 물었다.

"글쎄요. 슈퍼에 간 모양입니다."

최길성은 베란다에 놓여 있는 거즈를 보며 말했다. 화분 옆에 거즈가 놓여 있는 것으로 보아 화분을 닦다가 잠깐 슈퍼에 나간 모양이라는 생각이 들었다.

"저 아가씨는 거사님 따님입니꺼?"

향운 스님은 양손을 바지 주머니 속에 넣고 허리를 약간 꼬고 서 있는 이랑의 사진을 쳐다보며 물었다.

"네, 제 딸입니다."

최길성은 장식장 위에 세워져 있는 딸의 사진을 보며 미소를 지었다. 미술 시간에 패널을 만든다고 해서 오전 내내 딸을 모델로 해서 사진을 찍어주었던 일이 생각나서였다.

"네……."

향운 스님은 뭔가 속으로 생각하고 있는 듯 이랑의 사진을 보며 천천히 머리를 끄덕였다. 최길성은 그런 향운 스님이 마음에 걸려서 화제를 돌렸다.

"서울에 언제 오셨습니까?"

"서울엔 어저께 왔습니다만 도다가에선 한 달 전에 나왔습니더."

"그러시다면 지효 스님이 서울에 오신다는 소식은 모르시겠군요."

"지효 스님이 서울에 오십니꺼?"

향운 스님이 놀란 얼굴로 되물었다. 도다가의 상징 같은 지효 스님이 도다가를 떠난다는 것은 뜻밖의 일이었다. 비구니 도량은 비구 도량과 가까이 있는 것이 상례로 되어 있다. 그것은 힘이 약한 비구니를 보호하기 위한 뜻과 노비구가 병이 들었을 때 비구니의 여성다운 손길로 간병을 하기 위한 뜻이 동시에 내포되어 있었다. 말하자면 상호 보완적인 역할을 하기 위한 배려였다. 하지만 비구와 비구니가 같은 도량에서 공부하는 예는 거의 없었다.

지효 스님이 처음 도다가에 갔을 때도 이 점이 전혀 문제가 되지 않은 것은 아니었다. 하지만 그때는 도다가에 달은 스님과 정관 스님 두 분만 계셨고, 또 지효 스님이 백족화상 밑에서 공부를 하고자 하는 원을 세우고 찾아갔었기 때문에 그 문제는 그냥 묵인된 채 받아들여졌었다. 그 후 지효 스님은 어떤 스님보다도 치열하게 수행에 임했고, 또 다른 스님들은 지효 스님보다 도다가에 늦게 모여들었기 때문에 지효 스님은 도다가의 한 상징처럼 남아 있을 수 있었다.

"이제 며칠 안으로 오실 겁니다."

"그럼 어디에 계실 건데예?"

"불광동에 계실 예정입니다."

"불광동에예?"

향운 스님은 불광동에 무슨 절이 있나 하고 떠올려보는 듯 눈을 끔벅끔벅했다. 최길성은 그런 향운 스님을 보면서 지효 스님이 절이 아니라 개인 집에 머무르게 될 것이라는 얘기를 할까 하다가 그냥 입을 다물었다. 그 얘기를 다 하자면 얘기 자체도 장황해지겠지만 그보다는 백족화상과 얽힌 이야기도 해야 하기 때문이었다.

"제가 차를 준비해 오겠습니다."

최길성은 향운 스님을 거실에 앉혀놓고 부엌으로 들어갔다. 부엌에 들어서는 순간 찬바람이 느껴졌다. 전에도 가끔 아내가 없는 부엌에 들어와서 빵도 구워 먹고 차도 끓여 마시고 했지만 이렇게 찬바람이 도는 것 같은 경험은 한 적이 없었다. 최길성은 잠시 착잡한 감정에 잠기다가 가스 불 위에 다관을 올려놓고 차를 준비했다.

"거사님, 번거롭게 그라지 마시고 이리로 오소."

거실 소파에 앉아 있던 향운 스님은 부엌으로 들어오며 말했다.

"다 됐습니다. 가 계십시오."

최길성은 가스 불을 끄고 다관을 쟁반 위에 올려놓으며 향운 스님을 돌아다봤다.

"거사님이 부엌으로 들어가시기에 곡차를 가지고 오시나 했더니 곡차가 아니고 커피네예."

향운 스님은 납작한 코를 문지르며 서운한 듯 쳐다봤다.

"곡차야 지금이라도 드릴 수 있습니다만, 각진사 신도분들과 약속이 있다 하시기에……."

"그라고 보니 신도회장 만날 시간이 다 됐네예."

향운 스님은 소매 끝을 끌어 올리고 눈을 찡그리며 시계를 들여다봤다.

"제 차로 모셔다드릴 테니 걱정하지 마시고 차부터 드십시오."

"그라지 마시고 아주 오늘 계약을 하십시더. 신도회장도 계약을 하려고 왔을 겁니더. 1억 원짜리 종 불사면 거사님한테도 큰 거 아닙니꺼?"

"그렇긴 하지만…. 각진사는 신도분들이 불사를 주관하시는가 보죠? 주지 스님은 안 오시는 걸 보니까요."

"맞습니더. 돈에 관계되는 건 신도들이 몽땅 맡아서 하고 있습니더."

"네……."

1억 원짜리 종 불사라면 자신으로서도 욕심을 낼 만한 일거린데 어쩐지 탐탁하게 마음이 끌리지 않았다.

"그럼 제가 먼저 만나보고 거사님한테 바로 연락을 드리겠습니더."

"그렇게 해주십시오."

"차도 마셨고, 저는 그만 가보겠습니더."

향운 스님은 찻잔을 탁자 위에 놓더니 자리에서 일어섰다.

"조금 더 계시다 가셔도 됩니다. 차로 가시면 15분 정도 거린데요."

"그거 어디 믿을 수 있습니꺼? 길만 막히면 옴짝달싹도 못하는 게 서울 차들인데예."

"……."

최길성은 향운 스님을 잠시 바라보다가 따라 일어났다. 말려봐야 소용없다는 생각이 들어서였다. 최길성이 베란다로 나가는 창문을 닫고 막 몸을 돌리려고 할 때 영옥이가 들어왔다. 현관문을 열고 안으로 들어서려던 영옥은 남편과 눈이 마주치자 소스라치게 놀라며 그 자리에 우뚝 멈춰 섰다.

"……."

최길성은 그런 아내를 물끄러미 바라보았다. 아내를 바라보고 있는 그의 가슴속은 텅 빈 동굴 속처럼 서늘해졌다.

5
장

Udambara

"지효 스님이 언제 도착하신다고 했는가?"

"저하고 세 시에 터미널에서 만나기로 했습니다."

"세 시면 아직 일곱 시간은 더 기다려야겠네."

최길성은 수화기 너머로 들려오는 이 씨의 목소리를 들으며 싱긋이 웃었다. 지효 스님을 초조하게 기다리고 있는 이 씨의 모습이 보였다.

"어머님도 참, 한나절 후면 만나실 텐데 애들처럼 뭘 그러십니까?"

"이 사람아, 나이를 먹으면 도로 애가 된다고 하지 않는가?"

"그거야 사람 나름이죠. 참, 융은 학교에 갔습니까?"

"갔네. 일찍 오라고 했으니 어둡기 전에 들어올 걸세."

"제가 미처 생각을 못 했군요. 터미널에 융도 데리고 나가면 좋을 텐데요."

"그러게 말일세. 나도 미처 그 생각은 못 했네."

두 사람은 융과 지효 스님의 재회가 얼마나 중요한 의미를 지니고 있는지 잘 알고 있었다. 겉으로 드러난 약속은 없었지만 융은 지효 스님을 만남으로 해서 그의 생에 새로운 전환을 맞이하게 될 것이라는 걸 최길성뿐 아니라 이 씨도 예감하고 있었다.

"할 수 없죠. 저 혼자 가서 모셔 오겠습니다."

"그러게. 여보게 잠깐……."

수화기를 놓으려던 최길성은 도로 수화기를 귀에 대고 저쪽에서 들려올 다음 말을 기다렸다.

"미안하지만 자네 처를 미리 좀 보내줄 수 없겠나?"

"집사람을요?"

"지효 스님이 오시기 전에 내가 시킬 일이 있어서 그러네."

"알겠습니다. 집안일 끝나는 대로 곧 가게 하겠습니다."

"고맙네. 그럼 나중에 보세."

최길성은 수화기를 놓고도 잠시 그대로 서 있다가 몸을 돌렸다. 아내한테 이 씨의 부탁을 전할 일이 힘들게 느껴졌다. 이렇다 할 사건이 있었던 건 아니지만 최길성은 아내와의 사이에 불투명한 막이 가로놓여 있음을 느꼈고, 그것은 자신도 모르게 서먹한 기분을 만들어가고 있었다.

"할머니한테서 전화 왔어요?"

전화 거는 소리를 듣고 있었던 듯 영옥이가 부엌에서 나오며 물었다.

"응."

최길성은 자신의 생각을 털어버리고 몸을 돌려 아내를 바라보았다.

"누굴 오라고 하시는 것 같던데요?"

"당신더러 좀 일찍 와줄 수 없겠느냐고 하시더군."

"저를요?"

"지효 스님이 오시기 전에 심부름시킬 일이 있으신 모양이야."

"알았어요. 설거지 끝내고 바로 갈게요."

영옥은 갈 결심을 한 듯 이렇게 대답하더니 도로 부엌으로 들어갔다.

"……"

최길성은 아내의 뒷모습을 물끄러미 바라보다가 혼자 안방으로 들어가 출근 준비를 서둘렀다. 아내가 자기를 피하고 있음을, 아니 자기와 함께 있는 시간을 피하고 있음을 그는 잘 알고 있었다. 최길성은 양복 위에 바바리코트를 걸치다가 도로 벗어놓고 밖으로 나왔다.

"여보, 갔다 오리다."

최길성은 아내가 있는 부엌 쪽을 향해 인사를 했다.

"……."

영옥이 대답 없이 나왔다. 그러곤 남편의 시선을 피하며 현관으로 가 신발장 문을 열고 남편 구두를 꺼내놓았다.

"바깥은 아직 쌀쌀하니까 나갈 때 옷 잘 챙겨 입고 가구려."

최길성은 아내를 돌아다보며 이렇게 당부를 하고 그녀의 어깨 위에 한 손을 얹으며 구두를 신었다.

"……."

영옥은 자신의 어깨 위에 얹은 남편의 손이 너무도 따듯하게 느껴져 그 손을 잡고 울고 싶은 충동이 일었다.

"나갈 때 형규하고 이랑이도 그리로 오라고 메모를 해놓지. 아무래도 저녁은 거기서 먹고 오게 될 테니까."

"알았어요. 걱정하지 마시고 얼른 다녀오세요."

영옥은 남편을 쳐다보며 미소를 지으려다가 얼른 고개를 돌렸다.

'바보 같으니라구. 왜 혼자 괴로워하고 있어? 옛날처럼 나한테 다 말하면 될걸.'

남편의 시선은 자기를 향해 이렇게 말하고 있는 것 같았다.

"마음이 급하신 거 같던데, 너무 기다리시게 하지 말고 일찍 가구려."

최길성은 태연하게 말하며 현관문을 열고 나갔다.

"……."

영옥은 자신의 가슴속을 남편이 다 들여다보고 있다고 생각하며 남편 뒤를 따라 나갔다.

"무슨 일이 있으면 사무실로 연락해. 두 시까진 사무실에 있을 테니까."

"네."

남편 뒤를 따라 나간 영옥은 평소 하던 대로 남편이 탄 엘리베이터가 아래로 다 내려갈 때까지 그대로 서 있다가 몸을 돌렸다. 집 안으로 다시 들어왔지만 일이 손에 잡히지 않아 영옥은 창가로 걸어가 바깥 풍경을 물끄러미 바라보았다. 아래 공터에는 차를 타려던 어느 남편이 베란다에 서 있는 자기 아내를 올려다보며 손을 흔들고 있었다. 베란다에는 오렌지색 홈웨어를 입은 젊은 여자가 아이를 안고 서서 남편을 내려다보며 손을 흔들고 있었다. 당당하고 행복한 모습들이었다. 당당하다는 데 생각이 미치자 영옥의 얼굴엔 쓸쓸한 표정이 깃들었다. 자기는 한 번도 그들처럼 당당하게 살아본 기억이 없다는 생각 때문이었다. 이랑을 낳고 어머니 앞에서 죄인이 되어야 했던 젊은 시절은 물론이고 최길성한테로 옮겨온 이후에도 영옥은 당당하게 자신을 드러내 보인 적이 없었다. 같이 살고 있는 아파트 사람들 앞에서도, 남편 친구들 앞에서도, 그리고 이랑이나 형규 앞에서까지도.

이랑이 얼굴을 떠올리는 순간 통증 같은 것이 가슴을 후비고 지나갔다. 내가 이러한데 이랑이 저는 어떠했을까? 어린 가슴에 수없이 파편을 박으며 살아왔을 딸. 그러나 딸은 한 번도 자신의 출생에 대해 알려고 하지 않았다. 알려고 하지 않은 것이 아니라 어쩌면 자기가 알고 있는 이상은 더 알고 싶지 않았는지도 모른다. 자신의 출생은 늘 저주로 시작해서 설명되었으니까. 그런 이랑을 생각하자 영옥은 너무도 괴로워서 가만히 눈을 감았다. 자존심, 생명에 대한 자존심, 삶에 대한 근원적인 자존심을 되찾고 싶은 욕망이 그녀의 가슴속을 꽉 메웠다. 영옥은 눈물이 핑 도는 눈을 손가락으로 누르며 세혁이가 한 말을 떠올렸다.

"우리 다시 시작할 수 없을까? 이랑이와 함께 산다면 우린 누가 봐도 찌그러진 데 없는 반듯한 가족일 수 있잖아."

찌그러진 데 없는 반듯한 가족…. 영옥은 주문에 걸려든 사람처럼 이 말을 입 속으로 되뇌었다. 그건 반듯한 가족으로 살아보지 못한 사람만이 그 말이 지니고 있는 위용을 실감할 수 있는 그런 말이었다. 영옥도 한때는 사회의 통념을 깨부술 수 있다는 오기로 산 적이 있었다. 그녀의 청춘은 그것을 증명하기 위한 방황이었다고 해도 과언이 아니다. 하지만 청춘을 몽땅 바쳐서 방황한 결과 그녀가 마지막으로 확인한 것은 사회의 통념이란 얼마나 견고한 벽인가 하는 것이었다. 영옥은 이 엄연한 진리를 자신의 머리가 박살이 난 후에야 비로소 깨달았다. 아니, 깨달았다기보다는 그녀 자신이 무릎을 꿇고 항복을 했다고 하는 표현이 더 정확할는지도 모른다.

"어머, 내 정신 좀 봐."

창가에 서서 자신의 생각 속에 잠겨 있던 영옥은 행주 타는 냄새를 맡고서야 얼른 부엌으로 달려갔다. 삶으려고 가스 불 위에 올려놓았던 행주는 이미 한쪽 끝이 새까맣게 타들어 가고 있었다. 영옥은 얼른 가스 불을 끄고 행주가 담긴 냄비를 싱크대 위로 옮기고 찬물을 틀었다. 그러자 비누 타는 냄새와 헝겊 타는 냄새가 더운 김과 뒤섞여서 그녀의 얼굴 위로 확 올라왔다. 얼굴을 뒤덮은 더운 김에서 영옥은 이상하게 끈끈한 체취 같은 것이 느껴져 한참 동안 얼굴을 파묻고 서 있다가 가위를 찾아 탄 부분을 오려냈다. 그리고 깨끗하게 헹궈서 행주걸이에 걸었다. 방으로 들어온 영옥은 장롱문을 열고 자신의 옷을 이것저것 챙겨보다가 베이지색 바탕에 자주색 줄무늬가 있는 실크 원피스를 꺼내 들었다. 본견 실크이기 때문에 입고 나갔다 오면 세탁을 해야 하는 번거로움이 따르지만 지효 스님을 만나는 자리에서 초라해지고 싶지 않았다.

지효 스님을 만난다는 사실은 흥분 비슷한 설렘을 안겨주었지만 또 한편으로는 피하고 싶은 감정도 들게 했다. 그것은 자신의 모습이 초라하다는 생각 때문이었다. 영옥은 지효 스님을 떠올릴 때마다 자신이 자꾸 초라하게 느껴져서 괴로웠다. 특히 세혁이로 인해 마음의 갈등을 겪고 있는 요즈음은 더욱 그러했다. 마치 남루한 옷을 걸치고 있는 그런 기분이었다. 영옥은 들고 있던 원피스를 화장대 거울 속에 비춰보다가 입고 있던 홈웨어를 벗어놓고 원피스로 갈아입었다. 그리고 원피스 색깔에 맞춰 스타킹도 골라 신었다.

영옥이가 불광동에 도착한 것은 10시가 조금 지나서였다. 융이 대학교에 합격하던 날, 남편과 같이 가봤기 때문에 집은 쉽게 찾을 수 있었다. 아들을 위해 땅을 샀고 며느리를 위해 집을 지었지만 아들과 며느리는 그 집에서 오래도록 살아주지 않았다. 며느리와 아들이 차례로 집을 나가자 이 씨는 빈집에 살구 댁을 눌러살게 하고 곽 씨를 올려보내 제일 비싼 정원수 묘목을 심게 했다. 3천여 평이 되는 넓은 정원에는 정원수 묘목들이 심어졌고 20년 세월이 지나자 그 나무들은 이제 성목이 되어 값으로 따져도 엄청난 재산이 되었다.

이 씨는 1년에 한 차례씩 곽 씨를 서울로 올려보내 인부들을 사서 집을 수리하게 하고 나무들을 가꾸게 했다. 하지만 그 자신이 직접 그 집을 둘러본 적은 한 번도 없었다. 그럴 수가 없어서였다. 가끔 아들을 보기 위해 서울로 올라온 적이 있었지만 그때도 아들 집에 며칠 머물러 있다가 그대로 시골로 내려가곤 했다. 발길이 그쪽으로 돌려지지가 않았다. 그러다가 이번에 융이 서울로 오게 되자 이 씨는 비로소 융을 데리고 옛날 아들과 며느리가 살던 집을 찾았다. 집에 들어서는 순간 이 씨는 만감이 서렸지만 눈을 꼭 감고 깊게 숨을 들이쉬면서 자신의 가슴속에서 일고 있는 만감을 삭였다.

옛날 아들 내외가 살던 집은 아들 내외만 없어졌을 뿐 모든 것이 그대로 있었다. 가구고 장이고 부엌세간이고 심지어는 아틀리에에 있는 조각품들까지도. 며느리는 자신이 입던 옷가지만 챙겨가지고 나가면서 짐은 나중에 가지러 온다고 했지만 다시는 그 짐을 가지러 오지 않았다. 조각품을 옮길 만한 공간도 없었겠지만 그럴 엄두도 나지 않았을 것이다. 아니, 그보다 자기 앞에서 제 짐을 몽땅 가지고 나갈 수 없어서였는지도 모른다. 채련이 나간 이후 최길성만 한 번 더 들러서 채련이가 쓰던 책과 조각 도구를 담은 박스를 들고 가던 일을 이 씨는 떠올리고 있었다.

융을 데리고 20년 만에 불광동 집으로 온 이 씨는 다음날 사람들을 사서 아틀리에를 청소하게 했다. 그동안 아무도 들여다보지 않은 아틀리에에는 먼지가 겹겹이 쌓여 있었고 진열대 위에 세워놓은 조각품들은 먼지를 뒤집어쓰고 있어서 마치 무덤 속에 갇혀 있는 유령들처럼 참혹하게 보였다. 이 씨는 사람들을 시켜서 바닥의 먼지를 쓸어내고 조각품 위에 쌓인 먼지를 털어내게 했다. 몇 번 같은 일을 반복하자 아틀리에는 비로소 하나의 공간으로 모습을 드러냈다.

이 씨는 살구댁을 시켜서 거즈 세 필을 사 오게 하고 거즈를 잘라서 걸레를 만들어 다시 조각품들을 하나하나 닦아내게 했다. 그러자 조각품들은 살아 있는 사람처럼 빤질빤질 윤기를 되찾아갔다. 진열대 위에 서 있는 조각품들을 물끄러미 바라보던 이 씨는 며느리를 제일 닮았다고 생각되는 조각품 앞으로 걸어갔다. 지팡이를 짚고 서서 조각품을 물끄러미 바라보다가, 너도 봤겠지만 융이 잘 컸다, 하며 융의 소식을 일러주었다. 그러고 서 있는 그는 며느리로부터 간절하게 칭찬 한마디가 듣고 싶어졌다. 한참 동안 조각품을 올려다보고 섰던 이 씨는 저고리 고름을 끌어올려 눈물을 찍어내고 몸을 돌렸다. 목젖이 자꾸 내려앉으려고 해서 지팡이를 짚고 서서 가슴속으로 신음 소리를 냈다.

융이 대학교 합격 통지서를 받아오던 날 이 씨는 최길성 내외와 동화 내외를 초대해서 저녁을 먹었다. 최길성 내외뿐 아니라 동화 내외한테도 융을 부탁하고 싶은 마음이 들어서였다. 옛날의 얽힌 인연을 생각해서라도 동화가 융한테 소홀히 하지 못할 것은 알고 있지만 이 씨는 그런 걸 다 떠나서 자기 자신이 직접 융을 부탁하고 싶었다.

"자네, 어떻게 하든 우리 융을 잘 가르쳐서 훌륭한 사람이 되게 해주게."

그날 동화는 두 아이와 아내를 데려왔는데 그의 처는 주인이 쓰다듬어 주면 행복해하는 강아지처럼 남편이 사랑해주기만 하면 언제까지나 행복하게 살아갈 것 같은 단순하고 귀여운 여자였다. 그녀는 상 위에 차린 음식이 맛있다고 감탄하며 이것저것 집어 맛있게 먹었고 양옆에 있는 아이들한테도 맛있는 음식을 골라 열심히 먹였다.

그 자리에는 최길성과 동화 내외 외에 살구 댁, 곽 씨도 함께 자리했는데 살구 댁은 동화가 사다 준 옷 한 벌을 받아들고 감개무량한 얼굴로 앉아 있었다. 융이 올라온 것도, 동화를 다시 보게 된 것도 그녀로서는 꿈만 같은 일이었다.

저녁을 먹는 자리에서 이 씨는 정원을 가만히 내다보며 말했다.

"저 나무들은 우리 융하고 같이 컸네."

모여 앉은 사람들은 모두 이 씨를 쳐다봤고, 이 씨는 다시 생각에 잠긴 얼굴로 정원을 바라보다가 말했다.

"나는 저 나무들을 심을 때 언제고 우리 융한테 소용되는 날이 오겠지 하는 마음으로 심었네."

그 말은 일종의 유언 같은 것으로, 집은 말할 것도 없고 나무까지도 융의 몫임을 주위 사람들한테 알리고 있었다. 이 씨는 자신의 생이 오래 가지 못할 것을, 따라서 융을 보살필 날도 얼마 남지 않았음을 예감하고 있었다. 그러기 때문에 그는 주위 사람들한테 융의 몫으로 돌아갈 재산을 다시 확인시켜줌과 동시에 융한테도 어려운 일을 당할 때 고생하지 말고 정원에 있는 나무들을 팔아서 쓰라는 당부를 함께 하고 있었다. 나무 한 그루 값이 보통 월급쟁이 반년 수입 정도는 되니 3천 평에 심어놓은 나무만 잘 관리해도 일생 동안 별 어려움 없이 살 수 있을 것 같았다.

이 씨는 자신이 저승에 간 후에도 융이 고통을 당하며 사는 모습을 보고 싶지 않았다. 다른 고통은 자신의 힘으로 막아줄 수 없겠지만 물질로 인한 고통만은 막아주고 싶었다. 이것이 그의 진심이었다. 이 씨의 이러한 마음을 누구보다도 잘 알고 있는 최길성과 곽 씨는 말할 것도 없고 영옥도 콧잔등이 시큰해지면서 눈물이 흐르려고 해 손수건으로 입을 닦는 척하면서 고인 눈물을 찍어냈었다.

대문 앞에 서서 전날에 있었던 일을 잠시 생각하고 있던 영옥은 반쯤 열린 쪽문을 밀고 안으로 들어갔다. 자신이 올 것을 대비해 미리 문을 열어놓고 기다리고 있는 게 분명했다. 정원 안으로 들어선 영옥은 심호흡을 하며 주위를 둘러보았다. 지난번에 왔을 때는 정원에 있는 나무들이 모두 상록수로 보였는데 오늘 다시 와보니 정원이 온통 꽃나무로 가득 차 있는 것 같았다.

목련·황매화·벚나무·앵두나무·철쭉·산수유·진달래….
그 외에도 이름을 알 수 없는 수많은 나무가 꽃망울을 부풀리며 정원을 가득 메우고 있었다.

"이제 오는가?"

정원을 두리번거리고 있던 영옥은 몸을 돌려 소리 나는 쪽을 바라보았다. 주목 밑에 서 있던 이 씨가 영옥을 먼저 알아보고 인사를 했다.

"왜 밖에 나와 계세요. 아직은 쌀쌀한데."

영옥은 얼른 이 씨 옆으로 다가가며 이 씨를 부축했다.

"지효 스님이 오신다고 하니 공연히 마음이 바빠져서……."

"저한테 시키실 일이 뭔지 급한 거면 얼른 해드릴게요."

"지효 스님이 오시기 전에 법복을 한 벌 사놓고 싶어서 그러네. 가사 장삼까지 일습으로 말일세."

"……."

"지난번 강릉에 오신 걸 보니 소매 끝이 해진 걸 그대로 입고 계시더군."

"……."

"오시면 맞춰드릴까 했네만, 속복하고 달라서 치수만 맞으면 입으실 수 있지 않겠나."

"그렇겠죠."

"다른 사람을 시켜도 되겠지만 자네만큼 치수를 잘 알 사람이 없을 것 같아서… 그래서 오라고 했네."

"네."

"수고스럽겠지만 좀 나갔다 오게. 종로에 가면 해놓은 법복도 많다고 하던데."

이 씨는 지효 스님이 오는 대로 바로 떨어진 법복 대신 새 법복을 입히고 싶은 모양이었다.

"알겠습니다. 제가 가서 사 오겠습니다."

이 씨의 마음을 헤아린 영옥은 흔쾌히 갔다 올 뜻을 밝혔다.

"고맙네. 돈은 여기 있으니 자네가 보고 제일 마음에 드는 걸로 골라 오게."

이 씨는 스웨터 주머니에서 하얀 봉투를 꺼내주었다. 지효 스님의 법복 살 돈을 따로 준비해놓은 듯 봉투 속에는 때 묻지 않은 새 돈이 차곡차곡 들어 있었다.

"그럼 다녀오겠습니다."

영옥이 인사를 하고 돌아서려 하자 이 씨가 영옥의 등에 대고 말했다.

"점심은 집에 와서 먹게. 자네 올 때까지 나도 먹지 않고 기다리고 있겠네."

"네."

영옥은 이 씨한테서 받은 봉투를 핸드백 속에 넣으며 정원을 걸어 나왔다. 지효 스님의 법복을 자신의 손으로 산다는 사실에 감회가 일었다. 그런 그녀의 머릿속엔 빨간 루주를 덧칠하듯 바르고 강의실에 들어서던 현지의 얼굴이 떠올랐다. 그리고 하얗게 깎은 머리에 공양주 옷을 얻어 입고 죄수 같은 모습으로 자신을 찾아왔던 지효 얼굴도 떠올랐다. 그 얼굴들을 떠올리는 순간 영옥은 견딜 수 없이 지효 스님이 보고 싶어졌다. 그냥 보고 싶을 뿐이었다. 자신이 옛날 그녀의 모든 얼굴을 사랑했듯 지효 스님도 지금의 자신을 사랑해줄 것 같았다.

주차장에 차를 세운 최길성은 시계를 들여다봤다. 2시 50분을 가리키고 있었다. 최길성은 자동차 키를 주머니 속에 넣고 개찰구 쪽으로 걸어갔다. 아이의 손을 잡고 보따리를 머리에 인 여인이 앞에서 뛰어갔고 며느리 마중을 받은 시골 할아버지가 어색한 미소를 지으며 앞에서 걸어왔다. 최길성은 바지 주머니 속에 손을 넣고 천천히 인파 속으로 끼어들었다.

그때 맞은편에서 걸어오고 있는 지효 스님 얼굴이 보였다. 지효 스님의 얼굴을 보는 순간 최길성은 자신도 모르게 걸음을 멈추고 가만히 그녀의 모습을 지켜보았다. 잡초가 우거진 산등성이에서 하얀 도라지꽃 한 송이를 보고 있는 기분. 최길성이 지효 스님을 보고 있는 기분은 바로 그런 것이었다. 최길성은 황홀함을 느끼며 지효 스님 쪽으로 걸음을 옮겼다. 도다가에서 지효 스님을 볼 때도 공부가 깊어졌다는 생각은 하고 있었지만 이렇게 세상 속에서 보니 더욱 그런 생각이 들었다. 최길성이 지효 스님 앞으로 다가가자 지효 스님이 최길성을 반겼다.

"최 선생님."

"예정 시간보다 차가 일찍 도착한 모양입니다."

"네, 조금요. 어디서 기다리는 게 좋은지 몰라서 그냥 사람들을 따라 나왔습니다."

"아무튼 만나서 다행입니다."

최길성은 지효 스님의 걸망을 받아들까 하다가 그만두고 앞에서 걸었다. 별로 무거워 보이지 않았을 뿐 아니라 자신한테 줄 것 같지도 않아서였다. 인파 속을 헤치고 나온 두 사람은 주차장 쪽으로 걸어와 세워놓은 차에 올랐다.

"스님들은 안녕하십니까?"

핸들을 잡은 최길성은 지효 스님을 돌아다보며 물었다. 안부를 묻고 있는 그의 머릿속엔 백족화상, 달운 스님, 정관 스님 얼굴이 차례로 스치고 지나갔다.

"네. 참 달운 스님이 안부 전해달라고 하시더군요."

"네."

최길성은 지효 스님 말을 들으며 싱긋이 웃었다.

'가거든 안부 전해주게. 나무아미타불.'

이러면서 잇몸만 남은 입으로 활짝 웃었을 달운 스님의 모습이 떠올랐다.

"이랑이 엄마도 잘 있지요?"

잠시 차창 밖을 내다보던 지효 스님이 영옥의 안부를 물었다.

"네."

최길성은 약간 착잡해졌지만 별 내색 없이 대답했다.

"……."

차가 대로를 달리자 지효 스님은 의자 등받이에 몸을 기대며 운전석에 앉은 최길성을 물끄러미 바라보았다. 그의 머리는 백발이 성성했고 뒷모습은 어쩐지 쓸쓸해 보였다. 그런 최길성을 보고 있는 지효 스님 마음속에선 비애 같은 게 느껴졌다. 그것은 나이를 먹었다든가, 늙었다든가, 죽음이 가까워졌다든가 하는 통상적인 말과는 다른, 생명 그 자체에 대한 연민 같은 것이었다.

자신이 생명에 대해 연민을 느끼고 있다고 생각한 순간 지효 스님 머릿속에 자비(慈悲)라는 단어가 떠올랐다. 자와 비, 사랑하는 마음과 가엾이 여기는 마음, 가엾이 여기는 마음은 바로 생명에 대한 연민일 것이다. 그렇다면 자신의 가슴속에서 일고 있는 연민도 사랑으로 귀착되어야 하는데 그렇지 않았다. 사랑으로 불붙지 못하고 그냥 연민으로 머물러 있었다. 지효 스님은 그런 자신의 감정을 생각해보다가 나는 아직도 허무감에서 벗어나지 못하고 있는 것이 아닌가 하고 자신을 향해 물어보았다. 자신이 느끼고 있는 생명에 대한 연민이 사랑에 뿌리를 둔 것이 아니라 허무에 뿌리를 두고 있을지도 모른다는 생각이 들었기 때문이었다.

"융이 물리학과에 입학했다는 건 알고 계시죠?"

차량 속을 달리던 최길성이 신호등 앞에서 차를 멈추며 말했다.

"네. 지난번 강릉에 갔을 때 융한테서 들었습니다."

"그러면 동화가 융의 지도 교수가 되었다는 건 모르시겠군요."

최길성은 동화가 귀국한 걸 자신이 지효 스님한테 알려줘야 한다고 생각하고 있었다.

"……."

지효 스님은 그의 말을 얼른 알아듣지 못하고 가만히 최길성을 바라보았다.

"동화가 이번 학기부터 모교에서 강의를 맡게 되었습니다. 학교 초청을 받고 왔다고 하는데 온 지는 넉 달 정도 됐습니다."

"네."

지효 스님은 담담하게 대답했다. 동화의 이름을 듣는 순간 가슴이 조금 서늘해졌을 뿐 충격도 동요도 일지 않았다.

"조금 전에 스님을 모시러 오면서 혼자 이런 생각을 해봤습니다. 잘 짜인 그물을 보고 있다는 생각 말입니다."

"……."

"융을 위해서 두 분은 이십 년 동안 한 개의 그물을 짜 오신 것 같더군요."

'융을 위해서.'

지효 스님은 최길성의 말을 입 속으로 되뇌어보다가 천천히 머리를 끄덕였다. 정말 그랬었는지도 모른다는 생각이 들었다. 두 줄기로 흐르던 강물은 한 지점에서 만나 잠시 소용돌이를 쳤고, 그리고 다시 두 줄기로 갈라져 흘러갔다. 20년 동안. 그러다가 이제 융이라는 한 지점에서 다시 모이고 있다. 그 여정을 위에서 조감해보면 최길성의 표현대로 그물을 짜는 과정이었을지도 모른다. 그렇다면 가슴을 조이는 설렘도, 가슴을 찢는 아픔도 결국은 한 개의 고리, 한 조각의 무늬를 놓는 일에 불과했던 것인가? 지효 스님은 차창 밖으로 시선을 돌리며 거리의 풍경을 바라보았다. 거리에는 수많은 빌딩, 수많은 차량, 수많은 인파가 밀리고 있었다. 산이 현현하듯, 강이 현현하듯, 꽃이 현현하듯, 존재하고 있는 모든 것은 자신의 모습을 잠시 드러내 보이고 있을 뿐이다. 고리를 짜고 무늬를 놓으면서.

아득한 과거에서부터 수많은 생명은 그렇게 살아왔고, 아득한 미래에도 수많은 생명은 그렇게 살아갈 것이다. 그러나 좀 더 높은 곳에서 조망해본다면 과거가 어디 있고 미래가 어디 있겠는가. 거대한, 그야말로 거대한 한 개의 그물이 펼쳐져 있을 것이며, 그 위에서 생명과 생명, 행성과 행성, 은하계와 은하계는 서로 연계를 맺고 고리를 짜고 무늬를 놓으면서 출렁이고 있을 뿐이리라.

광화문을 지난 차는 무악재 고개를 넘어 불광동 네거리를 달리고 있었다. 얼마쯤 더 달리자 옛날 채련이 살던 집으로 들어가는 시장 입구가 나왔다. 지효 스님은 한순간 착잡한 감정에 젖어 들며 사람들로 붐비고 있는 시장을 물끄러미 바라보았다. 땅바닥에 앉아서 수제비를 먹고 있는 여자의 모습이 보였고, 손수레 위에 알록달록한 장난감을 쌓아놓고 손이 시린지 연신 손을 비비며 몸을 떨고 있는 남자도 보였다. 그리고 물레를 돌리듯 팔을 저어서 연분홍 솜사탕을 만들면서 흐르는 콧물을 손등으로 닦아내고 있는 할아버지도 보였고, 중년 남자의 멱살을 잡고 욕지거리를 퍼붓는 용달차 기사의 시뻘건 얼굴도 보였다.

지효 스님은 생명을 싸안고 신음하는 그들의 모습을 아픈 마음으로 바라보고 있었다. 아픈 마음으로 바라볼 뿐 그들 속으로 뛰어들어가지지가 않았다. 마치 객석에 앉아서 고통스러운 연기를 하는 배우를 바라보고 있는 기분이었다. 지효 스님은 그런 자기 자신이 견딜 수 없이 혐오스러웠다. 생명에 대해 연민은 느끼되 사랑해지지 않는 마음, 비(悲)는 알면서 자(慈)를 행하지 못하는 자기 자신이 반신불수의 불구자처럼 생각되었다.

"이제 다 왔습니다."

최길성의 말은 들은 지효 스님은 주위를 살펴보았다. 골목은 많이 변했지만 긴 담을 보는 순간 옛날 그 집이라는 생각이 들었다.

"내리시죠."

최길성은 대문 앞에 차를 세우고 지효 스님이 먼저 내리기를 기다리고 있었다.

"……."

지효 스님은 무릎 위에 놓인 걸망을 들고 차에서 내렸다. 여염집 집채만 한 대문 앞에는 두 개의 자명등이 옛 모습 그대로 서 있었다. 자명등과 대문을 보는 순간 지효 스님은 비로소 자기가 옛날 드나들던 그 집을 찾아왔다는 사실이 실감 났다. 잠시 감회가 서린 얼굴로 집을 바라보던 지효 스님은 최길성과 함께 대문 앞으로 걸어갔다. 그때 어린애를 업고 서서 집 안을 기웃거리고 있던 여인이 소스라치게 놀라며 몸을 돌렸다. 손에 보퉁이를 들고 있는 것으로 봐서는 행상을 하고 있는 것 같았다. 아니! 몸을 돌린 여인을 무심히 바라보던 지효 스님은 몹시 놀라며 여인 앞으로 몇 걸음 다가갔다. 그러자 여인도 놀란 얼굴로 지효 스님을 마주 바라보았다.

"애기 엄마는 옛날……."

지효 스님은 여인의 이마 위에 있는 푸른 점을 보며 말했다.

오른쪽 눈썹 위에서부터 관자놀이를 덮고 있는 푸른 점은 파마 머리에 반쯤 가려져 있었다.

"어머, 아주머닌 스님이셨군요."

여인은 입을 반쯤 열고 지효 스님을 쳐다보았다. 옛날 자신이 전화를 걸어주었던 그 이상했던 아주머니가 바로 스님이라는 사실에 몹시 놀라고 있었다.

"……."

지효 스님은 여인 앞으로 다가가 그녀의 손을 꼭 잡았다. 자기가 가장 궁지에 몰려 있을 때 인로왕보살(引路王菩薩)처럼 나타나 전화를 걸어주고 갈 길을 알려주던 여학생, 그 여학생을 지금 여기서 다시 만났다는 게 꿈만 같았다.

"스님, 어떻게 여기를 오셨어요?"

여인도 남의 집 대문 앞에서 지효 스님을 다시 만났다는 게 믿어지지 않는다는 얼굴로 물었다.

"나도 지금 오는 길인데, 앞으로 이 집에 있게 될 거예요."

지효 스님은 잡고 있던 여인의 손을 놓으며 말했다.

"이 집은 지금 할머니 혼자 계시는데……."

여인은 살구 댁을 알고 있는 것 같았다.

"그 할머니하고 앞으로 같이 있게 될 거예요. 그런데 애기 엄마는 이 부근에서 사는가요?"

"네. 저쪽……."

여인은 업고 있는 아이를 추스르며 대답을 피했다.

"결혼을 한 거 같은데, 우리 다음에 만나서 얘기해요."

"……."

"이 집에 있을 거니까 꼭 한번 들러주세요."

지효 스님은 여인의 손을 다시 잡으며 간곡하게 당부했다.

"네."

여인은 지효 스님의 진심을 확인한 듯 올 뜻을 밝히더니 몸을 돌렸다.

"아시는 분입니까?"

여인이 담 모퉁이를 돌아가자 옆에 서 있던 최길성이 물었다.

"네. 제가 가장 어려웠을 때 저를 도와준 잊을 수 없는 사람이에요."

"그런 분을 여기서 우연히 만났군요."

최길성은 열려 있는 쪽문을 밀며 말했다.

"……."

최길성을 따라 정원 안으로 들어선 지효 스님은 잠시 어리둥절한 얼굴로 주위를 살펴보았다. 마치 화원에 들어선 것 같은 기분이 들어서였다.

"나무들이 많이 자랐지요?"

옆에서 걷던 최길성이 지효 스님의 마음을 헤아리며 물었다.

"자라기도 했지만 나무들이 굉장히 많아졌군요."

지효 스님은 걸음을 멈추고 주위를 다시 둘러보았다. 옛날 등나무가 있었다고 생각되는 자리엔 자귀나무가 심겨 있었고, 그 밑엔 꽤 넓은 잔디밭이 만들어져 있었다. 등나무는 베어버린 듯했다.

"어서 오세요. 아까부터 할머님이 기다리고 계세요."

살구 댁이 나오며 두 사람을 맞았다. 행여나 오나 하고 살구 댁을 내보낸 게 분명했다.

"안녕하셨어요."

지효 스님은 살구 댁을 알아보며 합장을 했다. 더 뚱뚱해지고 머리도 하얗게 셌지만 얼굴 모습은 알아볼 수 있었다.

"옛날 모습이 그대로 남아 있군요."

살구 댁은 지효 스님을 보며 감개무량한 얼굴로 말했다. 하지만 뭐라고 호칭을 해야 할지, 어떻게 인사를 해야 할지는 판단이 서지 않는 얼굴이었다.

"어서 들어가시죠."

최길성이 지효 스님을 보며 채근했다. 아침부터 서두르던 이 씨의 마음을 생각하면 그녀가 하루 종일 얼마나 초조하게 지효 스님을 기다리고 있었을까 짐작할 수 있었다.

"네."

"제가 먼저 들어가서 오신 걸 알려드리겠습니다."

살구 댁이 앞에서 뛰어갔다. 뛰어 가 봐야 별로 더 빠를 것도 없는 걸음이지만 그래도 급한 마음을 그렇게라도 표현하고 싶었을 것이다. 지효 스님은 살구 댁 뒤를 따라 안으로 들어갔다. 자갈들이 깔렸던 길은 자주색 보도블록으로 바뀌었고, 보도블록 양옆에는 허리까지 오는 회양목들이 일렬로 심겨 있었다.

"아이고, 이제야 오시는구먼. 어서 오십시오, 스님."

그들이 현관 층계를 오르고 있을 때 이 씨가 지팡이를 짚고 현관 밖으로 나왔다. 그녀는 지팡이에 의지하지 않고는 몸을 가눌 수 없는 듯 지팡이 위에 두 손을 모으면서 합장을 했다.

"보살님 안녕하셨습니까?"

지효 스님도 이 씨를 향해 공손히 합장을 했다.

"스님 오셨네."

이 씨가 안을 향해서 말하자 영옥이가 물 묻은 손을 앞치마에 닦으며 나왔다.

"……."

영옥은 지효 스님을 보자 코끝이 빨개지더니 아무 말도 못하고 그냥 지효 스님 앞으로 다가와 두 손을 꼭 잡았다.

"잘 있었지?"

지효 스님은 미소를 지으며 영옥을 쳐다봤다.

"네가 보고 싶었어. 하고 싶은 말도 많고."

영옥은 작은 소리로 말했다.

"어서 안으로 들어가서 인사부터 받으십시오."

이 씨가 지효 스님을 보며 말했다.

"……."

지효 스님은 아무 말 안 하고 그들이 안내하는 대로 안방으로 들어갔다. 침대만 치워졌을 뿐 가구는 옛날 그대로 놓여 있었다.

"스님, 좌복 위에 앉으십시오."

이 씨가 아랫목에 놓여 있는 꽃자주색 방석을 가리키며 앉기를 권했다.

"저도 같이 인사를 하겠습니다."

지효 스님은 선 채로 사양을 했다.

"오늘은 안 됩니다. 그냥 앉으셔서 제 절을 받으십시오."

이 씨는 완강하게 자신의 뜻을 밝혔다.

"……."

난감한 표정을 짓던 지효 스님은 이 씨가 가리키는 좌복 위에 무릎을 꿇고 앉으며 두 손을 모아 합장했다.

"스님, 우리 웅 좀 잘 키워주시고 스님도 이 도량에서 반야 지혜를 얻으시도록 하십시오."

이 씨는 지팡이에 의지해서 간신히 몸을 굽혀 절을 하고 다시 지팡이에 의지해서 몸을 일으켜 세웠다. 그리고 또 지팡이에 의지해서 몸을 굽혀 절을 하고 다시 지팡이에 의지해서 몸을 일으켜 세웠다. 지효 스님을 향해 삼배를 하는 이 씨의 모습은 경건했다. 방 안에 있는 사람들은 모두 엄숙한 얼굴로 그런 이 씨를 지켜보고 있었다.

힘겹게 삼배를 마친 이 씨는 지효 스님과 마주앉았다. 그녀는 숨이 찬지 잠시 숨을 몰아쉬더니 최길성과 영옥을 돌아다보았다.

"자네들도 앉게."

"네."

최길성과 영옥은 이 씨 옆에 나란히 앉았다. 그러자 지효 스님도 꿇었던 무릎을 펴며 편한 자세로 고쳐 앉았다.

"스님도 가보시면 알겠지만 별채는 이제 법당으로 완전히 꾸며졌습니다. 불단도 연화대도 탁자도 다 새로 장만했고 탱화도 주문을 해놨습니다. 이제 남은 일은 부처님을 모시는 일인데……."

이 씨는 잠시 말을 끊고 좌중을 둘러보았다.

"모두 이렇게 모였으니 마음속에 있는 얘기를 하겠습니다. 부처님은 전에 봉두가 조성했던 그 부처님을 모셔 오고 싶은데 스님 생각은 어떠십니까?"

"……?"

이 씨 말을 듣는 순간 지효 스님뿐 아니라 최길성 내외도 몹시 놀랐다. 전혀 뜻밖의 말이어서였다.

"그 부처님은 십 년 동안이나 중생들의 애환 속에 묻혀 계셨으니 중생들의 애환을 누구보다도 잘 알고 계실 겁니다."

"……."

"부처님의 자비 광명은 우주 법계를 두루 싸고 계셔서 비치지 않은 곳이 없다고 하지만 중생들 눈에야 어디 그 자비 광명이 보입니까? 그러니 자연히 형상을 갖추시되 이왕이면 중생들의 애환까지도 속속들이 알고 계시는 부처님을 모시고 싶어 하지요."

"……."

이 씨 말을 듣고 있던 지효 스님은 조용히 미소를 지었다. 이 씨가 그리고 있는 부처님상이 너무도 인간적으로 느껴져서였다.

"그 부처님은 십 년 동안이나 노천에 계시면서 비바람 눈보라를 맞으시며 중생들과 고락을 같이해 오셨습니다. 부처님을 쓰다듬으며 소원을 빈 사람도 줄잡아 십만 명은 될 겁니다."

"……."

이 씨의 설명을 듣고 있던 지효 스님은 속으로 신기한 감정을 느꼈다. 그녀는 부처님 앞에 엎드려 경배를 드린 사람이라는 표현을 쓰지 않고 부처님을 쓰다듬은 사람이라는 표현을 쓰고 있었기 때문이었다.

"그러시니 무슨 사연인들 안 들어보셨겠습니까. 중생들의 애간장을 녹이는 얘기를 그 부처님보다 더 많이 알고 계신 분은 아마 없을 겁니다."

"……."

"그래서 이왕이면 그 부처님을 모셔 오고 싶은데 스님 생각은 어떠십니까?"

이 씨는 지효 스님을 향해 정중하게 물었다.

"그러실 수 있으면 그렇게 하는 게 좋을 것 같습니다."

지효 스님은 정말 그렇게 했으면 좋겠다는 생각을 하며 동의했다.

"자네들 생각은?"

이 씨는 다시 최길성 내외를 돌아다보며 물었다.

"저희도 그러시는 게 좋다는 생각이 듭니다."

최길성 내외도 같은 말로 동의했다.

"모두 찬성을 해주어서 고맙네. 그럼 우리 법당 부처님은 그 부처님을 모셔 오도록 하세."

"법당에 모시려면 개금을 해야 하지 않습니까?"

"암, 해야지. 옛날 시조부님 유택에서 캔 금이 나한테 그대로 남아 있네. 그 금으로 개금을 해드리려고 하네."

"……."

"그리고 종 얘긴데, 종은 어떻게 했으면 좋겠나?"

"어떻게 하다니요?"

"이왕 종을 하려면 옛날 자네가 했다는 그런 종을 하고 싶은데 지금도 할 수 있겠나?"

이 씨가 진지하게 물었다.

"그 종이야 어디 제가 한 겁니까?"

"……."

이 씨도 도다가 종을 만든 경위를 대강 들어서 알고 있었기 때문에 더 이상 말을 잇지 않았다.

"이렇게 해보는 게 어떻겠습니까?"

이 씨를 바라보던 최길성이 자신의 생각을 제안했다.

"어떻게?"

"도다가 종을 녹음해 와서 확성기를 통해 들려주는 방법 말입니다."

"확성기를 통해서?"

이 씨는 어이없어하며 최길성을 쳐다봤다.

"욕계 중생은 아무도 도다가 종과 같은 종을 다시 만들어내지 못합니다. 그러니 소리라도 녹음해다가 사람들한테 들려주시지요."

"종을 치지 않고 녹음 소리만 듣게 한다니, 그게 어디 말이나 되는가?"

"절에서 종을 치지 않는다는 건 좀 이상합니다만 종은 어차피 소리를 듣기 위한 거 아닙니까. 그러니까 좋은 종소리를 들려주는 게 좋지요."

"……."

"도가 스님들도 종소리를 들으면서 마음을 닦아가고 있습니다. 도가 종은 소리 그대로가 마음을 맑게 하는 청정 법문입니다."

지효 스님의 말을 듣고 있던 이 씨는 천천히 머리를 끄덕였다. 그런 그녀는 속으로 최길성의 청을 받아들일 결심을 굳히고 있었다.

"그러려면 자네가 가서 녹음을 해 와야 하지 않겠나?"

이 씨는 최길성을 돌아다보며 물었다.

"그래야죠."

"그건 자네가 알아서 하도록 하고, 우리 저녁공양 전에 스님을 모시고 가서 법당을 둘러보세. 빠진 데가 있으면 보완을 해야지."

그들이 자리에서 막 일어서려고 할 때 융이 들어왔다. 그는 할머니한테 학교에 다녀왔다는 인사를 하려고 하다가 지효 스님이 오신 것을 알고 우뚝 멈춰 섰다.

"스님 오셨다. 인사드려라."

"네."

융은 지효 스님을 향해 공손히 삼배를 했다.

"……."

지효 스님은 자신을 향해 절을 하고 있는 융을 가만히 바라보았다. 백족화상을 보고 있는 기분이었다.

'이 아이를 위해서 내가 할 수 있는 일이 있다면 어떤 일이든 다 하자.'

그건 자기 자신을 향한 약속이었고 또한 백족화상과 최초로 나눈 약속이기도 했다.

6장

Udambara

"어서 들어오게."

책을 읽고 있던 동화는 자리에서 일어서며 융을 맞았다.

"……."

상을 약간 찡그린 얼굴로 자신을 바라보고 서 있는 융을 보는 순간 동화의 가슴속에선 찌릿한 전율이 일었다.

'꼭 오 교수님을 보고 있는 것 같군.'

동화는 속으로 이런 생각을 하며 소파 쪽으로 걸어갔다.

"이리로 와 앉게."

동화가 먼저 소파에 가 앉으며 맞은편 자리를 가리켰다.

"네."

"잠깐만 앉아 있게. 차를 준비해 가지고 올 테니까."

자리에서 일어난 동화는 칸막이 뒤로 돌아갔다. 칸막이 뒤에는 손을 씻을 수 있는 수도와 커피포트, 찻잔을 담은 쟁반 등이 놓여 있었다. 동화는 커피포트에 물을 조금 받아가지고 쟁반을 들고나왔다.

"이거 좀 받게."

동화는 들고 온 쟁반을 융한테 건네주고 커피포트를 들고 가서 플러그에 꽂았다.

"자네를 만나고 싶어서 조교한테 부탁했는데 다행히 연락이 된 모양일세."

동화는 도로 자리에 와 앉으며 말했다.

"도서관에 있는데 조교가 오셨더군요."

"도서관엔 늦게까지 있는가?"

"열한 시까지 있습니다."

"그럼 열두 시가 거의 돼서 집에 들어가겠구먼."

"네."

"매일 그러면……."

자네를 기다리는 지효 스님이 힘드시지 않겠나, 하는 말을 하려다가 동화는 그냥 속에서 삼키고 입을 다물었다. 지효 스님이라는 호칭을 쓰려는 순간 무엇인가가 목젖을 꽉 누르는 것이 느껴져서였다.

동화는 넥타이를 느슨하게 풀며 의자 등받이에 몸을 기댔다.

바람이 부는지 창가에 피어 있는 자목련 꽃잎이 몇 잎 바람에 날리고 있었다. 그 꽃잎을 보는 순간 동화는 담배를 피우고 싶은 충동이 느껴졌다. 결혼하면서부터 담배를 끊었기 때문에 담배를 피우고 싶은 충동은 거의 느낀 적이 없었는데 이상하게도 담배가 피우고 싶었다.

동화는 가슴 깊은 곳에서부터 천천히 숨을 토해내며 커피 포트의 코드를 뽑았다.

"진하게 마시겠나?"

동화는 인삼차 봉지를 뜯으며 물었다.

"두 개만 타 주십시오."

"그러지."

동화는 융의 잔과 자신의 잔에 인삼 분말을 털어 넣고 더운 물을 부었다.

"자, 들게."

"네."

두 사람은 찻잔을 들고 조용히 차를 마셨다. 창문으로 들어온 석양빛은 그들이 앉은 소파 위까지 깊숙이 비춰서 방 안의 분위기를 아늑하게 했다.

"자네는 왜 물리학과를 지망했나?"

"주위의 권유 때문입니다."

"주위 권유라니? 누가 권유를 했는데?"

"저희 학교 과학 선생님과 아저씹니다."

"아저씨라면, 최길성 씨 말인가?"

"네."

"……."

동화는 고개를 갸웃하며 융을 쳐다봤다. 과학 선생님이 물리학을 전공하라고 권했다는 것은 이해가 가지만 최길성 씨가 권했다는 것은 얼른 납득이 가지 않았다.

"그래 뭐라고 하면서 권하시던가?"

"물리학은 우주의 근원을 캐는 학문이니까 일생을 걸고 공부를 해보라고 하셨습니다."

"그래서 그분들의 권유를 받아들였나?"

"네."

"그러고 보니 자네도 우주의 근원에 대해서 관심이 꽤 있었던 모양이구먼."

"공부해서 알 수 있다면 한번 공부를 해보고 싶습니다."

융은 약간 상을 찡그린 채 동화를 보며 말했다. 그러고 있는 그의 얼굴은 신비하면서도 상당히 영적인 분위기를 느끼게 했다. 동화는 그런 융을 물끄러미 바라보다가 물었다.

"자네는 우주가 어떻게 구성되어 있다고 생각하나?"

융으로부터 어떤 대답을 듣기 위해서라기보다는 그가 무엇을 생각하고 있는지 알고 싶어서였다.

"우주는 양우주와 음우주로 나눌 수 있으며 양우주 내의 무핵장은 팽창을 지속하고 음우주 내의 무핵장은 수축을 지속하고 있을 거라는 생각을 하고 있습니다."

"……."

동화는 융을 가만히 바라보았다. 그의 설명을 듣는 순간 닐스 보어가 가슴에 부착하고 다녔다는 태극 마크가 선명하게 떠올랐다.

"그럼 지구는 양우주에 속하는가?"

"그렇습니다."

"그거 재미있는 이론이군."

동화는 융을 보며 싱긋이 웃었다. 호감을 느끼고 있다는 감정 전달이었다.

"선생님께 한 가지 여쭤보고 싶은 게 있습니다."

동화의 그런 마음이 전달되었는지 융도 친근감을 나타내며 말했다.

"너무 어려운 건 묻지 말고 내가 대답할 수 있는 것만 묻게."

동화는 밝게 웃으며 탁자 위에 내려놓았던 찻잔을 다시 들어 차를 한 모금 마셨다.

"아인슈타인은, 물체는 실재하는 것이 아니라 시공연속체(時空連續體)의 곡률(曲率)이라고 했습니다. 그리고 또 중력장(重力場)이나 질량(質量) 같은 것도 실재하는 것이 아니라 정신의 산물에 불과하다고 했습니다. 그분은 에너지까지도 실재하는 것이 아니라고 부정했습니다."

"그랬지. 그는 중력과 중력장, 물질, 물체, 에너지, 질량 등의 존재를 부인하고 그런 것들은 다만 시공연속체의 곡률에 불과한 것이라고 단언했지."

"중력 역시 존재하는 것이 아니라 운동의 가속도 현상이라고 했는데, 하나의 장(場) 내에서 왜 가속도 운동을 하는 중력 현상이 일어나며 또 가속도 운동은 왜 반드시 장의 중심 부위를 향해서 일어나고 있는지 거기에 대해서 설명을 해주십시오."

융의 질문을 받은 동화는 융을 물끄러미 쳐다보았다. 그가 이론적으로 상당히 깊은 부분까지 들어가 있다는 생각이 들었다.

"그 부분은 아직도 미해결의 장으로 남아 있네."

동화는 융의 질문에 이렇게 대답했다. 아인슈타인 역시 하나의 장 내에서 왜 가속도 운동을 하는 중력 현상이 나타나는지에 대해서는 언급한 바가 없었기 때문이었다.

"⋯⋯?"

융은 애매한 표정을 지으며 동화를 물끄러미 쳐다보았다. 그러고 있는 그의 표정 속에는 무언가 하고 싶은 말이 숨어 있는 듯했다.

"자네는 거기에 대해 생각한 게 있나?"

동화는 미소를 지으며 물었다.

"……."

"생각한 게 있으면 말을 해보게. 과학이란 항상 가설 속에서 시작하는 것이니까."

"그럼 제가 말씀드렸던 부분을 조금 더 말씀드려보겠습니다."

"양우주와 음우주에 대해서 말인가?"

"네. 양우주는 팽창하려는 양상을 띠고 있기 때문에 각 장(場)의 활동 공간은 점점 더 넓어질 겁니다. 그런데 유핵장인 물질들은 그 구조와 성질에 따라 자기 자체의 관성(慣性)이 모두 다릅니다. 따라서 관성이 약한 미립자는 관성이 강한 물질 구성물보다 손쉽게 팽창에 동조하게 될 겁니다."

"……."

"장내(場內)에서의 미립자군은 팽창에 따라 장의 주변 쪽으로 끌려가지만 물질 구성물은 자기의 관성이 강하기 때문에 쉽사리 팽창에 동조하려고 하지 않을 겁니다. 이렇게 되면 미립자군과 물질 구성물은 공간 내에서 자리바꿈을 할 수밖에 없는데, 이때 가속도 운동이 일어나 중력 현상을 일으키는 것이라고 생각합니다."

"그럼 수축을 계속하고 있는 음우주에선 어떤 중력 작용이 일어난다고 생각하나?"

동화는 흥미를 나타내며 물었다.

"음우주 역시 이론은 같습니다. 음우주는 수축을 계속하고 있기 때문에 관성이 약한 미립자군은 관성이 강한 물질 구성물보다 훨씬 빨리 수축에 동조하게 될 겁니다. 이때에도 자리 바꿈의 현상이 일어나는데 음우주는 중심 부위에 미립자군이 모이고 주변에 물질 구성물이 모이게 될 겁니다. 양우주와 반대 현상이 되는 것이지요."

"……."

융의 설명을 듣고 있던 동화는 천천히 머리를 끄덕였다. 그의 이론이 학술적인 측면에서 증명될 수 있을지 없을지는 모르지만, 우주를 꿰뚫어 보는 직관만은 감탄하지 않을 수 없었다. 마치 우주의 영기를 받아들이고 있는 것처럼 느껴지기도 하고, 그 자신이 우주를 바라볼 수 있는 맑은 영기를 가지고 있는 것처럼 느껴지기도 했다. 아니, 그런 추상적인 말보다 융은 태어날 때부터 구조적으로 물리학 분야에 천재적인 두뇌를 가지고 태어났다고 하는 편이 옳을 것이다. 그런 생각을 하는 동화는 융이 자신의 제자라는 것이 과분하게 느껴졌다. 그러면서도 또 한편에서는 자신이 그동안 익힌 학문을 융한테 모두 쏟아 부어서 융을 정말 세계적인 대학자로 키워보고 싶은 욕심도 생겼다. 그런 생각을 하자 그의 머릿속엔 최길성의 말이 번개처럼 스치고 지나갔다.

'자네의 생은 아마도 융을 키우는 데서 그 의미를 찾을 수

있을 것 같네.'

최길성의 말을 떠올리고 있던 동화는 싱긋이 웃었다. 그가 자기보다 자신의 역할에 대해 먼저 알고 있었다는 생각이 들어서였다.

"상당히 공부를 많이 한 거 같은데 물리학책은 언제부터 읽기 시작했나?"

"중학교 이학년 때부터 읽었습니다."

"중학교 이학년이라면 아직 물리학을 배우기 전일 텐데."

"저의 학교 과학 선생님이 물리학 개론이라는 책을 주셔서 그때부터 읽기 시작했습니다."

"그다음엔?"

"중학교 졸업할 때까진 선생님이 권해주시는 책만 읽었습니다."

"고등학교에 들어가서는?"

"고등학교에 들어가서는 과학서 목록을 참고로 해서 읽었습니다."

"그렇다면 자네는 계속 물리학 공부를 하고 있었던 셈인데 왜 물리학과를 지망하려고 하지 않나?"

"음에 대해 더 관심이 갔기 때문입니다."

"음이라면, 음악에서 말하는 음 말인가?"

"네."

"음에 대해선 어떤 관심을 가지고 있었는데?"

"……."

융은 조금 웃을 뿐 거기에 대해선 말하지 않았다. 동화는 그런 융이 신비하게 느껴져서 가만히 융을 바라보았다. 바라보고 있을수록 묘하게 신비하다는 감정이 더 들었다. 185센티는 안 될 듯싶은데도 그는 상당히 크게 느껴졌고, 몸에 근육이 전혀 없어 보이는데도 조금도 나약해 보이지 않았다. 머리만 발달한 사람처럼 차게 느껴지면서도 상대방을 완전히 녹여버릴 것 같은 뜨거운 열정도 가지고 있는 것 같았다.

'참 묘하군.'

동화는 상을 약간 찡그린 듯한 얼굴로 앉아 있는 융을 보며 속으로 이렇게 중얼거렸다. 처음 방에 들어서는 순간에는 오 교수를 보고 있다는 생각이 들었는데 보고 있을수록 꼭 그렇지만도 않았다.

"자네는 하루를 어떻게 보내고 있나?"

동화는 의자 등받이에 몸을 기대며 물었다. 융에게서 신비함을 느끼자 동화는 그가 하루를 어떻게 보내는지 궁금해졌다.

"……."

융은 동화가 무엇을 묻는지 이해가 안 간다는 얼굴로 쳐다봤다.

"아니, 그냥 하루의 일과를 물어본 걸세. 어떻게 보내고 있나 하고…….”

동화는 자기의 질문이 싱겁다는 생각이 들어서 융을 보며 싱겁게 웃었다.

"새벽 세 시가 되면 스님이 목탁을 치시기 때문에 세 시면 일어납니다."

"……."

동화는 잠시 머릿속으로 목탁을 치고 있는 지효 스님의 모습을 그려 보았다.

"그때 일어나서 세수를 하고 법당에 가면 스님도 법당으로 들어오십니다. 스님과 저는 향로에 향 하나씩을 피우고 간단하게 새벽예불을 드립니다."

"아직 부처님을 모셔 오지 않은 걸로 알고 있는데 그래도 예불을 드리나?"

"부처님은 항상 상주하고 계시니까 부처님을 모셔 오지 않아도 예불을 드릴 수 있다고 하셨습니다."

"예불은 어떻게 드리는데?"

"새벽예불은 천수경 염송과 관음주력으로 끝납니다."

융은 지효 스님한테서 들은 관음주력의 의미를 설명할까 하다가 그만두고 그냥 입을 다물었다.

"그러곤?"

"예불이 끝나면 스님과 저는 한 시간 정도 참선을 합니다."

"자네도 참선을 할 수 있는가?"

"지효 스님의 지도로 하고 있습니다."

"참선이 끝나면?"

"참선이 끝나면 저는 제 방으로 들어와서 공부를 하고 스님은 법당에 남으셔서 천 배를 하십니다."

스님이 천 배를 하시는 것은 저를 위해섭니다. 융은 이 말을 할까 하다가 그만두고 먼저처럼 입을 다물었다. 지효 스님이 자신을 위해서 새벽마다 천 배를 하시고 있다는 것을 알고 있었지만, 그 사실을 아무한테도 내색하지 않았다. 지효 스님에게까지도. 그러기 때문에 지효 스님도 자기가 그 사실을 알고 있다는 것을 모르고 계실 것이다.

"그다음은 말하지 않아도 알겠네. 학교에 와서 밤 열한 시까지 있다고 했으니."

"……."

"그런데도 자네 얼굴엔 전혀 피로한 기색이 보이지 않는군."

동화는 융의 얼굴을 보며 말했다. 자정이 거의 돼서 집에 들어가 새벽 3시에 일어난다면 하루에 세 시간밖에는 잠을 자지 않는 셈인데 그러고도 전혀 피로한 기색이 보이지 않으니 이상했다.

"……."

융은 아무 말 없이 자기를 쳐다보고 있는 동화를 보며 웃었다. 웃고 있는 융을 보는 순간 동화는 다시 신비하다는 생각이 들어서 고개를 갸웃했다. 웃고 있는 그의 얼굴은 상을 약간 찡그린 듯한 평소 얼굴하고는 완연히 달랐다. 천진무구하다고 할까? 전혀 세상 사람 얼굴 같지가 않았다.

"하루 세 시간밖에 잠을 자지 않아도 되는 자네가 부럽네. 나는 여덟 시간은 자야 피로가 풀리는데."

동화는 융을 보고 있는 자체가 즐거워서 실없는 농을 했다.

"그러시다면 선생님도 참선을 해보십시오."

"참선을?"

"머리뿐 아니라 몸도 맑아집니다."

"……."

동화는 가만히 융을 바라보았다. 자기가 의문을 품어왔던 플러스알파가 바로 참선이 아닐까 하는 생각이 섬광처럼 머릿속을 꿰뚫고 지나갔다.

생물학자 와이스는 종교·과학·예술은 수단과 방법만 다를 뿐 원래는 하나의 뿌리에서 탄생한 세 개의 얼굴이라고 했다. 같은 모태에서 출생한 3형제와 같다는 얘기다. 그러나 같은 모태에서 출생했다고 해서 3형제가 일란성 쌍둥이처럼 똑같은 것은 아니다. 거기에는 높고 낮음의, 깊고 옅음의, 넓고 좁음의 엄연한 차별이 있다. 동화는 30대 중반에 들어서면서부터 과학과 종교의 접목을 생각해 왔다. 그것은 그 자신이 불교의 교리에 눈을 뜨면서부터였다. 자신이 공부했던 물리학의 이론이 불교 경전 속의 한 구절로 설명되는 것을 알았을 때 동화는 경이로움에 앞서 자기 자신이 왜소하게 느껴졌다. 그것은 높은 준령을 바라볼 때의 기분 같기도 했고, 넓은 바다를 바라볼 때의 기분 같기도 했다.

준령과 대해가 이미 속속들이 자신의 모습을 드러내 보이고 있는데 무엇을 더 캐고 무엇을 더 더듬어볼 게 있겠는가? 그러나 아무리 준령과 대해가 제 모습을 드러내 보이고 있다 해도 그것을 있는 그대로 꿰뚫어볼 수 있는 사람은 각자(覺者), 곧 혜안을 가진 자만이다. 그렇기 때문에 과학과 예술은 자신들의 말로 준령과 대해를 설명할 수밖에 없다. 그들의 말은 모든 사람들이 친숙하게 알아들을 수 있는 언어이기 때문이다.

동화는 불교의 교리에서 물리학의 이론적 근거를 찾아보려고 노력해왔다. 그 노력은 10년 정도 이어져 왔고 앞으로도 이어져갈 거라고 믿고 있다. 그러나 그것만 가지곤 뭔가 부족하다는 생각이 계속 머릿속을 맴돌고 있었다. 그런데 지금 융을 보고 있는 순간 자기가 찾고 있는 플러스알파가 참선일 거라는 확신이 들었다. 그동안에도 참선에 대해서 몰랐던 바는 아니지만 이상하게 융을 보고 있는 지금 무의식 밑바닥에 숨겨져 있던 하나의 지혜가 솟아 올라오는 것처럼 선명하게 머릿속으로 박혀 들어왔다.

"묘하게도 자네는 처음부터 삼위일체의 공부를 하고 있군. 자네 같은 경우는 이 세상 어디에도 없을 걸세."

동화는 융을 보며 의미 있게 말했다.

"……."

융은 그 말이 무슨 뜻인지 이해가 안 가는 듯 가만히 동화를 쳐다봤다.

"모든 연주자가 자네를 중심으로 모이고 있으니 자네는 앞으로 훌륭한 교향곡 지휘자가 될 수 있을 걸세."

"……."

융은 더욱 이해가 안 간다는 얼굴로 쳐다봤다.

"어디 가서 저녁이나 하세. 밤늦게까지 공부하려면 시장할 텐데……."

동화는 일어날 차비를 하며 말했다.

"오늘 저녁은 안 됩니다."

"안 되다니, 왜?"

"지효 스님 생신이기 때문에 일찍 들어가야 합니다."

"……."

'그렇군. 바로 지금이군.'

현지의 엽서를 받고 덕수궁으로 달려갔을 때 현지는 자목련 꽃이 활짝 피어 있는 목련나무 밑에서 기다리다가 자기를 향해 손을 흔들며 뛰어왔었다. 그날 그는 현지 생일임을 알면서도 그녀를 위해 아무것도 해줄 수가 없었고 오히려 햄버그스테이크 한 그릇만 얻어먹고 왔었다.

20여 년 전 일을 떠올리고 있던 동화는 지효 스님한테로 달려가고 싶은 충동이 느껴져 견딜 수가 없었다. 하지만 그는 그 충동을 자신의 가슴속에서 삭이고 있었다. 처음 귀국했을 때 지효 스님이 머물고 있다는 도다가로 찾아가고 싶은 충동을 삭였듯이, 그리고 지효 스님이 서울로 왔다는 소식을 듣고 불광동 집으로 찾아가고 싶은 충동을 삭였듯이. 그는 자신의 가슴속에서 일고 있는 충동을 자신의 가슴속에서 삭일 수밖에 없었다.

"그렇다면 얼른 가보게. 지금도 이른 시간은 아닌데."

동화가 먼저 자리에서 일어섰다.

"네."

융도 옆에 있던 가방을 들고 자리에서 일어났다.

"잘 가게."

동화는 융을 향해 미소를 지었다. 미소를 짓고 있는 그의 가슴속에선 만감이 일었다.

"안녕히 계십시오."

융은 공손하게 허리를 굽히고 돌아섰다.

"가끔 들르게. 내가 부르지 않더라도."

동화는 문을 닫고 나가는 융의 등에 대고 이렇게 당부하고는 창가로 걸어갔다. 창밖에 서 있는 목련나무 가지엔 자목련 꽃송이가 만개해 있었다.

'그렇군. 바로 지금이군.'

동화는 자목련 꽃송이를 바라보며 조금 전에 자신이 한 말을 다시 한 번 입 속으로 되뇌었다. 그리고 서 있는 그의 어깨 위로 석양빛이 엷게 내려앉고 있었다.

딩동댕.

마른걸레로 책꽂이 위의 먼지를 닦고 있던 영옥은 초인종 소리를 듣고 밖으로 나갔다.

"누구세요?"

"접니더. 향운입니더."

밖에서 향운 스님의 목소리가 들려왔다.

"아, 향운 스님이시군요."

영옥은 반기며 현관문을 열어주었다. 그러자 두루마기 고름이 반쯤 풀린 향운 스님이 어떤 남자와 함께 서 있었다.

"거사님 계시지예?"

향운 스님은 현관으로 들어서려고 하며 물었다.

"오늘 새벽 도다가에 가셨는데요."

"도다가예?"

향운 스님은 고개를 돌리고 영옥을 쳐다봤다. 의외라는 얼굴이었다.

"약속을 하셨는가요?"

"그런 건 아니지만……."

향운 스님은 실망한 얼굴로 말끝을 흐렸다.

"잠시 들어오셔서 차 한 잔 드시고 가세요."

영옥은 한옆으로 비켜서며 그들이 들어오기를 기다렸다. 같이 온 남자는 초면이지만 남편과의 사업상 일로 온 게 분명해 보였다.

"아, 아닙니더."

향운 스님은 사양을 하고 잠시 생각에 잠기더니 물었다.

"거사님 언제 오신다고 했습니꺼?"

"3일 후쯤 오실 거예요."

"그래예. 그럼 그때 다시 들르겠습니더. 거사님 오시면 제가 신도 회장님 모시고 다녀갔다고만 전해주이소."

"네……."

영옥은 아무 대접도 하지 않고 그냥 돌려보내는 게 미안한 생각이 들어 말끝을 흐렸다.

"안녕히 계십시오."

향운 스님은 합장을 하고 몸을 돌렸다.

"차라도 드시고 가시면 좋으실 텐데……."

"싱거운 물 마시나 마나 매한가집니더. 괜찮습니더."

향운 스님은 씩 웃더니 엘리베이터 속으로 들어갔다.

"안녕히 가세요."

영옥은 두 사람을 향해 허리를 굽히고 엘리베이터 문이 닫힐 때까지 서 있다가 안으로 들어왔다. 현관으로 들어온 영옥은 신발장 위에 놓아둔 걸레를 다시 집어 들고 이랑이 방으로 들어가 책꽂이를 닦기 시작했다. 그때 잡지 사이에 끼워져 있는 흰 종이가 눈에 띄어 영옥은 걸레를 든 손으로 종이를 꺼내서 펴보았다. 책을 읽다가 낙서를 한 듯 볼펜으로 휘갈겨 쓴 이랑의 글씨가 보였다.

나를 태어나게 한 남자는 내가 태어났다는 사실도 모르고 18년을 살았다.

어떻게 그런 일이 가능할 수 있을까?

사람은 나처럼 시시하게도 태어날 수 있는 걸까?

이랑의 낙서를 읽고 있던 영옥은 핼쑥해진 얼굴로 몸을 책꽂이에 기댔다. 자신이 쌓고 있던 돌담이 와르르 무너져 내리는 소리를 듣고 있는 기분이었다. 어찌 됐든 365일을 18번 곱한 무수한 날들을 자기는 이랑이를 지키기 위해 살아왔었다. 무거운 돌, 가벼운 돌, 네모난 돌, 길쭉한 돌, 찌그러진 돌, 깨진 돌을 하나씩 던져 담을 쌓아 올린 것은 이랑이가 있었기 때문이었다. 그런데 이랑은 자기도 모르는 사이에 자기가 쌓아 올린 담을 허물고 밖으로 나가 있었다. 한마디의 조언도 구하지 않고.

영옥은 눈을 감고 처참하게 허물어진 담을 들여다보았다. 그것은 담이 아니라 365를 18번 곱한 거대한, 그러면서도 허망하기 이를 데 없는 돌무덤일 뿐이었다. 영옥은 바싹 마른 입술로 천천히 고개를 들었다. 어떻게 이랑이가 세혁이 문제를 알고 있는지 이상했다. 더욱이 18년이라는 햇수를 분명히 밝힌 것으로 봐서는 근래에 안 일 같은데, 영옥은 아무리 기억을 더듬어봐도 이렇다 하게 생각나는 일이 없었다.

그렇게 기억을 더듬고 있는 영옥의 머릿속에 백화점 에스컬레이터가 떠올랐다. 하나의 끈을 양쪽에서 잡아당기고 있는 것처럼 뚫어지게 서로의 얼굴을 바라보고 있던 두 사람. 그들의 모습을 떠올리던 영옥은 천천히 고개를 저었다. 그때는 아닐 거라는 생각이 들어서였다.

우선 자신을 대하는 이랑의 태도만 봐도 그 후 별로 달라진 것이 없었다. 쌀쌀맞고 무언가 관찰하는 것 같은 표정을 짓는 것은 그 아이의 평소 습관이기 때문에 그런 것에서 이상한 면을 발견할 수는 없었다. 더욱이 세혁이도 자기가 직접 만나서 이랑에 관한 얘기를 해주기 전까지는 그 아이의 존재를 모르고 있지 않았던가. 영옥은 자기 얘기를 듣고 몹시 놀라며 흥분하던 세혁의 얼굴을 떠올리며 이렇게 생각했다.

어른인 세혁이가 그랬다면 이랑이 역시 그 이상한 한순간의 만남을 통해 세혁의 존재를 바로 알았을 것 같지는 않았다. 그렇다면 어떻게 알았을까? 영옥은 다시 이 문제를 곰곰이 추리해보다가 불안한 얼굴로 고개를 갸웃했다. 혹시 세혁이가 이랑이를 만났을지도 모른다는 생각이 들었다. 자기한테 전화를 걸었듯이 자기가 없는 사이에 이랑이한테 전화를 걸어서 만났을 것 같았다. 아니, 전화보다는 이랑이가 지나다니는 길목을 지키고 있다가 이랑이를 직접 만났을 것 같기도 했다. 그런 추측을 하고 있던 영옥은 심한 배신감을 느끼며 자리에서 벌떡 일어났다.

세혁이가 자기 허락 없이 이랑을 만난다는 것은 도저히 용서할 수 없었다. 그건 이랑이도 마찬가지였다. 이랑이 역시 자기 허락 없이 세혁을 만나서는 안 된다고 생각했다. 그건 딸이니 아버지니 하는 관계보다 자기 역할이 몇백 배 더 컸다는 자신감 때문이었다. 생명을 태어나게 한 관계는 이랑이 표현대로 지극히 시시할 수도 있다. 하지만 그 생명을 거두고 키운 공로는 그렇게 시시하게 평가되어서는 안 된다. 그것은 죽음 이상의 고통일 수도 있기 때문이다.

이랑이가 세 살 되던 해 겨울, 어머니는 불기 없는 냉방에 머리를 싸매고 누워서 점심때가 되도록 일어나지 않았다. 영옥은 그런 어머니한테 딸을 맡길 엄두가 나지 않아 냉방을 기어다니는 이랑이한테 장갑을 끼워서 고무줄로 묶어놓고 집을 나섰다. 쌀과 연탄을 구해오기 위해서였다. 집을 나선 영옥은 갈 곳이 없었다. 정말 아무 곳에도 갈 데가 없었다. 그래서 무작정 거리를 헤맸고 그러다가 '마담 구함'이라는 쪽지가 붙은 유리문을 밀고 안으로 들어갔다. 술과 음식을 파는 작은 레스토랑이었다.

그날 영옥은 여자란 어떤 극한 상황에 처하게 되면 몸을 무기로 살아갈 방도를 찾는다는 것을 알게 되었다. 물론 돈과 몸을 맞바꾼 적은 없었지만 그럴 수도 있다는 가능성을 그녀는 충분히 경험했고, 그 경험은 인생이라는 수만 갈래의 얼굴을 이해하는 데 작은 보탬이 돼주었다. 그날부터 영옥은 그 집에서 일을 했다. 겨울을 날 때까지 석 달 동안. 그 집은 쌀과 연탄을 해결해준 대신 죽음의 유혹도 몇 번 느끼게 해주었다. 그때 자기한테 다가왔던 죽음의 유혹은 봄날 들판에 피어오르는 아지랑이보다 훨씬 더 달콤했다. 그것은 완전한 휴식이었다. 영옥은 자신이 반복하고 있는 고달픈 놀이를 그만두고 진심으로 그 휴식 속으로 빠져들고 싶었다. 그러면서도 그 유혹 속으로 몸을 던지지 못한 것은 담쌓는 일을 포기할 수 없어서였다. 담 안에는 자기 딸 이랑이가 있었기 때문이었다. 그해 겨울 영옥은 가장 무거운 돌 90개를 들어서 담을 쌓았고, 그 대가로 이랑을 보호해줄 수 있었다.

팔짱을 끼고 서서 옛날 일을 떠올리던 영옥의 가슴속에선 다시 배신감 같은 게 치밀어 올랐다. 괘씸한 년. 영옥은 바싹 마른 입술을 침으로 축이며 들고 있던 종이를 갈기갈기 찢었다. 엄마인 자기한테 한 마디의 의논도 없이 혼자 고민하고 혼자 괴로워하는 딸에 대해 영옥은 거의 증오에 가까운 분노를 느끼고 있었다. 한참 동안 분노로 떨고 있던 영옥은 찢은 종이를 구겨서 쓰레기통 속에 버리고 피아노 앞으로 걸어갔다. 그리고 피아노 커버를 들추고 그 속에 숨겨둔 세혁의 명함을 꺼내 들었다. 영옥은 잠시 명함을 들여다보다가 사장실이라고 명기된 전화번호를 보며 다이얼을 돌렸다.

"세혁물산 비서실입니다."

신호가 가자 맑은 여자 음성이 들려왔다. 목소리로 봐서는 대학을 갓 졸업한 아가씨 같았다.

"미안하지만 사장님 좀 부탁합니다."

영옥은 약간 긴장하며 말했다.

"지금 회의 중이신데 어디시라고 전할까요?"

다시 상냥한 목소리가 울려왔다. 회의 중이라는 것은 핑계인 것 같고 전화 거는 사람의 신분을 확인하고 싶어 하는 눈치였다.

영옥은 당혹스러운 표정을 지으며 잠시 서 있다가 자신의 이름을 분명하게 밝혔다.

"민영옥이라고 전해주세요."

"알겠습니다. 잠시만 기다려주세요."

영옥은 술이 깰 때의 기분 같은 걸 느끼며 가만히 수화기를 들고 서 있었다. 자신의 감정에 끌려 세혁의 사무실에 전화를 했지만 세혁이한테 전화를 한다는 게 옳은 일 같지가 않았다.

"전화 바꿨습니다."

수화기 너머로 세혁의 음성이 들려왔다.

"안녕하세요. 영옥이에요."

영옥은 사무적으로 자신의 감정을 처리하고 싶어서 깍듯하게 존칭을 썼다.

"지금 있는 데가 어디야?"

세혁은 노상 만나는 애인이나 아내한테 말하는 투로 영옥이 있는 곳을 물었다. 그런 세혁의 음성을 듣는 순간 영옥은 자신도 모르게 가슴속이 찌릿해 왔다. 친근감이라고 할까? 남 같지 않은 감정이 가슴 밑바닥을 관통해 흘러갔다.

"……."

영옥은 집이에요, 라는 말을 하려다가 그만두고 가만히 서 있었다. 집이라는 말은 장소를 나타내줌과 동시에 자신이 최길성의 아내라는 신분까지를 말해주고 있었기 때문이었다.

"그러잖아도 연락하려고 했는데…. 가만있자… 아, 마침 점심 약속이 안 돼 있군. 오늘 만나서 점심이나 같이하지."

세혁은 책상 위에 놓여 있는 메모판을 들여다보고 있는 듯 이렇게 말했다. 그런 그는 시간만 허락한다면 언제라도 만날 수 있는 사이라는 말투였다.

"……."

영옥은 수화기를 든 채 아무 말도 못 하고 서 있었다. 자기 쪽에서 이랑의 일로 당신을 만나야겠으며, 만나는 시간은 언제가 좋다는 말을 분명하게 해주고 싶은데 이상하게 그 말이 나오지 않았다.

"열두 시쯤이 어때?"

세혁이가 물었다.

"어디서?"

영옥은 전날처럼 반말을 했다. 반말을 하는 자기 자신이 싫어졌다.

"어디로 할까? 플라자로 할까?"

"호텔 플라자?"

"응. 일 층 커피숍에서 만나지."

"알았어."

영옥은 수화기를 내려놓고 우두커니 서 있었다. 가슴이 뛰고 양손에서 땀이 축축하게 배어 나왔다.

'꼭 만나고 싶어서 전화한 꼴이 됐군.'

영옥은 자기 자신을 향해 이렇게 변명했다. 변명하고 있다는 것을 알자 자신이 다시 싫어졌다.

'아니야. 한 번은 더 만나야 해. 만나서 이랑의 문제를 분명하게 매듭지어야 해.'

영옥은 자신을 향해 다시 변명하려다가 그러고 있는 자체가 짜증스러워서 세차게 머리를 흔들고 벽에 걸려 있는 시계를 올려다봤다. 10시 24분을 가리키고 있었다. 영옥은 12시까지의 시간을 가늠해 보다가 얼른 욕실로 들어가 더운물을 틀었다. 세면기 안으로 뿌연 김이 서리며 더운물이 쏟아지자 영옥은 샤워도 하고 싶다는 생각이 들어 입고 있던 옷을 하나하나 벗어 바구니에 담았다.

욕실 안에는 뿌연 김이 가득 서리고 세면기 위로 더운물이 넘쳐흘렀다. 영옥은 몸에 비누칠을 하고 샤워기를 들어 비눗물을 깨끗이 씻어냈다. 그리고 머리를 감으려고 허리를 구부리다가 거울 속에 비친 자신의 알몸을 발견하고 가만히 거울 속을 들여다보았다. 뿌연 김이 서려 있는 거울 속에 자신의 알몸이 그대로 드러나 보였다. 영옥은 한 손으로 거울 표면에 서려 있는 김을 닦아내며 자신의 알몸을 바라보았다. 어깨와 허리 부위에 군살이 조금 오르긴 했지만 몸은 여전히 탄력을 잃지 않았다. 특히 가슴은 유두의 색만 약간 검어졌을 뿐 처녀 때와 조금도 달라 보이지 않았다. 영옥은 거울 속에 자신의 알몸을 한참 동안 비춰보다가 샴푸로 머리를 감았다.

목욕을 끝낸 영옥은 안방으로 들어와 서랍장을 열고 레이스가 화려하게 달린 브래지어와 속치마를 골라 입었다. 속옷을 갈아입은 영옥은 화장대 앞으로 가 화장수와 콜드크림으로 얼굴을 닦아내고 정성껏 화장을 했다. 그리고 오랜만에 분홍색 섀도를 꺼내 눈가를 엷게 발랐다. 자신의 얼굴을 이리저리 거울 속에 비춰보던 영옥은 화장대 서랍에서 고데기를 꺼내 앞머리를 말기 시작했다. 앞머리를 동글동글하게 말면 폈을 때보다 훨씬 더 로맨틱한 분위기를 주기 때문이었다.

머리 손질을 끝낸 영옥은 장롱문을 열고 농 속에 걸어둔 옷을 살펴보다가 하늘색 바탕에 철쭉꽃 무늬가 있는 원피스를 꺼내 들었다. 화창한 하늘 아래 피어 있는 철쭉꽃을 보고 있는 것 같아서 입고 있으면 환상적인 기분마저 들게 하는 옷이었다.

영옥은 들고 있던 원피스를 입고 거울 속에 자신의 몸매를 다시 비춰보다가 하얀 진주가 박힌 벨트로 허리를 졸라맸다. 그리고 가죽 핸드백을 들고나오다가 가죽 백이 무겁게 느껴져 화사한 구슬 백으로 바꿔 들고 서둘러 밖으로 나왔다. 빈 택시를 잡기 위해 공터로 뛰어가던 영옥은 걸음을 멈추고 주위를 두리번거렸다. 바람에 묻어온 라일락 향기를 맡는 순간 일시에 봄이 몰려오는 것 같아 현기증이 느껴졌다.

하얀 사기대접을 들고 왼팔로 할머니의 어깨를 감싸고 앉아 약을 먹여드리고 있던 송강은, 할머니가 약을 다 마시자 들고 있던 약 대접을 한옆으로 밀어놓고 할머니를 부축해서 자리에 뉘었다. 그리고 수건으로 입술 위에 묻어 있는 약을 닦아 드리면서 가만히 할머니 얼굴을 바라보았다. 할머니는 꺼져가는 불처럼 하루하루 기력을 잃어가고 있었다. 송강은 그런 할머니를 보고 있는 것이 너무도 괴로워서 누비이불 자락을 끌어 올려 할머니 가슴을 덮어드리고 고개를 돌렸다.

석양빛을 받는 창호지 문 너머로 대나무 그림자만 어른거릴 뿐 집 안은 깊은 적막 속에 싸여 있었다. 송강은 그런 집이 무서워서 두 눈을 꼭 감았다. 아니, 그녀가 무서워한 것은 적막 속에 싸여 있는 집이 아니라 창호지 문을 환하게 비추고 있는 석양이었다. 석양은 융에 대한 그리움, 바로 그 그리움의 덩어리였기 때문이다.

"그만 가봐라."

이 씨가 송강을 보며 말했다.

"……."

송강은 고개를 돌리고 가만히 할머니를 바라보았다.

"네 일도 많을 텐데 할미 옆에만 있어서 되겠냐. 가서 네 볼일을 봐라."

이 씨는 자신의 시중을 들고 있는 손녀딸이 안쓰러워서 다시 이렇게 말했다.

"괜찮아요, 할머니. 제 일은 제가 알아서 할게요."

송강은 할머니 손을 잡으며 미소를 지었다. 그러자 이 씨는 송강을 가만히 올려다보더니 자기 손을 잡고 있는 손녀딸의 손을 끌어당기며 당부했다.

"이젠 네 일만 알아서 하지 말고 집안일도 네가 알아서 해라."

"……."

할머니의 당부를 듣고 있던 송강의 얼굴이 조금씩 빨개지면서 두 눈에 눈물이 가득 고였다. 송강은 그런 자신의 얼굴을 할머니한테 보여주고 싶지 않아서 할머니 이마 위에 흘러내린 머리카락을 쓸어 올려주는 척하며 몸을 앞으로 숙였다. 그 순간 그녀의 두 눈에 고여 있던 눈물이 할머니 이마 위로 떨어졌다. 이 씨는 자신의 이마 위로 떨어지는 손녀딸의 뜨거운 눈물을 의식하면서 송강의 손을 힘주어 꼭 잡았다. 결속, 아픈 결속. 92살의 할머니와 19살의 손녀딸은 한씨 가문이라는 지붕 밑에서 아프게 묶여 있었고, 두 사람은 아픈 결속을 확인하면서 서로 이별의 준비를 하고 있었다. 창호지 문 위로 석양빛이 밝게 비쳤고, 밝은 창호지 문 위로 대나무 그림자만 어른거릴 뿐 집 안은 여전히 깊은 정적 속에 싸여 있었다.

"송강아."

한참 동안 손녀딸을 바라보던 이 씨가 입을 열었다.

"네."

송강은 잡고 있던 할머니 손을 놓고 바로 앉았다.

"너를 처음 낳았을 때 집안 어른들은 네가 아들이 아니고 딸인 것을 못마땅해했다."

"……."

"나도 그런 마음이 없었던 건 아니었지만 또 한편으로는 안심도 되었다.

"……."

송강은 할머니의 말뜻을 알아듣지 못하고 가만히 할머니를 쳐다봤다.

"한씨 가문은 여자가 지켜왔다. 네가 이 가문을 지킬 세 번째 여자다."

"……."

"가문이 뭔지는 나도 모른다. 때로는 집 같기도 했고, 때로는 땅 같기도 했고, 때로는 목숨 같기도 했다. 그런데 이제 세상을 다 살고 보니 내가 지켜온 가문은 바로 네가 아니었나 하는 생각이 드는구나."

"……."

"어려운 일을 당하거든 어미나 곽 서방 내외는 물론이고 서울 아저씨나 지효 스님하고도 상의를 해라. 그리고 융……."

이 씨는 송강을 쳐다보며 융에 대한 얘기를 할 듯하더니 그냥 말을 끊고 입을 다물었다.

"……."

송강은 할머니를 잠시 바라보다가 슬며시 고개를 돌리고 뒷마당으로 나가는 문 쪽을 다시 바라보았다. 석양빛이 환하게 비치고 있는 창호지 문 너머로는 여전히 대나무 그림자가 어른거리고 있었다.

"어머님 계십니까?"

대청마루에서 최길성의 목소리가 들려왔다.

"……."

이 씨와 송강은 동시에 놀라며 소리 나는 쪽을 바라보았다.

"아무도 안 계시나……."

다시 최길성의 목소리가 들리더니 방문이 열렸다.

"아니, 자네 아닌가?"

이 씨는 자리에서 몸을 일으키며 최길성을 맞았다.

"집 안이 하도 조용해서 아무도 없는 줄 알았습니다. 많이 편찮으십니까?"

최길성은 들고 있던 가방을 한옆으로 놓으며 이 씨를 부축해서 일으켰다.

"기력이 없어서…. 그러잖아도 오늘쯤 자네가 오나 하고 기다리고 있었더니 왔구먼."

이 씨는 최길성이 온 것을 몹시 반가워하고 있었다.

"편찮으신데 절을 하기도 그렇고……."

최길성이 엉거주춤하게 서서 말했다.

"절은, 어서 그냥 앉게."

이 씨는 한 손으로 그냥 앉으라는 시늉을 하며 자신의 옷매무새를 고쳤다.

"아저씨, 절 받으세요."

송강이 두 손을 잡고 서서 말했다.

"할머니가 절을 안 받으시는데 내가 너한테 절을 받을 수 있겠냐. 그냥 앉아라."

최길성은 웃으며 송강을 쳐다보았다. 작은 키에 몸매도 작은 편이지만 이상하게 방 안을 꽉 채우고 있는 것 같은 느낌을 주었다.

"점심은 먹었는가?"

이 씨가 물었다.

"네. 도다가에서 사시공양을 들고 떠났습니다."

최길성은 미소를 지으며 대답했다. 자신이 오면 우선 먹을 것부터 챙겨주고자 하던 그 마음은 여전하다는 생각이 들었다.

"네가 나가서 과일이라도 좀 챙겨오너라."

이 씨는 송강한테 시켰다.

"네."

송강은 조용히 자리에서 일어나 밖으로 나갔다. 연보라색 블라우스 위로 드러난 어깨선과 목선이 고귀함을 느끼게 했다. 최길성은 그런 송강의 뒷모습을 지켜보다가 물었다.

"모두 어디 갔습니까?"

"곽 서방은 영림사에 갔고 곽 서방네는 시장에 갔네. 그리고 송강이 에민 텃밭에 나간 모양일세."

"네……."

최길성은 앞을 못 보는 동미가 텃밭에 나가서 뭐를 할 수 있을까 하는 생각을 잠시 해봤다.

"도다가에 간 일은 잘됐는가?"

이 씨가 긴장하며 물었다.

"네."

최길성은 종소리를 녹음할 때의 감동을 떠올리며 자신 있게 대답했다. 최길성이 도다가에 도착한 것은 저녁예불이 끝난 후였다. 그러기 때문에 새벽예불을 기다릴 수밖에 없었는데, 최길성은 종소리를 녹음해 간다는 흥분 때문에 거의 뜬눈으로 밤을 밝혔다. 이튿날 새벽 도량석을 도는 스님의 목탁소리가 경내에 울려 퍼질 때 최길성은 녹음기를 들고 종루가 서 있는 호숫가로 나갔다. 그는 들고 온 녹음기를 종 밑에 내려놓고 어둠 속에 가라앉은 호수를 물끄러미 바라보았다. 깜깜한 호수 속에는 수천수만 개의 별들이 수표면 가득히 떠 있었다. 최길성은 황홀함을 느끼며 호수 위를 오랫동안 바라보다가 천천히 고개를 들고 하늘을 올려다봤다. 하늘에도 풀꽃 같은 작고 큰 별들이 빽빽이 떠 있었다. 들판에 피어 있는 꽃을 보고 있는 것 같았다.

    최길성은 다시 감동을 느끼며 어둠 속을 응시했다. 어둠은 천상과 지상을 하나의 덩어리로 뭉뚱그려놓고 있었다. 그때 가사 장삼을 단정하게 입은 스님이 와 종 앞에 서서 종채를 잡고 종을 치기 시작했다. 종채를 뒤로 끌어당겨 천천히 종을 때리자 종은 '뎅-' 하고 첫 울음소리를 토해냈다. 가슴을 쥐어짜는 것 같은 애절한 소리, 그 소리는 어둠 속으로 어둠 속으로 퍼져 나가 지상의 모든 소리를 감싸더니 천천히 몸을 솟구쳐 허공 위로 올라갔다.

'뎅-, 뎅-' 두 번 세 번 종이 울릴 때마다 종소리는 슬픔과 미움, 안타까움과 연민을 토해내며 거대한 새가 날개를 펄럭이듯이 하늘 위로 하늘 위로 비상해 올라갔다. 그리고 마침내 삼천대천세계를 휘도는 서른세 번의 종소리가 울려 퍼지자 종소리는 평화와 희열 속으로, 그것까지도 뛰어넘은 여여한 적정 속으로 녹아들어, 하늘과 호수는 다시 한 덩어리의 어둠 속에서 푸른 별만 가득 떠올리고 있었다.

넋을 잃고 어둠 속에 서 있던 최길성은 종을 치던 스님이 종채를 고정하고 몸을 돌리자 비로소 정신이 들어 종 밑에 놓아두었던 녹음기를 들고 스님 뒤를 따라갔다. 대웅전을 향해 몇 발자국 걸음을 옮기던 최길성은 가만히 그 자리에 멈춰 서서 대웅전 뜰을 바라보았다. 법당 뜰에는 가사 장삼을 입은 70여 명의 스님이 종루를 향해 조용히 합장하고 있었다. 여명도 밝아오기 전의 새벽하늘 아래서 소리를 향해 합장하고 있는 그들의 모습은 종교 의식을 치르고 있는 것처럼 경건하고 신성하게 보였다.

"도다가 스님은 안녕하시던가?"

한참 동안 침묵을 지키고 있던 이 씨가 물었다. 종소리를 녹음할 때의 감격에 잠겨 있던 최길성은 천천히 고개를 들고 이 씨를 바라보았다. 백족화상의 안부를 묻고 있는 것이 분명해 보였다.

"백족화상 말입니까?"

최길성은 의아한 얼굴로 되물었다. 이 씨도 백족화상을 모르고 있는 바는 아니지만 채련과 연결된 부분이 있어서인지 지금까지 그에 대해서는 일체 언급을 하지 않고 지내왔었다.

"그렇네."

이 씨는 담담하게 대답했다.

"네, 안녕하시더군요."

최길성은 이 씨가 왜 새삼스럽게 백족화상의 안부를 물을까 하는 생각을 속으로 해보며 이렇게 대답했다.

"부처님 점안은 그 스님이 하셨으면 좋겠네."

"……"

"도력도 높으시고 지효 스님과 융하고는 각별한 인연으로 맺어지셨다니 그 스님을 증명 법사로 모시는 게 좋지 않겠나?"

"그러시면 좋지요. 저도 속으로 그 생각을 몇 번 했습니다."

"자네 생각도 그랬다면 그 얘기는 끝난 것으로 하세."

이 씨는 결재한 서류 한 장을 넘기듯 점안에 관한 얘기는 매듭을 지었다.

"그럼 이번엔 부처님 모셔가는 얘기를 하세."

"누워서 하십시오. 힘들어 뵈는데요."

"그래도 되겠나?"

"어머님도 참, 가만히 계십시오. 제가 뉘어드리겠습니다."

최길성은 이 씨 앞으로 다가가 어깨를 부축해서 자리에 뉘었다. 그리고 누비이불을 가슴 위까지 끌어올려서 바람이 통하지 않도록 양쪽으로 꼭 눌러드렸다.

"자네도 어디 기대게."

자리에 누운 이 씨가 최길성을 보며 말했다.

"저는 괜찮습니다."

"그럼 하던 얘기를 마저 하세. 부처님을 모셔가는 일인데……."

"청은사 스님한텐 허락을 받으셨습니까?"

"받았네. 서울서 내려오는 길로 바로 혜조 스님을 찾아뵙고 자세한 말씀을 드렸더니 스님도 쾌히 승낙을 해주시더군."

"다행이군요."

"그런데 말일세, 그 부처님은 생각할수록 이상하다는 생각이 드네."

"이상하다니요?"

"자네도 알다시피 그 부처님은 노천에서 십 년 동안이나 비바람 눈보라는 물론이고 흙먼지까지도 뒤집어쓰시지 않았나. 거기다가 수많은 사람이 만지고 쓰다듬고 해서 손때가 새까맣게 절었었는데… 이번에 가서 뵈니 막 관욕(灌浴)을 하고 나오신 것처럼 먼지 한 톨 없이 깨끗하시데."

"네?"

최길성은 의아한 얼굴로 반문했다. 무슨 말인지 도무지 이해가 가지 않았다.

"거기다가 상호까지 변하셨으니 도무지 이상해서……."

이 씨는 말끝을 흐리면서 이상하다는 말을 다시 한번 했다.

"상호가 변하셨다니, 어떻게요?"

최길성은 흥미를 나타내며 물었다.

"봉두가 처음 부처님을 조성했을 때는 우리 중생보다도 더 깊은 고뇌를 지니고 계신 것 같아서 이쪽에서 뵙기가 오히려 안쓰러울 정도였네. 그런데 이번에 가서 뵈니, 마치 관세음보살님이 화현하신 것처럼 온몸에서 환하게 빛이 나셨네."

"……."

어머님도 참, 최길성은 이렇게 웃어넘기려고 하다가 이 씨의 표정이 하도 진지해서 그냥 입을 다물었다.

"그날 부처님을 뵙고 온 후로 내 머릿속은 그 부처님 생각으로 꽉 차 있네. 생각하면 이상하고, 이상하다고 생각하면 부처님한테 죄를 짓는 것 같고…. 자네는 이 일을 어떻게 생각하나?"

이 씨가 물었다.

"……."

최길성은 잠자코 이 씨를 바라보았다. 처음에는 그 말을 농으로 받아들였는데 말을 다 듣고 나니 연상 작용처럼 도다가의 종소리가 생각났다. 이번에 들은 도다가의 종도 처음 주조했을 때의 그 종소리가 아니었다. 삼천대천세계를 자유자재로 휘돌고 다니는 것 같은 열락의 소리, 이번에 들은 종소리 속에는 분명히 그 열락의 소리가 숨어 있었다. 아니, 그 열락의 소리까지도 뛰어넘어 여여한 적정 속으로 사라져가는 것 같은 그런 소리였다. 백족화상의 도가 깊어졌듯이 채련도 어딘가에서 도를 닦고 있었던 것인가? 그런 생각을 해보던 최길성은 가슴속으로 전율 같은 게 느껴졌다. 그들은 이제 지상의 사랑을 떠나 법계 도반으로서 함께 도를 닦고 있는지도 모른다는 생각이 들어서였다.

"지효 스님 얘긴데, 그 스님 공부가 깊어지셨다는 걸 이번에 다시 느꼈네."

이 씨가 속말을 하듯 넌지시 말했다.

"어디서 그렇게 느끼셨습니까?"

"청은사에 다녀오면서 그런 생각을 했네."

이 씨는 혜조 스님을 만나면서라는 말을 청은사에 다녀오면서라는 말로 바꿔서 했다. 서울에서 지효 스님을 만나고 곧바로 청은사에 가서 혜조 스님을 만나자 이 씨의 마음속에선 두 스님이 한 공부의 깊이가 저울에 단 듯 확실하게 전달되어 왔다. 혜조 스님은 60이 넘었지만 아직도 꽃봉오리인 채로 나무에 매달려 있었다. 그런데 지효 스님은 40을 갓 넘었는데도 이미 작은 열매까지 맺고 있다는 느낌을 주었다. 꽃봉오리는 순결하고 아름답지만, 그것을 가리켜 꽃이라고는 할 수 없을 것이다. 꽃봉오리가 꽃이 되기 위해서는 꽃잎을 피워야 하고 비바람 속에서 꽃잎도 떨구어 봐야 하고 벌과 나비도 오고 가게 해야 한다. 그래야만 비로소 열매를 맺을 수 있다. 꽃봉오리가 아무리 순결하고 아름답다 해도 꽃잎을 피우고 열매를 맺지 못한다면 꽃으로서 무슨 의미가 있겠는가?

'비바람을 맞아야 곡식도 속이 차듯이 스님들의 공부하는 이치도 거기서 크게 벗어나지는 않는 것 같군.'

두 스님의 모습을 떠올리고 있던 이 씨는 속으로 이렇게 중얼거렸다.

"청은사 스님들은 모두 안녕하신가요?"

"안녕하시네. 그런데 한세상 살고 보니 안녕하신 게 꼭 좋은 것만은 아닌 거 같네."

"그렇지요."

최길성은 싱긋이 미소를 지었다. 정말 한세상 살고 보니 안녕한 게 꼭 좋은 것만은 아니라는 생각이 들어서였다.

"부처님 모셔갈 준비는 다 했네. 가마도 새로 맞췄고 차도 새로 샀네."

"차를 새로 사시다니요?"

최길성은 의아한 얼굴로 물었다.

"부처님을 모셔가는데 짐 싣던 차에 모셔갈 수는 없지 않은가. 그 안에 별별 짐을 다 실었을 텐데."

"그렇긴 하지만……."

"곽 서방도 이번 기회에 차를 한 대 장만하자고 해서 그렇게 했네. 차가 있으면 물건을 실어 나르는 일도 편할 거 같고 해서."

"네."

"자네는 언제 갈 참인가?"

"내일 가야지요."

"화공은 미리 수소문해놨겠지?"

"그럼요. 대기시켜놓고 왔습니다."

"초파일도 보름 남짓 남았으니 서둘러야겠네."

"그래야죠. 참, 어머님은 언제 오실 겁니까?"

"그때 가봐야지. 가긴 꼭 가야겠는데, 갈 수 있을지 모르겠네."

"……."

최길성은 잠자코 이 씨를 바라보았다. 서울에 다녀가신 지가 한 달 남짓밖에 안 됐는데 그동안 눈에 띄게 기력을 잃고 있었다.

"과일을 가져온다더니 이 애가 어딜 갔기에 이렇게 안 오나……."

이 씨는 송강을 부르려는지 애써 몸을 일으키려고 했다.

"그냥 누워 계십시오. 가져오겠지요."

"자네 온 지가 얼만데 여태껏 맨입으로 앉아 있도록 해. 송강아."

이 씨는 누운 채로 손녀를 불렀다.

"네."

송강은 들고 있던 편지를 접어서 스커트 주머니 속에 넣고 빨간 딸기를 담은 쟁반을 들고 안방으로 갔다. 딸기를 따러 텃밭에 나갔다가 집배원한테서 받은 편지였다.

"밭에 가서 따왔냐?"

이 씨는 손녀가 내려놓은 딸기를 보며 물었다.

"네. 아저씨, 어서 드세요."

송강은 윤이 도는 딸기를 가리키며 말했다.

"갓 따온 딸기라 향이 좋구나."

최길성은 딸기 하나를 집어서 입에 넣었다.

"할머니하고 말씀 나누세요. 전 좀 할 일이 있어서요."

"그래라."

송강은 다소곳하게 머리를 숙이고 밖으로 나갔다.

"어머님도 하나 드시지요."

"아닐세. 나는 약을 먹고 있어서. 자네가 많이 먹게."

"네."

최길성은 다시 딸기 하나를 집어서 입에 넣었다.

"자네 아들은 요즈음 어떻게 지내나?"

이 씨는 딸기를 먹고 있는 최길성을 물끄러미 바라보다가 물었다.

"형규 말입니까?"

"그래."

"군대 가기 전에 고시 합격하겠다고 열심히 도서관에 다니고 있습니다."

"고시라니, 자네 아들도 판사가 되려고 하나?"

"아닙니다. 형규는 행정고십니다."

"나중에 뭐가 되는 건데?"

"고급 공무원이죠. 지방에 오면 군수 정도는 할 겁니다."

"그래……?"

이 씨는 뭔가를 생각하는 듯 한참 동안 눈을 감고 있더니 조용히 말했다.

"우리 집에 한번 내려보내게. 송강이도 적적해하니."

"……."

최길성은 잠자코 이 씨를 바라보았다. 방금 들은 말속에 뭔가 다른 뜻이 함축된 것 같아서였다.

할머니 방에서 나온 송강은 중문 밖에 서서 담 위로 높다랗게 솟아오른 감나무를 보고 있었다. 감나무 가지에 몸을 기대고 앉아 노을이 진 서쪽 하늘을 보고 있던 융의 모습이 떠올랐다. 그리고 감꽃을 무명실에 꿰어 꽃목걸이를 만들던 자기 모습도 떠올랐다. 송강은 고통스러운 얼굴로 서 있다가 양손을 스커트 주머니 속에 넣었다. 그러자 손끝에 융의 편지가 만져졌다.

네가 보고 싶을 때는 서울에 있는 내가 그림자처럼 느껴져. 내 실체는 너한테 가 있다는 생각이 들기 때문이야.

융의 목소리가 들려왔다.
'그래도 넌 나보다는 덜 힘들어. 나는 매일 눈에 보이는 모든 것과 싸우고 있어. 내가 보고 있는 것은 모두 너와 연결돼 있잖아.'

7장

Udumbara

첫째 동방 물을 뿌려
청정도량 이뤄놓고
둘째 남방 물을 뿌려
타는 마음 씻어내고
셋째 서방 물을 뿌려
안락정토 이룩하고
넷째 북방 물을 뿌려
영원토록 편안하게

온 도량이 깨끗하여
더러운 것 없사오니
삼보님과 천룡님이
이 도량에 내리시네
내가 이제 묘한 진언
지니옵고 외우오니
자비로써 베푸시고
보호하여 주옵소서

새벽 3시, 가사 장삼을 단정하게 입은 지효 스님은 목탁을 치며 경내를 돈다. 담 밖에선 자동차의 클랙슨 소리가 울리고 취객의 고함도 들려오지만 담 안은 목탁 소리가 울려 퍼지는 청정 도량이다. 아니, 맑고 경건한 기운이 감도는 청청 도량이 되게 하기 위해 지효 스님은 자정부터 지금까지 경내를 돌며 도량석을 하는 것이다.

청은사 일주문 앞에 모셔졌던 부처님이 오색 휘장이 감긴 꽃가마를 타시고 서울로 오신 어제 오후, 선재사(善財寺) 문 앞에는 꽃가마 속의 부처님을 구경하기 위해 모여든 사람들로 대혼잡을 이루었다. 텔레비전 화면에서나 보았던 꽃가마를 실제로 볼 수 있었던 것도 신기했지만 꽃가마 속에 사람이 아닌 부처님이 모셔져 있다는 것은 더욱 신기했다.

이 씨가 마련한 새 차에 부처님을 모시고 서울로 온 최길성과 곽 씨는 대문에서부턴 직접 가마를 메고 안으로 들어가 법당 아래에 있는 큰방에 부처님을 모셔놓았다. 그 방에는 이미 두 개의 병풍이 쳐져 있었고, 한옆에는 개금에 필요한 옷과 모시와 잉어풀과 금박 등이 차곡차곡 준비돼 있었다.

"휘장을 푸십시다."

화공이 최길성을 보며 말했다.

"그러죠."

최길성과 화공은 부처님 앞으로 다가가 부처님을 싸고 있는 광목 휘장을 벗겼다. 그러자 다시 흰 화선지가 나왔다. 화선지는 일곱 겹으로 정성스럽게 부처님 몸을 감싸고 있었다. 한 겹, 두 겹… 마지막 일곱 번째의 화선지를 다 벗겨내니 그 속에 노르스름한 생명주가 나왔다. 명주는 천의(天衣)처럼 부처님 몸 위에 드리워져 있었다. 화공은 입정(入定)에 들듯 눈을 감고 서 있더니 부처님 머리 위에 씌워진 명주를 조심스럽게 아래로 벗겨내렸다. 그러자 부처님 모습이 드러나기 시작했다.

며칠 전부터 미리 와서 부처님 오시기를 기다리고 있던 화공은 엄숙한 얼굴로 부처님을 바라보았고, 부처님 역시 나무로 나투신 자신의 몸을 자마금색으로 화현시켜줄 화공을 반안(半眼)을 뜨고 바라보고 계셨다. 그러나 부처님이 반안을 뜨고 바라보시는 것은 화공만이 아닐 것이다. 화공보다는 그 옆에 서 있는 지효 스님을 더욱 그윽한 마음으로 바라보고 계시는지도 모른다.

지효 스님은 방 안에 정좌하고 계신 부처님을 뵙는 순간 말로 표현할 수 없는 감회가 일었다. 부처님을 나투시게 하는 데 자신도 깊이 동참했고, 그 인연으로 채탈도첩까지 받았지만 실제로 부처님을 친견하는 것은 이번이 처음이었다. 채탈도첩을 받은 것은 다시 하나의 연이 되어서 좋은 스승을 만날 수 있는 과를 만들어 주었고 그 결과 비로소 바른 수행의 길에 들어설 수 있었다. 그러니까 결국 자신이 바른 수행의 길에 들어설 수 있었던 것은 부처님이 몸을 나투어 주신 그 은덕 때문이었다.

그뿐 아니라 부처님은 자신이 도다가에서 수행을 하는 동안 노천에서 비바람 흙먼지를 맞으시면서 자신의 공부가 깊어지기를 기다려주셨고, 수행이 무엇인지 조금 안 지금 부처님은 다시 자신의 공부를 지켜보시기 위해 여기 이 처소까지 오셨다고 생각되었다. 그것은 논리나 분별을 떠난 자리에서 온몸으로 증득되어 오는 감정이었다. 지효 스님의 가슴속에선 부처님에 대해 뭐라고 표현할 수 없는 애정이 느껴지면서 부처님을 공경하고 예배할 뿐 아니라 자기 쪽에서 부처님을 기쁘게 해드리고 싶은 열망이 뜨겁게 솟구쳐 올랐다. 이 체험은 지효 스님에게 있어서 또 한 번의 새로운 전환이었다.

최길성이 돌아가고 곽 서방과 살구 댁과 융마저 잠이 들자 경내는 화공과 지효 스님만 남아 있었다. 흰 광목 중의적삼에 광목 조끼를 입고 흰 광목 수건으로 머리를 동여맨 화공은 부처님 앞에 무릎을 꿇은 자세로 선정에 들어 있었다. 지효 스님은 그런 화공을 잠시 바라보다가 목탁을 들고 밖으로 나왔다. 간혹 사람들의 발소리가 들려오긴 했지만 자정이 된 늦은 시각이라 마을은 한낮의 소음을 떨쳐버리고 깊은 고요 속에 잠겨 있었다.

잠시 어둠 속을 응시하고 있던 지효 스님은 담 주위를 돌면서 다라니를 외우기 시작했다. 날이 밝으면 불사가 시작될 것이므로 불사를 시작하기 전에 경내를 맑게 하는 일부터 하고 싶었다. 담 밑을 돌고 집 주위를 돌고 나무와 나무 사이를 돌고… 3천 평 경내를 자신의 두 발로 밟고 다니면서 맑고 청정한 기운을 불어넣고 있는 지효 스님은 일념으로 다라니를 외우면서 머릿속으로 관세음보살님의 광명을 관했다. 관세음보살님의 자비 광명이 자신이 지킬 도량에 가득 차기를 비는 마음에서였다.

관세음보살님의 자비 광명이야 이미 우주 법계를 가득 채우고 있지만, 자신이 지킬 공간에 그 광명이 내리기를 빌고 싶은 것은 중생의 마음이다. 아니, 중생은 그렇게 빌므로 우주 법계를 싸고 있는 부처님의 광명을 자신들의 가슴으로 확인할 수 있다. 다라니를 외우고 관세음보살의 광명을 관하면서 밤새도록 경내를 돌고 있을 때 3시를 알리는 시계 소리가 들려왔다. 지효 스님은 천수경을 외며 다시 한 번 도량석을 돈 후 안으로 들어갔다.

그러자 부처님 앞에 무릎을 꿇고 있던 화공이 몸을 일으키며 지효 스님을 쳐다봤다.

"법당에 가서 예불을 드립시다."

지효 스님이 앞장을 서자 화공은 아무 말 없이 그 뒤를 따라 층계를 올라갔다. 그들이 법당문을 열고 안으로 들어갔을 때 융이 먼저 와서 향을 사르고 있었다. 지효 스님과 화공도 융 옆에 서서 향 하나씩을 사르고 부처님을 모실 연화대를 향해 절을 했다. 그리고 세 사람은 나란히 결가부좌를 하고 앉아서 조용히 입정에 들었다. 한 시간 정도 참선을 마친 융과 화공은 자리에서 일어나 밖으로 나갔고 혼자 남은 지효 스님은 향 하나를 다시 사르고 융을 위해 천 배를 하기 시작했다. 지효 스님이 서울로 와서 융을 만나던 날, 지효 스님은 자신이 지닌 모든 힘을 융을 위해 바치고 싶다는 서원을 세웠다. 그것은 백족 화상과 나눈 마음속의 첫 약속이었다.

그날부터 지효 스님은 융을 위해 매일 천 배를 했고, 그녀는 천 배를 할 때마다 도다가에서 했던 것처럼 천 번의 발원도 함께 했다.

"자비와 광명의 본체이신 관세음보살님, 관세음보살님께 발원합니다. 저는 이생의 제 생명을 다 바쳐 융을 꼭 성불시키겠나이다."

천 배를 마친 지효 스님은 밖으로 나왔다. 아침 햇살이 퍼진 봄날의 정원은 너무도 싱그러웠고, 상록수 사이사이에 서 있는 라일락 나무는 보라색과 흰 꽃송이를 활짝 피운 채 감미로운 향기를 뿜어내고 있었다. 지효 스님은 온갖 새들이 날아와서 지저귀는 정원을 잠시 취한 듯 바라보았다. 경내가 향기로운 생명체로 살아 숨 쉬고 있는 것 같았다.

요사채로 들어온 지효 스님은 거실을 지나 부엌으로 들어갔다. 공양 시간이 다 되었으므로 목탁을 치기 위해서였다. 그런데 막상 부엌에 들어와 보니 공양은 고사하고 살구 댁의 흔적도 보이지 않았다. 지효 스님은 살구 댁이 혹시 아픈 게 아닌가 하는 생각이 들어서 걱정스러운 얼굴로 방문을 열어보았다.

"보살님, 어디 아프세요?"

그러자 살구 댁은 마치 덤벼들기라도 하듯 자리에서 벌떡 일어나 앉더니 머리맡에 풀어놓았던 허리끈을 찾아 머리를 동여맸다.

"밤새도록 목탁을 치고 다니니 잠을 잘 수가 있어야지. 한숨도 못 잤더니 머리가 터질 것 같네."

지효 스님은 잠시 난감한 얼굴로 살구 댁을 바라보다가 침착하게 말했다.

"보살님은 아직 목탁 소리에 익숙하지 않은 모양이군요."

"기가 막혀서. 세상천지에 목탁 소리 듣고 잠잘 사람이 어디 있어? 절간에 있는 중이라면 몰라도."

"……."

지효 스님은 살구 댁을 바라보다가 아무 말 안 하고 밖으로 나왔다. 자기 쪽에서 느슨하게 끈을 풀기만 하면 천길만길 뛰어오를 것이 뻔하기 때문이었다. 궁궐같이 넓고 큰 집을 20년 동안이나 혼자 지키고 있었던 살구 댁은 그야말로 해방된 궁녀처럼 자유를 만끽하며 살아왔다. 주인이 따로 있다곤 하지만 일 년에 한두 차례씩 곽 서방만 올라왔을 뿐 주인마님은 한 번도 얼굴을 보이지 않았다. 그뿐 아니라 하는 일에 비해서는 임금도 후했고 또 일 년에 세 가마씩 쌀까지 올라왔다. 집수리를 하거나 정원 손질할 때 인부들한테 밥을 해주라는 명목이었다. 하지만 실제로 인부들한테 들어간 쌀은 반 가마 정도밖에 되지 않았다.

 살구 댁이 하는 일은 동네 노인네들을 모아서 화투를 치는 일이었다. 화투를 치는 일은 봄 여름 가을 겨울 구별 없이 사시사철 이어졌다. 그들은 동전 몇 닢을 앞에 놓고 종일 동전 따먹기 화투를 쳤고 그러다가 시장하면 부엌에 나가 점심을 챙겨 먹었다. 이 씨가 보내준 쌀은 그들의 점심공양으로 요긴하게 쓰였다. 그들은 모두 며느리를 보았기 때문에 늙었다는 사실 외에도 며느리에 대해 적대감을 가지는 또 하나의 공통분모를 가지고 있었다. 그들은 날이면 날마다 며느리를 발가벗겨 도마 위에 올려놓고 세 치 혀로 난도질했다. 며느리를 난도질하는 일은 화투를 치는 일보다 몇 배 더 통쾌하고 재미있었다. 그리고 그 자리에 참석하지 않은 친구 흉을 돌아가면서 보는 것도 빼놓을 수 없는 재미 중 하나였다.

 그런데 지효 스님이 오고부터는 그런 도락을 즐길 수가 없었다. 우선 출입부터 불편했고 혹시 한자리에 모인다 해도 전에처럼 마음 놓고 화투판을 벌이거나 욕 판을 벌일 수가 없었다. 그렇다고 해서 지효 스님이 그들이 하는 일을 참견하는 것은 아니었다. 참견은 고사하고 한자리에 앉아주지도 않았다. 한자리에 앉아주지 않는 것은 자기들을 무시해서라기보다 그럴 시간이 없어서인 것 같았다.

지효 스님은 새벽 3시만 되면 목탁을 들고 나와 도량석을 돌았고 도량석이 끝나면 곧바로 법당으로 들어가 예불을 드리고 참선하고 절을 했다. 그런 후 아침공양을 들고 공양이 끝나면 자신이 먹은 그릇을 씻고 집 안팎을 돌며 먼지 한 톨 없이 깨끗하게 청소했다. 청소가 끝난 8시면 다시 법당으로 들어가 두 시간 동안 참선했고 참선에 이어 사시예불을 드렸다. 예불이 끝나면 법당에서 나와 점심공양을 들었고, 점심공양이 끝나면 아침공양 때와 마찬가지로 자신이 먹은 그릇은 자신이 깨끗하게 씻었다.

이때의 시간이 대략 12시. 12시부터 2시까지 두 시간 동안 지효 스님은 정원에 나가 풀을 뽑거나 화단을 손질하거나 빨래를 하는 등 주로 일을 했다. 그리고 2시부터 자신의 방으로 들어와 5시까지 경전을 읽었다. 5시가 되면 방에서 나와 1시간 동안 정원을 산책하거나 시장을 다녀오곤 했는데, 하루의 시간 중 이 시간이 가장 자유로운 시간 같았다. 6시가 되면 저녁공양을 들고 자신이 먹은 그릇은 자신이 씻은 후 다시 법당으로 들어가 9시까지 예불을 드리고 참선을 했다. 그런 후 법당에서 나와 융이 올 때까지 두 시간 정도 책을 읽었는데 이때는 경전 외에 교양서적을 읽었다.

지효 스님은 이 일을 벽에 걸려 있는 시계보다도 더 정확하게 매일매일 되풀이해서 지켜나갔다. 그러기 때문에 살구 댁은 그런 지효 스님과 함께 사는 일이 소화가 안 될 정도로 불편했고 자기를 불편하게 만드는 지효 스님에 대해 자연히 적개심을 느끼지 않을 수 없었다. 살구 댁에게 있어서 지효 스님은 자신의 낙원을 빼앗은 침입자였기 때문이었다. 지효 스님은 살구 댁의 이런 마음을 잘 알고 있었다. 그리고 자신에게 있어선 살구 댁이 장애고 살구 댁에게 있어선 자신이 장애며 그 장애를 풀어야 할 사람은 바로 자신임도 알고 있었다.

부엌으로 들어온 지효 스님은 씻어놓은 쌀로 밥을 안치고 된장을 풀어 시금치국을 끓였다. 그리고 양념에 재워놓은 더덕을 굽고 두릅나물을 손질해서 초간장에 무쳤다. 공양 준비를 마친 지효 스님은 작은 소반에 구운 더덕과 두릅나물을 담은 접시를 놓고 새로 담은 열무김치도 한 보시기 떠 놓았다. 그리고 국과 밥을 떠 가지고 화공 방으로 갔다. 불사가 끝날 때까지 화공은 나올 수 없기 때문이었다. 상을 들고 간 지효 스님은 병풍 뒤에 상을 놓고 화공이 나오기를 기다렸다. 그리고 서 있는 그녀의 머릿속에 봉두 영상이 떠올랐다. 그 순간 지효 스님은 가슴속이 찌릿하게 아파왔다. 어디서 살고 있을까? 어디서든 살고 있기를 간절하게 빌고 싶어졌다.

그때 화공이 나와서 지효 스님을 향해 조용히 합장하고 상 앞에 앉았다.

"많이 드십시오."

지효 스님도 화공을 향해 합장하고 몸을 돌렸다. 그때 8시를 알리는 시계 소리가 들려왔다. 지효 스님은 걸음을 빨리해서 부엌으로 들어갔다. 융이 이미 나와 식탁에 앉아서 영어 단어를 외우고 있었다.

"늦었지?"

"오늘은 2교시부터 강의가 있어서 괜찮습니다."

"다행이군. 강의 시간에 늦을까 봐 걱정했는데."

지효 스님은 냉장고 속에서 김치통을 꺼내 열무김치를 뜨며 말했다.

"보살님은 어디 가셨습니까?"

융이 의아해하며 물었다.

"아니. 어서 먹어."

지효 스님은 뭐라고 대답해야 좋을지 몰라서 묻는 말엔 대답을 하지 않고 그냥 식사를 하도록 권했다.

"스님도 같이 드시지요."

융이 권했다.

"응, 그래."

지효 스님은 자신의 몫으로 국과 밥을 따로 떠 가지고 와서 융과 마주앉았다. 지효 스님이 자리에 앉자 융은 두 손을 모아 공손히 합장하고 수저를 들었다. 자신이 살고 있는 집은 절이고 함께 살고 있는 사람은 스님이기 때문에 그는 절의 예절과 규범을 그대로 지키고자 노력했다. 그는 어려서부터 할머니를 따라 절에 다녔기 때문에 스님들의 생활에 대해서는 이미 익숙하게 알고 있었다.

"부처님께 개금을 해드리는 이유는 뭡니까?"

고개를 숙이고 조용히 식사하고 있던 융이 지효 스님을 보며 물었다. 그는 속으로 개금에 관한 일을 생각하고 있었던 것 같았다.

"그 이야기를 하자면 조금 긴데 들을 시간이 있겠어?"

지효 스님은 수저를 놓으며 물었다.

"네."

융도 수저를 놓으며 이야기를 들을 준비를 했다.

"그 이야기를 하려면 우선 화엄경부터 설명해야 하는데, 화엄경은 방대할 뿐 아니라 그 내용이 너무 심오하기 때문에 사실은 나도 이해하지 못하고 있어."

"내용이 얼마나 심오하기에 스님이 이해를 하지 못하십니까?"

융이 의아해하며 물었다. 지효 스님은 그런 융을 미소를 지으며 바라보았다. 그는 자신이 학교에서 배운 공부를 다 이해하고 있듯 스님들도 절에서 배운 경전을 다 이해하고 있으리라고 믿고 있는 것 같았다.

"나뿐 아니라 사실은 부처님 제자들도 화엄경을 이해하지 못하셨어."

"네?"

"부처님이 화엄경을 설법하실 때 그 자리에는 부처님의 제자 중에서 지혜가 가장 뛰어난 사리불과 신통력이 가장 뛰어난 목련존자도 함께 계셨어. 그 두 분 제자들도 부처님이 화엄경을 설법하실 때는 마치 귀머거리인 듯 벙어리인 듯 아무것도 이해하지 못하고 멍청히 앉아 계셨대."

"……?"

"이 말이 역사적인 사실인지 아닌지는 확실하지 않지만, 화엄경의 난해함을 설명하는 데는 가장 적절한 비유가 될 거야."

"그렇다면 그 경전은 어떻게 이해해야 합니까?"

"완전한 이해는 부처님처럼 구경열반(究竟涅槃)에 드신 후에 화엄 세계를 직접 보아야겠지만, 그건 우리들로서는 너무 막연하니까 큰스님들의 법문을 통해 작은 부분이나마 이해하는 길밖에 없지."

"그런 법문을 해 주실 만한 큰스님은 어디 계신데요?"

융은 진지하게 물었다. 화엄경에 대한 호기심을 풀어줄 만한 스님이 계신다면 어디든 찾아가서 법문을 청하고 싶다는 얼굴이었다.

"……."

지효 스님은 도다가에 계신 백족화상 말을 할까 하다가 그냥 입을 다물었다. 융한테 그 말을 한다는 것이 두렵게 느껴졌다.

"그러기 때문에 나로서는 경전에 대해선 말할 수가 없고 아까 질문한 내용에 대해서만 간단하게 설명해줄게."

"네."

융은 자세를 바로 하며 지효 스님을 쳐다봤다.

"화엄이란 말은 잡화(雜華), 즉 가지가지의 꽃으로 하나의 둥그런 꽃목걸이를 만든다는 뜻이야. 꽃목걸이 속에 모든 꽃이 다 포함돼 있듯이 화엄경 속에는 일체 진리가 다 포함돼 있어. 이 화엄 세계를 색으로 구분하면 동쪽은 청색이고 서쪽은 백색이며 남쪽은 적색이고 북쪽은 흑색이고 그리고 중심인 가운데는 황색이야. 이것은 우주 전체를 일컫는 말이기도 한데 황색은 우주의 중심을 상징하는 동시에 진리의 본체를 상징하는 것이기도 하지. 진리의 본체는 광명 그 자체이고, 그것은 또한 부처님 그 자체이기 때문에 부처님을 세상에 나투시게 할 때는 대개 광명을 나타내는 금으로 개금을 해드리게 되는 거야."

"네."

융은 비로소 개금을 하는 의미가 이해된다는 얼굴로 천천히 머리를 끄덕였다. 그때 살구 댁이 거처하는 방문이 열리더니 살구 댁이 보따리 하나를 들고나왔다.

지효 스님은 의아한 얼굴로 살구 댁을 쳐다봤다.

"동생네 집에 가서 며칠 있다가 올게요."

살구 댁이 지효 스님에게 말했다.

"무슨 일이 있으신가요?"

"일은 무슨 일이 있어요. 그냥 편하게 좀 있다가 오려고 그러는 거죠."

살구 댁은 더 말할 필요도 없다는 얼굴로 휙 몸을 돌렸다.

"학교 늦겠어. 어서 가봐."

지효 스님은 융한테 이르고는 자신도 자리에서 일어났다. 자리에서 일어난 융은 지효 스님을 향해 조용히 합장하더니 밖으로 나갔다.

"보살님."

지효 스님은 살구 댁 뒤에 가서 살구 댁을 불렀다.

"......?"

살구 댁은 뚱뚱한 몸을 돌려 지효 스님을 쳐다봤다.

"무슨 일인지는 모르지만 불사 끝난 후에 갔다 오시죠."

지효 스님은 간곡하게 부탁했다.

"불산지 물산지 난 그런 거 몰라요."

살구 댁은 볼멘소리로 대답하면서 현관으로 내려섰다.

"개금불사에 이어 초파일 행사까지 치르려면 일손이 많이 필요한데 보살님이 계셔주셔야죠."

"나 그런 거 하려고 이 집 사는 사람 아니유."

살구 댁은 험악하게 쳐다봤다. 완전히 적의를 느끼고 있는 얼굴이었다.

"……."

지효 스님은 아무 말도 못 하고 가만히 서 있었다. 주인도 아닌 주제에 네가 왜 나서서 이래라저래라 시키고 있느냐는 항의였다.

"일 시킬 사람이 필요하면 용정이 엄마나 찾아가 봐요. 며칠 전에 애 업고 찾아왔던데."

"용정이 엄마라니요?"

지효 스님은 긴장하며 물었다. 애를 업고라는 말을 듣는 순간 대문 앞에서 만났던 그 여학생 얼굴이 떠올라서였다.

"용정이 엄마를 몰라요? 용정이 엄만 스님을 찾아왔던데……."

"아이 이름이 용정인 모양이군요. 그럼 왜 저한테 알려주지 않으셨어요?"

"알려주긴 어떻게 알려줘요? 법당에 가 있는데……."

살구 댁은 볼멘소리로 대답했다.

"그 애기엄마한테 연락하려면 어떻게 하면 되죠?"

"저 산동네 올라가면 공중변소가 있는데, 그 공중변소에서… 가만있자 몇 번째 집이더라. 하나 둘… 여섯 번째, 맞아 여섯 번째 집이구먼. 위로 여섯 번째 집이 용정이네 집이유."

살구 댁은 그 집에 가본 일이 있는 듯 정확하게 알려주었다.

"……."

지효 스님은 살구 댁이 어떻게 그 집까지 알고 있는지 궁금했지만 하도 험악한 얼굴로 서 있기 때문에 물어볼 엄두를 내지 못하고 그냥 가만히 서 있었다.

"가는 길에 내가 가서 말을 해줄까?"

살구 댁은 입 속으로 중얼거리면서 현관문을 열고 나갔다.

"그쪽으로 가시는 길이면 말씀을 좀 해주세요. 제가 기다리고 있으니 꼭 들러달라고요."

"알았어요."

살구 댁은 볼멘소리로 대답하곤 현관 층계를 내려갔다. 지효 스님은 그런 살구 댁의 뒷모습을 물끄러미 바라보다가 몸을 돌렸다. 옛날 영옥의 어머니를 그대로 보고 있는 것 같았다. 영옥의 어머니를 떠올리던 지효 스님은 잠시 생각에 잠긴 얼굴로 서 있었다. 며칠 전 자기를 찾아와 뭔가 말을 할듯할듯하다가 하지 못하고 그냥 돌아갔던 영옥의 얼굴이 생각나서였다.

"안녕하십니꺼?"

옷걸이에 걸어놓은 윗옷을 내려서 막 입으려고 하던 최길성은 몸을 돌려 문 쪽을 바라보았다. 예상했던 대로 향운 스님이 싱글거리며 들어서고 있었다.

"어서 오십시오, 스님. 그런데 연락도 없이 웬일이십니까?"

"산에 있는 중이 연락하고 다니는 거 봤습니꺼?"

"……."

최길성은 싱긋이 웃으며 향운 스님을 바라보았다. 산에 있는 중이라고 자신을 설명했지만, 그는 산에 있는 시간보다 세상 속에 있는 시간이 훨씬 더 많다는 것을 최길성은 알고 있었기 때문이었다.

"어디 가실 겁니꺼?"

향운 스님은 윗옷을 입고 있는 최길성을 보며 불안한 얼굴로 물었다. 자기를 떼놓고 나가면 어쩌나 하는 얼굴이었다.

"점심 식사나 할까 하고요. 어저께 저녁부터 굶었더니 시장기가 느껴지는군요."

"굶다니, 쌀이 떨어졌습니꺼?"

향운 스님이 놀라며 쳐다봤다.

"……."

최길성은 그런 향운 스님을 보며 다시 싱긋이 웃었다. 일거리 만들기를 좋아하고 곡차 마시기를 좋아해 하는 일 없이 바쁘게 다니지만 의외로 천진한 면도 지니고 있었다.

"부처님같이 싱긋이 웃으시는 거 보니께 쌀은 떨어지지 않으신 거 같고…. 이왕이면 소승도 같이 데리고 가서 공양 한 그릇 대접해 주이소."

"그러지요. 꼭 맞게 잘 오셨습니다."

최길성은 향운 스님을 데리고 밖으로 나왔다. 점심시간이어서 빌딩마다 사람들이 쏟아져 나오고 있었다. 거대한 짐승이 삼킨 먹이를 토해내고 있는 것 같았다.

"공양은 뭘로 드시겠습니까?"

최길성이 향운 스님을 돌아다보며 물었다.

"산채비빔밥만 빼면 다 좋습니더."

향운 스님은 납작한 코를 만지며 씩 웃었다.

"약 공양을 드시고 싶으신가 본데 그러시면 저희 집으로 가시지요."

최길성은 주차장 쪽으로 걸음을 옮기며 말했다. 스님한테 고기 대접을 해드리는 것은 그야말로 약 공양이 될 수 있기 때문에 경우에 따라서는 이쪽에서 오히려 권하고 싶은 일이지만 사람들이 붐비는 식당에서만은 피하고 싶었다.

"그랬다가 부인이 놀라시면 어짭니꺼?"

"우리 집사람이 놀라는지 안 놀라는지는 스님이 직접 가셔서 확인해보십시오."

"이렇게 길을 닦아놓으면 앞으로 부인이 귀찮아지실 건데예."

"약이야 가끔 드시는 거지 장복을 하시면 됩니까?"

"맞는 말입니더. 중이 고기를 너무 많이 먹으면 꼭 탈이 나고 말데예."

"탈 날만큼 많이 드셔본 모양이군요."

두 사람은 유쾌하게 웃으며 차 안으로 들어갔다. 그들이 남산 터널 앞에 오자 차들이 겹겹이 막혀 옴짝달싹할 수가 없었다.

"도인이 따로 있는 게 아니라 서울 사람들이 다 도인인기라예."

"서울 사람들이 도인이라니, 그건 또 무슨 말씀입니까?"

"산에 있는 도인들을 서울에 데려다 놔보소. 하루도 못 살고 다 산으로 도망치고 말 겁니더. 그런데 서울 사람들은 끄떡도 안 하고 이렇게 버티고 있으니 도인치고도 상도인이지예."

향운 스님은 차창 밖으로 고개를 빼서 앞뒤를 휘휘 둘러보며 말했다. 향운 스님의 말을 듣고 있는 최길성의 머릿속엔 백족화상의 얼굴이 떠올랐다. 그가 오랫동안 서울에서 만행을 한 것은 그 자신이 산속에서만 은둔하는 도인이 아니기 위해서였을 거라는 생각이 들었다. 만약 도인이 있다고 할 때, 그 도인이 깊은 산 속에 숨어 유유자적하면서 혼자 법열에 젖어 있다면 그 도인은 화탕지옥 같은 거대한 도시에서 살고 있는 사람들과는 아무 인연도 없을 것이다. 그리고 중생들이 견디는 화탕지옥에서 함께 견딜 수 없는 도인이라면 그 도인이 닦은 도 역시 우리 중생들과는 별 인연이 없을 것이다.

"도다가엔 언제 다녀오셨습니꺼?"

차창 밖으로 고개를 내밀었던 향운 스님이 몸의 자세를 바로 하고 앉으며 물었다.

"얼마 전에 다녀왔습니다."

자신의 생각에 잠겨 있던 최길성은 핸들 위에 올려놓았던 손을 내리며 신기한 듯 향운 스님을 돌아다보았다. 거의 같은 순간에 두 사람이 함께 백족화상을 생각하고 있어서였다.

"백족화상은 여전하시지예?"

"네. 참, 며칠 후면 서울에 오실 겁니다."

"서울에 오신다니, 백족화상이 말입니꺼?"

"네. 지효 스님 계신 절에서 점안식을 하는데 그때 증명 법사로 오실 겁니다."

"점안식이 언젠데예?"

"이번 사월 초파일입니다."

"와 하필이면 초파일로 정했습니꺼? 그렇잖으면 저도 한번 가봤으면 좋을 텐데예."

향운 스님이 아쉬운 얼굴로 말했다.

"그렇군요. 초파일이 아니면 스님도 가실 수 있을 텐데요."

"마 언제고 인연 닿으면 가게 되겠지예. 참 정관 스님은 어떻게 지내시던가예?"

"그 스님도 여전하시더군요. 달라지신 데가 전혀 없어 보였습니다."

"공부라카는 게 참 묘한 기라예."

향운 스님은 뭔가 깨달아지는 게 있는 듯 천천히 머리를 끄덕이며 말했다.

"어떻게 묘합니까?"

최길성은 미소를 지으며 물었다. 한 소식 얻은 것처럼 머리를 끄덕이고 있는 향운 스님이 재미있게 보였다.

"제자들이 얼굴만 쳐다보고 있어도 저절로 공부가 된다카는 백족화상이지만 정관 스님한테만은 장애가 되는 데야 어짭니꺼?"

"백족화상이 정관 스님의 공부에 장애가 된다는 말입니까?"

"그렇지예."

"저는 뭔 말씀인지 얼른 이해가 안 되는데요."

"그라시면 지효 스님한테 물어보이소. 그 일을 제일 잘 아는 사람이 백족화상이고 두 번째로 잘 아는 사람은 지효 스님일 겁니더."

"그래요……."

최길성은 무슨 말인지 이해가 안 간다는 얼굴로 고개를 갸웃하다가 핸들 위에 손을 얹었다. 앞차가 조금씩 움직이기 시작했다. 그들이 탄 차가 남산 터널을 지나 한남동 고개를 넘어서자 다시 막히기 시작하더니 단국대학 앞에 와서는 옴짝달싹 못하게 또 막히고 말았다.

"하 참, 명 단축하겠네. 이라고도 명대로 산다면 도인인기라."

향운 스님은 밀린 차들을 바라보며 중얼거렸다.

"잠시만 기다리십시오. 저희 집에서 약 공양 잘 드시고 나면 명에는 별 지장이 없을 겁니다."

"이라믄 안 되는데…. 차는 여기다 팽가쳐두고 걸어서 저 다리를 건너가입시더."

향운 스님은 눈을 찡그리며 시계를 들여다보더니 이렇게 말했다.

"그러면 우리 뒤에 있는 사람들은 영영 다리를 못 건너게 될 텐데요."

"탈 때마다 느끼는 건데 차라는 게 애물단진기라. 몸뚱이 끌고 다니기도 힘든데 이런 건 와 하나씩 끌고 다니는지 모르겠네."

"어디 약속이 또 있으십니까?"

"예. 세 시에 누구하고 약속을 해놨습니더."

"어떤 분하고의 약속인지는 모르지만 좀 늦겠다고 다시 연락을 드리시죠."

"안 됩니더. 그쪽도 바쁜 사람이라서예."

향운 스님은 펄쩍 뛰며 말했다.

"중요한 약속이신가 보죠?"

"중요하다마다예. 잘만 되면 종을 반의반 값으로 만들 수 있는 일인데예."

"종을 반의반 값으로 만들 수 있다니, 무슨 말씀입니까?"

최길성은 긴장하며 향운 스님을 쳐다봤다.

"발명 특허로 화공약품을 맹근 회사가 있는데 그 화공약품을 쓰면 맹그는 비용을 반의반 값으로 뚝 떨어뜨려서 할 수 있다캅니더."

"이번 각진사 종을 그렇게 할 생각이십니까?"

"그렇지예."

"신도님들한테는 1억짜리 종 불사를 하겠다고 모연금을 모으셨다면서요?"

"하지만 그 돈을 다 종 불사에 쓸 수 있습니꺼?"

"그건 또 무슨 말씀이십니까?"

"나한전 지붕도 새고 요사채 기둥도 삐딱하게 넘어져 있는데 그 돈을 종 맹그는 일에만 쓸 수가 없지예."

"그건 증축 불사를 따로 벌이셔야지요."

"거사님도 참, 절 사정을 잘 아시믄서 그라십니꺼. 종 불사 모연문 돌린 지가 언젠데 증축 불사 모연문을 또 돌릴 수 있는교?"

"……."

최길성은 입을 다물었다. 뭔가 일이 잘못돼 가고 있다는 예감이 들었다. 다른 회사에서는 주석 대신에 실리콘이라는 화공약품을 쓰기도 하는 모양이지만 그는 아직까지 그런 일을 해본 적이 없었다. 화공약품을 써서 내는 소리가 정상적인 종소리가 될 수 없다는 것은 너무도 상식적인 일이기 때문이었다.

"오늘 제가 그 회사 전무님을 만나기로 했는데 만나보고 얘기가 잘되면 거사님도 직접 한번 만나보이소."

"글쎄요. 정 그러실 계획이면 다른 회사에 부탁을 해보시죠."

"종 맹그는 일을 말입니꺼?"

"네. 저는 그렇게는 일을 안 합니다."

"그건 말도 안 됩니더. 종 하면 봉덕사라는 건 중들보다 신도들이 더 잘 아는데 지금 와서 종 맹그는 회사를 바꾸면 됩니꺼. 그랬다간 불사도 못 하고 맙니더."

"어쨌든 정상적인 방법이 아니면 저로서는 일을 할 수가 없습니다."

"마 그 얘긴 답답한 차 속에서 하지 말고 나중에 다시 하입시더. 오늘 만나는 전무라카는 사람이 화공약품을 써서 만든 종소리카고 정상적인 방법으로 만든 종소리카고 녹음해 온다 했으니까 소리부터 들어본 후에 다시 얘기를 하입시더."

"……."

최길성도 더 이상 말을 하지 않고 입을 다물었다. 그러고 있는 그는 자신이 알 수 없는 늪 속으로 떠밀려 들어가고 있다는 예감이 들었다. 그들이 아파트에 도착한 것은 1시 40분이 다 되어서였다. 최길성은 문 옆에 부착돼 있는 벨을 누르며 안에서 인기척이 들려오기를 기다렸다. 그러나 두 번 세 번 벨을 눌러도 안에선 아무런 인기척도 들려오지 않았다. 최길성은 순간적으로 난감함을 느끼며 주머니 속에서 열쇠를 꺼내 문을 열고 안으로 들어갔다.

"들어오십시오."

최길성이 향운 스님을 돌아다보며 말하자 향운 스님은 실망한 얼굴로 최길성을 쳐다봤다.

"부인이 안 계신 게 아닙니꺼?"

"꿩 대신 닭이라고, 집사람이 없으면 중국집에서라도 약 공양을 시켜드리겠습니다."

최길성이 안심을 시키려는 얼굴로 농을 하자 향운 스님은 아무 말 없이 따라 들어왔다. 그들이 신발을 벗고 현관으로 들어서려고 할 때 전화벨이 울렸다. 최길성은 혹시 아내한테 걸려온 전화일지도 모른다는 생각이 들어서 얼른 수화기를 집어 들었다.

"여보세요?"

"실례하겠습니다. 거기가 박영옥 씨 댁이 맞습니까?"

우렁찬 남자 목소리가 들려왔다.

"그렇습니다."

"영옥 씨 계시면 좀 바꿔주십시오."

"지금 나가고 없는데요."

"약속을 늦췄으면 좋겠는데… 알겠습니다. 본인이 없으면 할 수 없죠. 실례했습니다."

전화가 끊겼다. 최길성은 멍하게 서 있다가 수화기를 제자리에 놓고 몸을 돌렸다. 세혁일 거라는 직감이 들자 가슴이 빈 동굴 속같이 서늘해졌다. 조금 후에 현관문이 열리고 영옥이가 들어왔다. 그의 팔엔 코발트색 원피스가 들려 있고 머리도 예쁘게 손질돼 있었다. 미장원에 들렀다가 세탁소에서 옷을 찾아오는 것이 분명해 보였다. 최길성은 그런 아내를 물끄러미 바라보았다. 아내를 바라보고 서 있는 그는 가슴속이 몹시 괴롭다는 것 외에는 아무것도 다른 것을 생각할 수가 없었다.

서울로 오신 부처님은 자마금색의 화신불로 몸을 바꾸기 위해 병풍 뒤에서 비의(祕儀)를 치르고 계셨다. 몸에 옻을 바르시고, 모시로 속옷을 입으시고, 그 위에 잉어풀을 바르시고, 황금으로 겉옷을 입으시어 마침내 광명을 나투시는 일련의 작업. 그 작업은 화공에 의해서 진행되고 있었다. 부처님은 화공의 손을 빌려 자마금색의 화신불로 자신의 몸을 세상에 나투시는 것이다. 아니, 부처님이 화공의 손을 빌려 자신의 몸을 화신불로 나투시는 것이 아니라 인간이 화공의 손을 빌려 자마금색의 부처님을 세상에 나투시게 하는 것이다. 부처님의 광명은 우주 법계를 가득 채우고 있고 부처님의 몸 역시 우주 법계를 가득 채우고 있지만 인간은 그 광명과 그 몸을 볼 수가 없다. 그렇기 때문에 자신들의 눈으로 볼 수 있는 부처님을 원하게 되고 그 원을 인간들은 화공의 손을 통해 실현하고 있었다.

화공이 병풍 안에서 개금을 하는 동안 지효 스님은 절 주위를 돌며 다라니를 외우고 염불을 했다. 그것은 화공한테 경건한 힘을 불어넣어 주기 위함이었고, 또 부처님을 모실 도량에 경건한 기운을 채우기 위함이었다. 불사를 시작한 지 보름쯤 후에 개금 작업은 끝났다. 화공은 처음 부처님을 모셔 올 때처럼 부처님 몸 위에 명주를 두르고 화선지로 싸고 다시 광목을 둘러서 방 안에 정좌시켜놓은 후 밖으로 나왔다. 보름 정도 지났는데 봄은 완연히 무르녹아 나뭇가지에는 연초록 잎들이 햇빛 속에서 반짝이고 있었다. 화공은 잠시 어리둥절한 얼굴로 정원을 바라보다가 몸을 돌렸다. 자기 자신이 우주 법계 한 귀퉁이에서 부처님과 대좌하고 있다가 인간 세계로 내려온 것 같아 눈에 보이는 모든 것이 신기하고 서툴게 느껴졌다.

밖에 나온 화공은 정원 벤치에 걸터앉아서 법당에 들어간 지효 스님이 나오기를 기다리고 있었다. 얼마간 그러고 앉아 있던 화공은 꽃잎에서처럼 나뭇잎에서도 향내가 난다는 것을 알았다. 그는 황홀함을 느끼며 가만히 정원을 바라보았다. 정원 가득히 서 있는 나무들은 마치 숨을 내쉬듯 향내를 뿜어내고 있었고 연초록 나뭇잎 위로는 서리가 서리듯 향내가 서려 있었다. 그때 자동차 멎는 소리가 들리더니 곧이어 벨을 누르는 소리가 들려왔다. 화공은 현실 속으로 자신의 의식을 끌어내리려고 애를 쓰면서 대문 쪽으로 걸어갔다.

"누구십니까?"

화공은 대문 밖을 향해 조심스럽게 물었다.

"강릉에서 왔습니다. 곽 서방입니다."

곽 서방 목소리가 들려왔다. 그의 목소리를 듣는 순간 지난번에 부처님을 모시고 왔던 바로 그 사람이라는 생각이 나서 화공은 얼른 문을 열어주었다.

"안녕하셨습니까?"

안으로 들어온 곽 서방이 화공을 보며 미소를 지었다.

"네."

"스님은 안 계십니까?"

"법당에 계십니다."

"큰문을 열어야 할 텐데……."

곽 서방은 대문 앞으로 걸어가 빗장을 벗겼다. 그러자 대문이

7장 289

활짝 열렸다.

"이 길로 차가 들어갈 수 있겠습니까?"

곽 서방이 붉은 보도블록이 깔린 길을 가리키며 물었다.

"글쎄요……."

화공은 고개를 돌려 대문 밖을 내다보았다. 대문 밖에는 지난번 부처님을 모시고 왔던 트럭이 서 있고 트럭 위에는 쌀가마와 과일 상자들이 가득 실려 있었다.

"차가 들어갈 수 있을까?"

곽 서방이 차바퀴의 넓이와 보도블록의 넓이를 가늠하고 있을 때 운전석 옆에 앉아 있던 송강이가 내려와 곽 서방 앞으로 걸어갔다.

"차로 들어가시려고요?"

송강이가 물었다.

"그럴 수 있으면 그랬으면 좋겠는데……."

곽 서방은 차에 실려 있는 짐을 생각하며 대답했다.

"그러지 마시고 짐을 나를 사람을 사시죠. 여긴 경내인데 자동차가 들어가는 것은 좋지 않을 것 같은데요."

송강의 말을 듣고 있던 화공은 가만히 송강을 쳐다봤다. 자신이 조금 전에 맡았던 그 향내를 혹시 이 여학생이 알고 있는 게 아닐까 하는 생각이 들었다.

"그럴까?"

곽 서방은 순순히 송강의 말을 받아들였다. 그녀의 말속에 담긴 뜻을 이해해서라기보다는 그녀가 하는 말은 무조건 받아들이려는 마음의 준비가 돼 있는 것 같았다. 곽 서방이 자동차 안으로 다시 들어가서 자동차를 담 밑으로 바싹 붙여놓고 있을 때 지효 스님이 나왔다.

"송강이 왔구나."

지효 스님은 송강을 향해 미소를 지었다.

"안녕하셨어요, 스님?"

송강은 허리를 굽히며 지효 스님을 향해 합장을 했다.

"오후에 도착할 줄 알았는데 일찍 왔네."

"여섯 시에 출발했습니다. 초파일 준비를 하려면 조금이라도 일찍 가야 한다고 할머님이 말씀하셔서요."

"……."

지효 스님은 용화 보살님의 안부를 묻고 싶었지만 안에 들어가서 물어야겠다고 생각하며 입을 다물었다.

"스님, 안녕하셨습니까?"

곽 씨가 자동차 시동을 끄고 차에서 내려오며 인사를 했다.

"네, 안녕하셨습니까? 그런데 웬 짐을 이렇게 많이 가져오셨습니까?"

"백미 열 가마하고 과일과 나물을 가져왔습니다. 초파일 때 쓰시라고요."

"감사합니다."

지효 스님은 용화 보살의 얼굴을 잠시 떠올려보다가 곽 서방을 향해 합장을 했다. 두루 고마운 뜻을 전하고 싶어서였다.

"송강은 스님 모시고 먼저 들어가 있어라. 나는 짐을 날라 줄 사람을 찾아볼 테니. 아 참, 지금 가시겠습니까?"

밖으로 나가려던 곽 서방은 화공 쪽으로 몸을 돌렸다. 그는 조금 떨어진 자리에 서서 그들을 지켜보고 있었다.

"네."

"아직 할 일이 남아서 같이 모시고 들어갈 수도 없고… 그동안 수고를 많이 하셨는데 어떻게 하지요?"

"괜찮습니다. 제 걱정은 마시고 어서 볼일을 보십시오."

"법당에서 내려오면서 일을 마치신 걸 봤습니다. 잠깐 안에 들어가서 차라도 한 잔 드시고 가시죠."

"아닙니다. 그냥 가서 좀 쉬겠습니다."

"그럼 점안식 때 다시 오십시오."

"그러겠습니다."

화공은 지효 스님을 향해 공손히 합장하고 몸을 돌렸다.

"……."

지효 스님은 긴 담 밖으로 멀어지는 화공의 뒷모습을 물끄러미 지켜보고 있었다. 봉두 영상이 떠올랐다. 그러자 전에처럼 가슴이 찌릿하게 아파왔다. 어디서 살고 있을까? 어디에서든

살아 있기를 빌고 싶었다.

멀어지는 화공의 모습에서 봉두 영상을 떠올리던 지효 스님은 옆에 송강이가 서 있음을 알고 천천히 몸을 돌렸다.

"들어가지."

"네."

두 사람은 안으로 걸어 들어갔다. 빨간 보도블록을 또박또박 밟으면서 걷고 있는 송강은 붉은 카펫 위를 행진하고 있는 공주처럼 우아하고 당당하게 보였다.

"이 방으로 들어가."

현관 안으로 들어선 지효 스님은 전에 한태서와 채련이 쓰던 안방을 가리켰다.

"네."

송강은 잠시 집 안을 둘러보더니 지효 스님이 가리키는 방으로 들어갔다.

"여기 앉아."

지효 스님은 좌복 하나를 꺼내서 송강이 앞에 내놓으며 앉기를 권했다.

"인사부터 드리겠습니다."

송강은 들고 온 가방을 한옆에 놓으며 지효 스님이 앉기를 기다렸다. 지효 스님은 송강을 잠시 바라보다가 좌복 하나를 꺼내서 그 위에 앉았다. 그러자 송강은 지효 스님 앞에 엎드려 공손하게 삼배를 했다.

"어서 앉아."

"네."

송강은 지효 스님이 내준 좌복 위에 단정하게 앉았다. 분홍 원피스를 입은 조그만 체구가 세공한 보석처럼 아름다웠다.

"할머님은 많이 편찮으셔?"

"네."

"그럼 기동을 못 하셔?"

"네. 거의 기동을 못 하고 계십니다."

"일생 동안 벼르시던 불사인데 못 오시게 돼서 안타깝군."

"……."

송강은 입을 꼭 다물고 시선을 아래로 깔았다. 괴로워하는 얼굴이 역력했다.

"점심공양을 안 들었을 텐데 먼저 차릴까?"

"아닙니다. 아저씨 오시면 같이 먹겠습니다. 그리고 이건 부처님 앞에 놓을 불전이라고 하시면서 할머님이 주셨습니다."

송강은 옆에 놓아둔 가방에서 10만 원짜리 열 묶음을 꺼내 지효 스님 앞에 놓았다. 불전으로 쓰기 위해 은행에서 새로 찾아온 듯 손때가 묻지 않은 새 돈이었다.

"……."

지효 스님은 자신 앞에 놓인 불전을 가만히 내려다보고 있었다. 절을 운영해야 하는 일이 현실로 다가왔음이 실감 났다.

"할머님 말씀이 쌀 한 가마는 떡을 해야 할 거라고 하셨습니다."

"신도도 없는 절에서 무슨 떡을 한 가마씩이나 해."

지효 스님은 송강을 보고 웃었다.

"도다가에 계신 큰스님이 오시면 신도들이 많이 모일 거라고 하시던데요. 그리고 여염집에서도 이사를 오면 동네 사람들한테 먼저 인사를 하는 법이라고 하시면서 동네 분들한테 먼저 인사를 드리라고 하셨습니다."

"……."

송강의 말을 듣고 있던 지효 스님은 가만히 머리를 끄덕였다. 자신은 거기까지 미처 생각을 못 하고 있었는데 용화 보살님이 멀리서 자신의 모자라는 생각을 일깨워주고 계신다는 생각이 들었다.

"과일도 가져오고 나물도 가져왔으니까 음식은 넉넉하게 장만하십시오. 할머님이 제일 싫어하시는 건 음식을 모자라게 하는 겁니다."

송강은 조용히 말했다. 할머님의 성품을 설명하고 있었지만 실은 자기 자신의 생각을 전달하고 있었다.

"……."

지효 스님은 그런 송강을 가만히 바라보았다. 할머니 대신 그녀 자신이 화주 보살의 역할을 담당하려 하고 있음을 알 수 있었다.

"그런데 집 안이 왜 이렇게 조용합니까?"

송강이가 집 안을 둘러보며 물었다. 초파일이 내일 모렌데, 전혀 술렁이고 있지 않은 절 분위기가 이상하게 느껴지는 모양이었다.

"음식에 대해선 아직 신경을 쓰고 있지 않았어. 오실 손님도 없을 것 같고 해서……."

지효 스님은 변명하는 기분으로 말했다. 정말 그녀는 음식에 대해선 전혀 신경을 쓰고 있지 못했다. 그런데 막상 송강이한테 지적을 받고 보니 그 일도 그렇게 소홀하게 취급할 일이 아니라는 생각이 들었다. 몇 사람이나 모일지는 모르지만 모인 사람은 따뜻하게 대접해야 하기 때문이었다.

"이런 일은 살구 댁이 맡아서 해야 하는데… 살구 댁은 어디 갔습니까?"

송강이가 물었다.

"살구 댁은 지금 여기 없어."

"여기 없다니요? 그럼 나갔습니까?"

"그게 아니고……."

지효 스님은 잠시 난처한 표정을 짓다가 그간에 있었던 경위를 대강 설명해주었다. 지효 스님의 설명을 다 듣고 난 송강은 침착하게 말했다.

"살구 댁이 자신의 입장을 착각하고 있는 것 같군요."

그런 말을 하는 그녀의 표정은 비정하리만큼 냉랭했다. 자신의 분수를 모르고 엉뚱한 요구를 해오는 사람에 대해서는 추호도 용서할 수 없다는 단호함이었다.

"……."

지효 스님은 그런 송강을 물끄러미 바라보았다. 앉은 좌복이 남을 만큼 작은 체구지만 이상하게 방 안을 꽉 채우고 있는 거인 같은 느낌을 주었다. 그 느낌은 이 씨한테서 받은 느낌과 거의 흡사했다.

"융은 늦게 옵니까?"

송강이가 고개를 들고 물었다.

"아니야. 오늘은 일찍 올 거야. 송강이가 온다는 걸 융도 알고 있으니까."

지효 스님은 송강을 보며 미소를 지었다. 지효 스님과 눈이 마주치자 송강은 살며시 고개를 숙였다. 그녀는 융에 대한 설렘과 그 설렘까지를 눌러야 하는 안타까움을 함께 숨기고 있었다. 지효 스님은 그런 송강의 감정을 마치 글자를 읽듯 정확하게 읽고 있었다. 그건 그녀 자신이 경험했던 감정이기 때문이었다.

8
장

Udambara

'그러게 인생을 고해(苦海)라 하지 않았습니까? 우린 모두 고해의 바다를 노 저어가는 일엽편주와 같은 존재들이지요.'

최길성은 옛날 채련과 나누었던 말을 떠올리고 있었다. 채련이 한태서와 헤어져 그의 집을 나오던 날, 그녀는 지친 얼굴로 자기를 찾아와 술을 사달라고 했었다. 그날 채련과 술잔을 마주 놓고 앉았을 때 자기가 채련한테 이런 말을 했다는 생각이 났다. 그 말을 들은 채련은 물론 그 말을 한 자기 자신까지도 유행가 가사에나 나옴직한 진부한 말이어서 함께 웃었지만, 그러나 지금 생각해봐도 그 말만큼 인생이라는 것을 적절하게 표현한 말도 달리 없을 듯싶었다.

인생이란 정말 살아갈수록 고해의 바다를 노 저어가는 일엽편주와 같다는 생각이 들었다. 가끔은 자기가 항해하는 바다가 고해가 아니라는 생각도 들었고, 또 가끔은 누군가와 함께 노를 젓고 있다는 생각도 들었지만, 그러나 돌아다보면 자기는 역시 바다 한가운데서 외로이 노를 젓고 있었고 노를 저어가는 바다 또한 고해였다. 노를 젓고 있다 해서 반드시 항해를 하고 있는 것은 아니다. 아니, 그건 항해가 아니라 오히려 표류일 수도 있었다. 혼자 일엽편주에 실려 표류하는 것, 그게 어쩌면 인생일지도 모른다는 생각이 들었다.

고해의 바다일망정 그 바다를 항해하고 있다면 얼마나 좋겠는가. 그러다 보면 언젠가는 그 바다를 다 건널 수 있을 테니까. 그러나 대부분의 중생들은 그럴 수 있는 힘도, 그럴 수 있는 의지도 가지고 있지 못하다. 그러기 때문에 고해의 바다 한가운데서 끝없이 표류할 수밖에 없다. 끝없이 표류할 수밖에 없는 게 바로 중생이다. 최길성은 이생에서 산 자신의 육십 평생도 결국 또 한 번의 표류였다는 생각을 하고 있었다. 그런 생각을 하고 있는 자기 자신이 행려병자처럼 초라하게 느껴져서 가슴이 아팠다. 가을바람에 날리고 있는 낙엽을 보고 있는 기분이었다.

'결국 이런 모습으로 늙고 말았군.'

최길성이 속으로 이렇게 중얼거리고 있을 때 문 열리는 소리가 들리면서 인기척이 났다.

"아빠."

최길성은 앉았던 의자를 돌려서 문 쪽을 바라보았다. 이랑이가 자신을 쳐다보며 웃고 있었다.

"네가 웬일이야?"

"이 부근까지 왔다가 아빠가 계실 것 같아서 들렀어요."

"여기 와서 앉아라."

최길성은 자신의 의자 옆에 놓여 있는 보조 의자를 가리키며 앉기를 권했다.

"언니는 어디 갔어요?"

"거래처에 잠깐 나갔다."

"아빠 혼자서 뭐 하셨어요?"

이랑은 최길성의 마음을 짚어보려는 듯 가만히 최길성을 쳐다보며 물었다.

"뭘 하긴, 그냥 앉아 있었지. 그런데 너는 어떻게 여기까지 나왔냐?"

"모레가 부처님 탄신일이잖아요. 그래서 부처님이 아빠를 지켜주실 그런 선물을 하나 사고 싶었어요."

"부처님이 아빠를 지켜주실……?"

최길성은 이랑이가 한 말을 따라 하며 가만히 이랑을 쳐다봤다.

"네. 저는 부처님이 아빠를 지켜주셨으면 좋겠어요."

이랑은 최길성의 시선을 피하며 고개를 숙였다.

"……."

그런 이랑을 바라보고 있는 최길성의 가슴속이 뭉클해졌다. 부처님이 아빠를 지켜줬으면 좋겠어요, 라는 말이 제가 아빠를 지켜드리고 싶어요, 라는 말로 들렸다.

"이 부근에 있는 가게를 다 다녀봤는데 이게 제일 맘에 들었어요. 아빠, 이거 한번 끼어보세요."

이랑은 자신의 손을 최길성 앞에 펴 보이며 말했다. 그녀의 손안에는 하얀 종이에 싼 작은 물건이 있었다.

"그게 뭐냐?"

"은반지예요. 요 위에 있는 무늬가 부처님 진언이래요."

이랑은 반지를 꺼내서 그 위에 새겨져 있는 문양을 가리키며 말했다.

"네 눈에는 아빠가 부처님의 보호를 특별히 받아야 할 만큼 불쌍한 사람으로 보이냐?"

최길성은 애써 미소를 지으려고 하며 이렇게 물었다. 이랑은 그런 최길성을 가만히 쳐다보다가 조용히 말했다.

"아빠, 전 아빠 마음을 알고 있어요. 아빠가 외로워하시는 게 안타깝지만, 아빠를 위로해드릴 수가 없어서 슬퍼요."

그런 말을 하는 이랑의 눈엔 눈물이 가득 고였다. 최길성은 딸의 얼굴에서 시선을 돌리며 책상 위에 놓여 있는 담뱃갑에서 담배 한 개비를 뽑아 들었다. 콧잔등이 시큰해지며 목젖이 아파 와서 자신의 감정을 숨기기가 힘들었다.

한참 동안 그렇게 앉아 있던 최길성은 고개를 돌려 딸을 바라보았다.

"이랑아."

"네."

"앞으로 집안에 무슨 일이 있더라도 직접 네 일이 아니거든 신경을 쓰지 마라."

"……."

"아직은 엄마 아빠가 가정을 지키고 있으니까 너희는 엄마 아빠의 보호를 받기만 하면 된다. 더욱이 너는 지금 고3인데 공부에만 전념해야지."

"알겠어요, 아빠. 그렇게 하도록 노력할게요."

이랑은 조금 전에 최길성이 했던 것처럼 애써 미소를 지으려고 하며 아빠를 쳐다보았다. 그러고 있는 그녀의 뺨 위로 고여 있던 눈물이 흘러내리고 있었다.

"네가 사준 반지니 이 반지는 내가 끼고 있으마."

최길성은 자신 앞에 놓여 있는 반지를 집어서 끼려고 했다.

"거기다 끼지 마시고 이 손가락에다 끼세요."

이랑은 최길성이 들고 있는 반지를 빼앗아서 왼손 약지에 끼워주었다.

"네 덕에 아빠가 반지를 다 끼어보게 되었구나."

최길성은 반지 낀 손을 내려다보며 웃었다.

"이 반지가 아빠를 꼭 지켜드렸으면 좋겠어요."

이랑은 떨리는 목소리로 말했다.

"지켜주겠지. 네 마음이 그러한데."

최길성은 미소를 지으며 딸을 바라보았다.

"아빤 지금 집에 안 가실 거예요?"

한참 동안 고개를 숙이고 있던 이랑이가 고개를 들며 물었다.

"아직은 안 되겠다. 약속이 있어서."

"…그럼 저 먼저 갈게요."

이랑은 서운한 표정을 짓더니 자리에서 일어섰다.

"참, 너도 불광동에 갔다 오지 그러니. 송강이 언니가 와 있는데."

"모레 아빠랑 같이 가서 볼게요."

이랑은 송강이 언니가 보고 싶었지만 거기 가서 엄마랑 마주치기가 싫었다.

"그래라."

최길성은 더 이상 강요하지 않고 딸을 전송하려고 자리에서 일어섰다. 그때 동화가 들어왔다.

"늦어서 죄송합니다. 실험이 생각보다 늦게 끝나서요."

사과를 하며 들어서던 동화는 이랑을 보자 몹시 놀라며 걸음을 멈추었다. 최길성 옆에 서 있는 여학생이 대학에 갓 들어갔을 때의 세혁의 모습하고 너무 같아서였다.

"인사해라. 미국에서 오신 바로 그 아저씨다."

동화가 왜 놀라고 있는가를 짐작하고 있었지만 최길성은 태연하게 인사를 시켰다.

"……."

동화를 쳐다보고 있던 이랑은 아무 말 없이 고개만 까딱했다. 자기를 보면서 놀라고 있는 동화에 대해 자존심이 상하는 모양이었다.

"가봐라. 아빤 아저씨와 얘기를 좀 하다가 갈 테니까."

"알았어요, 아빠. 그럼 나중에 오세요."

이랑은 최길성을 향해서만 눈인사를 하고는 돌아섰다. 이랑이 문밖으로 나갈 때까지 동화는 멍한 얼굴로 이랑의 뒷모습을 지켜보고 있었다.

"왜 그렇게 놀라나?"

최길성이 물었다.

"아, 아닙니다."

동화가 당황해하며 고개를 돌렸다.

"이랑이가 세혁을 닮아서 그러나?"

"네. 솔직히 말해서 그렇습니다. 어렸을 때의 세혁이를 보고 있는 것 같습니다."

"그럴 테지. 이랑은 세혁의 딸이니까."

"그럼……?"

동화는 복잡한 얼굴로 최길성을 쳐다봤다.

"세혁이가 자네한테 그런 말을 하지 않던가?"

"네. 전혀……."

"그래……?"

최길성은 세혁이가 왜 동화한테까지도 그 말을 하지 않았을까를 생각해보다가 그건 자신의 약점을 들추어내기 싫어서였을 거라고 추측했다.

"……."

동화는 10년 전 기억을 더듬고 있었다. 자기가 처음 서울에 왔을 때 영옥은 무슨 이야긴가 끝에 아이는 있지만 남편은 없다는 말을 한 적이 있었다. 그때 동화로서는 그 일에 관심을 가질 처지가 못 되었기 때문에 거기에 대해서는 더 이상 알려고 하지 않았다. 그 후 최길성으로부터 영옥과 결혼했다는 사실을 알리는 편지가 왔지만, 그 편지에도 영옥이 데려온 아이가 세혁의 딸이라는 사실은 밝히지 않았다. 그리고 귀국을 한 후에도 최길성의 집을 직접 방문한 적은 한 번밖에 없었고 그때에도 이랑은 학교에 가고 없었기 때문에 이랑을 본 것은 이번이 처음이었다.

"뭘 그렇게 놀라나? 오래된 일을 가지고. 그보다 자네 얘기나 하게. 자네는 요즈음 융하고 어떻게 지내나?"

최길성은 화제를 돌렸다. 화제를 돌린 건 이랑의 자존심을 지켜주고 싶어서였다.

"융하고 말입니까?"

동화가 다시 물었다.

"그러네."

"저는 요즈음 그 녀석이 내준 숙제를 푸느라고 초죽음이 돼 있습니다."

동화가 히죽 웃었다. 융의 얘기를 하는 것 자체가 즐거운 것 같았다.

"자네가 내준 숙제를 푸느라고 융이 초죽음이 돼 있는 게 아니고, 융이 내준 숙제를 푸느라고 자네가 초죽음이 돼 있단 말이지?"

최길성이 웃으며 물었다.

"그렇습니다."

동화도 웃으며 대답했다.

"그거 참 묘한 일이구먼. 그래, 뭔 숙제를 받았는데 그렇게 초죽음이 돼서 풀고 있나?"

"중력장(重力場)에 관한 이론입니다."

"중력장에 관한 이론?"

"전문적인 얘긴 설명을 해드려도 이해를 못 하실 테니까 간단하게 내용만 요약해서 말씀드리겠습니다. 선생님도 뉴턴이 만유인력을 발견했다는 것은 알고 계시겠죠?"

"그거야 물론 알고 있지."

"뉴턴은 물체의 중심부에 잡아당기는 힘이 있다고 믿고 만유인력의 이론을 전개했는데 그 이론은 오늘날 받아들여지고 있지 않습니다."

"그래?"

최길성은 놀란 얼굴로 동화를 쳐다봤다. 초등학교 4학년 때부터 배웠다고 기억되는 만유인력 이론이 틀렸다는 것은 처음 듣는 말이기 때문이다.

"중력과 같은 현상은 뉴턴이 생각했던 것처럼 물체의 중심부에서 잡아당기는 힘이 있는 게 아니라 물체가 운동할 때 일어나는 가속도 현상이라는 겁니다. 이것은 아인슈타인의 이론인데, 아인슈타인은 중력· 중력장· 물질· 물체· 에너지 같은 것은 실재하는 것이 아니라고 부정했습니다."

"그럼 그런 것들은 뭔가?"

"그것들은 정신의 산물에 불과하다는 거죠."

"너무 추상적이라서 이해가 안 가네."

"이해가 안 가셔도 괜찮습니다. 제가 지금 말씀드리는 것은 선생님을 이해시키기 위해서가 아니니까요."

"그럼 뭣 때문에 얘기를 하나?"

"제가 얘기를 꺼낸 것은 융의 얘기를 하기 위해서가 아닙니까?"

"아 참 그렇지. 어디 계속해 보게."

최길성은 흥미를 나타내며 동화를 쳐다봤다. 융이 무슨 얘기를 했는지가 궁금했다.

"아인슈타인은 중력 현상에 대해서는 설명했지만 그 현상이 왜 일어나는가에 대해서는 언급한 바가 없습니다. 다시 말하면 중력이란 실재하는 것이 아니라 물체가 운동할 때 일어나는 가속도 현상이라는 것에 대해서는 설명을 했으면서도 하나의 장내에서 왜 가속도 현상이 일어나는가에 대해서는 설명을 하지 않았습니다."

"……."

"그런데 지난번에 융이 저를 찾아와서 그 의문에 대한 답을 제시해 주고 가더군요."

"어떻게?"

"융이 말한 내용을 다 말씀드리면 복잡해지니까 간단하게 한 마디로만 말씀드리겠습니다. 융의 설명에 의하면 중력 현상이 일어나는 것은 물체가 장내에서 자리바꿈을 하기 때문이라는 겁니다."

"융이 했다는 그 말은 무슨 이론적인 근거가 있는 건가?"

"아직 거기에 대한 대답은 말씀드릴 수가 없습니다. 지금 숙제를 풀고 있는 중이니까요."

"자네가 융한테서 받았다는 숙제가 바로 그것인 모양이구먼."

"그렇습니다. 앞으로 신문을 보시다가 노벨 물리학상을 받았다는 기사가 나오거든 제가 숙제를 다 푼 걸로 이해하십시오."

"그럼 그 상은 누구 몫인가?"

"제가 그 대답을 꼭 해야겠습니까?"

"아니, 안 해도 괜찮네. 신문을 보면 단박에 알게 될 테니까."

두 사람은 유쾌하게 웃었다.

"융의 직관이 이론 물리학에서 새로운 장을 열게 될지도 모릅니다. 아인슈타인도 그의 나이 스물여섯 살이 되었을 때 세계는 4차원이며 빛은 파동이자 입자고 빛은 중력에 의해서 휘어지며 공간도 휘어져 있다고 했습니다. 그가 이런 알쏭달쏭한 말을 할 때는 아무도 그의 말을 믿으려고 하지 않았습니다. 그러나 그 말이 오래지 않아 하나하나 진실로 밝혀졌습니다."

"그렇다면 융도 한국의 아인슈타인이 될 수 있을지 모르겠구먼."

"아인슈타인이 될 수 있을지 그 이상이 될 수 있을지는 두고 봐야겠지만 융이 물리학 쪽의 천재인 것만은 확실합니다."

동화는 신념을 가지고 말했다. 그런 동화를 보고 있는 최길성의 머릿속엔 백족화상의 얼굴이 떠올랐다. 동화를 백족화상과 만나게 해주고 싶었다.

"자네 초파일에 뭐 할 건가?"

"아직 별 계획이 없습니다."

"그렇다면 지효 스님이 계신 절에 한번 가보지 않겠나?"

"……."

동화는 입을 다물고 가만히 최길성을 쳐다봤다. 지효 스님이라는 말을 듣는 순간 동화의 얼굴은 순간적으로 굳어졌다. 최길성은 그런 동화를 보면서 그의 가슴속에 아직도 지효 스님의 그림자가 짙게 드리워져 있음을 알았다.

"그날 가면 지효 스님뿐 아니라 백족화상도 뵙게 될 걸세."

"백족화상이라면 융의 아버님이 아닙니까?"

"그렇지. 하지만 앞으로는 자네 머릿속에서 융의 아버님이라는 생각은 지워버리게. 스님은 모든 사람의 스승일 뿐이니까."

"알겠습니다. 그런데 그분이 어떻게 서울에 오십니까?"

"점안식이라고, 부처님을 모시는 의식이 있네. 지효 스님이 계신 절에서 점안식을 갖는데 그때 증명 법사로 오시게 됐네."

"저도 그분을 한번 뵙고 싶었는데 마침 잘됐군요. 그날 가서 뵙도록 하겠습니다."

"그렇게 하세."

"그리고 한 가지 상의드리고 싶은 게 있는데요……."

동화가 잠시 망설이더니 조심스럽게 말을 꺼냈다.

"뭔가?"

"그날 제가 지효 스님한테 선물을 하나 하면 안 되겠습니까?"
"선물이라니, 어떤 선물인데?"
"책상입니다."

동화는 며칠 전에 봐뒀던 책상을 머릿속으로 생각하며 말했다.

옛날 현지와 약혼 준비를 하고 있을 무렵, 동화는 현지와 함께 굴레방다리 부근을 지난 적이 있었다. 그때 현지는 고가구점 앞을 지나다가 책상 하나를 발견하곤 동화를 데리고 그 집으로 들어갔다. 그 책상은 호두나무로 된 앉은뱅이책상이었는데 책상 안쪽으로는 마치 주머니가 달리듯 서랍이 하나씩 매달려 있었다. 현지는 결혼을 하면 그 책상을 사다가 집에 놓고 그 책상에 앉아서 희곡을 쓰겠다고 별렀었다.

그런데 며칠 전에 인사동을 지나다가 동화는 옛날에 봤던 그 책상과 똑같은 책상을 발견하고 잠시 넋을 잃고 서 있은 적이 있었다. 그날 동화가 본 책상도 호두나무로 된 앉은뱅이책상이었는데 책상 양쪽에는 주머니처럼 두 개의 서랍이 매달려 있었다. 그 책상을 보는 순간 동화는 가슴 위로 뭔가 와서 꽂히는 것 같은 통증이 느껴져 한참 동안 그 자리에 서 있다가 몸을 돌렸다.

"책상이라면 좋겠지. 지효 스님한테도 책상은 필요할 테니까."

"감사합니다. 저는 또 안 된다고 하실까 봐 걱정했는데요."

"세상에 그렇게 안 될 일이 많아서야 어디 살 수 있겠나."

최길성은 앞에 놓인 담뱃갑에서 담배 한 개비를 뽑으며 말했다.

"선생님 손에 끼신 건 뭡니까?"

동화가 최길성의 손을 내려다보며 물었다.

"반지 말인가?"

"웬 반지를 다 끼고 계십니까?"

"조금 전에 이랑이가 주고 간 걸세."

"이랑이가요?"

"제 눈에는 내가 불쌍하게 보였는지 부처님이 나를 지켜줬으면 좋겠다고 하면서 이걸 끼워주고 갔네."

최길성은 쓸쓸하게 웃었다. 웃고 있는 얼굴이 외롭게 보였다.

지효 스님은 설렘 때문에 어떻게 할 수가 없었다. 온몸이 설렘의 덩어리로 가득 채워져 있는 듯했다. 오전 내내 설렘 속에 잠겨 있던 지효 스님은 백족화상이 머물 방에 다시 들어가 마른걸레로 바닥을 닦고 향 하나를 새로 사르고 그리고 백합을 꽂은 화병에 물을 갈아놓고 밖으로 나왔다.

청소를 하고 향을 사르고 꽃을 꽂은 마음은 부처님께 공양을 올리는 마음과 조금도 다르지 않았다. 그녀에게 있어 백족화상은 경배를 드리고 싶은 보살이었고, 의지하고 싶은 스승이었으며, 함께 구도하고 싶은 도반이었고, 그리고 사모하고 싶은 연인이었다. 아니, 백족화상은 그 모든 것을 포함한 높은 산이었다. 지효 스님은 도다가에서 공부한 10년 동안 백족화상으로부터 지극한 사랑을 받았다고 믿고 있었다. 지효 스님뿐 아니라 도다가에서 공부한 스님들은 대부분 그렇게 믿고 있었고, 특히 백족화상과 도반 갖기를 해본 스님들은 더욱 그렇게 믿고 있었다. 도반 갖기란 함께 수행하는 스님들이 둘씩 도반이 되어 서로의 공부를 도와주는 일인데 그것이 점수(漸修)에 해당한다는 것은 나중에 가서야 알았다.

참선을 하고 경전을 공부하다 보면 혜오(慧悟)는 얻어지기가 쉬운데, 혜오를 얻는다고 해서 그것이 바로 도(道)와 연결되는 것은 아니다. 혜오는 지혜로써 깨침을 얻은 것이기 때문에 그 깨침이 인격과 일치하기 위해서는 반드시 감정적인 수련을 다시 쌓아야만 한다. 이것이 바로 점수인데, 도다가에서는 점수의 방법으로 도반 갖기를 하고 있었다. 도반 갖기는 6개월 동안 이어지며, 도반이 된 두 사람은 참선이나 경전 공부는 물론이고 울력이나 포행도 함께 하면서 상대편을 성불시키겠다는 발원을 끊임없이 마음속으로 한다. 지효 스님은 도다가에 온 지 반년 만에 백족화상과 도반이 되었다. 백족화상과 도반이 되어 6개월 동안 수행을 했던 일, 그 일을 지효 스님은 평생토록 잊을 수가 없었다. 그 기간에 지효 스님은 비로소 남을 위해 지극정성으로 마음을 쏟는 일이 어떤 것인지를 배우게 되었다. 백족화상은 지극정성이라는 말로밖에는 표현할 수 없는 그런 마음으로 지효 스님 가슴속에서 수행에 방해가 되는 마음이 일어나지 않도록 보살펴주었다.

지효 스님은 백족화상의 보살핌 속에서 자신의 마음을 다스렸다. 백족화상은 자신의 마음을 비춰 보이는 거울이었다. 지효 스님은 자신의 모습이 백족화상의 거울 속에서 아름답게 비춰지기를 갈망했다. 그것은 자신의 모습을 아름답게 드러내 보이고 싶은 갈망과 맑은 바람 같고 맑은 향기 같은 백족화상 속에 자신의 추한 그림자를 드리우고 싶지 않은 갈망이 함께 포함돼 있었다. 그리고 이 갈망은 결과적으로 자신의 수행에 불이 붙게 하는 윤활유가 돼주었다.

구도는 엄격히 말해 혼자 가는 길이다. 같은 방향으로 걸어가는 도반이 있다고 해도 그냥 함께 같은 방향에 서 있을 뿐 가는 길은 언제나 혼자다. 그러기 때문에 구도자는 우선 고독과 맞서 싸워야 한다. 그러나 구도자라고 해서 링 위에 선 챔피언처럼 언제나 승리의 주먹만을 쳐들 수 있는 것은 아니다.

때로는 비틀거릴 때도 있고 때로는 고독 앞에 무릎을 꿇을 때도 있다. 지효 스님도 그래왔다. 그러면서도 구도의 길에서 이탈하지 않고 한 발 한 발 앞으로 나아갈 수 있었던 것은 그녀 옆에 백족화상이 있었기 때문이었다. 백족화상은 그녀에게 길을 밝혀주는 횃불이었다. 지효 스님은 비로소 자신을 괴롭히던 막막함에서 벗어나 앞으로 나아갈 수 있었다. 이 말은 바꾸어서 하면 인간은 가장 고독할 때 인간에 의해서 구원받을 수 있으며, 백족화상은 인간의 그런 본성을 알고 있던 것이다.

밖으로 나온 지효 스님은 취한 듯 정원을 바라보았다. 은행나무·주목·개비자·소나무·전나무·종비나무·향나무·자작나무·마가목 사이사이엔 빨간 단풍나무가 새잎을 하늘거리며 서 있고, 잔디밭 주위엔 작약과 철쭉이 만발하게 피어 있었다. 그리고 대문에서부터 현관에 이르는 길 양옆에는 기다랗게 노끈이 매어져 있고 노끈 양쪽에 융과 송강이가 마주 서서 연등을 매달고 있었다. 푸른 하늘 아래 떠 있는 분홍 연등은 황홀하도록 아름다웠고 연등을 매달면서 서로 미소를 짓고 있는 두 아이의 모습도 연등만큼 아름다웠다.

"너 여기서 뭐 하니?"

영옥의 목소리가 들려왔다. 이 씨 앞에서 지효 스님한테 반말을 했다가 혼이 난 영옥은 사람들이 있을 땐 스님이라는 호칭과 함께 존댓말을 쓰지만 둘이 있을 때는 언제나 옛날처럼 반말을 했다.

"……."

두 아이를 바라보고 있던 지효 스님이 고개를 돌려 영옥을 쳐다봤다.

"한 시간 전쯤 그이한테서 전화가 왔어. 백족화상이 서울에 도착하셨대."

"어머 정말이야?"

지효 스님의 얼굴이 순간적으로 빨개졌다.

"조금 있으면 도착하실 거야. 준비할 게 있으면 빨리 서둘러."

"알았어."

"난 떡집에 갔다 올게. 참, 내일 저녁은 떡국을 끓인다면서?"

"응."

"떡을 두 말만 썰면 될까?"

"그럼 되겠지."

"알았어."

영옥이 몸을 돌렸다. 지효 스님은 영옥의 뒷모습을 보며 가만히 숨을 몰아쉬었다. 설렘 때문에 다시 가슴이 두근거렸다.

"스님, 이건 어디다 달 건가요?"

송강이 흰 연등을 들고 서서 물었다.

"그건 종각에 달 거야."

지효 스님은 그들 쪽으로 걸어가며 말했다. 채련을 위해서 자신이 직접 만든 백등이었다.

"종각에요?"

송강이 이상하다는 얼굴로 다시 물었다. 다른 등은 다 마당에 다는데 그것만 왜 종각에 다느냐는 물음이었다.

"종을 만드신 분이 돌아가셨거든. 그분을 위해서 만든 등이야."

"네."

송강은 그제야 이해가 간다는 표정을 지었다.

"종각은 높으니까 융이 가서 달지."

지효 스님이 융을 보며 말했다.

"네."

융은 별생각 없이 등을 받아들더니 종각 쪽으로 걸어갔다. 상을 약간 찡그린 듯한 얼굴로 걸어가는 그의 옆모습은 채련을 보고 있는 것 같았다.

그때 문밖에서 차 멎는 소리가 들려왔다. 지효 스님은 긴장하며 문 쪽을 바라보았다. 그러자 잠시 후에 최길성이 백족화상을 모시고 들어왔다. 문 안으로 들어선 백족화상은 걸음을 멈추고 서서 경내를 한번 둘러보았다. 그러던 그는 종각 위에서 등을 달고 있는 융을 발견하곤 뚫어지게 융을 바라봤다. 융을 보고 있는 그의 시선 속엔 깊은 애정이 담겨 있었다.

지효 스님은 그런 백족화상을 보면서 도인도 자식에 대해 애정을 느끼고 있는가 하는 의문에 잠겼다. 그것은 언젠가 도다가에서 백족화상의 감정 속에 채련에 대한 그리움이 남아 있는 것을 확인하고 도인도 그리움을 느끼는가 하는 의문에 잠겼던 것과 같은 것이었다. 그런 생각을 하고 있던 지효 스님은 속으로 웃었다. 부처님도 자신의 아들 라훌라에 대해 애정을 가지고 계시지 않았던가. 하지만 그들이 느끼는 애정이나 그리움은 범부들이 느끼는 애정이나 그리움하고는 다르다는 것을 지효 스님은 알고 있었다. 한쪽은 자유 속에서 이루어지지만, 한쪽은 속박 속에서 이루어진다는 것을. 그 자신도 이 양쪽의 감정을 희미하게나마 경험해 봤기 때문에 그것이 어떤 경계인지는 알 수 있을 것 같았다.

종각 기둥에 등을 달고 무심한 얼굴로 돌아서던 융은 자신을 뚫어지게 쳐다보고 있는 백족화상의 시선과 마주치자 상을 약간 찡그린 듯한 얼굴로 백족화상을 마주 바라보았다. 융의 시선이 자기에게로 와 닿자 백족화상은 융에게로 보냈던 시선을 거두고 경내로 걸어 들어갔다.

지효 스님은 백족화상 앞으로 나아갔다.

"어서 오십시오, 스님."

지효 스님은 허리를 굽히며 합장했다.

"잘 있으셨습니까?"

백족화상은 미소를 지으며 지효 스님을 바라봤다. 지효 스님은 가만히 고개를 들고 미소를 짓고 있는 백족화상을 올려다봤다. 미소를 지을 때 드러난 흰 치아는 빛을 뿜어내는 것처럼 빛나고 있었다. 인간의 모습이 저토록 아름다울 수 있을까? 지효 스님은 다시 한번 숨 막히는 아름다움을 느끼며 그 자리에 그대로 서 있었다.

"스님을 모시고 먼저 들어가십시오. 제가 융을 데리고 가겠습니다."

최길성이 옆에서 말했다.

"네."

지효 스님은 백족화상을 모시고 법당 아래에 있는 큰방으로 갔다.

"스님, 들어가십시오."

지효 스님은 한옆으로 비켜서며 백족화상이 들어가기를 기다렸다.

"네."

백족화상은 흰 고무신을 댓돌 위에 벗어놓고 안으로 들어갔다. 지효 스님은 백족화상이 벗어놓은 신을 신기 쉽게 앞으로 돌려놓고 방으로 들어갔다.

"인사드리겠습니다."

지효 스님은 좌복 위에 앉은 백족화상을 향해 삼배를 드렸다. 그러자 백족화상도 합장한 자세로 삼배를 했다.

"여기 생활은 어떻습니까?"

인사를 마친 지효 스님이 무릎을 꿇고 앉자 백족화상이 미소를 지으며 물었다.

"아직은 어렵습니다. 저로서는 스님 밑에서 그냥 공부만 할 수 있었으면 좋겠습니다."

"공부는 어려움 속에서 이루어집니다."

"도다가 스님들은 모두 안녕하십니까?"

지효 스님은 백족화상을 쳐다보며 물었다. 출가한 딸을 찾아온 친정아버님한테 형제들의 안부를 묻고 있는 심정이었다.

"모두 정진에 열중하고 계십니다."

지효 스님은 정관 스님에 대한 안부를 다시 물어보고 싶었지만 입을 다물었다.

"해제 때는 스님도 도다가에 한번 오십시오."

"네, 그러려고 합니다."

지효 스님은 하안거 해제인 백중날엔 자신도 도다가에 가려는 생각을 하고 있었다. 10년 결제에 들어 있는 아홉 분 스님의 공부가 끝나는 날이기 때문이었다.

백족화상이 도다가에 안주한 처음 1년간은 정관 스님, 달운 스님 그리고 지효 스님 이렇게 세 분만이 백족화상을 모시고 공부를 시작했었다. 그러던 것이 1년이 지난 하안거 때 아홉 분 스님이 찾아와서 방부를 들겠다고 간청했다. 그분들은 무문관에서 이미 6년 결제를 마친 스님들로서 상당한 경계에 가 있는 스님들이었다.

백족화상은 그분들의 방부를 쾌히 받아들였고, 그분들이 오심으로 해서 도다가에도 본격적으로 선원을 개설하게 되었다. 그 후에도 결제철마다 수많은 스님이 찾아와 방부를 들였기 때문에 도다가에는 현재 60여 명의 선승들이 모여 공부하고 있지만 백족화상이 가장 관심을 기울이는 스님들은 제일 먼저 와서 10년 결제에 든 아홉 분 스님들이었다. 백족화상은 그분들이 훗날 한국 불교계의 동량이 될 것으로 기대하고 있었다.

"융을 데려왔습니다."

바깥에서 최길성의 목소리가 들려왔다. 지효 스님은 얼른 자리에서 일어나 문을 열고 두 사람이 들어오기를 기다렸다. 최길성과 함께 방으로 들어온 융은 평소 그의 표정대로 상을 약간 찡그린 얼굴로 백족화상을 바라보았다. 그러던 그의 얼굴이 차츰 상기돼 가더니 광채가 돌기 시작했다.

"도다가에서 오신 큰스님이시다. 인사를 드려라."

최길성이 융의 표정을 살피며 말했다.

"인사드리겠습니다."

융은 백족화상 앞으로 가서 삼배를 드렸다. 백족화상은 합장을 하며 그의 삼배를 받았다. 그러면서 융을 가만히 쳐다봤다. 시선을 위로 약간 치뜨고 있는 백족화상의 두 눈에서는 강한 빛이 뿜어져 나왔다.

"공부는 잘되는가?"

융을 응시하고 있던 백족화상이 자신의 시선 속에서 빛을 거두어들이며 물었다.

"무엇이 공부입니까?"

융이 상기된 얼굴로 되물었다.

"그 물음이 공부일세."

백족화상이 대답했다.

"봄이 오고 있습니다."

"봄볕 속에서 우담바라를 피우도록 하게."

"씨를 주십시오."

"씨는 자네 속에 있으니 나는 거름을 주겠네."

"……"

융이 자리에서 일어나 백족화상을 향해 공손히 삼배를 드렸다.

"됐네. 나가보게."

백족화상은 합장으로 융의 인사를 받으며 미소를 지었다.

새벽 3시. 목탁을 든 지효 스님이 도량석을 돌기 위해 법당 뜰로 내려섰을 때 이상하게 섬뜩한 기분이 들었다. 그래서 눈을 감고 가만히 어둠 속에 서 있었다. 얼마간 그렇게 서 있자 뭔가 허공 속에서 번뜩이는 것 같더니 불쑥불쑥 그 모습이 드러나기 시작했다. 그 순간 신장이라는 느낌이 번개처럼 머릿속을 스치고 지나갔다. 호법신장들이 내려와 계심이 분명했다. 도력이 높은 스님들은 신장들이 옹위하고 있다는 말을 들었는데 그 말을 확인하고 있는 기분이었다. 지효 스님은 신장들이 모습을 드러냈다고 생각되는 허공을 향해 조용히 합장을 했다. 합장하고 있는 그녀의 머릿속엔 도다가에서 공부할 때의 일이 생각났다.

참선을 끝내고 도반들이 모여 앉아 차를 마시고 있을 때 백족화상이 '천신과 신장님들도 공부가 깊어지심을 함께 기뻐하고 계십니다.'라는 말씀을 하신 적이 있었다. 물론 자기로서는 천신이나 신장을 볼 수 없기 때문에 그 사실을 확인할 수 없었지만, 백족화상의 그 말은 공부에 대한 확신과 함께 한없는 용기를 주었다.

어둠 속에 서서 잠시 지난 일을 떠올리던 지효 스님은 목탁을 치며 도량석을 돌기 시작했다. 목탁 소리에도, 염불 소리에도 맑은 기운이 가해지면서 알 수 없는 힘이 솟아났다. 도량석을 다 돈 지효 스님은 법당으로 들어갔다. 법당에는 이미 백족화상과 융이 와서 향을 피우고 있었다. 지효 스님도 그들 옆에 서서 향 하나를 피웠다.

"점안이 언제 될지 모르지만 두 분은 나가지 마시고 여기 있도록 하십시오."

백족화상이 말했다. 지효 스님한테 하는 말이었지만 융한테도 경어를 쓰고 있었다.

"……?"

지효 스님은 의아한 얼굴로 백족화상을 쳐다보았다. 점안에는 수많은 의식이 따르고 또 증명 법사와는 아무도 같은 자리에 있어서는 안 된다는 것을 알고 있었기 때문이었다. 잠시 그런 생각을 하고 있던 지효 스님은 자신의 생각이 잘못되었음을 알고 곧 용서를 구하는 마음으로 백족화상에게 합장을 했다. 자신이 알고 있는 일을 백족화상이 모를 리가 없다는 생각이 들어서였다.

백족화상은 탁자 위에 있는 접시를 들고 가서 부처님 앞에 정좌하고 앉았다. 접시 안에는 점안 때 쓸 경면주사와 붓이 담겨 있었다. 백족화상이 자리를 잡고 앉자 그 뒤에 지효 스님과 융도 자리를 잡고 앉았다. 불단 위 연화대에는 명주 휘장으로 몸을 가리신 부처님이 중생 앞에 몸을 나투실 마지막 순간을 기다리고 계셨다. 이제 부처님은 점안과 함께 화신불로 몸을 바꾸시어 선재사 연화대 위에서 인연 닿는 중생을 제도해 주실 것이다. 결가부좌를 하고 앉은 백족화상이 조용히 입정에 들자 지효 스님과 융도 백족화상을 따라 입정에 들었다.

 지효 스님이 옆에 앉아 있다는 느낌은 드는데 융은 지효 스님이 전혀 의식되지 않았다. 지효 스님뿐 아니라 법당도 법당 벽도 집도 산도… 일체의 물체가 거대한 물속에 잠기듯 서서히 형체를 잃어갔다. 그러곤 끝없는 허공이, 끝없이 펼쳐진 허공만이 눈앞에 나타났다.

 얼마쯤 그렇게 지나자 끝없이 펼쳐진 허공 속에 빛이 차오르기 시작했다. 그것은 어둠이 걷히면서 날이 밝아오는 것과 같았다. 융은 자신이 망망대해 빛 가운데 앉아 있다는 생각을 했다. 하지만 그것 역시 생각일 뿐 형체가 잡히는 것은 아니었다. 그런 상태로 다시 얼마쯤 지나자 어디에선가 염불 소리가 들려오기 시작했다. 그 염불 소리는 너무 아득해서 그냥 울림처럼 느껴졌다. 염불 소리가 들리자 허공을 가득 채웠던 빛이 서서히 걷혀갔다. 조금씩 조금씩.

빛이 걷힌 자리에 산이 나타났다. 나무도 나타나고 들도 나타나고 집도 나타났다. 염불 소리는 차차로 크게 들리고 빛도 빠른 속도로 걷혀갔다. 마치 갯벌 위를 빠져나가는 조수를 보고 있는 기분이었다. 빛이 걷힌 자리에 서울 모습이 드러났다. 남산 타워, 무수한 빌딩, 덕수궁, 시청 앞 광장, 비둘기 떼, 한강, 자동차… 불광동 네거리, 시장, 그리고 마침내 선재사가 보였다. 나무, 꽃, 연등… 마당을 가득 메운 수많은 인파, 그들은 모두 법당을 향해 서 있었고 그들 속에는 최길성· 영옥· 이랑· 형규· 동화· 송강의 모습도 보였다.

이제 빛은 거의 걷히어 그가 앉아 있는 법당에만 차 있었다. 차차로 고조되던 염불 소리는 우레처럼 크게 들려왔고 법당 안에 차 있던 빛도 부처님 부피만큼으로 줄어들었다. 그 순간 앞에 앉아 있던 백족화상이 오른손을 높이 쳐들었다. 그의 손안에는 경면주사가 묻은 붓이 꽉 쥐어져 있었다. 부처님 부피만큼으로 줄어든 빛이 연화대 위의 부처님과 일치됐다고 느껴지는 바로 그 찰나에 백족화상이 들고 있던 붓으로 허공 위에 두 개의 점을 힘차게 찍었다. 점안(點眼).

"저는 그만 가겠습니다."
동화가 몸을 돌렸다.

"가다니, 백족화상과 지효 스님을 만나보고 가야지."

최길성이 의아해하며 동화를 쳐다봤다.

"아닙니다. 다음에 기회가 있으면 그때 만나보겠습니다."

동화는 굳이 가겠다고 우기며 인파 속으로 걸어 나갔다. 백족화상과 지효 스님, 동화는 어쩐지 그들 두 사람을 만날 용기가 나지 않았다. 백족화상을 만나면 몇 가지 물어보려고 질문거리도 만들어왔지만, 막상 백족화상을 보고 나니 자신이 준비한 질문거리가 아이들 말처럼 유치하게 느껴져서 물어볼 자신이 생기지 않았다. 지효 스님도 마찬가지였다. 지효 스님도 이미 옛날의 현지가 아니었다. 10년 사이에 현지의 그림자는 완전히 지워버리고 지효 스님으로 다시 태어난 것 같았다. 그런 지효 스님을 보자 동화는 책상을 들고 온 자기 자신이 부끄러워졌다. 아직도 그녀를 한 여인으로 생각하고 있었던 자신이 너무도 미욱하게 느껴져서였다.

융은 책상에 앉은 채 깊은 생각에 잠겨 있었다. 자신의 부모가 누구인지, 어떻게 해서 한 씨 댁에 가서 크게 되었는지 그 내용을 알고 싶었다. 그동안 그런 의문을 품어오지 않은 것은 아니었지만 이렇게 절실하게 그 답을 들어보고 싶기는 처음이었다. 융은 백족화상으로부터 중중무진의 연기법을 듣는 순간 자신 속에 투영되고 있을 부모에 대해 알고 싶어졌다. 자신을 낳아준 부모는 누구이며, 그분들은 지금 어디 계시는지, 자기는 왜 그분들의 손을 떠나 한 씨 댁에서 크게 되었는지, 그리고 지금 자신 속에 숨어 있을 그분들의 모습은 어떤 것인지 융은 이 모든 사실을 간절하게 알고 싶어졌다.

융이 자신의 출생에 의문을 품기 시작한 것은 중학교에 들어가면서부터였다. 자기가 송강을 누나라고 부르고 있긴 했지만 송강과 자기는 학년뿐 아니라 나이도 같다는 사실을 그때 비로소 알았다. 그때 비로소 안 것이 아니라 그때부터 비로소 그 사실에 대해 의문을 품기 시작했다. 그리고 나이를 먹으면서 융은 차츰 자기 부모는 한태서나 박동미가 아니며, 자신은 한씨 가문과 직접 혈연이 맺어져 있지 않다는 것도 알게 되었다. 그러나 그 사실을 아무한테도 물어볼 수가 없었다. 물어볼 수 없었던 것은 할머니에 대한 사랑 때문이었다.

융은 할머니가 자기를 친손자로 생각하고 계신다는 것을 알고 있었다. 그런 할머니한테 자기는 할머니 손자가 아님을 알고 있으니 그 사실을 밝혀달라고 말할 수가 없었다. 아니, 말할 수 없었던 이유는 그것이 아니었다. 정말로 말할 수 없었던 이유는 그 자신이 할머니 손자라고 믿고 싶었던 때문이었다. 융에게 있어서 할머니는 생명의 뿌리였다. 그렇기 때문에 뿌리를 캐내는 일을 그 자신이 할 수 없었다. 고개를 숙이고 앉아서 생각 속에 잠겨 있던 융은 자기의 생각이 너무 괴로워서 창가로 갔다. 창 너머로는 촛불을 켠 연등이 환하게 보였다. 연등은 검은 호수 속에서 피어난 붉은 연꽃처럼 깜깜한 허공 속에 떠 있었다.

"융."

문밖에서 송강의 목소리가 들려왔다.

"……."

융은 자신이 환청을 들은 것이 아닌가 하는 생각이 들어 그대로 가만히 서 있었다.

"융."

다시 송강의 목소리가 들려왔다.

"……."

융은 얼른 문 쪽으로 가서 문을 열어주었다.

"불이 켜져 있어서 왔어. 안 잤지?"

송강이가 쳐다봤다.

"그럼. 어떻게 왔어?"

"너하고 얘기가 하고 싶어서."

"들어와."

융은 손으로 문을 밀며 송강이가 들어오기를 기다렸다.

"잠을 잘 수가 없었어."

방으로 들어온 송강은 작은 목소리로 말했다.

"이쪽으로 앉아."

융은 의자를 내주며 앉기를 권했다.

"아니, 그냥 창가에 서 있을래. 등이 보여서 좋은데."

송강은 창밖을 내다보며 말했다.

"······."

융은 아무 말 없이 송강이 옆에 가서 나란히 섰다.

"갈매기 보러 갔던 일 기억해?"

한참 동안 창밖을 보고 있던 송강이가 융 쪽으로 몸을 돌리며 물었다.

"응."

"내가 했던 말도?"

"그럼."

융은 바다를 나는 갈매기가 될 거면 바다가 얼마나 넓은지 끝까지 날아가 보라던 송강의 말을 떠올리고 있었다.

"난 지금 너한테 다시 한번 그 말을 하고 싶어."

"······."

"백족화상의 설법을 듣고 있는데 법당이 바다처럼 느껴졌어. 법당에 모인 사람들이 모두 갈매기가 돼서 바다 위를 날고 있는데 나만 꼼짝 못 하고 바닷가에 서 있는 거야."

"······."

"난 바다 위를 나는 사람들이 부러웠어. 조금밖에 못 나는 사람들까지도. 하지만 나처럼 바닷가에 서 있는 사람도 있어야 바다 위를 나는 갈매기를 지켜봐 줄 수 있을 거야."

"……."

융은 입을 꾹 다문 채 상을 약간 찡그린 듯한 얼굴로 창밖을 내다보고 있었다.

"지금 무슨 생각 하고 있어?"

송강은 융의 얼굴을 올려다보며 조심스레 물었다.

"백족화상 생각을 하고 있었어."

융은 송강 쪽으로 고개를 돌리며 대답했다.

"어떤 생각을 하고 있었는데?"

"그분은 누굴까 하는 생각."

"융은 그분이 어떤 분이라고 생각해?"

"……."

융은 고개를 저었다.

"난 이상하게 그분을 통해서 삼십 년 후의 융 모습을 보고 있었어. 삼십 년 후가 되면 융도 백족화상하고 거의 같은 모습을 하고 있을 것 같아."

"……."

융은 송강의 얼굴을 뚫어져라 바라보고 있었다. 그런 그의 얼굴은 불덩이처럼 빨개지면서 광채가 돌기 시작했다.

9
장

Udumbara

악몽에 시달리던 최길성은 몸을 일으키며 평소 하던 대로 시계 있는 쪽을 바라보았다. 문갑 위에 놓여 있는 야광 시계는 어둠 속에서 3시 45분을 가리키고 있었다. 최길성은 갈증이 느껴져 자리끼를 찾으려고 머리맡을 더듬다가 등이 만져져서 스위치를 돌려 불을 켰다. 어둠이 가시면서 방 안이 환해지자 최길성은 의아한 얼굴로 방 안을 둘러보았다. 자기 옆에 있어야 할 아내가 보이지 않아서였다. 이 사람이 벌써 나갔나, 잠시 이런 생각을 해보던 최길성은 아내가 처음부터 자기와 한방에서 자지 않았다는 것을 알았다. 같이 잤다면 자기 옆에 아내가 잤을 이부자리가 깔려 있어야 할 텐데 방 안에는 자기가 잔 이부자리 외에는 아무것도 보이지 않았다.

최길성은 머리가 띵해지는 혼란을 느끼며 요 위에 우두커니 앉아 있었다. 아내가 왜 자기와 한방에서 자지 않았는지 그 이유를 알고 싶었다. 한참 동안 생각을 더듬어가던 최길성은 아내가 자기와 한방에서 자지 않은 것이 아니라 자지 못했다는 데 생각이 이르렀다. 그런 생각을 하는 순간 자신의 가슴속이 뻥 뚫려 나가는 것 같은 통증이 느껴졌다. 아내가 남편과 한방에서 잘 수 없다면 그 이유가 무엇이겠는가? 그것은 너무나도 뻔한 답이었기 때문이다.

자리에서 일어난 최길성은 창가로 가서 창문에 드리워진 커튼을 젖히고 바깥을 내다보았다. 거대한 탑이 우뚝우뚝 서 있는 것 같은 아파트 단지는 어둠의 적막 속에 잠겨 있었다. 최길성은 아파트 단지를 바라보며 세혁이가 자신이 가지고 있는 모든 것, 사업뿐 아니라 가정까지도 파괴해 들어오고 있다는 생각을 하였다. 그런 생각을 하며 최길성은 격한 분노가 치밀어 올라 굳게 입을 다물면서 어둠 속을 응시했다.

며칠 전 향운 스님은 종소리가 녹음된 두 개의 테이프를 들고 사무실을 찾아왔었다.

"거사님, 이거 한번 들어보이소. 종을 맹그는 거사님이라카지만 소리만 듣고는 마 어느 게 어느 건지 퍼뜩 구별이 안 될 겁니더."

향운 스님은 걸망 속에서 녹음기를 꺼내 테이프를 끼우며 말했다.

"······."

최길성은 그런 향운 스님을 가만히 바라보았다. 기어이 일을 저지르고 있다는 생각이 들어서였다.

"이거 가지고 댕기면서 만나는 사람마다 틀어줬는데 구별하는 사람 별로 못 봤습니더. 거사님도 직접 들어보이소."

향운 스님은 녹음기 버튼을 누르며 최길성을 쳐다봤다. 잠시 후 녹음기에선 '뎅 - ' 하는 종소리가 울려 나왔다. 어느 종을 녹음한 것인지는 알 수 없지만, 파도처럼 굽이치며 울려 퍼지는 소리가 부드러우면서도 웅장했다.

"그럼 이번엔 이거 한번 들어보이소."

향운 스님은 새 테이프를 끼우고 다시 버튼을 눌렀다. 그러자 다시 '뎅 - ' 하는 소리가 울려 나왔다. 고음이라서 소리가 맑긴 하지만 전혀 울림이 없었다. 마치 앙칼진 여자의 쇳소리를 듣고 있는 기분이었다.

"어떻습니까? 소리만 듣고는 어느 게 어느 건지 모르시겠지예?"

향운 스님은 녹음기를 끄며 물었다.

"스님도 참, 그걸 몰라서 저한테 묻습니까?"

최길성은 어이없어하며 대답했다.

"그러시다면 한번 맞춰보이소. 어느 게 제대로 맹근 종소리 같습니꺼?"

"이거 아닙니까?"

최길성이 먼저 들었던 테이프를 가리켰다.

"종을 맹그는 사람이 다르긴 다르네예."

향운 스님은 감탄하는 얼굴로 쳐다봤다.

"종을 만드는 사람이 아니라도 이 정도 소리는 금방 구별할 수 있습니다. 이 소리에는 울림이 없지 않습니까?"

"그래도 마 어떤 사람들은 이 소리가 더 좋다고 하던데예."

"얼른 듣기엔 소리가 맑으니까 그렇게 들릴 수도 있겠지요. 하지만 종을 아는 사람은 이런 소리를 종소리로 취급하지 않습니다."

"그래예……."

향운 스님은 난감한 얼굴로 고개를 떨어뜨렸다.

"지난번에도 말씀드렸지만 종 불사 하나만 하십시오. 그래야지 불사가 제대로 됩니다."

최길성은 간곡하게 당부했다.

"그라면 좋다는 거야 누가 모릅니꺼. 절 사정이 딱하니까 그렇지예."

"아무튼 저로서는 그런 방법으로는 종을 안 만듭니다. 정

그러실 계획이라면 다른 데 가서 부탁하십시오."

"다른 데라니예, 회사를 바꾸라는 말입니꺼?"

"그렇지요."

"그건 말도 안 됩니더. 봉덕사하고 계약이 됐다는 건 신도들도 이미 다 알고 있는데예. 그랬다간 종도 못 맹글고 말깁니더."

"아직 착수한 단계가 아니니까 신도분들한테 잘 이해를 시켜보십시오."

"그건 거사님이 각진사 신도들을 몰라서 하는 말씀인기라예. 그쪽 신도들은 드세기가 호랑이 눈썹 같습니더."

"스님은 각진사 스님도 아니신데 왜 각진사 불사에 끼어들어서 그러십니까?"

최길성은 향운 스님을 쳐다보며 물었다. 향운 스님은 각진사 스님이 아니고 각진사에는 대진 스님이라는 분이 주지직을 맡고 있었다. 그런데 대진 스님은 계약 당시에만 몇 번 얼굴을 비쳤을 뿐 그 후에는 전혀 모습을 나타내지 않았다. 절에 따라서는 스님 대신 신도들이 불사를 주관하는 경우도 있지만 향운 스님처럼 다른 절의 스님이 도맡아 하는 경우는 거의 없었다.

"말 못 할 사정이 있습니더. 마 저를 살려주는 셈 치고 꼭 좀 해주이소."

향운 스님은 정말 말 못 할 사정이 있는지 착잡한 얼굴로 말했다. 최길성은 그런 향운 스님을 쳐다보다가 언젠가 일이 끝나면 토굴 하나를 지어달라던 말이 생각나서 물었다.

"공부하실 토굴을 마련하려고 그러십니까?"

"그런 일이라카믄 제가 와 이렇게 목이 타서 다니겠습니꺼? 말 못 할 사정이 있은께 저 하나 살려주시는 셈 치고 꼭 좀 해 주이소."

향운 스님은 다시 애원하는 얼굴로 부탁했다.

"그러시면 절 불사가 아닌 모양이군요."

최길성은 이상한 예감이 들어서 이렇게 물었다. 전에 그가 말한 대로 요사채를 수리하고 나한전 지붕을 고치는 일이 아닌 것 같아서였다.

"아닙니더. 불사치고도 아주 중요한 불삽니더. 불사가 아니라카믄 중놈이 뭐가 답답해서 이렇게 애걸복걸하고 다니겠습니꺼?"

향운 스님은 납작한 코를 치켜들며 말했다. 자신의 말을 믿어주지 않는 최길성이 답답하다는 얼굴이었다.

"……."

최길성은 그런 향운 스님을 가만히 바라보았다. 무슨 불산지는 모르지만 아무튼 불사를 치르기 위해서 편법을 쓰려고 하는 것만은 틀림없어 보였다.

"이 회사에서는 쇠 성분을 내는 화공약품을 다량으로 맹글어 낸다고 하데예. 종을 맹글라면 거사님도 연락할 일이 있을 테니까 전화번호를 따로 적어 두이소."

향운 스님은 주머니를 뒤지더니 명함 하나를 꺼내주며 말했다.

"……."

최길성은 내키지 않는 얼굴로 명함을 받아서 들여다봤다. 그러던 그는 갑자기 표정이 굳어지면서 향운 스님을 쳐다봤다.

"세혁물산이라면 혹시 사장이 한세혁이가 아닙니까?"

"맞습니더. 거사님하고도 아는 사입니꺼?"

향운 스님이 더 놀라며 물었다.

"아, 아닙니다. 어디서 들어본 이름 같아서요."

최길성은 대수롭지 않은 일처럼 얼버무렸다. 그러고 있는 그의 가슴이 쾅쾅 뛰었다.

"똑똑한 사람이라고 하데예. 회사 설립한 지는 얼마 안 되지만 공장도 몇 개씩 되고예."

"스님은 어떻게 그 사람에 대해서 그렇게 잘 알고 계십니까?"

"사실은 각진사 신도회 회장 동생이 그 회사 전무라예."

"……."

최길성은 잠자코 향운 스님을 쳐다봤다. 운명의 올가미가 자기를 덮어씌우려 하고 있다는 생각이 들었다.

"시주자 명단을 가져오십시오."

최길성은 운명에 도전하는 기분으로 종 불사를 하겠다는

뜻을 밝혔다. 운명에 도전하는 기분이라곤 했지만 왜 그런 치졸한 일을 하겠다고 승낙했는지에 대해서는 자기 자신도 설명할 수가 없었다. 그것은 아마도 결투를 청해오는 상대에게 패할 줄을 알면서도 응할 수밖에 없는 사나이의 만용 같은 것이었는지도 모른다.

창가에 서서 며칠 전에 있었던 일을 떠올리고 있던 최길성은 쓸쓸하게 웃었다. 사나이의 만용이니 뭐니 하는 감정놀음으로 새파란 세혁과 맞서기에는 이미 자신의 나이가 너무 많다는 생각이 들었다. 최길성은 허탈해지는 감정을 누르며 문갑 위에 있는 시계를 들여다봤다. 5시가 거의 다 돼 있었다. 강릉 가는 첫차를 타려면 지금쯤 준비를 해야겠다는 생각이 들어서 최길성은 거실로 나갔다. 그때 잠옷 바람의 이랑이가 제 방에서 나왔다. 이랑은 아빠를 보자 움찔하고 놀랐다. 잠옷을 입은 자신의 모습을 보여주는 것이 부끄러운 모양이었다.

"화장실에 갈 거니?"

"네."

"그럼 얼른 갔다 오너라. 아빠도 들어가야 하니까."

"아빠가 먼저 들어가세요."

"먼저 들어가거라. 학교 가려면 아빠보다 네가 더 서둘러야 하잖니?"

"아빠도 일찍 어디 가실 거예요?"

"그래."

"어디 가실 건데요?"

"강릉에 좀 갔다 와야겠다. 할머니가 상의할 일이 있다고 하셔서."

"언제 오실 건데요?"

"가봐야겠다만 별일 없으면 오늘 오마."

"강릉 가시거든 송강이 언니한테 제가 미안해한다고 전해주세요."

"언니한테 뭐 잘못한 일이 있니?"

"그게 아니고요. 언니한테 너무 소홀하게 대한 거 같아서요."

"네가 고3인 걸 아니까 언니도 이해해주겠지."

"언니는 이제 바쁘지 않으니까 가끔 서울에 오라고 전해주세요."

"알았다. 얼른 화장실에나 다녀오너라."

"참, 그리고 할머니한테도 제 안부 전해주세요. 병환에서 빨리 쾌차하시길 빌고 있다고요."

"알았다."

최길성은 이랑을 보면서 영악하리만큼 똑똑하다는 생각을 다시 한번 속으로 하고 있었다. 이랑이가 화장실로 들어가자 영옥이가 부엌방에서 나왔다. 영옥은 최길성이 거실에 있는 것을 알면서도 의식적으로 모른 체하며 부엌에서 아침 준비를 했다. 최길성은 그런 아내를 물끄러미 바라보았다. 괴로워하는 모습이 측은하기도 하지만, 그러나 배신을 당했다는 비참한 감정에서는 풀려날 수가 없었다.

"아빠, 들어가세요."

이랑이가 물 묻은 앞머리를 쓸어 올리며 나왔다.

"오냐."

최길성은 현관에 떨어진 신문을 주워 들고 화장실로 들어갔다.

"아침이 다 됐으니 얼른 준비하고 나와서 먹어라."

영옥이가 계란 장조림을 썰며 말했다.

"저 아침 안 먹어요."

"아침을 안 먹다니, 왜?"

"먹기 싫어서요."

"오밤중에 오면서 아침을 안 먹으면 되니? 조금이라도 먹고 가."

"싫어요."

"그럼 도시락 두 개 싸줄까?"

"도시락도 필요 없어요."

"뭐야?"

"가방이 무거워서 안 가지고 갈래요."

"얘가 정말. 종일 굶고 어떻게 공부하니?"

"학교에서 라면 사 먹으면 돼요."

"라면 가지고 돼? 열두 시에 오면서."

"제 걱정해주시는 척하지 마세요. 진실도 금방 전달되지만 진실이 아닌 것도 금방 전달되니까요."

"이놈의 기집애, 너 지금 뭐라고 했어?"

이랑을 노려보던 영옥이가 미친 듯이 달려가서 이랑의 어깨를 홱 낚아챘다.

"왜 이래요, 엄마."

이랑이가 냉랭한 얼굴로 영옥을 쳐다봤다.

"나쁜 년, 진실이 뭐 어째? 너 지금 한 말 다시 한번 해봐."

영옥은 새파랗게 질린 얼굴로 이성을 잃고 씨근거렸다.

"아빠하고 제가 엄마한테 속고 있다고 생각하지 마세요."

이랑은 엄마를 똑바로 노려보더니 자신의 어깨를 잡고 있는 영옥의 손을 뿌리치고 제 방으로 들어갔다. 영옥은 넋 나간 사람처럼 우두커니 서서 딸이 들어간 방문을 바라보다가 벽에 몸을 기대며 두 손으로 얼굴을 가렸다. 그냥 자신의 얼굴을 가리고 싶었다.

"아니, 저놈의 여편네들이 미쳤나?"

살구 댁이 현관을 내다보며 악을 썼다.

"……."

그러자 애기를 업고 현관 층계를 올라오던 여인이 살구 댁의 목소리를 들은 듯 흠칫하고 멈춰섰다.

"여기가 고아원인 줄 알아? 줄줄이 애를 업고 오게."

살구 댁이 다시 악을 썼다.

"……."

살구 댁의 기세가 하도 등등하자 애기를 업은 여인은 들어올 엄두도 내지 못하고 현관 앞에 우두커니 서서 어찌할 바를 몰라 했다.

"어떻게 오셨어요?"

거실에서 두 사람의 모습을 지켜보던 지효 스님이 현관 쪽으로 나가며 물었다.

"보면 모르나, 묻게."

살구 댁이 입 속으로 웅얼거렸다.

"……."

지효 스님은 그런 살구 댁의 목소리를 못 들은 체하며 여인을 바라보았다.

"여기서 애기들을 봐주신다고 하기에……."

여인은 자신 없는 얼굴로 지효 스님을 쳐다봤다.

"애기를 봐 주는 건 아니지만…… 아무튼 오셨으니 들어오세요."

지효 스님은 여인이 들어오기를 기다렸다.

"그럼 잠깐만……."

여인은 신고 있던 비닐 슬리퍼를 벗어놓고 마루로 올라왔다. 땀이 나서인지 발가락 끝은 새까맣게 때가 끼어 있었다.

"……."

여인이 들어오자 살구 댁은 못마땅한 얼굴로 상을 찡그리더니 자리에서 일어나 밖으로 나갔다.

"잠시라도 편하게 앉으세요. 애기는 이쪽으로 내려놓으시고요."

"네……."

여인은 업고 있던 애기를 내려서 무릎에 안으며 거실을 둘러보았다. 자기 아이 같은 애기들이 이미 셋이 와 있었다.

"애길 봐준다는 얘긴 어디서 들으셨어요?"

"옆집 아주머니한테서 들었어요. 절에서 애기를 봐준다고 하더군요."

여인은 자기가 잘못 알고 온 게 아닌가 하는 얼굴로 쳐다봤다.

"애기를 봐주는 게 아니고… 얘네 어머니 사정이 하도 딱해서 애기를 맡았는데 소문이 그렇게 난 모양이군요."

지효 스님은 조금 난감한 얼굴로 여인을 쳐다봤다.

"네……."

그러자 여인은 실망한 표정을 지었다.

"그런데 애기 어머니는 왜 애기를 맡기려고 그러세요?"

"저는 가락동 시장에서 옥수수를 떼다가 파는데 애를 업고 가면 많이 이고 올 수가 없어서 그래요."

"집에는 애기 돌볼 사람이 없는가 보죠?"

"다섯 살짜리 아들이 하나 있긴 있는데 천방지축으로 돌아다니기 때문에 애를 맡길 수가 없어요."

"다섯 살짜리라면 그렇겠죠. 그 애도 누가 봐줘야 할 나인데. 애기 아버지는 뭘 하시는데요?"

"애 아버지는 없어요. 배를 타다가 그만……."

여인은 고개를 푹 숙였다.

"…….'"

지효 스님은 앞에 앉은 여인을 물끄러미 쳐다봤다. 등에 업혀 있는 아이로 봐서는 남편을 잃은 지가 오래된 거 같지 않아 보였다. 남편을 잃고 다섯 살짜리 아들과 등에 업혀 있는 딸을 데리고 살길을 찾아 서울로 온 게 분명해 보였다.

"아이만 없으면……."

아이만 없으면 하루에 옥수수를 더 팔 수 있다는 얘기였다.

"그러시다면 애기는 여기 두고 가세요. 낮에는 제가 봐 드릴게요."

지효 스님은 이렇게 말했다. 옥수수 장사를 해서 세 식구가 살고 있다면 옥수수를 한 자루라도 더 팔아야 할 것이고 그렇게 하도록 도와줄 수 있다면 자기도 옆에서 돕고 싶었다.

"고맙습니다, 스님. 그런데 아직 우리 아이가 오줌을 못 가려서요."

"아직이야 못 가리겠죠. 이렇게 어린데요."

"적셔놓은 기저귀는 제가 집에 가지고 가서 빨 거니까 한옆에 모아만 주세요."

"네."

"그럼 전……."

여인은 무릎에 안고 있던 애기를 떼어서 마루 위에 놓으며 자리에서 일어섰다. 그러자 애기가 자지러지게 울며 엄마 쪽으로 몸을 기울였다. 본능적으로 엄마 품을 떠나는 것에 대해 공포를 느끼고 있는 모양이었다. 지효 스님은 울고 있는 애기를 가슴에 안으며 여인을 향해 얼른 나가라고 손짓을 했다. 엄마 모습을 보여주지 않는 것이 오히려 애기한테 안정감을 줄 수 있을 것 같아서였다.

지효 스님이 애기를 맡기 시작한 것은 용정이 엄마 때문이었다. 용정이 엄마는 초파일이 지난 다음날 용정이를 업고 지효 스님을 찾아왔다. 지효 스님은 전날 용정이 엄마가 자기를 찾아왔었다는 말을 들었기 때문에 만나주지 못한 것을 사과하며 반갑게 그녀를 맞아들였다. 그날 용정이 엄마는 자신이 지나왔던 일을 비교적 소상하게 얘기해주었다.

그녀는 고등학교를 졸업하고 직장 생활을 하다가 25살 때 지금의 남편과 결혼을 했다. 남편은 건축 공사장 감독이었는데 생활력도 강하고 능력도 있어서 늘 일거리가 끊이지 않았다. 그렇기 때문에 그들의 결혼 생활은 비교적 안정된 편이었으며, 결혼한 지 3년 만에 20평짜리 연립주택도 하나 마련할 수 있었다. 그리고 이사를 한 지 얼마 안 돼서 용정이를 낳았기 때문에 그들에겐 경사가 겹친 셈이었다. 그런데 그 이듬해 연립주택 공사를 맡은 남편이 현장에서 실족해 부상을 당했고, 그 후유증으로 남편은 성불구자가 되고 말았다. 신체적으로 결함이 생기자 남편은 전혀 일을 하지 않으려 했고 성격까지 점점 포악해져 하루 24시간을 거의 술로 보내게 되었다. 그뿐 아니라 의처증까지 생겨 아내를 괴롭히기 시작했다.

이렇게 되자 그들은 애써 장만한 연립주택을 팔고 산동네로 이사를 할 수밖에 없게 되었으며 세 식구의 생계를 해결하기 위해 용정이 엄마가 생활 전선 속으로 뛰어들지 않으면 안 되게 되었다. 그런데 의처증 증세를 보이는 남편은 아내 혼자 집 밖에 나가는 것을 허용하지 않았다. 그러기 때문에 용정이 엄마는 언제나 등에 용정이를 업고 나가야 했다. 등에 업혀 있는 용정이는 용정이 아빠에게 있어선 자신을 지켜주는 파수꾼이었다. 생활 전선 속으로 뛰어들긴 했지만, 아이를 업고 있는 용정이 엄마가 할 수 있는 일은 아무것도 없었다. 공장에 나갈 수도, 식당 종업원으로 나갈 수도, 파출부로 나갈 수도 없었다. 그녀는 아이를 업고 다니면서 할 수 있는 일만 찾아야 했는데, 그 일은 결과적으로 행상밖에 없었다.

용정이 엄마의 이러한 사정을 다 듣고 난 지효 스님은 낮 동안 아이를 자신이 맡아서 돌보아줄 테니 마땅한 일거리를 찾아보라고 일렀다. 지효 스님의 이러한 호의를 고맙게 받아들인 용정이 엄마는 가방 만드는 공장에 나가서 일하게 되었고, 그녀는 아침 출근할 때 아이를 데려다 놨다가 저녁 퇴근 시간에 데려갔다. 이러한 소문이 퍼졌는지 용정이가 온 지 며칠도 안 돼서 용정이 엄마와 비슷한 처지의 여자들 둘이 다시 찾아와서 낮 동안만 아이를 돌보아달라고 부탁했다. 지효 스님은 그들의 처지 역시 너무나도 딱하게 느껴졌기 때문에 그들의 부탁을 받아들이지 않을 수가 없었다.

이렇게 해서 선재사에는 세 애기보살이 온종일 머물러 있게 되었고 지효 스님은 세 애기보살을 보살피는 엄마 보살이 돼서 하루 중 낮 시간을 몽땅 그들에게 바쳐야만 했다. 애기보살들이 오면서부터 지효 스님은 전과 같이 법당에 들어가서 예불을 드릴 수도 참선을 할 수도 없었다. 그래서 애기보살들 곁에서 관세음보살을 칭명하는 염불을 하며 하루해를 보냈다. 그럴 때면 지효 스님의 머릿속엔 언제나 도다가의 백족화상이 떠올랐다. 백족화상은 눈에 보이는 모든 것이 다 부처이듯이 하고 있는 일 역시 도와 통하지 않는 것이 없기 때문에 어떤 일을 하든지 그것을 구도의 방편으로 삼으라고 일러주었다. 지효 스님은 백족화상의 그 말을 마음속 깊이 받아들이고 있었기 때문에 자신이 새롭게 시작한 일, 애기보살을 돌보는 일도 그처럼 하려고 노력했다.

지효 스님의 하루 일과는 새벽 3시 도량석을 도는 일로부터 시작되었다. 그녀가 목탁을 들고 법당 밖으로 나가서 도량석을 돌면 융은 종각 밑에 서 있다가 마치 종을 치듯 도다가의 종소리를 울렸다. 도량석이 끝나면 두 사람은 법당으로 들어가 나란히 부처님 앞에 서서 향을 사르고 예불을 드리고 참선을 했다. 참선이 끝나면 융은 자신의 방으로 가서 공부를 했고 지효 스님은 혼자 법당에 남아서 융의 성불을 발원하며 부처님께 천 번의 절을 했다. 여기까지는 이전의 생활과 똑같았다.

아침공양을 끝내고 지효 스님이 법당에 가서 청소를 하고 나오면 엄마들이 애기보살들을 데리고 지효 스님을 찾아왔다. 애기보살들을 맞이한 지효 스님이 제일 먼저 하는 일은 소독한 우유병에 우유를 가득 타서 애기보살들한테 먹이는 일이었다. 애기보살을 가슴에 꼭 껴안고 우유병 꼭지를 입에 대면 애기보살은 얼굴이 빨개지면서 오물오물 우유를 빨아들였다. 애기보살을 안고 있을 때 가슴속으로 전달되는 따듯한 체온과 오물오물 우유를 빨고 있는 가녀린 힘을 보고 있노라면 지효 스님은 자신의 모세관 끝에서부터 따뜻한 기운이 감돌고 있는 것이 느껴졌다.

애기보살들 중에는 온종일 혼자 포대기 속에 누워서 옹알이를 하고 잠을 자고 오줌을 싸는 보살도 있지만, 엉금엉금 기어 다니거나 아장아장 걸어 다니는 보살도 있어서 지효 스님은 우유를 먹인 후부터는 잠시도 그들 곁에서 자리를 뜰 수가 없었다. 이때 지효 스님은 관세음보살을 칭명하는 염불을 큰소리로 하면서 애기보살들과 함께 노는데, 그 염불 속에는 자기가 보살피는 애기보살들이 정말 보살이 되어 세상 속에서 살아가기를 바라는 간절한 염원이 포함돼 있었다. 지효 스님은 아침과 점심, 저녁에 한 번씩 애기보살들한테 우유를 먹이는 사이에 과일 주스나 야채죽을 쒀 먹였다. 그리고 오후에는 모두 목욕을 시키고, 한 차례씩 낮잠을 재웠다. 애기보살들이 낮잠을 잘 때면 지효 스님은 애기보살들이 벗어놓은 옷과 적셔놓은 기저귀를 빨았다.

이렇게 하루를 보내고 나면 저녁때가 되는데 저녁 6시 정도 되면 엄마들이 와서 애기보살들을 하나씩 데려갔다. 애기보살들이 돌아가면 지효 스님은 저녁공양을 들고 다시 법당으로 들어가 두 시간 정도 예불을 드리고 참선을 했다. 그런 후 자신의 방으로 와서 융이 학교에서 돌아올 때까지 경전을 읽거나 교양서적을 읽었다. 이것은 지효 스님이 애기보살들이 온 후부터 새로 시작한 하루 일과였다. 지효 스님이 애기보살들 목욕을 시키고 있을 때 영옥이가 들어왔다. 그녀는 고만고만한 애기보살들이 넷씩이나 마룻바닥에 있는 것을 보고 몹시 놀랐다.

"너 탁아소 차렸니?"

영옥은 눈을 크게 뜨며 물었다.

"탁아소는, 엄마들이 힘든 것 같아서 낮 시간만 내가 보살펴주고 있어."

지효 스님은 애기보살들을 맡게 된 장황한 동기를 다 말할 수가 없어서 그냥 이렇게만 말했다.

"아유 귀찮아, 그걸 왜 맡아가지고 그러니?"

영옥은 귀찮다는 얼굴로 애기보살들을 내려다보더니 소파에 가 앉았다.

"잠깐만 기다려줘. 한 애기만 더 씻기면 되니까."

지효 스님은 애기보살의 팔과 다리를 모아 옆구리에 끼듯

하고 애기보살의 머리를 비스듬하게 물에 담갔다. 그리고 머리에 비누칠을 해서 깨끗이 씻기고 어깨와 가슴과 배와 고추까지도 골고루 씻겼다. 그러는 지효 스님의 모습은 진지하고 경건하게까지 보였다. 영옥은 그런 지효 스님의 표정과 몸짓을 물끄러미 바라보면서 그녀가 자기와는 다르다는 생각을 하고 있었다. 다르다는 감정은 상당히 추상적이어서 뭐라고 정확히 설명할 수는 없지만, 아무튼 자기와는 별개의 사람같이 보였다.

목욕을 다 시킨 지효 스님은 애기보살의 몸을 타월로 조심스럽게 싸안더니 몸에 묻은 물기를 닦아내고 새 옷으로 갈아입혀 주었다. 목욕을 시킬 때 갈아입힐 옷과 기저귀를 따로 준비해놓고 있었다. 목욕을 다 시킨 지효 스님은 애기보살들을 차례로 가슴에 안고 우유를 먹이기 시작했다. 기분 좋게 목욕을 한 애기보살들은 쏴악쏴악 우유를 빨면서 스르르 잠이 들었다. 지효 스님은 잠이 든 애기보살들을 안아다가 넓은 요 위에 누이고 날개를 접어주듯 어깻죽지를 꼭 눌러주고는 영옥이 옆에 와 앉았다.

"미안해. 기다리게 해서."

"귀찮지 않아?"

"아니. 나한텐 보살들이야. 애기보살."

"애기보살?"

"응."

지효 스님은 왜 보살인가에 대해서는 설명하지 않고 영옥을 보며 그냥 조용히 웃었다.

"살구 댁은 어디 갔어?"

"산동네에 갔나 봐. 그런데 무슨 일이 있었니? 얼굴이 안 좋아 보이는데."

지효 스님은 영옥의 얼굴을 살피며 조심스럽게 물었다.

"응, 있었어."

"무슨 일인데? 안 좋은 일이야?"

"나 세혁이 만났어."

"세혁이를? 언제?"

"반년쯤 됐어. 지난 겨울부터였으니까."

"어떻게 만났는데?"

"처음엔 우연히 만났지만 나중엔 만나고 싶어서 만났어."

"……?"

지효 스님은 고개를 갸웃하며 영옥을 쳐다봤다. 만나고 싶어서 만났다는 그녀의 말이 얼른 이해가 가지 않아서였다.

"넌 부부 관계라는 게 뭔지 모르지?"

고개를 숙이고 자신의 생각 속에 잠겨 있던 영옥이가 지효 스님을 쳐다보며 물었다.

"……."

지효 스님은 무슨 말을 하려나 하는 얼굴로 영옥을 쳐다봤다.

"부부란 딸과 아버지 같은 관계가 아니야. 서로 살을 맞대고 여자와 남자임을 확인하면서 살아야 하는 그런 관계란 말이야."

"……."

"내가 이걸 확실하게 알기 시작한 건 사십이 지나면서부터야. 내 자신이 늙고 있다고 생각한 바로 그 순간 육체가 갑자기 아름답게 느껴지기 시작했어. 사랑을 갈망하고 사랑을 느낄 줄 아는 육체라는 게 얼마나 아름답니. 난 육체를 생각하고 있으면 절묘한 악기를 보고 있는 것 같아."

"……."

"사랑하는 두 사람이 마주앉아서 아무리 사랑을 속삭여봤자 그건 사랑으로 느껴지지가 않아. 손을 잡고 포옹을 하고 사랑의 행위를 나눌 때 비로소 두 사람은 사랑의 감정을 확인할 수 있는 거야."

"……."

"나는 내 육체를 사랑해주고 싶었어. 나뭇등걸처럼 딱딱하게 굳기 전에 말이야. 그럴 때 세혁이를 만났어. 그래서……."

영옥은 입을 다물고 말을 끊었다. 세혁과의 정사 장면을 떠올리던 영옥은 그것이 얼마나 아름다운 생명의 에너지인가를 설명해주고 싶었다. 설명해주고 싶은 감정 속에는 이해받고 싶은 욕망과 변명하고 싶은 욕망이 함께 숨 쉬고 있었다.

"영옥아."

묵묵히 앉아서 영옥의 말을 듣고 있던 지효 스님이 나직이 영옥을 불렀다.

"……."

영옥은 고개를 들고 지효 스님을 쳐다봤다.

"그건 그렇게 중요한 게 아니야. 정말 중요한 걸 너도 볼 수 있어야 돼."

"……?"

"네가 보고 있는 건 늪이야. 늪 속에선 발을 빼도 늪이야. 늪 속에 있지 않으려면 늪을 빠져나와야 해. 그 노력을 해야 하는 거야."

"……."

영옥은 경멸하는 얼굴로 지효 스님을 바라봤다. 그녀의 경멸 속에는 '네가 인생을 알아? 인생을 반밖에 살아보지 않은 네가 인생을 안다고 말할 수 있어? 평생을 염불이나 하면서 산 주제에…' 하는 말이 숨겨져 있었다. 지효 스님은 영옥의 표정 속에서 그녀가 하는 말을 읽고 있었다.

"나는 늪을 봤어. 그러기 때문에 그 속에 있을 수가 없었어. 내 인생은 그 늪을 탈출하려는 몸부림이었어."

지효 스님은 담담하게 말했다.

"……."

영옥은 그런 지효 스님을 보면서 그녀와 자기는 이미 같은 자리에 서 있지 않다는 것을 알았다. 자기의 관심사는 그녀에겐 관심사가 될 수 없고, 자기를 괴롭히는 고통 역시 그녀를 괴롭히는 고통이 될 수 없다는 것을 알았다. 영옥은 지효 스님에게로 향하고 있던 마음의 문을 닫고 고개를 돌렸다. 자기와 같은 자리에 서 있지 않은 사람이라면 괴로움을 호소할 수 있는 친구가 아니라는 생각이 들었다. 영옥은 탁자 위에 놓아두었던 핸드백을 들며 자리에서 일어섰다. 감정과 육신을 지닌 것이 인간이라면 감정과 육신이 가해오는 고통과 즐거움 속에서 사는 것이 인간으로서의 진실이 아니겠는가. 그 진실을 초극하고 구도에 목숨을 걸고 있는 지효 스님이 영옥으로선 오히려 가소롭게 보였다.

"……."

지효 스님은 자신을 경멸하고 있는 영옥의 얼굴을 가만히 올려다보았다. 한 번만 고개를 돌리면 언덕이 보이는데 영옥의 시선은 언제나 늪 쪽을 향하고 있었다. 고개를 돌리는 것은 그녀의 의지여야 하므로 자신으로서는 안타까울 뿐 어떻게 해줄 수가 없었다.

"잘 있어. 갈게."

영옥이 돌아섰다. 영옥의 뒷모습을 바라보고 있던 지효 스님은 비로소 외로움이 느껴졌다. 자신이 가고 있는 길엔 동행자가 없었다. 그렇기 때문에 자신이 알고 있는 언어를 아무하고도 나눌 수가 없다. 외로운 감정에 젖어 있던 지효 스님은 백족화상을 생각했다.

'내가 이러한데 그분은 어떠할까?'

자기는 그래도 바라볼 수 있는 스승이나 있지만 그렇지도 못한 백족화상은 얼마나 외로울까 하는 데 생각이 미치자 지효 스님은 가슴속이 아련하게 아파왔다. 그 아픔은 도반으로서의 이해이고 그리고 사랑이었다.

"선생님, 아인슈타인이 본 마음의 자리는 광명이었습니까?"

융이 물었다.

"광명의 자리라니, 그게 무슨 말인가?"

동화가 되물었다.

"아인슈타인은, 모든 것은 존재하지 않으며 그것은 모두 마음의 소산이라고 하지 않았습니까?"

"그랬지."

"아인슈타인이 본 그 마음이 광명의 자리였는지 아닌지 그걸 알고 싶습니다."

"자네가 묻고 있는 광명이라는 게 무얼 의미하는 건데?"

"빛입니다."

"빛?"

동화는 이해가 안 간다는 얼굴로 고개를 갸웃거렸다.

"한 가지만 더 여쭤보겠습니다."

"뭔데?"

"소립자(素粒子) 이상의 무핵장을 형이상학이라 하고, 소립자 이하의 유핵장을 형이하학이라고 한다면 형이상학은 광명의 세계입니까?"

"자네는 아까부터 왜 광명이라는 말에 그렇게 묶여 있나?"

동화가 이상하다는 얼굴로 융을 쳐다봤다.

"저는 아인슈타인이 본 마음의 세계가 광명의 세계였는지 아닌지 그걸 꼭 알고 싶습니다."

융이 진지한 얼굴로 쳐다봤다. 아니, 진지한 얼굴이라기보다는 고통스러운 얼굴로 쳐다봤다. 그것에 대한 의문이 하도 커서 그 의문 자체가 그를 괴롭히는 고통이 되고 있는 것 같았다.

"광명이니 빛이니 하는 것은 종교의 세계에서 쓰고 있는 말일세. 종교의 세계를 부정하겠다는 것이 아니라 자네는 과학도니까 우선 과학도로서의 자세부터 취하도록 하게."

동화는 스승으로서 충고하는 말투를 썼다.

"과학도의 자세란 어떤 것입니까?"

한참 동안 침묵하고 있던 융이 동화를 똑바로 쳐다보며 물었다.

"과학도란 눈으로 관찰하고 실험을 통해서 증명되는 세계에만 관심을 가지려고 해야 하네. 물론 직관도 중요하지만, 직관 역시 이런 방법으로 증명되지 않는다면 받아들여지지 않네."

"그렇다면 마음의 세계도 관찰과 실험을 통해서 증명할 수 있습니까?"

"……."

"관찰과 실험을 통해서 증명되지 않는 마음의 세계는 과학의 범주 안에 들어가지 못합니까?"

"……."

"마음이라고 하면 사람 가슴속에 갇힌 작은 세계를 생각하게 되는데 제가 말씀드리는 마음은 무핵장을 말하는 겁니다. 무핵장과 유핵장을 구분해서 설명하고 있지만 사실은 분리된 세계가 아니라 포개진 세계라고 생각합니다. 그런데 어떻게 유핵장만 다루고 그것을 포함하고 있는 무핵장은 다뤄서는 안 된다는 겁니까?"

융의 말을 듣고 있는 순간 동화는 머릿속이 띵해졌다. 정말 한 대 얻어맞은 기분이었다. 그러면서도 속으로는 미소를 짓고 있었다.

"이야기를 비약시키지 말고 본래의 문제로 되돌아가세. 자네는 아까 광명에 대해서 관심을 가지고 있는 것 같던데, 그것은 무엇을 이야기하려고 했던 건가?"

동화가 미소를 지으며 물었다.

"아닙니다."

융은 입을 다물었다. 동화는 그런 융을 가만히 바라보다가 융이 그 문제에 대해선 더 이상 이야기를 나누고 싶어 하지 않는다는 것을 알았다. 자신의 반응을 보고 나니 말할 흥미가 느껴지지 않는 모양이었다.

'이거 시험에서 떨어진 것 같군.'

동화는 속으로 다시 한번 미소를 지으며 융을 쳐다봤다. 융은 평소 표정 그대로 상을 약간 찡그리고 앉아서 무엇인가를 골똘히 생각하고 있었다. 자신과의 대화에 미흡함을 느끼는 것이 분명했다.

"절에서 생활하는 게 불편하지 않은가?"

동화는 화제를 돌렸다.

"……?"

융이 고개를 들고 쳐다봤다. 무엇을 묻고 있나 하는 얼굴이었다.

"스님하고 함께 생활한다는 것은 편한 일이 아닌 것 같은데."

동화는 지효 스님에 대한 융의 반응을 알고 싶어서 이렇게 물어보았다.

"저는 지효 스님을 통해서 수행자의 기초적인 훈련 과정을 배우고 있습니다."

"수행자의 기초적인 훈련 과정? 그게 뭔데?"

"믿음입니다."

"믿음이라니?"

"스님은 공부에 대한 확신을 가지시고 모든 일을 공부와 연결시키고 계십니다."

"그쪽 공부는 아직 해보지도 않은 자네가 그걸 어떻게 아는가?"

"선생님도 지효 스님과 함께 생활해보시면 그걸 아시게 될 겁니다."

"그렇다면 자네는 지효 스님과 많은 이야기를 나누겠구먼. 한집에서 살고 있으니까."

융의 말을 듣고 몇 번 머리를 끄덕이던 동화가 이렇게 말했다.

"아닙니다. 전혀 그렇지가 않습니다."

"그렇지가 않다니, 왜?"

"……."

"공부에 대해서 이야기를 나누면 좋을 것 같은데. 서로 도움도 되고 말일세."

동화는 의식적으로 서로라는 단어를 썼다. 자기도 융과 이야기를 나누고 있으면 뭔가 도움이 된다는 생각이 들기 때문이었다.

"지효 스님은 공부에 대해서는 이야기를 하시려고 하지 않습니다."

 지효 스님은 정말 공부에 대해선 이야기를 하려고 하지 않았다. 융이 불교 관련 책을 읽다가 의문 나는 게 있어서 물어보면, 지효 스님은 조용히 미소를 지으면서 그 의문에 답이 될 만한 경전을 찾아주며 어디어디를 읽어보라고 일러주는 게 고작이었다.
 융은 처음에 그런 지효 스님에 대해 서운한 마음도 들었지만 그 일이 반복되면서 지효 스님을 통해 새로운 사실을 배우게 되었다. 경전은 그것을 체득하기 전까지는 함부로 다른 사람한테 해석해서는 안 된다는 것이었다.
 "그렇다면 그 스님과 함께 생활하는 것이 실질적으로 도움이 되고 있는 것은 아니겠네."
 "그렇지가 않습니다."
 "……?"
 "아까도 말씀드렸지만 저는 지효 스님을 통해서 수행자로서의 기초적인 훈련 과정을 배우고 있습니다."
 "수행자라니, 자네가 수행잔가?"
 "진리를 체득하기 위해서 공부를 하고 있는 사람은 모두 수행자라고 생각합니다."
 "……."
 동화는 입을 다물고 가만히 융을 쳐다봤다. 융이 목표로

하고 있는 공부는 바로 진리의 체득이라는 것을 알았기 때문이었다. 자기는 과학을 하기 위해서 종교 쪽을 넘보고 있는데 반해 융은 진리를 체득해 가는 과정으로 과학을 공부하고 있었다.

"가겠습니다."

융이 자리에서 일어섰다.

"벌써 가려고?"

동화가 아쉬운 얼굴로 융을 쳐다봤다.

"네."

융은 동화를 향해 인사를 하고 밖으로 나왔다. 운동장 한쪽 구석에서 꽹과리 소리, 북소리가 들려왔다. 두 학생이 꽹과리와 북을 치면서 원 안을 돌고 그 장단에 맞춰 남녀 학생이 마주서서 탈춤을 추고 있었다. 그리고 그 주위로는 학생들이 둥그렇게 둘러앉아서 손뼉을 치며 뭔가 구호를 외치고 있었다. 융은 그런 학생들을 물끄러미 바라보다가 교문 쪽으로 발길을 돌렸다. 자신을 가두고 있는 의문의 덩어리가 바위보다 더 무겁게 누르고 있다는 생각이 들어서 어떻게 해볼 수가 없었다. 교문 밖으로 나온 융은 종로에 가는 차를 탔다. 최길성을 만나서 백족화상에 대해 뭔가 알아보고 싶었다.

백족화상을 본 이후 융은 백족화상이 던져주고 간 감동 속에 계속 젖어 있었다. 백족화상 자체도 그랬고, 그가 말한 중중무진의 연기법도 그랬지만 그보다도 그를 가장 사로잡은 것은 점안식 때 본 광명의 세계였다. 처음엔 형체가 보였고, 다음엔 망망대해와 같은 빛의 소용돌이가 보였고, 그다음엔 다시 형체가 보였다. 융은 그때 느낀 그 신비한 체험에 대해 두 가지 의문을 가지고 있었다.

첫째는 형체에서 빛으로 옮겨졌다가 다시 형체로 모습을 드러낸 그것은 무엇인가 하는 것이고, 두 번째는 자신이 본 광명의 세계가 실재하는 것인지 아닌지 하는 것이었다. 어느 날 아침공양을 드는 자리에서 융은 지효 스님한테 광명의 세계는 실재하는 것인지에 대해 물어본 적이 있었다. 그때 지효 스님은 그것은 분명히 실재한다고 대답해 주었다. 융은 지효 스님의 그 말이 진실임을 알고 있었기 때문에 자신이 경험한 광명의 세계가 환각이나 환상이 아니라 실재하는 세계라고 믿었다.

그러자 또 하나의 의문이 고개를 들었다. 그렇다면 광명의 세계가 바로 무핵장이며, 무핵장은 광명 그 자체로 되어 있는 것이 아닐까 하는 의문이었다. 이 의문은 융을 사로잡아 약 2주 동안 이 의문 때문에 공부를 할 수도 잠을 잘 수도 없었다. 해답도 얻어지지 않는 의문에 묶여 있다는 것은 너무도 괴로운 일이었다.

그래서 동화를 찾아갔다. 그러나 동화는 융이 본 광명의 세계를 이해하고 있지 못했다. 그러기 때문에 그에게선 자신이 듣고 싶은 답을 들을 수가 없었다. 융은 자신이 백족화상을 통해 광명의 세계를 보았다는 것을 알고 있었다. 마치 백족화상이 모는 잠수함을 타고 바닷속으로 들어가 그 속의 진기한 풍경을 구경하고 나온 그런 기분이었다. 바다는 표면에서 보면 그냥 바다일 뿐이다. 하지만 그 속에 들어가 진기한 풍경을 보고 나온 사람들은 바다 표면만을 바다라고는 생각지 않는다. 그는 이미 감추어진 진기한 세계를 보았기 때문이다.

융이 최길성의 사무실에 들어섰을 때 최길성은 종 도면을 들여다보고 있었다. 융은 최길성이 사무실에 있는 걸 다행으로 생각하며 안으로 들어갔다.

"아저씨."

융이 부르자 종 도면을 들여다보던 최길성이 고개를 돌렸다.

"융이 아니야."

최길성은 반색을 하며 융을 맞았다.

"뭐 하세요?"

융은 최길성의 책상 옆에 놓여 있는 보조 의자에 앉으며 물었다.

"종장이 온다고 하기에 도면을 보고 있다."

"종을 만드시는가 보죠?"

"그래. 그런데 네가 어떻게 여기까지 왔냐?"

최길성은 융 쪽으로 의자를 돌리며 물었다.

"아저씨한테 여쭤보고 싶은 게 있어서 왔습니다."

"뭔데?"

"백족화상에 대해서 말씀 좀 해주십시오."

융은 진지하게 말했다.

"······."

최길성은 긴장하며 융을 쳐다봤다. 이런 기회가 올 거라는 예측을 하고 있었지만 융한테 어떻게 백족화상의 얘기를 해야 할지는 아직도 알 수가 없었다.

"그분은 어떤 분입니까?"

융이 물었다.

"뭐를 묻는 거냐?"

"그분에 대해서 모든 걸 알고 싶습니다."

"그분은 공부를 많이 하신 도력 높은 스님이시다."

최길성은 우선 이렇게 말했다.

"······."

융은 자신이 알고 싶은 부분을 어떻게 물어볼까 하는 생각을 하며 잠시 고개를 숙이고 앉아 있었다.

"네가 꼭 알고 싶은 게 뭐냐?"

"그분은 제게 광명의 세계를 보여주셨습니다. 왜 제게 그런 세계를 보여주셨는지 그걸 알고 싶고, 또 어떻게 그런 세계를 다른 사람한테 드러내 보이실 수 있는지 그것도 알고 싶습니다."

"광명의 세계라니?"

최길성이 의아한 얼굴로 되물었다. 융은 그런 최길성을 잠시 바라보다가 점안식 때 경험했던 그 신비한 경계를 자세히 설명해주었다.

"굉장한 체험을 했구나. 그분이 너한테 굉장한 체험을 하게 했어."

최길성은 흥분하며 말했다.

"그분은 왜 제게 그런 경험을 하게 했을까요?"

흥분하고 있는 최길성을 바라보던 융은 더욱 궁금해하며 물었다.

"그건 네게 종교의 세계를 확신시켜주고 싶어서였을 거다."

"……."

"한 사람이 그 세계를 확신하기까지는 숱한 우여곡절을 거쳐야만 한다. 그러기 때문에 너한테는 그런 우여곡절의 과정을 생략하고 바로 종교의 세계가 실재함을 알게 해주고 싶었을 것이다."

"……."

최길성의 말을 듣고 있는 융의 얼굴은 점점 긴장되어 갔다.

"물론 그렇게 할 수 있었던 것은 네 쪽에서 그것을 받아들일 수 있는 준비가 돼 있었기 때문이었다."

"그분은 그럼 저를 알고 있었습니까?"

묻고 있는 융의 눈엔 광채가 돌았다.

"글쎄……."

최길성은 도력 높은 스님이니까 알 수도 있으리라는 말로 둘러대려다가 그건 융의 물음에 대한 진실한 답이 아니라는 생각이 들어 그냥 입을 다물었다.

"저는 그분에 대해서 자세히 알고 싶습니다. 그분은 어떻게 해서 제게 관심을 갖게 되었습니까?"

융이 재차 물었다.

"그것은 알 인연이 닿으면 그때 자연히 알게 될 거다. 그리고 참, 강릉 소식은 들었느냐?"

최길성은 백족화상에 관해 이야기하게 될 것 같은 위기가 느껴져 의식적으로 화제를 돌렸다.

"네?"

자신의 생각 속에 잠겨 있던 융이 엉뚱한 질문을 받자 얼떨떨한 얼굴로 쳐다봤다.

"강릉 소식 말이다."

최길성이 다시 말했다.

"무슨 소식 말입니까?"

융이 비로소 관심을 나타냈다.

"아직 소식을 못 들은 모양이구나."

"할머님이 많이 편찮으신가요?"

융이 긴장하며 쳐다봤다.

"그게 아니고… 송강의 약혼 소식 말이다."

"네?"

"다음 달 15일에 송강이하고 우리 형규가 약혼식을 올리기로 했다. 너도 시간을 내서 가급적 같이 가도록 하자."

최길성의 말을 듣고 있던 융의 얼굴이 빨갛게 상기돼 갔다. 그는 그런 얼굴로 한참 동안 최길성을 바라보더니 결연하게 말했다.

"아저씨, 그건 안 됩니다."

그의 목소리는 단호했고 두 눈은 타고 있는 불덩어리처럼 광채를 뿜었다.

"……."

최길성은 융의 갑작스러운 태도에 놀라며 가만히 그를 바라보았다. 그러면서 속으로는 어디서 본 얼굴인데, 하면서 자신의 기억을 더듬어가고 있었다. 그러던 그는 속으로 나직이 소리를 질렀다. 자신을 바라보고 있는 융의 얼굴은 옛날 눈 오던 날 자기를 찾아와서 채련의 집을 알려달라고 하던 담시의 얼굴, 바로 그 얼굴이었다.

10장

Udambara

목탁을 들고 대문 밖으로 나온 지효 스님은 종각 위에 앉은 융을 물끄러미 바라보다가 대문 쪽으로 걸어 나갔다. 종각 위에 서서 새벽하늘을 바라보고 있는 융은 감나무 위에 앉아서 노을 진 서쪽 하늘을 바라보던 어린 시절의 모습과 흡사했다. 어린 시절의 모습과 흡사하다고 느끼는 그 느낌 속에는 그에게서 그리움의 그림자를 보게 되었기 때문일 것이다. 새벽에 지효 스님이 도량석을 돌기 위해 법당 뜰로 나오면 융은 언제나 종각 위에 서서 새벽하늘을 바라보고 있었다. 그런 융은 지효 스님이 '똑 또르르…' 하고 목탁을 치면 자신도 몸을 돌려 도다가의 종소리를 새벽하늘 위로 날려 보냈다. 그것은 약속된 일도 아니었는데 두 사람 사이엔 불문율처럼 지켜졌고, 종소리와 목탁 소리는 그들의 하루 생활을 여는 첫 울림이었다. 아니, 종소리와 목탁 소리는 그들 두 사람만의 하루를 여는 첫 울림은 아니었다. 그것이 아니라는 것을 지효 스님은 아주 우연한 기회에 알게 되었다.

월말에 신문 구독료를 받으러 온 소년이 지효 스님에게 물었다.

"스님, 종소리를 마당 안에 들어와서 들으면 안 되나요?"

"네가 새벽에 종소리를 듣니?"

지효 스님은 신기해서 소년을 보며 물었다.

"네."

"어디서?"

"지금까진 담 밑에서 들었는데요, 이왕이면 마당 안에 들어와서 듣고 싶어요."

지효 스님은 소년의 얼굴을 가만히 바라보았다. 눈동자가 검고 눈 속에 힘이 있었다.

"들어와서 듣고 싶으면 안에 들어와서 들어. 종을 울리기 전에 내가 문을 열어놓을게."

"고맙습니다."

소년은 고맙다는 인사를 하고 넓은 마당을 뛰어나갔다. 소년이 다녀간 바로 그날 지효 스님은 소년한테서 들은 말과 똑같은 말을 다시 한 번 듣게 되었다. 그것은 쓰레기 수거료를 받으러 온 청소부한테서였다.

"스님, 이왕이면 절 안에서 종소리를 듣고 싶은데 그럴 수 없을까요?"

지효 스님은 소년과 똑같은 주문을 해온 청소부 아저씨의 말을 듣고 내심으로 놀랐다.

"아저씨가 종소리를 들으셨는가요?"

"그럼요. 새벽 일찍 나오기 때문에 매일 종소리를 듣는데요."

"그런 줄을 제가 미처 몰랐군요. 내일 새벽부턴 일찍 문을 열어놓을 테니까 안에 들어오셔서 들으세요."

"고맙습니다, 스님."

청소부 아저씨도 고맙다는 인사를 하고 꾸부정한 뒷모습으로 걸어 나갔다. 지효 스님은 두 사람과의 약속을 지키기 위해 도량석을 돌기 전에 대문을 열어놓았다. 그러자 전날에 만났던 소년과 청소부 아저씨 외에도 몇 사람의 남자가 더 들어왔다. 그들 중에는 교대 시간에 맞춰 회사로 나가는 택시 기사도 있었고, 공장에서 야간작업을 하고 돌아오는 공원도 있었다. 지효 스님은 대문 앞에 서 있는 그들을 향해 공손히 합장하고 안으로 들어오기를 권했다. 여명도 밝아오기 전인 새벽하늘에는 별이 총총히 떠 있고, 나무들이 빽빽하게 서 있는 정원은 산속처럼 싱그럽게 느껴졌다. 그들이 모두 경내로 들어오자 지효 스님은 그들을 향해 다시 한번 공손히 합장하고 목탁을 치기 시작했다.

똑 또르르······.

지효 스님이 목탁을 치면서 도량석을 돌 때 소년이 합장을 하고 스님 뒤를 따랐다. 부모를 따라서 절에 다녀본 경험이 있는지 아니면 스님이 도니까 자기도 따라 돌고 싶었는지 그건 알 수가 없었다. 그날 이후 지효 스님은 도량석을 돌기 전에 대문부터 열었고, 새벽 종소리를 듣기 위해 몰려오는 사람의 수도 점점 늘어나게 되었다. 주부· 학생· 택시 기사· 공원· 신문 배달원· 교수· 화가· 할아버지 몇 분과 할머니.

뎅 - 뎅 - 뎅 - .

사랑과 갈등, 미움과 용서가 뒤섞인 종소리는 중생들의 가슴속을 휘돌아 천천히 하늘 위로 비상해 올라갔다. 하늘 위로 비상해 올라간 종소리는 천상의 열락 속에 잠시 몸을 뒤채다가 삼천대천세계를 휘몰아 고요한 적정 속으로 사라져갔다.

'저 사람들은 종소리 속에서 무엇을 듣고 있을까?'

물론 그들은 자신들의 가슴으로 종소리를 받아들이고 있을 것이다. 신문을 돌리는 소년은 소년의 가슴으로, 쓰레기를 치우는 청소부는 청소부의 가슴으로, 택시를 모는 기사는 기사의 가슴으로, 공장에서 일하는 공원은 공원의 가슴으로, 주부는 주부의 가슴으로, 학생은 학생의 가슴으로, 그리고 강단에서 학생들을 가르치는 대학 교수는 교수의 가슴으로, 그림을 그리는 화가는 화가의 가슴으로, 할머니는 할머니의 가슴으로…….

그들은 각기 다른 자신들의 가슴으로 종소리를 받아들이고 있지만 그러나 종소리를 받아들이고자 하는 또 하나의 공통된 마음도 가지고 있었다. 그 공통된 마음은 성불을 향해 가고 있는 도반으로서의 마음일 것이다. 인간은 자신이 의식하든 의식하지 않든, 원하든 원하지 않든, 그것과는 상관없이 모두 성불을 향해 함께 길을 가고 있다. 성불을 향해 길을 가는 것은 물고기의 회귀 본능처럼 피하려야 피할 수가 없고, 포기하려야 포기할 수 없는 절대절명의 본능이어서 중생은 중생대로 보살은 보살대로 서로 도반이 돼서 함께 걸어갈 수밖에 없는 것이다.

도량석을 다 돈 지효 스님이 종소리를 듣기 위해 모여든 사람들을 위해 조용히 합장을 하면 그들도 지효 스님을 향해 합장을 하거나 목례를 하곤 몸을 돌렸다. 그들이 모두 돌아가면 지효 스님은 다시 법당으로 들어가 새벽예불을 드렸다. 예불은 지효 스님과 융 외에도 대학 교수, 화가 그리고 할머니 한 분이 함께했다. 그들은 예불을 드린 후 지효 스님과 함께 한 시간 정도 참선을 한 후에 돌아갔다. 그들이 모두 돌아가면 법당에는 지효 스님 혼자만 남았다. 그러면 지효 스님은 부처님 앞으로 나아가 향 하나를 새로 사르고 융의 성불을 발원하며 천 배를 했다.

자비와 광명의 본체이신 관세음보살님.
관세음보살님께 발원합니다.
저는 이생의 제 생명을 다 바쳐 융을 꼭 성불시키겠나이다.

천 번의 발원과 천 번의 절이 다 끝나면 지효 스님은 법당 밖으로 나왔다. 요사채로 돌아온 지효 스님이 아침공양을 끝내고 나면 산동네 엄마들이 애기보살들을 데려오기 시작한다. 32명의 애기보살들이 거의 다 도착할 때쯤이면 11명의 할머니 보살들도 도착해 있었다.

지효 스님이 애기보살 6명을 혼자 돌보고 있을 때 같은 동네에서 살고 있는 할머니 두 분이 살구 댁을 찾아 놀러왔다. 이 집이 절이 되기 전엔 늘 이 집에 와서 살다시피 한 노인들이었다.

"보살님은 시장에 나가고 안 계시는데요."

지효 스님은 애기보살들한테 먹일 감자를 깎으며 말했다.

"예… 알았어요."

노인들은 실망한 얼굴로 돌아섰다. 지효 스님은 그런 노인들의 모습을 보다 왠지 안됐다는 생각이 들었다.

"이왕 오셨으니 법당에 들어가셔서 부처님께 절을 좀 하고 가시지요."

지효 스님은 깎은 감자를 물에 씻으며 말했다.

"빈손으로 왔는데요."

밤색 바탕에 까만 별무늬가 있는 몸뻬를 입은 할머니가 지효 스님을 돌아다보며 말했다. 지효 스님은 그 할머니가 입고 있는 몸뻬가 옛날 청은사에서 쫓겨날 때 자신이 공양주 보살한테 얻어 입었던 몸뻬와 같다는 생각을 잠시 해보다가 말했다.

"빈손으로 오셔도 괜찮아요. 그냥 정성껏 절만 하고 가시면 돼요."

"해도 아직 많이 남았는데… 그럴까?"

몸뻬를 입은 할머니가 중천에 떠 있는 해를 한번 쳐다보더니 앞에 있는 노인을 보며 말했다. 특별히 절을 하고 싶어서라기보다 지루한 시간을 그런 방법으로라도 줄여보자는 얼굴이었다.

"그러지 뭐."

같이 온 노인도 비슷한 심정으로 동의했다. 지효 스님은 법당으로 들어가는 두 노인의 뒷모습을 지켜보다가 준비한 재료로 야채죽을 쒔다. 잠시 후 지효 스님이 죽을 가지고 와서 애기 보살들한테 먹이고 있을 때 법당에서 두 노인이 나왔다. 그들은 스님한테 인사를 하고 가야겠다고 생각했는지 지효 스님한테로 걸어왔다.

"절 많이 하셨어요?"

지효 스님이 미소를 지으며 물었다.

"예."

두 노인은 건성으로 대답하며 마루에 걸터앉았다.

"아유, 저 제비 입처럼 쭉쭉 벌리고 쳐다보는 것 좀 봐."

지효 스님의 무릎 위로 기어오르면서 서로 먼저 죽을 먹겠다고 입을 벌리는 애기보살들을 보고 있던 노인이 말했다.

"딱도 해라. 숟가락만 있으면 같이 좀 먹여줬으면 좋겠구면."

다른 노인이 입 속으로 중얼거렸다.

"숟가락이야 가져오면 되지. 스님, 우리가 좀 거들어줘도 되남요?"

몸뻬 입은 노인이 물었다.

"그래주시면 고맙지요."

그러자 몸뻬 입은 노인이 부엌으로 가서 숟가락 두 개를 들고 왔다.

"자, 숟가락 여기 있어."

몸뻬 입은 노인이 들고 온 수저를 옆에 있는 노인한테 건네주었다. 두 노인은 지효 스님 옆으로 다가가서 애기보살들을 나눠 가지고 야채죽을 먹이기 시작했다.

"보살님들 고맙습니다. 이렇게 거들어주시니 한결 수월하군요."

지효 스님은 두 노인을 돌아다보며 웃었다.

"혼자 이 애들을 다 돌보기가 힘들지 않으세요?"

한 노인이 물었다.

"혼자 돌보기는 좀 힘든 것 같아요."

지효 스님은 솔직히 시인했다. 아장아장 걸어 다니는 애기보살을 따라다니다 보면 엉금엉금 기어 다니는 애기보살이 누워 있는 애기보살 얼굴을 덮치기가 일쑤고, 엉금엉금 기어 다니는 애기보살을 따라다니고 있으면 누워 있는 애기보살이 오줌을 쌌다고 울어대기가 일쑤였다. 그뿐 아니라 여섯 애기가 적셔놓은 기저귀를 빠는 일도, 우유를 먹이고 우유병을 소독하는 일도, 목욕을 시키고 옷을 갈아입히고 기저귀를 채우는 일도 혼자 하기에는 너무 힘이 들었다.

"이렇게 힘든 일을 왜 맡아 하시느라고 그러세요?"

한 노인이 딱하다는 얼굴로 물었다.

"그야 딱한 사정을 보고 거절을 못 하셔서 그렇지. 그만한 마음도 모르남."

몸뻬 입은 노인이 핀잔을 줬다.

지효 스님은 그 노인의 말대로 애기 엄마들의 딱한 사정을 듣고 나면 거절할 수가 없었다. 자기를 찾아온 여인 중에는 집에 시어머니가 계시긴 하지만 장님이기 때문에 애기를 맡길 수 없는 여인도 있었고, 남편 매에 견디다 못해 애기만 업고 도망쳐 나온 여인도 있었다. 지효 스님은 그들의 모습 하나하나를 지켜보면서 중생들의 삶이 얼마나 고달프고 괴로운 것인가를 깊이 이해하게 되었다. 그것은 그녀 자신이 세상 쪽으로 몸을 돌리고 세상을 정면으로 바라보는 것과 같은 것이었다. 세상을 정면으로 바라본 그녀는 자신도 세상 속의 일부이며 그렇기 때문에 그들을 외면해서도 안 되고 외면할 수도 없다는 것을 분명히 인식하게 되었다.

처음엔 애기보살들을 돌보는 일을 자신의 구도를 위한 방편으로 삼았다. 그러나 이젠 그 구도의 차원까지를 뛰어넘어 그들을 끌어안고 함께 고통을 나눌 수밖에 없다는 것을 깨닫게 되었다. 그것은 거울 표면을 자기 쪽으로 돌려놓고 거울 속에 자신의 모습만 비춰보고자 노력했던 사람이 거울 표면을 상대편 쪽으로 돌려놓고 그들의 모습을 비춰보려고 애를 쓰는 것과 같은 새로운 전환이었다.

그날 살구 댁을 찾아온 노인들은 애기보살들한테 간식을 먹이고도 집으로 돌아가지 않았다. 지효 스님이 진심으로 고마워하는 것이 흡족하기도 했지만 지루한 시간을 보내기엔 자신들의 집보다 절이 더 좋았기 때문이었다. 노인들은 지효 스님을 도와 애기보살들 목욕도 같이 시켜주고 옷도 같이 입혀주고 우유도 같이 먹여주고, 그리고 애기보살들이 적셔놓은 기저귀도 같이 빨아주었다. 시장에서 돌아온 살구 댁은 노인들이 하고 있는 일을 보고 몹시 놀랐다. 지효 스님은 그런 살구 댁한테 그들의 저녁공양도 같이 지으라고 일러놓았다. 이렇게 몇 시간이 지나자 해거름이 되었고, 해거름이 되자 애기보살들을 맡겨놨던 엄마들이 지친 모습으로 하나씩 나타나 애기보살들을 데리고 돌아갔다.

애기보살들이 다 돌아가고 난 다음 지효 스님은 노인들과 함께 저녁공양을 들었다. 삭막한 얼굴들인데도 노인들의 표정 속엔 오늘 하루 애기보살들을 보살펴 준 기쁨이 배어 있었다. 지효 스님은 그런 노인들의 표정을 보며 '아 저것이 바로 불성(佛性)이구나.' 하는 생각을 속으로 하고 있었다.

"보살님들 나이하고 성명하고 주소를 알려주세요. 제가 예불 때 축원해 드릴게요."

지효 스님은 노인들을 보며 말했다. 오늘 하루 자기를 도와준 노인들이 고마웠기 때문에 자기로서도 뭔가 그들을 도와주고 싶었지만, 자기에게는 노인들을 도와줄 힘이 없었다. 그래서 자기가 할 수 있는 축원을 해주고 싶었다.

"예?"

노인이 어리둥절한 얼굴로 쳐다봤다.

"부처님한테 축원해주신다잖아."

몸뻬 입은 노인이 귓속말로 설명했다.

"우리를?"

노인이 믿어지지 않는다는 얼굴로 되물었다.

"그려."

"그럼 우리 아들도 축원해줄 수 있는감요?"

"아드님이라뇨?"

"우리 아들이 지금 마흔일곱인디 하는 일마다 안 돼서 사는 게 말이 아니구만요. 자식은 셋씩이나 딸렸는디…. 스님, 제 아들 축원 좀 해주세요."

노인은 애원하는 얼굴로 지효 스님을 바라봤다. 그녀의 표정은 절박해 보였다.

"그러지요. 아드님 성함하고 나이를 알려주세요."

지효 스님은 축원 카드를 내놓으며 말했다. 축원 카드를 작성한 지효 스님은 두 노인을 데리고 법당으로 들어갔다. 그리고 두 분 보살한테 촛불을 켜고 향을 사르게 한 후 자신은 목탁을 들고 정성을 다해 예불을 드리기 시작했다.

삼보자존께옵서는 진여의 청정법계로부터 자비의 구름으로 피어나시었습니다.

몸 아니시건만 몸을 나투시니 구름같이 삼천대천세계를 두루 덮으시고, 말씀할 법이 없건만 말씀하시니 단비같이 팔만사천 중생에게 뿌려주시옵니다.

갖가지 방편의 문을 여시어 끝없는 고해의 중생을 인도하시니 구함이 있는 자 모두 이루어주심은 마치 깊은 골짜기의 메아리 같고 원하는 일 모두 성취시켜주심은 마치 맑은 못의 달그림자 같습니다.

그러하옵기에 이 사바세계 남섬부주 대한민국 서울 서대문구 불광동에 살고 있는 최영식의 소원을 이루어주시기를 빌며 삼가 법석을 마련하였사옵니다.

이제 향그러운 향을 사르고 정성껏 예불을 드리면서 관세음보살님의 가피력을 바라옵나니 저희 정성을 애절하게 보시고 자비의 광명을 거두지 말아주옵소서.

지효 스님이 두 분 보살을 위해 예불을 드린 이후 두 노인은 아침만 되면 절에 찾아와 지효 스님을 도와 애기보살들을 돌보는 일을 자진해서 했다. 우유병을 소독하고 감자와 시금치를 다듬어서 야채죽을 쑤고 우유를 먹이고 목욕을 시키고 기저귀를 빨고…. 그렇게 며칠이 지났을 때 아들 때문에 고심하던 노인이 희색이 만연한 얼굴로 지효 스님을 찾아왔다. 아들이 자동차 회사 경비원으로 취직이 됐다는 것이었다. 이 소문이 퍼지자 살구 댁은 물론 살구 댁하고 화투를 치고 며느리 험담을 하던 노인들이 하나둘씩 모여들었다. 그들은 먼저 노인들처럼 지효 스님을 도와 애기보살들을 돌보는 일을 했고, 그 대가로 소원 하나씩을 들고 와서 축원해달라고 졸랐다. 그러면 지효 스님은 그들의 청을 받아들이고 정성을 다해서 축원을 해줬다. 전 같으면 하찮고 하찮게 보였을 그들의 소원이 이제는 조금도 하찮게 보이지 않았다.

선재사에는 매일매일 애기보살들이 늘어나 32명의 애기보살들이 머물게 되었다. 누워서 옹알이를 하는 보살, 오줌을 쌌다고 칭얼대는 보살, 업어달라고 떼를 쓰는 보살, 엉금엉금 기어가서 죽사발을 쏟아놓는 보살, 아장아장 걸어서 밖으로 도망치는 보살, 기어 다니면서 장난감이란 장난감은 모조리 뺏는 보살, 장난감을 뺏겼다고 우는 보살, 방긋방긋 애교를 부리는 보살……. 선재사 뒷마당에는 그들의 옷과 기저귀를 말리기 위해 쳐놓은 빨랫줄이 다섯 개나 되었다. 애기보살들을 돌보는 할머니 보살들도 차츰 늘어나 선재사에는 할머니 보살들도 11명이나 같이 생활하게 되었다. 이렇게 50명 가까운 사람들이 살게 되자 모든 문제는 현실적인 어려움으로 다가왔다. 32명의 애기보살들이 먹는 우유는 엄청났고, 그들이 먹는 간식 역시 엄청났다. 그뿐 아니라 비누, 갈아입힐 옷, 기저귀, 장난감, 심지어는 병원비와 할머니 보살들의 세끼 공양도 이쪽에서 준비해야 했다.

애기보살들을 돌보는 할머니 보살들은 아침 일찍 절에 와서 저녁예불이 끝난 후에야 돌아갔다. 지금까지는 이 씨가 보내준 쌀과 돈으로 지탱해왔지만 앞으로 이런 모든 것을 해결해 나갈 일이 지효 스님으로서는 막막하기만 했다. 지효 스님이 뜬눈으로 거의 밤을 새우고 있을 무렵 정말 신기하게도 선재사 부처님한테 소원을 빌면 안 이루어지는 소원이 없다는 말이 돌기 시작했다. 그 소문은 마치 마른 풀에 불이 붙듯 삽시간에 퍼져 나갔다. 그러자 선재사 경내는 꽃과 초와 향을 들고 찾아오는 신도들이 줄을 이었다. 그들은 어딘가에서부터 몰려와서 들고 온 공양구를 부처님께 올리고 자신들의 소원을 빌고는 돌아갔다. 청은사 때와 똑같았다.

지효 스님은 그런 소문이 어떻게 퍼지게 되었을까를 생각해보았다. 청은사 부처님이 서울 선재사로 옮겨오셨다는 것을 안 어떤 신도가 소문을 낸 것인지, 아니면 선재사에서 기도를 드려본 신도가 소문을 낸 것인지, 그것도 아니면 새벽 종소리를 들으며 소원을 빌어본 사람이 낸 소문인지 지효 스님으로서는 알 수가 없었다. 신도들이 몰려오면서부터 지효 스님은 당면한 문제를 해결해 나갈 수 있었다. 그들이 매일매일 놓고 간 불전은 애기보살들을 보살피기에 모자라지도 남지도 않았다. 지효 스님은 그런 하루하루가 너무도 신기했다. 마치 어딘가에서 새들이 모이를 물고 날아와 애기보살들한테 먹여주고는 다시 어딘가로 날아가는 것 같았다.

저녁예불을 끝내고 지효 스님이 혼자 법당에서 참선을 하고 있을 때 살구 댁이 들어왔다.

"스님."

"……."

"스님."

"……."

살구 댁이 좀더 큰 소리로 부르자 지효 스님이 고개를 돌리고 뒤를 돌아다봤다.

"저… 융이 아무래도 오늘 학교에 안 간 거 같아요."

"학교에 안 가다니요?"

"방문 앞을 지나는데 인기척이 나기에 들여다봤더니 글쎄 융이 불도 켜지 않은 방에 혼자 앉아 있지 뭐예요."

"……?"

살구 댁의 말을 듣고 고개를 갸웃하던 지효 스님은 가부좌를 풀고 자리에서 일어섰다.

"스님이 한번 가보세요. 아무래도 뭔 일이 있는 것 같아요."

살구 댁이 법당 밖으로 나가며 이렇게 덧붙였다. 지효 스님은 잠시 생각에 잠긴 얼굴로 서 있다가 살구 댁 뒤를 따라 나갔다.

밖으로 나온 지효 스님은 융 방문 앞에 서서 융을 불렀다.

"융."

"……."

"융."

"……."

그러나 방 안에선 아무런 인기척도 들려오지 않았다. 지효 스님은 방문을 노크하고 조심스럽게 문을 열었다. 살구 댁 말처럼 불도 켜지 않은 깜깜한 방 안에 융이 혼자 책상 앞에 앉아 있었다.

"융."

지효 스님은 방으로 들어가서 불을 켰다. 그러자 융이 고개를 들고 지효 스님을 쳐다봤다. 그 순간 지효 스님은 머리 정수리서부터 심장까지 일직선으로 비수가 내리꽂히는 것 같은 통증이 느껴졌다. 그것은 옛날 이 씨 집 방에서 임신한 동화 아내의 사진을 보면서 느꼈던 바로 그 감정이었다. 지효 스님은 자신의 기억 속에서 완전히 잊혔다고 생각했던 그 감정이 어떻게 해서 되살아났는지 알 수가 없었다. 그리고 융을 본 지금 이 순간 왜 그 기억이 되살아났는지 그것도 알 수가 없었다. 지효 스님이 기이한 자신의 감정에 묶여서 어리둥절하고 있을 때, 융이 지효 스님을 불렀다.

"스님."

"응."

지효 스님은 융 쪽으로 고개를 돌렸다.

"스님도 송강이가 형규 형하고 약혼한다는 걸 알고 계십니까?"

융이 물었다.

"송강이가 형규하고 약혼을 한다니, 그게 무슨 말이야?"

지효 스님은 금시초문이라는 얼굴로 되물었다.

"……."

"누구한테 들었어?"

"아저씨한테서 들었습니다."

"언제 한대?"

"다음 일요일이랍니다."

"그런데 왜 우리한텐 알려주지 않았을까?"

지효 스님이 융을 보며 물었다. 이 씨가 송강의 약혼을 서두르고 있음은 이해가 되었다. 자신의 생전에 정혼만이라도 하고 싶었을 것이다. 그리고 상대가 최길성의 아들 형규라는 것도 납득이 갔다. 그런데 왜 자기와 융한테는 그 사실을 알려주지 않았는지 그게 좀 이상했다.

"……."

융은 지효 스님의 물음에 답을 하지 않고 입을 꽉 다물었다. 괴로움을 삭이고 있는 표정이었다.

'그럼?'

지효 스님은 놀라며 융을 쳐다봤다. 융이 송강을 사랑하고 있다는 사실은 충격이었다. 아니, 융이 사랑을 느끼고 있다는 그 자체가 충격이었다. 지효 스님은 융이 백족화상과 채련을 부모로 해서 태어났다는 그 사실만으로도 그에게서 어떤 신성 같은 것을 느끼고 있었다. 그러기 때문에 그가 사랑하고 번민하고 괴로워하는 보편적인 감정을 지니고 있으리라고는 전혀 예기치 않았다.

"송강이하고 저는 몸은 하나고 머리는 두 개인 쌍두아입니다. 그런데 시퍼런 칼날이 날아와서 몸까지 둘로 갈라놓으려 하고 있습니다."

"……."

몸이 둘로 갈라질 때의 그 선혈 낭자함. 지효 스님은 전율하며 눈을 감았다. 자신의 정수리에서부터 심장까지 일직선으로 비수가 내리꽂히는 것 같던 그 통증은 지금 융이 느끼고 있는 통증이라는 것을 알았다. 그것을 안 지효 스님은 비로소 자기 자신이 융을 이해하고 있다는 확신을 얻었다. 해(解)는 내가 있어 너를 바라보는 것이 아니라 너와 내가 일체가 되는 뜨거운 감정 체험이다. 지효 스님은 자신의 감정 속에 피가 돌고 있음을 느꼈다. 감정 속에 피가 돌고 있다는 느낌은 전혀 새로운 발견이었다.

"제가 아빠 옆에 앉을게요."

이랑이가 운전석 옆에 앉았다.

"그럼 어머니가 안으로 들어가십시오."

형규가 자동차 뒷문을 열고 서서 말했다.

"……."

영옥은 아무 말 안 하고 자동차 안으로 들어가서 앉았다.

"시험 끝나면 제가 운전을 배우겠습니다."

형규는 늙은 아버지한테 운전을 하게 하는 것이 미안한지 이렇게 말하고 영옥의 옆에 앉았다.

"이제 떠나도 되니?"

최길성이 고개를 돌리고 물었다.

"네, 출발하십시오."

형규가 대답했다. 그러자 차가 움직이기 시작했다.

"오빠는 금년이 생의 최고 해네."

이랑이가 형규를 돌아다보며 말했다.

"왜?"

"대학 졸업하고 고시 합격하고 약혼하고……."

"그럼 너는 아니니?"

"내가 왜?"

"너도 고등학교 졸업하고 대학 합격하고 애인 생길 거고."

"기가 막혀. 오빠가 한 말 중에서 나한테 해당되는 건 고등학교 졸업하는 거밖에 없어."

"그럼 대학은 떨어질 거야?"

"그건 쳐봐야 알지. 오빠처럼 꼭 합격할 거라는 보장은 없잖아."

"야, 누가 들으면 웃겠다. 내가 꼭 합격할 거라는 보장은 그럼 어디 있니?"

"오빠야 뭐 맡아놓은 거 아니야?"

"넌 그럼 합격할 자신도 없는데 오늘 같은 날 왜 따라나서니?"

"오빠는 바보 같아. 오빠 축하해줄 사람이 나밖에 더 있어?"

뒷좌석에 앉아서 두 아이의 주고받는 말을 듣고 있던 최길성은 가슴이 섬뜩해졌다. 오빠 축하해줄 사람이 나밖에 더 있어, 라는 이랑의 말이 너무나도 정곡을 찌르고 있어서였다. 물론 장난으로 한 말일 수도 있겠지만 이랑은 무엇인가를 알고 있는 것 같았다. 이 씨로부터 아들의 약혼 제안을 받고 온 최길성은 납덩이 하나를 가슴에 묻고 온 것처럼 답답했다. 그의 가슴을 무겁게 한 것은 한 씨 혈통 속에 숨어 있는 알 수 없는 그 유전성이었다. 상식으로는 도저히 납득이 안 가는 일이었지만 납득이 안 간다고 해서 없는 일로 덮어둘 수는 없었다. 만약 자신의 아들 형규가 한씨 가문의 피를 받은 송강이와 결혼해서 아이를 낳을 때 그 끔찍한 유전 인자가 작용한다면 어떻게 할 것인가? 최길성은 이것이 제일 마음에 걸렸다.

한 씨 혈통 속에 내려오는 유전성이라곤 하지만 그것이 작용

한 것은 이 씨를 중심으로 아래위 3대에 걸쳐서였다고 한다. 그 이전에는 그런 일이 없었다고 하니 후대에도 언젠가는 끝날 것이다. 그러나 끝날 후대가 언제이겠는가? 그것은 자신으로서는 알 수 없는 비밀이었다. 물론 한태서 대에 와서 끝났다고 생각할 수도 있다. 바보만 나던 집안에 마치 바보 자손과 대비라도 시키듯 천재아들 한태서가 태어났고, 한태서의 혈육인 송강이 역시 범접할 수 없는 비범한 면을 지니고 있었다. 그뿐 아니라 앞을 못 보는 동미가 한씨 가문의 며느리로 들어왔다는 사실도 액운을 거두어준 한 계기가 되지 않았을까 하는 짐작을 하게 했다. 이제 한씨 가문에는 그 괴기스러운 그림자는 찾아볼 수가 없다. 하지만 그것은 부스럼 딱지처럼 눈으로 볼 수 있는 것이 아니기 때문에 그 그림자가 완전히 가시었는지 아닌지 최길성은 판단할 수가 없었다.

그리고 두 번째로 최길성의 마음을 무겁게 하는 것은 성(姓)에 관한 것이었다. 형규가 송강이와 결혼하는 것은 송강이가 형규한테 시집을 오는 것이 아니라 형규가 송강이한테 장가를 가는 결과가 될 것이라는 걸 최길성은 알고 있었다. 그렇게 되면 그들이 낳은 자식은 송강의 성인 한 씨 성을 따르게 될 것이다. 그러했을 때 형규가 과연 갈등 없이 일생을 살 수 있을지 그게 의문스러웠다. 이 문제에 있어서 최길성 자신은 전혀 미련이 없었다. 최길성 자신의 성인 최 씨 성을 가진 자손이 대대

손손 이어져 소위 가문을 지켜나가기를 바라는 마음은 추호도 없었다. 그렇기 때문에 그로서는 하나밖에 없는 아들이긴 하지만 그 아들이 꼭 자신의 뒤를 이어 최 씨 가계를 지켜가기를 바라지 않았다. 바라지 않는다기보다는 거기에 대해 별로 관심이 없었다. 하지만 형규가 그것을 자기처럼 갈등 없이 받아들일지 그것은 알 수 없었다.

솔직히 말해서 최길성은 형규가 결혼을 하지 않고 출가를 해서 스님이 되었으면 하는 바람을 가지고 있었다. 그렇게 사는 것이 가장 좋은 길이라는 걸 최길성은 육십 평생을 살아본 이후에야 비로소 알았다. 그러나 아버지인 자기가 나서서 그 길을 가라고 권유할 수는 없었다. 아니, 권유한다고 해서 갈 수 있는 길도 아니었다. 그렇기 때문에 최길성은 형규의 결혼이 이런저런 이유를 떠나서도 별로 신명이 나지 않았다. 그러나 영옥은 달랐다. 남편으로부터 형규의 약혼 소식을 듣는 순간 영옥의 머릿속에 제일 먼저 떠오른 것은 송강이가 누리고 있는 엄청난 재산이었다. 그 엄청난 재산을 결혼이라는 단순한 의식을 치르는 순간 형규도 공유할 수 있다는 게 신기하기만 했다. 그뿐 아니라 일국의 공주 같은 기개를 풍기는 송강이가 결혼을 함으로 해서 형규의 처가 된다는 것도 신기하게만 느껴졌다. 결혼이란 정말 엄청난 변화를 안겨줄 수도 있는 것이라는 걸 영옥은 형규를 통해서 비로소 안 것 같았다.

자신의 생 안에서 한 번도 결혼이라는 의식을 치러보지 못했던 영옥은 그런 의식을 치를 수 있는 그들이 솔직히 말해서 부러웠다. 하지만 영옥은 자신의 이런 감정을 남편한테 말할 수가 없었다. 그것은 자기가 형규의 친어머니가 아니라는 이유 때문에서가 아니었다. 그런 외형적인 이유에서가 아니라 영옥은 형규의 혼인 문제에 떳떳이 나설 수가 없었다. 나설 수가 없다는 것은 그 자신의 양심이었다. 복잡한 감정으로 세혁을 만나면서부터, 그와 육체적인 관계를 맺은 후부터 영옥은 자기 자신이 이 가정의 가족일 수 없다는 자각을 하고 있었다. 가족일 수 없기 때문에 이 가정을 떠나야 함은 자명한 일인데 떠나는 일을 행동으로 옮기지 못하고 있었다.

　그녀가 행동으로 옮기지 못하는 가장 큰 이유는 이랑을 설득할 자신이 없어서였다. 설득할 자신이 없는 게 아니라, 설득해야 하는 일 그 자체가 일종의 공포로 느껴졌다. 그러기 때문에 영옥은 차일피일 그 일을 미뤄왔고, 형규 약혼 문제에 나설 주제가 못 되었다. 이런 영옥의 감정을 짐작하고 있는 최길성은 아내에게 특별히 무슨 조언을 들으려고 하지 않았다. 그렇다고 해서 그녀의 존재를 물리친 것도 아니었다. 이런 상황에서 이틀간 고심하던 최길성은 일요일 아침, 아들이 도서관으로 가기 전에 가족들을 불렀다.

　"너희들 모두 아빠 방으로 오너라."

"왜요, 아빠?"

거울 앞에 서서 머리를 빗던 이랑이가 안방으로 와서 최길성을 쳐다봤다.

"할 얘기가 있어서 그러니 오빠도 오라고 해라. 그리고 엄마도 들어오시라 하고."

"네."

이랑이가 나간 잠시 후에 가족들이 다 모였다.

"모두 모였으니 이야기를 하마. 아빠가 며칠 전에 강릉에 갔다 온 건 너희들도 알고 있을 거다."

"……."

"이번에 가니 할머니가 너하고 송강이하고 혼인시켰으면 좋겠다고 하시더라."

최길성은 아들을 보며 말했다.

"네?"

형규가 흥분한 얼굴로 아버지를 쳐다봤다.

"그래서 가족회의를 하는 거니까 의견들을 얘기해 봐라."

"아빠, 그건 오빠한테 물어보셔야죠."

이랑은 그런 결정은 당사자가 하는 게 아니냐는 얼굴로 말했다.

"물론 오빠의 의견이 가장 존중돼야 하지만, 이건 중요한 일이니까 가족들 의견도 참고로 하고 싶다."

최길성은 의식적으로 가족이라는 말을 썼다. 그러는 그는 아내를 향해 나는 아직도 당신을 내 가족이라고 생각하고 있소, 이렇게 말하는 것 같았다.

"……."

그런 남편의 마음을 알고 있는 영옥은 아무 말도 못 하고 고개를 숙였다.

"제가 바라고 있던 일이 현실로 다가왔군요."

형규가 들뜬 목소리로 말했다.

"이 일이 정말 네가 바라고 있었던 일이냐?"

최길성은 아들을 보며 엄숙하게 물었다.

"네. 제가 고시 공부를 하는 것도 이런 기회가 오기를 기다려서입니다."

"그래……?"

최길성은 의외라는 얼굴로 아들을 쳐다봤다.

"그럼 오빠가 그동안 언니를 좋아하고 있었어?"

이랑이가 놀라며 물었다.

"난 송강이 외에 다른 여자를 생각해본 적이 없어."

형규는 분명하게 말했다.

"그렇다면 결론은 이미 내려진 것 같구나."

최길성은 어떤 운명 같은 것을 느끼며 말했다. 형규와 송강이의 결혼이 운명이라면 결혼 후에 다가올 일 역시 운명으로 받아들이면 될 것 같았다. 그러자 마음이 편해졌다.

"알았다. 네가 선택한 길이니 책임도 역시 네가 지고 살아가도록 해라."

이렇게 해서 형규의 약혼 문제는 매듭이 지어졌고, 최길성은 이쪽에서도 송강과의 혼사를 원하고 있다는 사실을 이 씨한테 통보해 주었다. 최길성과 영옥의 입장이 이러했기 때문에 형규의 약혼을 가장 기뻐하고 축하해준 사람은 이랑이 말대로 그녀 자신이었다.

차가 문막을 지날 때 최길성이 라디오 볼륨을 키웠다. 희망곡 시간인지 노래를 보내는 사연과 함께 음악이 울려 나왔다. 이랑은 머리로 천천히 박자를 맞추며 라디오에서 흘러나오는 노래를 따라 불렀다. 음색이나 성량 못지않게 애틋한 감정 처리가 듣는 이의 가슴에 진한 감동을 안겨주었다. 최길성은 자기 옆에 앉아서 가수 못지않게 노래를 부르고 있는 이랑이가 귀여운 듯 미소를 지으며 돌아다보았다. 영옥은 그런 그들의 뒷모습을 물끄러미 지켜보고 있었다. 그들 사이에는 정이 교류되고 있었다. 그것을 느낀 순간 영옥은 자신의 감정에 다시 괴로워졌다. 어떻게 해야 하나? 영옥은 자신을 향해 수없이 던졌던 질문을 다시 던졌다. 어떻게 해야 하나?

한 달 전, 세혁으로부터 만나자는 전화가 왔다. 전화를 받은 영옥은 그와 약속한 다방으로 나갔고, 그녀가 막 다방으로 들어가려고 할 때 세혁의 차가 앞에 와서 멈춰 섰다.

"어서 타."

세혁은 조수석 옆문을 열어주며 타기를 권했다. 시내 나들이를 나온 아내를 태우고 있는 것처럼 그의 행동은 자연스러웠다.

"……."

영옥은 잠자코 그의 옆자리에 앉았다.

"신탄진 공장에 갈 일이 생겨서. 같이 가도 되겠지?"

세혁이가 물었다.

"공장까지?"

"공장까지 가면 어때."

세혁이가 당당하게 말했다. 영옥은 자기와의 만남에 떳떳해하는 세혁에 대해 신뢰감 같은 것이 느껴졌다. 그날 세혁은 고속도로를 달리면서 자신의 사업 규모와 앞으로의 사업 계획에 대해 자세하게 설명해줬다. 현재는 화공약품 생산에만 주력하고 있지만 자신이 가지고 있는 국제 특허권을 상품으로 개발해서 앞으로는 세계 시장을 무대로 뛰어볼 계획이라고 포부를 밝혔다. 그런 그는 함께 여행하는 아내한테 사업 얘기를 하는 남편 같았다. 신탄진 공장에 도착해서 세혁은 영옥을 공장

안까지 데리고 들어갔다. 그러곤 공장 규모를 설명해주고 마중 나온 간부들한테 스스럼없이 영옥을 인사시켜 주었다. 그의 행동에는 떳떳함이 있었다. 영옥은 세혁이가 보여주는 떳떳함에 감동했고, 그리고 자랑스러운 남편 옆에 있는 행복한 아내 같은 착각 속으로 빠져들었다. 공장에서 나온 세혁은 영옥을 데리고 유성에 있는 관광호텔로 갔다. 두 사람은 호텔 식당에 가서 점심 식사를 하고 카페에 가서 술 한 잔씩을 마셨다.

"우리 저 위에 가서 좀 쉬었다 가지."

세혁은 자리에서 일어서며 태연하게 말했다. 영옥은 한순간 마음속으로 저항을 느꼈지만 그 저항은 그녀의 들뜬 감정을 누를 만한 힘이 없었다. 프런트에서 키를 받아든 세혁은 영옥을 데리고 엘리베이터 속으로 들어갔고, 엘리베이터에서 나온 그들은 7층에 있는 특실로 들어갔다. 객실 안에는 흰 커버가 씌워진 더블베드가 그들을 기다리고 있었고, 거기서 두 사람은 뜨겁고도 열렬한 정사를 치렀다. 18년 만에 처음으로, 18년 만에 다시.

영옥은 세혁의 가슴에 안겨 있는 동안 남자의 가슴이 이렇게 편할 수가 있을까 하는 생각을 내내 하고 있었다. 그것은 누구한테서도 느껴보지 못했던 감정이었다. 어째서일까? 어째서 이런 편안함이 느껴지는 것일까? 그런 생각을 곰곰이 해보던 영옥은 그것이 당당함이라는 것을 알았다. 자기의 첫 순결을 바친 남자, 자기 자식의 아버지, 그것은 엄청난 의미를 지니고 있었다. 세혁은 자기에게 있어 엄청난 의미를 지닌 바로 그 남자였다. 그러기 때문에 자기는 세혁이 앞에서 당당할 수가 있었다.

호텔 문을 나서는 순간부터 영옥은 앞으로 어떻게 해야 하나 하는 문제를 생각하지 않을 수 없었다. 최길성과 함께 살 수 없다는 것은 자명한 답이었다. 자기 자신이 이미 그럴 자격을 잃고 있었다. 하지만 구체적으로 어떤 계획을 세우고 어떻게 대처해 나가는 게 좋은지는 알 수가 없었다. 아니, 그건 자기 혼자 생각할 문제가 아니었다. 자기 혼자 계획을 세운다 해서 그대로 처리될 그런 성질의 문제가 아니기 때문이었다. 영옥은 초조하고 불안해졌다. 하지만 옆에 있는 세혁은 태연하게 농을 하거나 잡다한 일상 이야기를 할 뿐 거기에 대해선 한마디도 언급하지 않았다. 영옥은 그런 세혁이가 서운했다. 그래서 그 서운한 감정을 자신의 기억 속에 간직하고 있는 세혁의 말로 달래고 있었다.

"우리 다시 시작할 수 없을까? 이랑이를 데리고 함께 산다면 우린 누가 봐도 찌그러진 데 없는 반듯한 가족일 수 있잖아."

영옥은 지금도 세혁이가 그런 마음을 가지고 있으리라 믿고 있었다. 그런데 세혁은 그 이후로 그 일에 대해서는 한 마디의 제안도 해오지 않았다. 아니, 그보다 세혁에 대해 더욱 납득이 가지 않는 것은 이랑이에 대한 그의 태도였다. 처음 이랑이가 있다는 말을 들었을 때는 이성을 잃고 흥분하던 그가 그 후에 한 번도 이랑을 만나겠다든가 만나게 해달라는 제의를 해오지 않았다. 그렇다고 해서 자기 쪽에서 먼저 이랑을 만나보라는 얘기를 할 순 없었다.

"아야."

형규가 이랑의 뒤통수에 군밤을 먹이자 이랑이가 비명을 지르며 고개를 돌렸다. 두 아이는 계속 장난을 치고 있었다. 영옥은 딸의 비명을 듣고 자신의 생각에서 깨어났다. 앞자리엔 최길성이 있고, 그 옆엔 이랑이가 있고, 자기 옆자리엔 형규가 앉아 있었다.

'내가 여기서 어떻게 그런 생각을 할 수 있었지?'

영옥은 자기 자신에게 전율했다. 남편과 딸과 형규가 있는 좁은 차 안에서 세혁과의 정사 장면을 떠올리고 있었던 자기 자신이 탕녀처럼 느껴졌다.

"언니가 더 떠는지 오빠가 더 떠는지는 가서 보면 알 거 아니야."

이랑은 군밤을 맞은 게 억울한지 고개를 돌리며 종알거렸다.

"떨긴 왜 떠니? 이 무더운 오뉴월에."

형규가 능청을 떨었다.

"오빠는 송강이 언니 옆에만 가면 말도 못 하고 곁눈질만 하더라. 오늘도 그럴 거야?"

이랑이가 다시 놀렸다.

"배고프면 이리 와. 군밤 하나 더 줄게."

형규가 다시 팔을 쳐들자 이랑이가 최길성 쪽으로 몸을 피했다.

"아!"

"장난은 그만 해라. 휴게소구나."

최길성이 휴게소 주차장 쪽으로 차를 몰며 말했다.

"아, 정말 휴게소네."

그들 앞에는 소사라는 휴게소 간판이 붙어 있었다.

"그렇게 앉아서 좋아만 할 거야?"

최길성은 자동차 키를 빼며 딸을 돌아다봤다.

"알았어요, 아빠."

차에서 내린 이랑은 아빠 옆으로 뛰어가더니 팔짱을 꼈다. 입시 공부의 압박에서 벗어나 오래간만에 여행을 하는 것이 즐겁기도 했지만 이랑은 의식적으로 명랑한 체했다. 그건 아빠에 대한 배려였다. 이랑은 아빠를 보고 있으면 가슴이 아파서 아빠를 위하는 일이라면 정말이지 자기 살점을 잘라서 봉양할 수도 있다는 생각을 수없이 해왔다.

"아버지, 저기 아저씨가 와 계시는데요."

휴게소 안으로 먼저 들어가던 형규가 뒤를 돌아다보며 말했다.

"아저씨라니?"

"박 교수님 말이에요."

"동화가?"

"네."

"그래?"

최길성은 부지런히 안으로 들어갔다. 그러자 이랑은 잡고 있던 최길성의 팔을 놓고 한 발 뒤로 물러섰다. 홀에는 동화가 아내와 아이들을 데리고 앉아 아이스크림을 먹고 있었다.

"자네가 먼저 왔구먼."

최길성이 동화 쪽으로 다가가며 웃었다.

"아, 선생님이시군요."

동화가 자리에서 일어나며 최길성을 반겼다.

"……."

영옥은 남편 뒤에 서서 동화 가족을 가만히 바라보았다. 남편과 아내, 아들과 딸이 머리를 맞대고 앉아 아이스크림을 먹고 있는 모습은 양지바른 화단 속에 피어 있는 꽃들 같았다. 그런 그들을 보는 순간 영옥은 어쩐지 주눅이 들어 그들 앞으로 나아갈 자신이 없었다.

"어서 오십시오. 이렇게 만날 줄 알았으면 같이 떠날 걸 그랬습니다."

동화가 호칭을 생략하고 영옥이한테 인사를 했다.

"……."

동화의 인사를 받은 영옥은 할 수 없이 그들 쪽으로 다가갔다.

"안녕하세요?"

동화 처가 고개를 까딱했다. 까만 타이츠를 입었다고 느껴질 정도로 몸에 꼭 끼는 바지를 입고 있는 그녀는 긴 파마머리를 어깨 위까지 드리우고 있었다.

"안녕하세요? 너희들도 왔구나."

영옥은 동화 처와 동화 아이들한테 인사를 하며 그들 맞은편 자리에 앉았다.

"새신랑은 이쪽으로 앉게. 우리 가족한테 여행을 시켜줘서 고맙네."

동화는 형규를 보고 웃으며 자신도 자리에 도로 앉았다.

"시원한 걸로 한 잔씩 드십시오. 뭘로 갖다 드릴까요?"

동화가 최길성 가족을 둘러보며 물었다. 그 말을 듣는 순간 영옥은 이랑이가 오지 않았다는 생각이 들어 고개를 돌리고 뒤를 돌아다보았다. 그러던 그녀는 몹시 놀란 얼굴로 딸을 쳐다보았다. 이랑이가 도전적인 얼굴로 동화를 노려보고 있었기 때문이었다.

재가. 영옥은 속으로 민망해하며 동화 내외를 가리켰다.

"여기 와서 인사드려. 미국서 오신 아저씨하고 아주머니야."

"인사는 지난번에 했어."

이랑은 잘라서 말했다. 지난번에 했기 때문에 다시 하고 싶지 않다는 말투였다.

"지난번 언제?"

영옥은 기억을 더듬으며 물었다. 동화의 전화를 이랑이가 직접 받은 적은 있지만 그를 만난 기억은 나지 않았기 때문이었다.

"……."

이랑은 엄마 물음엔 대답도 하지 않고 고개를 돌렸다. 밖으로 나갈 궁리를 하고 있는 눈치였다.

"쟤가 왜 저러지? 얘."

영옥은 딸한테 무시당하고 있다는 기분이 들어 화난 음성으로 불렀다.

"그냥 두십시오. 지난번 최 선생님 사무실에서 인사는 했습니다. 뭘 드시겠습니까?"

동화는 두 모녀를 일단 중재해놓고 일행을 둘러보며 다시 물었다.

"……?"

영옥은 남편의 얼굴을 쳐다봤다. 최길성은 굳게 입을 다문 채 묵묵히 앉아 있었다. 그런 남편을 보는 순간 영옥은 이랑이가 아빠 사무실로 찾아가 자기 문제를 상의하고 있다는 걸 알았다. 그건 거의 본능에 가까운 직관이었다.

'아, 이 수치감과 배신감.'

영옥은 자신의 입술을 꽉 깨물었다. 자기 청춘은 이랑을 키우는 일에 바쳐졌다. 그런데 이랑의 눈에 비치고 있는 자신의 모습은 쓰레기더미 속의 휴지 정도로밖에는 비춰지고 있지 않았다.

'건방진 년, 지 년이 뭘 안다고. 지 년이 인생에 대해 뭘 아는 게 있다고.'

"주스 드십시오."

동화가 오렌지주스 한 잔을 영옥의 앞에 갖다 놓았다.

"……"

영옥은 정신을 차리고 주위를 둘러보았다. 남편이 입을 굳게 다문 얼굴로 자기를 바라보고 있었다. 영옥은 남편의 시선을 마주 바라보며 자신을 향해 절규했다.

'따라오지 말았어야 했는데. 이 일엔 따라나서지 말았어야 했는데.'

"어서 오십시오. 마님이 아까부터 기다리고 계십니다."

곽 서방이 최길성의 가방과 동화 가방을 양손에 받아들며 말했다.

"그동안 별고 없으셨습니까?"

최길성이 곽 서방 옆에서 걸으며 물었다.

"여기야 경황이 없지요."

이 씨가 편찮아서 사는 게 경황이 없다는 얘기였다.

"여보, 서울 손님 오셨어. 송강이 외삼촌도 오시고."

중문을 지나 안으로 들어가던 곽 씨가 부인을 보며 말했다.

"송강이 외삼촌 오셨대요."

곽 씨네는 대청마루에서 도라지를 쪼개고 있는 동미를 올려다보며 말했다. 마루에 앉아서 도라지를 쪼개고 있던 동미는 일손을 멈추고 시선을 아래로 깔았다. 자신 앞에 사람이 있다고 생각되면 시선을 아래로 까는 것이 그녀의 습관이었다.

"아유, 정말 다 오셨네. 어서 이리로 오르세요."

곽 씨네가 쫓아나가며 손님을 맞아들였다. 집 안에는 많은 사람이 와서 음식 장만을 하느라고 웅성거리고 있었다. 나물을 무치는 사람, 고기를 장만하는 사람, 전을 부치는 사람, 유과를 일구는 사람, 떡고물을 장만하는 사람…. 오래간만에 다시 보는 이 씨 집 특유의 풍경이었다.

"어머님은 누워 계십니까?"

최길성이 신을 벗고 대청마루로 오르며 물었다.

"아니에요. 집안 어른들이 오셔서 지금은 앉아 계세요."

곽 씨네가 대답했다.

"들어가세."

대청마루로 올라온 최길성이 뒤를 돌아다보며 말했다. 그때 동미가 자리에서 일어나 최길성 쪽을 향해 고개를 숙였다.

"어서 오십시오."

"네, 안녕하셨습니까?"

최길성은 동미를 보고 인사를 했다. 자기와 사돈이 됐다고 생각하자 묘한 감회가 일었다.

"네."

동미는 고개를 숙인 채 조용히 대답했다.

"누님, 접니다. 그동안 별일 없으셨습니까?"

동화가 동미의 손을 덥석 잡으며 인사를 했다.

"그럼. 자네도 애들하고 잘 있었는가?"

"네. 저는 잘 지냈습니다. 너희들 얼른 올라와서 고모한테 인사드려라. 당신도."

동화는 대청마루 밑에 서 있는 아내와 아이들을 내려다보며 채근했다.

"……."

그러나 아내와 애들은 진기한 구경거리를 바라보듯 동미를 올려다보기만 할 뿐 마루 위로 올라와서 인사를 하려고 하지 않았다.

"어서."

동화가 조금 언성을 높이며 명령하는 조로 다시 말했다.

"……."

그러나 그들의 반응은 역시 마찬가지였다.

"당신 뭐 하는 거야? 애들 데리고 올라와서 누님한테 인사를 드리지 않고."

동화가 화난 얼굴로 아내를 내려다봤다.

"꼭 인사를 해야 해요?"

"뭐야?"

"엄마, 저렇게 기분 나쁜 사람이 왜 우리 고모야?"

동화 딸이 엄마의 팔을 잡아당기며 물었다. 그때 사람들 뒤에 서 있던 송강이가 그들 앞으로 나오더니 동화 딸의 뺨을 후려갈겼다.

"그따위 소리 한 번만 더 하면 우리 집에 다시는 발을 들여놓지 못하게 하겠어. 당신도."

송강이가 그들 모녀를 차례로 노려보더니 싸늘하게 말했다.

"……."

갑자기 기습을 받은 동화 처는 반격할 힘을 찾지 못한 채 멍청히 서 있었다.

"자네가 식구들을 데리고 잠시 나갔다 오게."

동미가 침착하게 말했다.

"네."

동화는 가족들을 내려다보더니 도로 대청마루를 내려갔다.

"아빠 따라와."

동화가 딸의 팔을 잡아끌며 명령했다.

"나 서울 갈 거야. 이 집 기분 나빠서 싫단 말이야."

딸이 울며 발악을 했다.

"엄마랑 같이 가자."

동화 처가 아이들 어깨를 잡아끌며 동화 뒤를 따라 나갔다. 사람들은 너무나 갑자기 생긴 일을 어떻게 수습할지 몰라서 그냥 우두커니 서 있었다.

"송강아."

동미가 시선을 내리깐 자세 그대로 딸을 불렀다.

"……."

"엄마는 네가 나 때문에 지금처럼 일을 잘못 처리하는 걸 원하지 않는다."

"……."

"손님들 모시고 안으로 들어가거라."

"네."

송강은 창백해진 얼굴로 영옥과 형규 그리고 이랑을 하나

하나 돌아다봤다. 그러자 세 사람은 마치 그녀의 지시에 따르듯 차례로 신을 벗고 대청마루로 올라갔다.

"할머니한테 절부터 해라."

최길성은 밖에서 일어난 일을 모른 체하며 가족들한테 인사를 하게 했다.

"……."

영옥이, 형규 그리고 이랑은 나란히 서서 이 씨한테 절을 했다.

"먼 길 오느라고 수고했구나."

이 씨 역시 밖에서 일어난 일을 모른 체하며 태연한 얼굴로 그들을 맞았다.

"……."

그들이 절을 하고 자리에 앉으려고 하자 이 씨는 양쪽을 돌아다보며 인사를 시켰다.

"서로 인사들을 하지. 이 어른은 나하고 종동서간이고, 이 어른은 송강이한테 당숙 되는 분일세. 그리고 이쪽은 송강이 시어른 될 분들이네."

그러자 양쪽 사람들은 서로 인사를 나눴다.

"이번에는 자네가 인사를 드리게. 내 손서 될 사람일세."

이 씨의 소개를 받은 형규가 그들 쪽으로 나가서 절을 했다. 어린 시절부터 일 년에 한두 차례씩 놀러 왔기 때문에 그들도 이미 얼굴은 알고 있었다.

"송강아."

형규가 자리를 잡고 앉자 이 씨는 다시 손녀를 불렀다.

"네."

송강이가 들어와서 고개를 숙이고 섰다.

"너도 시어른들한테 인사를 드려라."

이 씨는 아저씨 아주머니라는 호칭 대신 시어른이라는 호칭을 썼다. 송강은 잠시 굳은 표정을 짓더니 최길성 내외를 향해 평절을 했다.

"……."

이 씨는 절을 하는 손녀의 얼굴을 물끄러미 바라보고 있었다. 표정도 감정도 전혀 지니고 있지 않은 무표정한 얼굴. 처음 시골로 데려왔을 때의 며느리 얼굴을 보고 있는 것 같았다. 그런 손녀의 얼굴을 보고 있는 이 씨는 가슴이 답답했다. 송강이가 괴로움을 참느라고 얼마나 애를 쓰고 있는지 그녀의 표정으로 알 수 있어서였다.

"우선 이거부터 좀 드세요."

곽 씨네가 떡과 과일이 담긴 소반을 들고 들어오며 말했다.

"상은 이쪽에 갖다 놓고 자네는 나가서 영실이 아범하고 송강이 에미를 들어오라고 하게. 그리고 자네도 같이 들어오게."

이 씨가 곽 씨네를 보며 말했다.

"네."

곽 씨네는 들고 온 상을 가운데 갖다 놓고 몸을 돌려 밖으로 나갔다.

"어서들 들게. 자네들도 이쪽으로 다가앉지."

이 씨는 친척들을 보며 말했다.

"우리는 아까 먹었습니다. 저희들 걱정하지 마시고 어서 드십시오."

송강의 당숙 된다는 남자가 사양했다.

"그래도 같이 드시지요. 어머님은 좀 누우십시오."

최길성이 이 씨를 보며 말했다. 바싹 마른 몸을 이불에 기대고 있는 이 씨는 옆에서 보기에도 힘이 들어 보였다.

"내가 자네들한테 할 얘기가 있어서 그러네. 얘기 끝나면 눕지."

"……."

최길성이 떡을 하나 집어서 입에 넣으려고 할 때 곽 씨네가 남편과 동미를 데리고 들어왔다.

"부르셨습니까?"

곽 씨가 자리에 앉으며 물었다.

"그러네. 너도 그쪽으로 앉아라."

이 씨는 며느리를 쳐다보며 말했다.

"……."

동미는 조용히 고개를 숙이고 한쪽 구석에 앉았다.

"내 생전에 이렇게 다 모이기도 쉬울 것 같지 않아서 그동안 하고 싶었던 얘기를 지금 좀 하려고 하네."

이 씨가 서두를 꺼냈다.

"……."

그러자 모두 긴장한 얼굴로 이 씨를 쳐다봤다.

"우선 너희들한테 당부를 좀 하겠다."

이 씨는 송강과 형규를 돌아다보며 말을 꺼냈다.

"……."

"이 집은 돈 많은 사람이 호강하려고 지은 집이 아니다. 한 씨 가문을 지켜나가려는 한 어른의 피맺힌 집념으로 지어진 집이다. 내가 이 집을 맡은 후 나도 그런 마음으로 이 집을 지켜왔다. 그러니 너희들도 그런 마음으로 이 집을 지켜나가기를 바란다."

"……."

"그리고 한 가지만 더 당부를 하겠다. 앞으로 살아가면서 주위에 불사(佛事)가 있거든 크고 작고를 가리지 말고 가급적 불사에 동참하도록 해라. 큰 욕심만 부리지 않는다면 지금 있는 재산만 가지고도 평생 그 일을 하면서 살 수 있을 거다."

"이번에는 너한테 한 가지 알려줘야 할 일이 있다."

이 씨는 며느리를 바라보며 말했다.

"……."

동미는 약간 고개를 들며 자신이 시어머니 말을 듣고 있다는 반응을 보였다.

"추동에 있는 논 스무 마지기는 곽 서방 앞으로 줘야겠다. 너도 그렇게 알고 있거라."

추동에 있는 논이 어떤 논인지 며느리가 알 리 없지만 일단 재산에 관한 거니까 며느리한테 알리려고 하는 것 같았다.

"알겠습니다."

동미는 추동에 있는 논 스무 마지기가 곽 서방 앞으로 넘어가는 사실을 알아두겠다는 얼굴로 머리를 끄덕였다. 이 씨는 그런 며느리를 보며 속으로 미소를 짓고 있었다.

"그리고……."

이 씨는 곽 서방 내외를 돌아다봤다.

"……."

곽 서방 내외는 고개를 푹 숙이고 앉아 있었다.

"자네들 은공을 저승에 가서도 잊지 않겠네. 저승에 간다고 한들 내가 어찌 자네들 은공을 잊을 수가 있겠나."

"……."

곽 서방 내외는 더욱 고개를 숙였다. 방 안에는 숙연한 분위기가 감돌았다.

"마님 은공을 저희들이 못 잊지요. 저희 자식들을 키워서 대학까지 공부시켜주시고, 그리고 혼인시켜서 살림까지 내주셨는데요. 저희야말로 땅속에 들어가서도 마님 은공은 잊지 못할 겁니다."

곽 씨네가 손등으로 연신 눈물을 닦아내며 말했다.

"고맙네."

이 씨는 눈을 꼭 감고 한참 동안 앉아 있더니 최길성 쪽을 바라보았다.

"이번에는 자네한테 당부를 하겠네."

"……."

"그동안 여러 가지로 고마웠네. 자네가 없었다면 내가 얼마나 허전하고 외로웠겠나. 죽어서 태서하고 융이 에미 만나면 자네가 나를 많이 도와줬다고 전함세."

"……."

"앞으로도 우리 송강이하고 융을 보살펴주게. 특히 융을 잘 부탁하네."

"……."

최길성은 바지 주머니에서 손수건을 꺼내 얼굴을 가리며 소리 죽여 울었다.

"좋은 일로 만났는데 내가 말을 너무 서둘러 한 거 같네. 내일 식이 끝나면 바로 서울로 간다기에 조용할 때 말을 한다는 게 그만……."

"……."

"그럼 모두 나가보게. 나도 좀 누워야겠네."

이 씨가 누우려고 하자 영옥이가 얼른 다가가서 이 씨를 부축해 자리에 누였다.

"자네도 고맙네."

이 씨는 영옥의 손을 잡으며 조용히 말했다.

"……."

영옥은 아무 대답도 못 하고 가만히 고개를 숙였다.

"할머니 쉬시게 너희들은 나가거라."

최길성이 손수건으로 얼굴을 닦으며 아이들한테 일렀다. 그러자 다른 사람들도 모두 자리에서 일어나 밖으로 나갔다. 방 안에는 최길성과 이 씨만 남았다. 이 씨는 말을 많이 한 게 피곤했는지 자리에 눕자 조용히 눈을 감았다.

최길성은 그런 이 씨를 물끄러미 바라보다가 뒷문 쪽으로 시선을 돌렸다. 창호지 문 위로 석양빛이 환하게 비치고 그 너머로는 대나무 그림자가 어른거리고 있었다.

'벌써 저녁땐가?'

석양빛을 바라보던 최길성이 시계를 들여다보려고 할 때 전화벨이 울렸다.

"여보세요."

최길성은 시계를 들여다보던 손을 내리고 수화기를 들었다.

"여기 서울인데요, 최 선생님이시군요."

지효 스님의 목소리가 들려왔다.

"네. 어머님 바꿔드릴까요?"

"네, 좀."

"어머님, 지효 스님 전화입니다."

최길성은 수화기를 놓고 이 씨를 부축해서 일으켰다.

"안녕하십니까, 스님?"

이 씨는 바싹 마른 몸을 이불에 기대며 전화를 받았다. 그녀 등 뒤에는 자주색 양단 이불이 놓여 있었다. 몸을 기대게 하기 위해 일부러 두꺼운 겨울 이불을 내려놓은 것 같았다.

"경사스러운 날인데 내려가지 못해 죄송합니다."

지효 스님이 오지 못한 것을 사과했다.

"무슨 말씀을요. 염려만 해주셔도 고맙습니다."

"저희들한테는 왜 미리 연락을 주지 않으셨습니까? 조금 일찍 알았으면 내려갈 계획을 세워봤을 텐데요."

"스님이 바쁘실 것 같아서……."

이 씨는 말을 돌려서 했다. 그런 이 씨는 송강이가 의식적으로 연락을 하지 않았다는 생각을 속으로 하고 있었다.

"송강이한테 제가 약혼을 축하한다고 전해주십시오."

"고맙습니다."

"그럼 보살님, 안녕히 계십시오."

지효 스님이 전화를 끊으려고 했다.

"스님."

이 씨가 지효 스님을 불렀다.

"네?"

"거기 혹시 우리 융이 있습니까?"

"네, 있습니다."

"그럼 좀 바꿔주십시오."

"잠시만 기다리십시오. 제가 얼른 가서 불러오겠습니다."

수화기를 놓고 뛰어가는 지효 스님의 발소리가 들렸다. 잠시 수화기를 들고 있자 융의 목소리가 들려왔다.

"융입니다, 할머니."

"오냐 그래, 융이구나. 마침 있어서 다행이다."

"……."

"융아, 지금부터 할미가 하는 말 잘 들어야 한다. 할미 말 알아듣지?"

"……."

이 씨는 마음을 가다듬는지 잠시 말을 끊었다.

"할미는 너를 잃고 싶지 않다는 생각을 여태껏 하며 살아왔다. 잃고 싶지 않다는 생각을 수십 번 수백 번도 더 하면서 살았어. 하지만 인륜이라는 게 있지 않냐. 그래서 할미 욕심만 채울 수 없었다."

"……."

"할미도 그 욕심을 삭이느라 너보다 더 괴로웠다. 융아, 할미 말 알아듣지?"

"……."

"송강이하곤 남매로 살아라. 남매 정리가 부부 정리만 못하지 않다."

"……."

"융아, 지금 할미 말 듣고 있지?"

"네."

"그러면 듣고 있다는 표시를 좀 해라."

두 사람 사이엔 침묵이 흘렀다. 한참 동안 침묵하던 융이 떨리는 목소리로 말했다.

"할머니가 보고 싶습니다."

이 씨는 수화기를 든 채 가만히 눈을 감고 있더니 말했다.

"네가 아무리 할미가 보고 싶어도 내가 너를 보고 싶은 것만 하겠느냐."

수화기 너머로 융의 숨결 소리가 들려왔다. 한참 동안 감정을 진정하고 있던 융이 나직이 말했다.

"할머니, 지금 할머니한테로 가겠습니다."

"오냐, 그래라. 나와 봐서 차가 없으면 택시를 타고 오너라. 쌀 한 가마니든 두 가마니든 운전사가 달라고 하는 대로 주마."

"네."

융의 대답을 들은 이 씨는 수화기를 놓더니 이불에 가만히 몸을 기댔다. 바싹 마른 얼굴 위에는 생명의 물처럼 융을 만나는 기쁨이 흐르고 있었다.

11장

Udambara

"당신 혼자 어디 가세요?"

감은 머리를 헤어드라이어로 말리고 있던 아내가 고개를 돌리며 물었다. 일요일 아침인데 가족을 두고 혼자 어딜 가느냐는 항의였다.

"좀 가보고 싶은 데가 있어서."

점퍼 차림으로 현관에 선 동화는 운동화를 신으며 대답했다.

"가보고 싶은 데가 어딘데요?"

아내가 궁금한 얼굴로 다시 물었다.

"어디라고 하면 당신이 알아?"

동화는 약간 적대감을 느끼며 대답했다.

"어머, 저이 좀 봐. 당신 요즈음 왜 그래요?"

"모르는 부분까지 알려고 하지 마. 당신은 어차피 모르는 거니까."

"기가 막혀. 내가 당신에 대해서 모르는 게 뭐가 있어요?"

"……."

동화는 아무 말 안 하고 아내를 돌아다보다가 그냥 밖으로 나왔다. 나이 사십이 넘어 새삼스럽게 외로움을 느끼고 있는 자신이 주책없이 생각돼서 동화는 자신의 감정을 털어버릴 양으로 부지런히 걸음을 옮겼다.

그때 놀이터에서 시소를 타고 있던 아들 준과 딸 요요가 동화를 불렀다.

"아빠."

동화는 아이들 쪽을 돌아다보며 한 손을 들어 답례를 했다.

"아빠 혼자 어디 가세요?"

딸이 아내하고 똑같은 질문을 했다.

"다녀올 데가 있어서 잠깐 나갔다 오마."

동화는 간단하게 대답하고 몸을 돌렸다. 헤어드라이어로 머리를 말리고 있던 아내나 시소를 타고 있는 아이들이 어쩐지 자기 가족처럼 느껴지지가 않았다. 가족처럼 느껴지지 않는 게 아니라 자기와는 근본적으로 다른 어떤 별개의 인간들같이 생각되었다. 그건 눈이 파란 서양 사람들 속에서 느꼈던 감정과 아주 흡사했다. 그의 반생은 어둠 속에서 보내어졌고 그랬기 때문에 그의 가슴속엔 아직도 그 그림자가 넓게 자리 잡고 있었다. 동화는 가끔 그 부분의 이야기를 아내와 나누고 싶을 때가 있었다. 하지만 아내는 남편 속에 숨어 있는 그림자 쪽으로 고개를 돌리려 하지 않았다. 고개를 돌리려 하지 않은 게 아니라 그쪽 부분은 모르고 있었다. 그러기 때문에 그쪽으로 고개를 돌릴 수가 없었다.

동화는 그런 아내를 보고 있으면 눈이 파란 사람들 속에서 느꼈던 어떻게 해볼 수 없는 외로움이 그대로 되살아나면서 언어가 다른 사람과 맞대면하고 있는 것 같은 답답함이 느껴졌다. 하지만 그런 일은 노상 있는 일도 아니었고 자기 쪽에서 들춰내려고만 하지 않으면 얼마든지 묻어두고 살 수도 있었다. 그러나 지난번 강릉에서 있었던 일과 같은 상황에 부딪히면 그때만은 도저히 참을 수가 없었다. 동화는 자기의 하나뿐인 누이, 애정과 연민 덩어리인 그 누이를 누군가가 무시하면 무시하는 대상이 비록 자기 아내나 자식이라 하더라도 그들에 대해 증오에 가까운 적개심을 품지 않을 수 없었다.

사택 밖으로 나온 동화는 가로수 밑을 천천히 걸어 시내버스 정류장 쪽으로 걸어갔다. 옛날처럼 시내버스를 타고 자기가 살던 집을 찾아가 보고 싶어서였다. 버스를 두 번 갈아타고 불광동 사거리를 지나 시장 입구에서 내린 동화는 옛날 자기가 살던 집 골목으로 들어섰다. 약국· 세탁소· 문방구· 쌀가게….

골목도 변하고 집도 변하고 가게주인도 변했지만 옛날 골목 안에 있던 이런 가게들은 지금도 골목 안에 그대로 있었다. 20년 전 골목 안에 있던 약국이나 세탁소 그리고 문방구나 쌀가게가 지금도 골목 안에 있듯 20년 전 사람들이 겪었던 삶의 갈등 역시 그대로 사람들 속에서 반복되고 있을 것이다. 골목을 지나 한참 올라가니 옛날 한태서가 살던 대궐 같은 집이 나왔다. 대궐 같은 집을 지키고 있는 대궐 같은 대문 오른쪽 기둥에는 '善財寺'라는 간판이 붙어 있었다.

　동화는 만감이 어린 얼굴로 잠시 간판을 바라보다가 천천히 몸을 돌려 비탈진 언덕길을 오르기 시작했다. 긴 담을 끼고 얼마쯤 올라가자 커다란 벽오동 한 그루가 나타났다.

　'아, 이 나무군.'

　동화는 대문 앞에서보다 더 만감이 서린 얼굴로 오동나무를 올려다봤다. 검은 콜타르를 입힌 지붕을 반쯤 덮고 있던 오동나무는 그때보다 훨씬 더 실한 가지를 하늘로 뻗고 우람하게 서 있었다. 20년 세월이 흘러갔음을 나무가 실감케 해주고 있었다. 한참 동안 오동나무를 올려다보고 있던 동화는 몸을 돌려 주위를 살펴보았다. 열 평 남짓으로 생각되는 집터엔 잡초가 무성하게 자라고 있고, 산으로 통하던 마당엔 옛날보다 좀 더 넓은 길이 나 있었다. 팔짱을 끼고 서서 산으로 오르는 길을 물끄러미 바라보고 섰던 동화는 천천히 몸을 돌려 잡초 위를 걷기 시작했다. 자신의 두 발로 옛날 자신이 살았던 집터를 밟아보고 싶어서였다.

얼마쯤 그렇게 풀밭 위를 걷던 동화는 걸음을 멈추고 그 자리에 우뚝 섰다. 그의 발밑에는 옛날 세숫대야를 올려놓고 쓰던 납작한 돌이 그대로 있었다. 잡초 속에 파묻혀 있는 돌을 내려다보고 있던 동화의 눈은 뻘겋게 충혈되기 시작했다. 한참 동안 그렇게 서 있던 동화는 풀밭에 무릎을 꿇고 앉으며 낯익은 돌을 두 손으로 꽉 움켜잡았다. 그러고 있는 그의 머릿속엔 어린 시절 누이 얼굴이 떠올랐다. 지압을 하고 돌아오는 날이면 동미는 언제나 이 돌에 앉아 쉬었다. 그럴 때면 동화는 누이 옆에 쪼그리고 앉아서 막대기로 불쌍한 우리 누나라고 쓰고는 발로 지우고 또 불쌍한 우리 누나라고 쓰고는 발로 지우고 했다. 동화가 그러고 앉아 있으면 동미는 지압사에서 받은 돈을 동생한테 건네주며 말했다.

"내일 책 사. 새 책으로."

그녀가 동생한테 한 말은 책을 사라는 것이었고 책을 사되 새 책을 사라는 것이었다. 그리고 동화가 종규, 세혁이와 어울려 노동 운동을 하고 다닐 때 동미는 언제나 이 돌 위에 앉아서 동생이 돌아오기를 기다렸었다. 밤 9시, 밤 11시, 새벽 1시. 그녀는 동생이 돌아올 때까지 부조물처럼 앉아 있다가 동생이 돌아오는 발소리가 들리면 자리에서 일어나 불안한 표정을 지으며 동생을 맞았다. 옛날 일을 떠올리고 있던 동화는 바지 뒷주머니에서 손수건을 꺼내 눈가를 눌러 닦았다. 누이 소원대로 박사가 되고 대학 교수가 되고 아들과 딸을 둔 가장이 되고… 무엇 하나 이루지 못한 것이 없는데, 그런데도 왜 이렇게 가슴속이 허전한지 그로서는 알 수가 없었다.

"선생님."

"……."

동화는 고개를 돌리고 뒤를 돌아다보았다. 융이 서 있었다.

"선생님이 어떻게 여기 와 계십니까?"

융이 물었다.

"오고 싶어서 왔네. 그런데 자네는 어디서 오는 길인가?"

동화는 들고 있던 손수건으로 안경을 닦으며 물었다.

"산에서 오는 길입니다. 지금 절에 가시는 길입니까?"

"아니네. 그냥 여기까지 왔네."

"…네?"

융은 의아한 얼굴로 동화를 쳐다봤다. 담 밑에 있는 이 풀밭까지 왔다는 게 무슨 말인지 이해가 되지 않았다.

"점심때도 다 됐는데 우리 어디 가서 술이나 한 잔 할까?"

동화가 싱긋이 웃으며 물었다. 최길성을 찾아갈까도 했지만 영옥을 만날 일이 부담스러워서 그 집까지는 가고 싶지 않았다.

"……."

융은 아무 대답도 하지 않고 그냥 가만히 서 있었다. 동화는 그런 융을 보면서, 나도 언젠가 저런 표정을 짓고 다닌 적이 있었지, 하는 생각을 속으로 하고 있었다. 자신의 표정을 자신이 봤을 리가 없지만, 이상하게 융을 보는 순간 자기도 지금 융과 같은 표정을 짓고 다닌 적이 있었다는 생각이 들었다. 그건 언젠가가 아니라 미국으로 떠나기 직전, 지효 스님의 행방을 찾아 전라도 일대의 사찰을 뒤지고 다닐 바로 그 무렵이었다. 동화는 지금 융의 얼굴에서 왜 그때 자기 얼굴을 보고 있는지 자기로서도 알 수가 없었다.

"자네 술 마셔본 적 있나?"

동화가 몸을 돌리며 물었다.

"없습니다."

융은 동화 옆에서 걸으며 조용히 대답했다.

"그렇다면 천생 오늘 나하고 술을 마셔봐야겠네."

"……."

"자네 생각은 어떤가?"

"저는 잘 모르겠습니다."

"모르다니, 그건 대학생 대답이 아닐세."

"……."

"학기 초인데 친구들하고 술을 마실 기회가 그렇게 없었나?"

"서너 번 있었습니다만 그때마다 바쁜 일이 있어서 참석하지 못했습니다."

"사내대장부라면 그런 데도 좀 끼어봐야지. 오늘 내가 길을 터줄 테니까 앞으로 기회가 오거든 꼭 참석하도록 하게."

동화는 자기 자신이 동정(童貞)이 떨어지지 않은 친구를 데리고 사창가를 기웃거리고 있는 건달 같다는 생각이 들어 혼자 괜히 즐거워졌다. 그들이 시장 입구까지 내려왔을 때 유리문에 붉은 페인트로 왕대포라고 쓴 선술집이 보였다.

"우리가 찾던 집이 드디어 나왔구먼. 자 들어가세."

동화가 먼저 들어갔다.

"……."

동화가 들어가자 융도 동화 뒤를 따라 들어왔다.

"어서 오세요."

도마 위에 대파를 올려놓고 숭숭 썰던 여자가 그대로 파를 썰며 두 사람을 맞았다.

"저쪽 가운데에 가서 앉지."

동화는 융을 데리고 일부러 가운데 자리에 가서 앉았다. 막걸리나 소주 외에도 순댓국· 해장국을 곁들여서 파는 일종의 간이음식점이었다. 식당 안에는 몇 팀이 먼저 와서 돼지고기 삼겹살을 구워서 소주를 마시기도 하고 또 해장국을 먹으면서 막걸리 사발을 들이키기도 했다.

"뭘로 드시겠어요?"

파를 썰던 여인이 나무젓가락과 김치보시기를 갖다 놓으며 물었다.

"세상 구경을 처음 나온 신선인데 뭐로 대접할까?"

동화는 즐거운 표정으로 벽에 붙여놓은 메뉴판을 들여다보며 말했다.

"순대 한 접시하고 소주 두 병만 주십시오."

"머릿고기도 섞어 드릴까요?"

여자가 다시 물었다.

"머릿고기뿐 아니라 허파나 간도 고루고루 섞어 주십시오."

여자가 돌아서자 동화는 융을 보며 씩 웃었다. 어쩐지 묘한 친근감이 느껴지면서 실없는 농까지 하고 싶어졌다.

"내가 소주 다섯 잔을 마시면 자네는 한 잔을 마시게. 내가 열 잔을 마시면 자네는 두 잔을 마시고, 우리 이렇게 오 대 일로 하세."

"왜 그렇게 해야 합니까?"

융은 관심을 나타내며 물었다.

"나는 취해야 속말을 하고 자네는 안 취해야 내 말을 듣지. 그러니 우리 오 대 일로 하세."

동화는 장난꾸러기 아이들이 협상을 하듯 융을 쳐다보며 말했다.

"좋습니다."

융도 씩 웃으며 그의 제의를 받아들였다. 그때 주모가 테이블 위에 소주 두 병과 순대 한 접시를 갖다 놓았다.

"자네는 신선이니까 내가 먼저 따름세."

동화는 소주병을 들고 융의 잔에 술을 가득 따랐다.

"선생님은 왜 아까부터 저를 신선이라고 자꾸 그러십니까?"

융도 동화 잔에 술을 따르며 맞받았다.

"자네야 날 때부터 신선 아닌가. 두 신선 속에서 나왔으니 신선일 수밖에."

동화가 소주 한 잔을 쭉 들이키며 말했다.

"……?"

융이 긴장하며 동화를 쳐다봤다.

"자 또 따르게. 부지런히 따라야 자네도 한 잔 마시지."

동화는 빈 잔을 융 앞에 내밀었다.

"선생님."

융이 정색을 하고 동화를 불렀다.

"다섯 잔이 되려면 아직도 멀었네. 자 술부터 따르게."

동화는 빈 잔을 다시 융 앞에 내밀었다.

"선생님은 제 부모님을 알고 계십니까?"

묻고 있는 융의 눈엔 광채가 돌았다.

"내가 취하면 말을 할지도 모른다고 하지 않았나. 우선 술부터 마시세."

"저는 취하지 않은 선생님한테서 제 부모님 얘기를 듣고 싶습니다. 제 부모님을 알고 계신다면 그분들에 대해서 좀 알려주십시오."

"내가 오늘 여기까지 온 건 자네 어머님 생각이 나서였는지도 모르네. 자네 어머님은 내가 알고 있던 모든 사람과 연결돼 있으니까, 자네 어머님 생각을 하고 있으면 다른 사람들 생각도 자연히 하게 되지."

"……."

"자네도 어서 들게. 술잔을 받았으면 술을 마셔야지."

동화는 자신 앞에 놓인 술잔을 다시 비우며 융한테도 술을 마시기를 권했다.

"……."

융은 약간 찡그린 듯한 얼굴로 술잔을 들더니 천천히 술을 마시기 시작했다. 동화는 그런 융을 신기한 눈으로 가만히 바라보고 있었다. 무엇인가 골똘히 생각하고 있는 것 같은 신비한 얼굴, 저 얼굴.

"자네, 백족화상한테서 들은 중중무진의 연기법을 기억하고 있나? 하나의 실체를 종으로 놓고 보면 무한한 시간이 보이고 횡으로 놓고 보면 무한한 공간이 보인다던 그 말을."

"네."

"자네를 보고 있으니 그 말이 생각나는군. 지금 자네를 보니 오 교수님을 그대로 보고 있는 것 같네."

"오 교수님……?"

융이 낮은 소리로 따라 말했다.

"그래, 오 교수님. 자네 어머님 말일세."

"……?"

융의 눈엔 다시 광채가 돌았다.

"자넨 나한테 그분이 어디 계시냐고 묻고 싶겠지? 하지만 나도 그분이 어디 계신지 알지 못하네. 떠날 때는 분명히 계셨는데 돌아와 보니 계시지 않더군. 그러니 내가 어떻게 알 수 있겠나. 그분이 어디 계신지를."

"……."

"최 선생님은 그분이 돌아가셨다고 했네. 하지만 나는 그 말을 믿고 싶지 않았다네. 그러나 믿지 않을 수도 없었지. 그분은 아무 곳에도 계시지 않았으니까."

동화는 약간 취기가 오르는 목소리로 말했다.

"……."

"언젠가 한번은 도다가를 찾아가 보려고도 했었지. 도다가 종 밑에 유해를 뿌렸다는 말을 들었기 때문에. 하지만 관둬버렸네. 너무도 허무한 것 같아서."

'도다가, 도다가, 도다가…….'

동화를 쳐다보고 있는 융은 입 속으로 도다가란 말을 수없이 되뇌고 있었다.

"오늘은 이상하게 오 교수님이 더 그리워지는군. 아침부터 실없이 자꾸 외로워지더니 말일세."

동화는 자신의 감정을 진실하게 고백했다.

"……."

"자네도 과거의 얼굴이 그리워질 때가 있나? 자네야 아직 과거가 없으니 그런 건 모르겠지."

"……."

"나처럼 나이를 먹으면 과거의 얼굴, 과거의 사건, 과거의 감정, 그런 것들이 가끔씩 그리워진다네. 그리고 또 그것들을 누군가와 이야기하고 싶어질 때도 있지."

"선생님, 제 어머님에 대해 말씀해주십시오. 선생님은 그분을 어떻게 알게 되었습니까?"

융은 무릎을 꿇고 이야기를 청하고 싶은 그런 간절한 얼굴로 동화를 쳐다봤다.

"나는 오늘 지난 일들을 이야기하고 싶었는데 자네가 내 이야기를 기다리고 있었구먼."

동화는 자신 앞에 놓인 술잔을 다시 들며 말했다.

"……."

"그 이야기야말로 중중무진의 연기법과 같아서 걸리지 않는

데가 없네. 자네 어머님 이야기를 하려면 우선 강릉 할머님의 아드님인 한태서 씨 얘기부터 해야 하는데, 그 사람에 대해 얘기하다 보면 내 누님과 송강의 이야기도 자연히 할 수밖에 없게 되지. 그리고 최 선생님과 이랑의 어머님에 대해서도 이야기해야 하고. 그러나 내가 하고 싶은 가장 중요한 얘기는 뭐니 뭐니 해도 지효 스님과 나의 얘길세. 지효 스님과 나는 자네 어머님으로부터 가장 많은 영향을 받았고 또 그분의 아드님인 자네한테 가장 많은 영향을 주고 있으니, 그 이야기는 자네한테도 아마 가장 중요한 얘기가 될 걸세."

"……."

"이야기를 시작하기 전에 술부터 한 잔 더 주게. 술 취하면 이야기가 술술 더 잘 나올 것 같아서 그러네."

동화는 다시 술잔을 융 앞에 내밀었다.

"그럼 제가 죽을 때까지 그 사람하고 같이 사는 게 인연을 푸는 건가요?"

용정이 엄마가 격렬한 목소리로 물었다.

"……."

지효 스님은 대답할 말을 찾지 못하고 그냥 가만히 앉아 있었다. 죽을 때까지 같이 사는 게 꼭 인연을 푸는 일이라고는 생각지 않지만, 그러나 보내주려 하지 않는 남편을 두고 떠나간다는 것도 인연을 푸는 일에 있어서는 옳은 일 같지가 않았다.

"하루에도 수천 번 남편을 증오하고, 또 증오하고 죽이고 싶도록 증오하고 있는데, 그래도 제가 남편하고 사는 게 인연을 푸는 건가요?"

"……."

"그 사람하고 결혼하고 아이를 낳은 제 자신이 저주스러워요. 아니, 누군가와 결혼을 했다는 그 자체가 저주스러워요. 감당도 할 수 없는 제게 왜 이런 짐을 지웠는지 너무너무 저주스러워요."

용정이 엄마는 두 손으로 얼굴을 가리며 울었다.

"용정이 엄마."

지효 스님은 답답한 마음으로 용정이 엄마 손을 잡았다.

"스님, 괴로워요. 사는 게 너무도 괴로워요. 제가 알고 있는 건 사는 게 괴롭다는 사실 뿐이에요."

용정이 엄마는 지효 스님의 무릎 위에 엎드리며 흐느끼기 시작했다.

"……."

지효 스님은 용정이 엄마 등 위에 두 손을 얹고 가만히 눈을 감았다. 살아 있는 그 자체가 괴로움이라는 걸 지효 스님도 뼈저리게 체험했었다. 그러기 때문에 그 괴로움에서 벗어나기 위한 몸부림으로 구도의 길을 택했었다. 그런데 이제 세상 속으로 돌아와 세상 사람들을 바라보니 그들의 삶 역시 너무도 괴로웠다. 살아 있는 그 자체가 괴로움이라는 걸 지효 스님은 다른 사람들의 삶을 통해 다시 한번 확인하고 있었다.

하지만 그 괴로움을 바라보는 그녀의 시선은 많이 달라져 있었다. 전에는 외부의 상황, 이별·배신·가난·갈등 같은 피하려야 피할 수 없는 외부 상황들이 인간의 삶을 괴로움 속으로 몰고 간다고 생각했었다. 그러나 이제 그녀가 바라보고 있는 삶의 괴로움은 그런 외부 상황에 있지 않았다. 그것은 자신 속에 내재해 있는 무지라는 것을 알았고, 그 무지는 마치 세포가 번식을 하듯 수없이 많은 상황을 만들어가면서 자신의 삶은 물론 주위 사람들의 삶까지도 괴로움 속으로 몰고 간다는 것을 알았다.

그리고 그 괴로움 역시 인드라망처럼 서로서로 연계를 맺고 있어서 내 괴로움과 남의 괴로움이 따로 분리돼 있는 것이 아니라 떼려야 뗄 수 없는 관계 속에서 서로 고리를 짓고 있음을 알았다. 하지만 괴로움의 실체가 무지라는 것을 어떻게 사람들한테 알려줄 수 있으며, 그것을 벗어나기 위한 최선의 방법은 지혜를 얻는 길뿐이라는 걸 어떻게 설명해줄 수 있겠는가? 그것을 알려준다는 것은 참으로 요원하고 아득한 일로 느껴졌다.

"용정이 엄마."

지효 스님은 자신의 무릎 위에 엎드려서 울고 있는 용정이 엄마를 다시 조용히 불렀다.

"……."

용정이 엄마는 고개를 들고 지효 스님을 쳐다봤다. 지친 그녀의 얼굴은 눈물로 뒤덮여 있었다.

"마음을 진정하고 앞으로의 일을 생각해봅시다."

지효 스님은 동방 주머니에서 손수건을 꺼내 용정이 엄마 얼굴을 닦아주며 말했다.

그때 '쨍그렁' 하고 유리 창문 깨지는 소리와 깨진 유리 조각이 쏟아지는 소리가 동시에 들려왔다. 놀란 지효 스님과 용정이 엄마는 고개를 돌리고 창 쪽을 바라보았다. 어둠이 덮인 창밖에는 용정이 아빠가 광기 어린 얼굴로 두 사람을 노려보고 있었다.

"아!"

남편을 본 용정이 엄마는 외마디 비명을 지르더니 밖으로 도망쳐 나갔다. 그러자 용정이 아빠가 맹수처럼 달려들어 용정이 엄마 머리채를 낚아챘다.

"이년, 이 화냥년. 서방질한 재미가 어떤지 말해봐."

용정이 아빠는 잡은 머리채를 더욱 세게 옥죄며 아내를 다그쳤다. 그리고 있는 그의 눈은 증오심으로 번들거렸다.

"……."

"이년, 중놈 붙어 다니는 걸 내가 모를 줄 알았지. 네년이 나를 속여? 흥, 어림도 없지."

용정이 아빠는 야비하게 코웃음을 치며 다시 아내의 머리채를 옥죄었다.

"이 손 놔. 이 손 놓으라고."

용정이 엄마는 이를 악물며 남편 손에서 벗어나려고 몸부림쳤지만 허사였다.

"중놈하고 붙어먹은 재미가 어떤지 말해봐. 그러면 놔주지."

용정이 아빠는 충혈된 눈으로 아내를 노려봤다.

"개새끼."

용정이 엄마는 신음하듯 외마디 소리를 내뱉었다. 그러고 있는 그녀의 얼굴엔 살기가 돌고 있었다.

"중놈하고 붙어먹은 이 뻔뻔스러운 년."

용정이 아빠는 이를 악물더니 주먹으로 아내의 얼굴을 후려쳤다. 그러자 용정이 엄마 오른쪽 눈에서 붉은 피가 쏟아졌다. 넋을 잃고 두 사람을 바라보고 있던 지효 스님은 비로소 용정이 아빠가 자기를 오해하고 있다는 사실을 알았다. 스님은 다 남자로 알고 있는 건지 아니면 외모가 남자와 비슷하기 때문에 당연히 남자로 생각했는지 그건 알 수가 없었다.

"여보세요, 진정하고 내 얘기 좀 들어요. 난 남자가 아니에요. 그러니까 그런 오해는 하지 마세요."

지효 스님은 용정이 아빠의 팔을 잡으며 말했다.

"흥, 이놈이 남의 여편네 붙어먹고 이제 와서 오리발을 내밀어."

용정이 아빠가 지효 스님의 멱살을 잡았다.

"스님, 이놈은 사람이 아니에요. 맞지 마시고 얼른 피하세요. 봉변당하지 말고 어서요. 아, 앞이······."

지효 스님을 가로막으려고 하던 용정이 엄마가 오른손으로 눈을 가리며 신음했다. 그녀의 오른쪽 눈에서는 붉은 피가 계속 흘러내리고 있었다.

"이 팔 놔요. 빨리 이 팔 놓으세요."

지효 스님은 자신의 멱살을 잡고 있는 용정이 아빠의 팔을 뿌리치려고 안간힘을 썼다.

"야 인마, 오리발 내민다고 내가 순순히 속아줄 거 같으냐?"

용정이 아빠가 지효 스님의 멱살을 더욱 세게 잡으며 이죽거렸다. 그때 어디에선가 주먹이 날아와 용정이 아빠 면상을 후려갈겼다. 갑자기 습격을 받은 용정이 아빠는 방어할 힘을 잃고 뒤로 비실비실 넘어지려고 했다.

"이분은 남자가 아니라고 했잖아. 그런데 왜 괴롭혀?"

동화 주먹이 다시 날아갔다. 그러고 있는 그의 몸은 분노로 떨고 있었고 입에선 술 냄새가 확 풍겨왔다.

"……."

지효 스님은 몸을 돌리고 동화를 바라보았다. 동화를 바라보는 지효 스님의 얼굴이 핼쑥해졌다.

"넌 누구야?"

용정이 아빠가 비로소 적의를 나타내며 동화 쪽으로 몸을 돌렸다.

"자네 얼른 가서 파출소에 신고하게."

동화가 융을 돌아다보며 말했다. 창백한 얼굴로 그들을 바라보고 섰던 융이 조용히 고개를 돌리고 동화를 쳐다봤다. 그의 시선은 인간에 대해 완전히 절망하고 있는 것 같았다.

"어서 도망가게. 파출소에 붙들려가서 경치지 말구."

용정이 아빠 기세가 수그러들었다고 생각했는지 살구 댁이 나서며 말했다.

"파출소에 붙들려가요? 어느 놈이 나를 파출소로 잡아가요?"

용정이 아빠가 뻗댔다.

"저 사람은 박사이고 교수님이셔. 자네가 잘못한 걸 다 봤는데 그냥 놔둘 성싶은가?"

살구 댁은 충고인지 협박인지 알 수 없는 말로 용정이 아빠를 위협했다.

"보살님, 제가 용정이 엄마 데리고 병원에 갔다 올게요."

지효 스님이 용정이 엄마 몸을 일으켜주며 말했다.

"눈에서 피가 저렇게 흐르니 앞이나 볼 수 있을는지."

살구 댁이 한옆으로 물러서며 길을 터줬다.

"융, 교수님 모시고 내 방에 가서 차를 대접해드려."

"……."

융은 여전히 절망적인 얼굴로 지효 스님을 바라볼 뿐 아무 대답도 하지 않았다.

"제 방에 가셔서 차를 드시고 가십시오."

지효 스님은 동화를 향해 조용히 합장하고 몸을 돌렸다. 용정이 엄마를 부축해서 현관 뜰로 내려서던 지효 스님은 몸을 돌리고 뒤를 돌아다봤다.

"아 참, 용정이는 어디 있는가요?"

지효 스님은 잊었던 일이 생각난 듯 긴장하며 물었다.

"아유 세상에, 저쪽에 혼자 있어요."

살구 댁이 주위를 두리번거리다가 소파 뒤에 앉아 있는 용정을 가리키며 말했다. 용정이는 겁먹은 얼굴로 울지도 못하고 소파 뒤에 앉아 있었다. 이런 북새통이 벌어질 땐 울어서는 안 된다는 걸 짧은 세상살이를 통해 터득하고 있는 것 같았다.

"아이 걱정은 마시고 얼른 병원에나 가세요. 용정이는 내가 데리고 있을게요."

살구 댁이 용정을 안으며 말했다.

"안 돼, 이년. 어디 가는지 몰라도 애 업고 가."

용정이 아빠가 달려들 듯이 말했다.

"저런 똥창이 빠질 놈. 눈알이 빠지게 때려놓고 서방질할까 봐 애까지 또 딸려 보내."

살구 댁이 악을 썼다.

"이 늙은이가."

용정이 아빠가 살구 댁을 때릴 듯이 팔을 올리더니 때리지는 못하고 살구 댁이 안고 있는 용정을 빼앗아서 옆구리에 끼고 밖으로 나갔다. 그러자 용정은 공포에 질린 새파란 얼굴로 다리만 버둥거렸다. 맹수에 잡혀가는 작은 짐승 같았다.

"차 한 잔 주겠나?"

동화가 융을 돌아다보며 물었다.

"……."

융은 여전히 절망적인 얼굴로 동화를 쳐다보기만 했다.

"스님이 차 한 잔 마시라고 했으니 스님 방으로 가세."

동화가 앞장섰다.

"제 방에 가셔서 마시면 안 되겠습니까?"

그제야 정신이 돌아온 듯 융이 말했다.

"왜?"

"저는 아직 스님 방에 들어가 본 적이 없습니다."

"들어가 본 적이 없으면 지금 들어가 보세."

동화는 일부러 취한 척하며 앞에서 걸어갔다.

"스님 방은 여깁니다."

뒤에서 따라오던 융이 법당 아래에 있는 대중방 옆방을 가리키며 말했다.

"그래?"

동화는 방문 앞에서 걸음을 멈추며 융을 쳐다봤다.

"먼저 들어가 계십시오. 제가 차를 준비해 가지고 오겠습니다."

융이 몸을 돌렸다.

"……."

동화는 방문을 열고 안으로 들어갔다. 방문을 연 순간 그의 눈에 제일 먼저 들어온 것은 지난 사월 초파일에 자신이 선물한 네모진 책상이었다. 책상은 창 앞에 놓여 있고 책상 위에는 경책이 몇 권 가지런히 놓여 있었다. 동화는 미묘한 감동을 느끼며 책상을 내려다보고 있었다. 그러고 있는 그는 이 방에 들어와서 차를 마시게 한 지효 스님의 마음을 간접적으로 전달받고 있는 기분이었다.

'아무 말 안 하고 책상을 놓고 가긴 했지만 내가 선물했다는 걸 모를 리가 없겠지.'

한참 동안 책상을 내려다보고 섰던 동화는 속으로 이렇게 중얼거리며 방 안을 살펴보았다. 오른쪽 벽면으로는 책장이 하나 서 있고, 왼쪽 벽에는 가사 장삼과 두루마기 그리고 하얀 인조견으로 된 속적삼이 걸려 있었다. 동화는 왼쪽 벽으로 몸을 돌려 인조견으로 된 속적삼을 두 손으로 받쳐 들고 그 위에 자신의 얼굴을 가만히 묻어보았다.

수없이 반복될 다겁의 생애 중에서 지효 스님과 꼭 한 번 여자와 남자로 다시 만나 한 생애를 같이 살아보고 싶었다. 아니, 한 생애가 허용되지 않는다면 일 년만이라도, 일 년이 허용되지 않는다면 한 달만이라도, 한 달도 허용되지 않는다면 단 며칠만이라도. 여자와 남자로 만나서 같이 살아보는 것, 아침에 함께 자리에서 일어나고, 마주앉아 식사를 하고, 하루 일과를 계획하고, 저녁에 다시 만나고, 하루 있었던 일을 서로 이야기하고, 그리고 함께 잠자리에 드는 평범하고도 평범한 일, 아내와 늘 반복하고 있는 그 평범한 일상을 지효 스님과 함께 꼭 한 번 치러보고 싶었다. 아주 간절한 열망으로.

"융."

어둠 속을 걸어오던 지효 스님이 자귀나무 밑에 있는 융을 발견하고 그쪽으로 발길을 돌렸다.

"……."

깊은 생각에 잠겨 있던 융은 가만히 고개를 들고 지효 스님을 올려다봤다.

"밤이 깊었는데 왜 아직 여기 있어?"

지효 스님이 융을 내려다보며 묻자 융은 지효 스님의 대답을 피하며 용정이 엄마 안부를 물었다.

"그 아주머니는 괜찮습니까?"

"아직은 모르겠어. 결과를 두고 봐야지."

"……."

융은 고개를 돌리고 다시 먼저 자세 그대로 앉아 있었다.

"들어가지 않을 거야?"

"답답해서 그냥 여기 있고 싶습니다."

"그럼 나도 같이 좀 앉을까?"

지효 스님은 융 앞에 놓여 있는 돌을 가리키며 앉아도 좋겠느냐는 양해를 구했다.

"네."

"……."

지효 스님은 융과 마주앉아서 어둠 속을 응시했다. 푸른 수은등이 내리비치는 잔디밭 쪽만 환하고 정원은 어둠 속에 잠겨 있었다.

"오늘 박 교수님을 통해 많은 이야기를 들었습니다."

융이 말을 꺼냈다.

"……."

지효 스님은 긴장하며 융을 바라봤다.

"저희 어머님을 중심으로 한 모든 사람의 이야기를요. 스님과 박 교수님의 이야기도 들었습니다."

"……."

"그런데 제게 말씀해주지 않은 분이 한 분 계십니다."

"그분이 누군데?"

"백족화상입니다. 백족화상 이야기가 나왔을 때 박 교수님은 이야기를 피하며 자신은 그분에 대해서 아무것도 알고 있는 게 없다고 하셨습니다."

"……."

"스님, 스님은 백족화상에 대해서 잘 알고 계실 텐데 그분에 대해서 말씀을 좀 해주십시오."

융이 진지하게 말했다.

"융이 그분에 대해서 알고 싶은 게 어떤 건데?"

지효 스님도 진지하게 물었다. 자신이 설명할 수 있는 부분이라면 진실하게 대답해 주고 싶어서였다.

"저는 그분에 대해서 모든 걸 알고 싶습니다. 그분을 뵌 후 그분에 대한 생각을 한시도 놓아본 일이 없습니다. 그분은 제게 있어 완전한 충격이었습니다."

"완전한 충격?"

"그렇습니다. 그분의 모습도 충격이었고, 제게 보여주신 광명의 세계도 충격이었고, 제게 해주신 말씀도 충격이었습니다."

"……."

"하지만 그런 모든 것보다 저를 더욱 궁금하게 하는 것은 그분이 제게 보내신 관심입니다."

"관심이라니, 그분이 융한테 어떤 관심을 가지고 계셨는데?"

지효 스님이 물었다.

"아저씨는 백족화상이 제게 광명의 세계를 보여주신 것은 종교의 세계가 실재해 있음을 믿게 하기 위한 배려였다고 말씀하셨습니다."

"……."

"한 사람이 종교의 세계를 체험하기까지에는 많은 우여곡절을 겪어야 하는데 백족화상은 제게 그 우여곡절의 과정을 생략시켜줌으로써 한 번에 몇 단계의 과정을 뛰어넘게 한 것이라고 하셨습니다."

"아, 그런 배려가 들어 있었군."

지효 스님은 융의 말을 들음으로써 비로소 백족화상의 뜻을 이해하게 되었다는 얼굴로 천천히 머리를 끄덕였다.

"만약 아저씨의 생각이 맞았다면 그분은 왜 제게 그런 배려를 하셨을까요?"

"……."

지효 스님은 가만히 융을 쳐다봤다.

'그분은 바로 융의 아버님이야.'

지효 스님은 이 말을 하고 싶었지만, 그 말은 자기가 할 말이 아니라는 생각이 들어 그냥 입을 다물었다.

"스님, 그분에 대해 좀 말씀해주십시오."

융이 다시 청했다.

"그 일은 나보다 최 선생님한테 여쭤봐. 융한테 그 설명을 해줄 수 있는 사람은 최 선생님 한 분밖에 안 계셔."

"……."

융은 실망한 얼굴로 지효 스님을 바라봤다.

"최 선생님한테 여쭤보고 싶지 않아?"

"아닙니다. 아저씨한텐 벌써 여쭤봤습니다. 하지만 아저씨는 인연이 닿으면 자연히 알게 될 거라는 말로 대답을 피하셨습니다."

"그렇다면 인연을 기다려봐. 백족화상에 대해 알게 될 인연이 닿으면 그때 자연히 알아지겠지."

지효 스님은 애매하지만 이렇게 말할 수밖에 없었다.

"……."

융은 백족화상에 대한 궁금증을 떨쳐버릴 수 없다는 얼굴로 고개를 숙였다.

"우리 화제를 좀 바꿀까?"

지효 스님이 조금 밝은 음성으로 말하자 융은 고개를 들고 지효 스님을 물끄러미 바라봤다.

"……."

"송강에 대해서 많이 고민하고 있던데, 그 문제는 정리가 됐어?"

지효 스님은 진지하게 물었다.

"네."

지효 스님의 질문을 받은 융은 잠시 생각하는 표정을 짓더니 분명하게 대답했다.

"어떻게?"

"오늘 박 교수님을 만나서 많은 이야기를 듣는 중에 그 문제는 제 마음속에서 정리가 되었습니다."

"다행이군. 어떤 방향으로 정리를 했는데?"

"송강이와 저는 몸은 하나고 머리만 두 개인 쌍두아이기 때문에 헤어질 수 없다고 생각했습니다. 그런데 박 교수님 얘기를 듣고 보니 몸은 하나고 머리만 두 개인 쌍두아이기 때문에 결합할 수 없다는 걸 알았습니다."

"……."

"송강이와 저는 태어나는 순간부터 운명적으로 쌍두아였다는 생각이 듭니다."

"그래. 그 말은 두 사람의 관계를 가장 적절하게 표현한 말인 것 같군. 융이 그렇게 마음속에서 정리를 했다니 나도 마음이 편해."

지효 스님은 융을 바라보며 미소를 지었다.

"스님을 바라보는 제 마음도 요즈음 편합니다."

융도 빙긋이 미소를 지으며 지효 스님을 바라봤다.

"나를 바라보는 융의 마음이 편하다니, 그건 무슨 뜻이지?"

"전에는 스님이 고개도 돌릴 수 없는 좁은 레일 위를 일직선으로 달리고 있는 것 같아서 뵙기가 힘이 들었는데 요즈음은 넓은 정원 위를 걸으시면서 꽃도 둘러보고 미소도 짓고 그리고 가끔씩 쉬어 가는 여유도 보여주셔서 스님을 뵙기가 편합니다."

융이 나직이 말했다.

"융도 내게서 그런 걸 느꼈어?"

지효 스님은 놀란 얼굴로 물었다. 자신이 느끼고 있는 내면의 변화를 융도 알고 있었다는 게 신기했다.

"네."

융은 지효 스님의 변화를 깊이 이해하고 있다는 얼굴로 쳐다봤다. 지효 스님은 그런 융을 물끄러미 바라보다가 고백하듯 말했다.

"나로 하여금 좁은 레일 위에서 내려오게 해준 분은 백족화상이었어. 그분은 내가 도다가를 떠나올 때 이런 말씀을 하시더군. 외나무다리로도 강을 건널 수는 있지만 많은 사람과 함께 건널 수는 없다고."

"……."

"백족화상은 그 일을 일깨워주시기 위해 나로 하여금 세상 속으로 돌아오게 하셨고, 세상 속으로 돌아온 나는 애기보살들을 만나게 되었어. 그러면서 사랑을 배웠지. 애기보살들은 내게 사랑을 일깨워준 진짜 보살들이었어."

지효 스님은 머릿속으로 애기보살들의 모습을 떠올리며 말했다. 애기보살들이 자신한테 사랑의 감정을 일깨워줄 수 있었던 것은 그들의 작고 보드랍고 따뜻한 몸이었다. 작고 보드랍고 따뜻한 몸은 바로 생명이었고 그 생명이 자신의 두 손에 감지되었을 때 지효 스님은 비로소 죽어 있던 사랑의 감정을 되살려낼 수 있었다.

"……."

"사랑을 배우게 되자 반신불수가 되었던 내 반쪽 몸이 소생하기 시작했어. 그러면서부터 회향이 뭔가도 알게 되었지. 회향은 사랑의 감정과 연민의 감정, 자(慈)와 비(悲)가 조화를 이룰 때 비로소 가능해져."

"……."

"이제 나는 융 쪽으로 내 몸을 돌리고 융을 정면으로 바라볼 수 있어. 이렇게 융한테로 회향하도록 하기 위해 백족화상은 그동안 나로 하여금 몇 단계의 과정을 밟게 하셨던 거야."

"왜입니까? 왜 그분은 저를 위해서 그런 배려를 하신 겁니까?"

융은 이렇게 물었다. 묻고 있는 그의 눈은 빛을 뿜고 있었다. 마치 그 대답을 듣고 싶은 열망이 온몸을 태우고 있는 것 같았다.

"그건 그분의 외로움 때문일 거야."

지효 스님이 조용히 말했다.

"……?"

"물론 다른 사람들은 세속적인 해석을 내리겠지. 나 역시 세속적인 해석을 배제하는 건 아니야. 하지만 나는 그분을 알고 있어. 융을 위한 배려는 그분 자신의 외로움 때문일 거야."

"……?"

"융도 외로움을 느낄 때가 있을 거야. 나도 외로움을 느낄 때가 가끔 있어. 우리가 겪는 외로움도 이러할진대 그분이 겪는 외로움이 어떠하시겠어?"

"……."

"그분은 융을 자신의 수준만큼, 아니 자신의 수준 이상으로 끌어올려서 자신의 외로움을 나눠보고 싶으신 거야. 물론 그건 결과적으로 중생을 위한 회향이 되겠지만."

"……."

"내 말 알아들을 수 있어?"

"스님은 백족화상을 깊이 이해하고 계신 것 같군요."

"깊이 이해하고 있지. 아주 깊이."

지효 스님은 자신의 감정을 진실하게 말했다. 하지만 이해하고 있다는 말속에 숨어 있는 더 깊은 뜻은 어떻게 설명할 수 있을지 그녀로서도 알 수가 없었다.

"스님과 마음속의 이야기를 나누고 나니까 비로소 스님하고 함께 있다는 생각이 듭니다."

융이 빙긋이 웃으며 말했다. 친근감을 나타내는 표정이었다.

"나도 그래. 이제 우리가 함께 만나고 있다는 기분이야."

지효 스님도 융을 보며 미소를 지었다. 마음속의 진실을 드러냈을 때 진실한 만남이 이루어진다는 것을 두 사람은 같은 순간에 서로 확인하고 있었다.

"스님, 스님."

살구 댁이 뚱뚱한 몸을 뒤뚱거리며 지효 스님이 거처하는 방 쪽으로 갔다.

"왜 그러세요, 보살님?"

지효 스님은 불안한 얼굴로 자리에서 일어서며 물었다.

"병원에서 지금 막 전화가 왔는데 용정이 엄마가 도망을 갔대요."

"네?"

지효 스님은 멍한 얼굴로 살구 댁을 바라보며 어둠 속에 서 있었다.

"사장님, 스님 오셨습니다."

미스 김이 최길성의 책상 앞에 와서 조용히 말했다.

"……."

최길성은 고개를 들고 문 쪽을 바라보았다. 문 앞에는 향운 스님이 초췌한 모습으로 서 있었다.

"어서 오십시오, 스님."

최길성은 자리에서 일어서며 향운 스님을 맞았다. 그의 책상 위에는 담배꽁초가 수북하게 쌓여 있고 재떨이 옆으로는 담뱃재가 어지럽게 흩어져 있었다.

"……."

향운 스님이 입을 꾹 다물고 최길성의 앞으로 걸어가자 미스 김은 책상 위에 놓여 있는 재떨이를 들고 밖으로 나갔다.

"이쪽으로 앉으십시오."

최길성은 자신의 의자 옆에 놓인 보조 의자를 가리키며 앉기를 권했다.

"……."

향운 스님은 여전히 입을 꾹 다문 채로 최길성이 가리키는 의자 위에 털썩 주저앉았다. 그러고 있는 그는 몹시 지쳐 보였다.

"차 드릴까요?"

미스 김이 비운 재떨이를 들고 와서 물었다.

"아니, 차보다 요 앞에 나가서 소주 두 병하고 마른안주를 좀 사와."

최길성이 말했다.

"네."

미스 김은 최길성의 심정을 이해하고 있는 듯 조용히 몸을 돌렸다.

"여기서 곡차를 좀 하십시다."

최길성이 향운 스님을 보며 싱긋이 웃었다.

"……."

그러나 향운 스님은 입을 꾹 다문 자세 그대로 가만히 앉아 있기만 했다.

"사람이 마음을 가지고 있다는 것은 좋은 일이더군요. 그놈이 온갖 번뇌 속으로 사람을 끌고 들어가기도 하지만 또 온갖 번뇌 속에 갇혀 있는 사람을 끌고 나오기도 하니까요."

최길성은 자신의 지금 심정을 이렇게 전했다.

"……."

그러자 향운 스님은 슬며시 고개를 돌리고 최길성을 쳐다봤다.

"번뇌 속으로 끌려 들어갈 때는 괴로웠지만 번뇌 속에서 끌려 나오고 나니까 오히려 편합니다. 세속에 찌든 육십 평생의 생을 정리할 수 있어 홀가분하기도 하고요."

"……."

"부질없는 삶인 줄을 알면서도 그것을 정리할 힘이 없을 때는 누군가가 옆에서 그것을 정리하도록 도와줘야겠지요. 스님이 그 일을 해주셨다고 생각하기 때문에 저는 스님에 대해서 고맙게 생각하고 있습니다."

"마 그렇게 빙빙 돌려서 말씀하지 마시고 차라리 제 뺨이라도 한 대 후려갈겨 주이소."

향운 스님이 약간 격앙된 목소리로 말했다.

"……."

최길성은 그런 향운 스님을 물끄러미 바라보고 있었다. 반백이 넘은 머리는 주름진 얼굴을 덮고 있지만 그의 얼굴엔 전에 볼 수 없었던 맑은 기운이 돌고 있었다.

"솔직히 말해서 부처님도 야속합니다. 제 진심도 알 만큼 알고 계실 텐데 이렇게 무정하게 일을 망가뜨려 놓을 수 있습니꺼?"

향운 스님은 부처님한테 항의라도 하듯 뻘겋게 상기된 얼굴로 최길성을 쳐다봤다.

"부처님이야 스님 진심을 아시고 스님이 원하는 대로 다 들어주시려고 하는데 뭘 또 섭섭하다고 그러십니까?"

"거사님, 마 그렇게 팽이처럼 어지럽게 뱅글뱅글 돌리지만 말고 속 시원하게 한마디 하이소. 저한테 욕을 해도 좋고 한 대갈겨도 좋습니더."

"스님도 참, 팽이처럼 돌리기는 누가 돌립니까? 저도 제 속에 있는 진심을 그대로 말하고 있는데요."

"나도 세 살 먹은 아가 아니니 자꾸 그라지 마이소."

향운 스님은 의자에 몸을 기대더니 다시 입을 꾹 다물었다. 차라리 최길성한테 욕이라도 들었으면 좋겠다는 얼굴이었다.

"……."

최길성은 그런 향운 스님을 바라보면서 자신이 지금 느끼고 있는 이 담담한 감정이 혹시 거짓이 아닐까 하는 생각을 잠시 해봤다. 하지만 거짓이라는 생각은 들지 않았다. 세혁의 공장에서 생산한 화공약품을 첨가해서 만든 종은 예상했던 대로 종 틀 안에서 깨지고 말았다. 종이 종 틀 안에서 깨졌다는 것을 알았을 때 최길성은 이상하게 '예상했던 대로'라는 생각이 들었다. 종이 깨질 것을 미리 예상했다면 왜 굳이 그런 방법으로 종을 만들고자 했던가? 여기에 대한 답은 하도 미묘해서 최길성도 바로 이 때문이었다고 한 마디로 대답할 말이 준비돼 있지 않았다. 그러면서도 누군가에게 꼭 들려주고 싶었던 것은 '세혁의 간악함을 증명해 보이기' 위해서였다. 자신의 이익을 위해서는 어떤 간악한 방법도 동원할 수 있는 사람, 최길성은 세혁이가 그런 간악한 방법으로 세상을 살고 있다는 것을 증명해 보이고 싶었다.

세혁이가 벌이고 있는 방대한 사업은 다른 사람들의 특허권을 사서 그것을 상품으로 만들어 파는 일이었다. 일생 동안 특허권 하나를 얻기 위해 자신의 재산까지 탕진했던 사람들은 대부분 마지막 판에 가서 자신이 얻은 특허권을 상품으로 개발할 재력을 가지고 있지 못했다. 세혁은 이런 사람들의 특허권을 거의 쓰레깃값으로 사서 몇십 배, 몇백 배의 이익을 붙여서 팔고 있었다. 그렇다면 누구한테 그것을 증명해 보이고 싶었는가? 최길성은 여기에 대해선 말하고 싶지 않았다. 틀에서 나와 보지도 못하고 깨진 종은 쓰레기통 속에 폐기되고 말았다. 그것은 3천만 원이 쓰레기통 속에 폐기되었다는 말과도 같았다. 정상적으로 주조된 종도 가끔 종 틀 안에서 깨지는 경우가 있다. 하지만 그건 용광로 속에서 다시 녹여 재생해 쓸 수 있으므로 재료 자체로는 별 손해가 없었다. 그러나 이번처럼 화공약품을 쓰는 경우는 화공약품이 용광로 안에서 화학 반응을 일으키기 때문에 그것을 재료로 다시 쓰는 일은 불가능했다.

처음 주조한 종이 깨지고 3천만 원이 쓰레기통으로 들어갔을 때 최길성은 아이러니하게도 안도의 감정 같은 걸 느꼈다. 그것은 자신이 의도했던 일이 잘 진행되고 있다는 데 대한 묘한 안도감이었다. 종이 종 틀에서 나와 보지도 못하고 깨지고 말자 향운 스님은 사색이 된 얼굴로 찾아왔다. 그런 그는 한 번 더 같은 방법으로 종을 주조해보자고 권유했다. 쓰레기통으로 들어간 돈을 만회하는 길은 그 방법밖에 없지 않느냐는 것이었다. 물론 쓰레기통으로 들어간 3천만 원을 만회하는 길은 변칙적인 방법으로 또 한 번 종을 만드는 길밖에 없었다. 그런 변칙적인 방법으로 종을 만들려면 3천만 원 정도의 비용으로 종을 주조할 수 있었고, 그렇게 되면 먼저 잃어버린 3천만 원을 뺀다고 해도 4천만 원의 차액을 남길 수 있었다. 향운 스님의 관심은 4천만 원의 차액에 모아져 있었고 최길성도 그가 거기에 관심을 모으고 있다는 것을 알고 있었다.

혼자 며칠 동안 갈등을 겪던 최길성은 향운 스님의 권유를 받아들이기로 했다. 아니, 향운 스님의 권유를 받아들인 것이 아니라 그 자신이 그렇게 하겠다는 결정을 스스로 내렸다. 그가 그런 결정을 내린 것은 향운 스님의 뜻과는 전혀 다른 일종의 오기 같은 것이었다. 최길성은 오래전부터 세혁의 힘에 대항해서 맞서보고 싶은 오기 같은 걸 느끼고 있었다. 세혁이가 자신이 가지고 있는 모든 것을 파괴해 오려고 한다면 그와 맞서서 자신이 파괴당하지 않고 있다는 것을 그에게 보여주고 싶었다. 하지만 그것은 오기라기보다는 오히려 그 자신이 세혁의 힘에 대항해 이길 수 없을 만큼 이미 늙어버렸다는 것을 안 일종의 초조함이었다.

두 번째 종에 임하는 최길성의 태도는 첫 번째 종 때와는 정반대였다. 첫 번째 종을 만들 때는 종이 잘못돼서 세혁의 교활함을 증명해 보이고 싶은 마음이 은근히 작용하고 있었지만, 두 번째는 그 자신이 훌륭하게 종을 만들어 세혁이가 가해오는 힘을 스스로 꺾었다는 것을 증명해 보여주고 싶었다. 그러나 두 번째 종 역시 그의 염원과는 달리 종 틀 안에서 나와 보지도 못하고 깨지고 말았다. 두 번째 종이 깨지던 날 최길성은 심한 허탈감 속에 빠져들었다. 그러면서 그는 자신의 문제를 곰곰이 생각해봤다. 내가 세혁의 힘을 꺾었다는 것을 증명해 보이고 싶었던 그 대상은 누구였던가? 나 자신이었던가? 아니면 영옥이었던가?

　오랫동안 그 문제를 생각하고 있던 최길성은 그건 자기 자신이 아니라 영옥임을 알았다. 그것을 안 순간 최길성은 가슴이 뭉클해지면서 눈물이 왈칵 쏟아졌다. 최길성은 그날 처음으로 한 발 뒤로 물러서서 자기 자신을 바라볼 수 있었다. 외롭고 초라한 육십 노인. 그것은 자기가 바라본 자신의 모습이었다. 그동안 무엇인가로 바빴고 바르게 살려고 노력도 했고 작은 지혜나마 증득시켜 보려고 몸부림도 쳤건만 자기에게 남아 있는 것은 아무것도 없었다. 마치 영화 상영이 끝난 빈 스크린을 바라보고 있는 기분이었다. 그림자일망정 화면 위에는 무언가 부단히 얼씬거렸는데 이젠 그런 얼씬거림마저 가셔버렸다.

　최길성은 오래간만에, 태어나서 처음이라고 해도 과언이 아닐 만큼 실로 오래간만에 목을 놓고 울었다. 인생이라는 것이 너무 허무해서 울지 않고는 배길 수가 없었다. 그날 그는 울면서 자신의 생을 정리했다. 그가 첫 번째로 정리한 것은 영옥을 떠나보내는 일이었다. 그것은 가장 어려운 일이었기 때문에 첫 번째로 정리하지 않으면 안 되었는지도 모른다. 그러나 영옥은 자기가 떠나보내기 이전에 이미 떠나가 있었다. 그럼에도 불구하고 자기가 떠나보내야 한다고 굳이 생각하는 것은 그녀가 자기로부터 떠나있다는 것을 믿고 싶지 않아서였다. 최길성은 영옥과의 감정을 정리하면서 자기가 그동안 영옥을 깊이 사랑하고 있었고 그녀에게 많이 의지해왔었다는 것을 알았다. 하지만 그런 것은 이제 무의미했다. 영옥은 분명히 떠나갔고, 자기는 영옥을 떠나보내야 하는 것이 가장 확실한 현실이었다.

그다음 두 번째로 정리할 일은 아이들의 문제였다. 최길성은 이랑을 형규와 다르게 생각지 않았다. 이랑이가 어렸을 때 심한 고열로 앓은 적이 있었다. 새벽 2시쯤 되자 열은 더욱더 올라갔고 도저히 날이 밝기를 기다릴 수가 없었다. 그래서 최길성은 이랑을 업고 동네 병원으로 달려가 내려진 셔터를 두드리며 애원했다.

"우리 애가 위독하니 문 좀 열어주세요."

그때 자기가 말한 우리 애는 자기의 딸을 의미했고 그 말은 지금 생각해도 진심이었다. 그리고 딸인 이랑을 살려달라고 애원한 것 역시 진심이었다. 하지만 이랑은 역시 자기가 낳은 자식이 아니므로 영옥과 함께 떠나보내야 했다. 이랑을 떠나보내는 일 역시 영옥을 떠나보내는 일 못지않게 그에게는 힘이 들었다. 그리고 형규는 이제 졸업반이므로 졸업을 하면 군에 갈 것이고 군 복무를 마치고 돌아오면 송강과 결혼해 자기를 떠나갈 것이다. 형규는 자기를 떠날 준비를 그 스스로가 거의 끝내고 있었다. 그렇기 때문에 두 아이를 떠나보내는 일은 이미 자기 곁에서 진행되고 있었다.

그리고 세 번째로 정리할 일은 각진사 종을 만드는 일이었다. 최길성은 20여 년 동안 종 만드는 일에 참여해서 지금까지 상당수의 종을 만들어왔다. 처음 종에 쏟았던 그 뜨거웠던 열정은 많이 가셨지만 그래도 좋은 종을 만들어왔다는 자부심은 가지고 있었다. 그런데 마지막 판에 그 자신이 자초해서, 자초라곤 하지만 거의 운명적으로 함정에 빠져들고 말았다.

최길성은 각진사 종을 잘 만드는 일이 자기의 생애에 마침표를 잘 찍는 일이라고 생각하였다. 그는 그 일을 마감함으로써 현실적인 모든 일을 끝내고 싶었다. 각진사 신도들과 약속한 1억 원짜리 종 불사. 그 불사는 자신이 사는 아파트와 평택에 있는 공장을 처분하면 가능할 수 있었다. 자신의 아파트와 공장을 합한 금액은 종 불사를 진행하는 데 모자라지도 남지도 않는 정확한 액수였다.

최길성은 집과 공장을 처분하는 문제에 있어서 신기하리

만큼 갈등이 느껴지지 않았다. 그것은 아내와 딸 그리고 아들이 어딘가로 떠나가야 하듯 자기도 어딘가로 떠나가야 한다는 생각이 밑받침되어 있었기 때문인지도 몰랐다.

"각진사 종은 계약대로 제가 책임을 지고 만들어드리겠습니다. 그러니까 스님은 남은 돈으로 계획했던 불사를 추진하십시오."

"……?"

향운 스님은 멀거니 최길성을 쳐다봤다. 무슨 만화 같은 소리를 하느냐는 얼굴이었다.

"이번 일에서 스님이 죄의식을 느낄 필요는 조금도 없습니다. 스님이 아무리 권유했다 하더라도 제가 받아들일 의사가 없었으면 절대로 받아들이지 않았을 겁니다. 그리고 화공약품을 쓴다고 해서 종이 반드시 깨지는 것도 아니니까요."

"맞습니다. 제가 마 이상하게 생각하는 것도 바로 그 점입니다. 화공약품을 써서 만든 종이 일반 공법으로 만든 종보다 더 깨지는 확률은 0.5퍼센트에 불과하다고 그라데예. 그런데 우째서 두 번씩이나 종 틀 안에서 깨졌는지 아무리 생각해도 이상합니다."

"그건 저를 위한 배려였는지도 모릅니다. 지나고 보니 그랬다는 생각이 듭니다."

"그건 또 무슨 말입니꺼?"

"그 설명까지 들으실 필요는 없고 스님은 남은 돈으로 계획했던 불사를 하십시오."

"거사님, 마 깨놓고 솔직히 말씀하이소. 어떤 게 거사님 진심입니꺼?"

"어떤 게 진심이라니요? 제가 지금까지 말씀드렸던 모든 게 다 진심이지요."

"정말 그렇게 믿어도 되겠습니꺼?"

"그럼 스님은 제가 지금 농담을 하고 있다고 생각하셨습니까?"

"마 농담이 아니면 우째 그런 터무니없는 말씀을 하실 수 있습니꺼?"

"저는 지금 농담할 경황이 아닙니다."

최길성은 향운 스님을 물끄러미 쳐다보며 말했다. 표정은 담담하지만 얼굴은 눈에 띄게 수척해 있었다.

"그럼 남은 돈은 정말 불사에 써도 되겠습니꺼?"

향운 스님이 다짐하듯 다시 물었다.

"그렇게 하십시오."

"그 돈은 거사님 돈이나 마찬가진데 무슨 불산지 알아보시지도 않고 저한테 맡기시겠습니꺼?"

"그것까지 제가 알아서 뭘 하겠습니까? 화를 짓든 복을 짓든 그건 스님 몫인데요."

"마 저도 제가 하는 일이 화를 짓는 일인지 복을 짓는 일인지는 잘 모르겠습니더. 하지만 한 가지 분명한 것은 법운 스님은 이미 중 팔자를 타고났다는 겁니더. 그라지 않고서야 이렇게……."

"……."

최길성은 가만히 향운 스님을 바라보았다. 나한전 기와 불사니, 요사채 중창 불사니 했지만 그건 다 핑계였던 것 같고 남은 돈은 법운 스님 개인을 위해서 쓰일 모양이었다. 그렇다면 내가 육십 평생 사업을 하고 돈을 벌고 한 모든 것은 결국 법운 스님께 회향을 하기 위해서였는가? 그런 생각을 하고 있던 최길성은 고개를 갸웃했다. 법운 스님이라면 겨우 안면이 있는 정도에 불과한데 그 스님을 위해 자기가 육십 평생을 일해 왔다는 것은 아무래도 이해가 되지 않았다.

12
장

Udambara

빗소리를 듣고 잠이 깬 지효 스님은 얼른 자리에서 일어나 탁상 위에 놓여 있는 시계를 바라보았다. 물고기 모양을 하고 있는 시계는 2시 40분을 가리키고 있었다. 지효 스님은 이부자리를 개서 다락 위에 올려놓고 세수를 하기 위해 밖으로 나왔다. 밖으로 나오자 빗소리는 더욱 세게 들려왔다. 어둠 속에 서서 어둠을 뚫고 쏟아지는 빗줄기를 물끄러미 바라보고 있던 지효 스님은 몸을 돌려 세면실로 들어갔다. 세면실 불을 켜자 타일 바닥을 기어 다니던 집게벌레가 갑자기 쏟아진 불빛을 감당하기 어려운지 몸을 움츠렸다. 큰 놈 한 마리와 작은 놈 두 마리가 함께 기어 다니는 걸로 봐서 어미를 따라 새끼들이 나들이를 나온 것이 분명했다.

지효 스님은 탕 속에 있는 물을 바가지로 떠서 집게벌레를 향해 부었다. 그러자 집게벌레는 물살에 휩쓸려 내려가지 않으려고 안간힘을 쓰며 타일 바닥에 몸을 밀착시켰다. 지효 스님은 다시 물 한 바가지를 퍼서 집게벌레를 향해 부었다. 그러자 작은 집게벌레 한 마리가 이기지 못하고 하수구 속으로 떠내려갔다. 지효 스님은 집게벌레가 떠내려간 하수구 속을 잠시 내려다보다가 몸을 돌렸다. 그때 기적처럼, 정말 기적처럼 하수구 속으로 떠내려갔다고 생각했던 새끼벌레가 노란 하수구 마개를 붙들고 필사적으로 기어오르고 있었다. 꼬무락꼬무락 두 집게발로 플라스틱 마개를 붙들고 위로 기어오르기 위해 안간힘을 쓰고 있던 집게벌레는 마침내 타일 바닥 위로 자신의 몸을 올려놓았다.

그 순간 지효 스님은 자신도 모르게 안도의 숨을 쉬었다. 급류에 휩쓸려 떠내려가던 어린아이가 사력을 다해 언덕 위로 기어오르고 있는 것을 보는 감격과 조금도 다를 바가 없었다. 지효 스님은 집게벌레를 통해 생명의 실체를 다시 한번 바라본 기분이었다. 목욕을 할 때 사람을 물지 모른다는 단순한 이유 하나로 하수구 속으로 떠나보내려 했던 집게벌레, 그 작고 딱딱한 몸속에도 사람과 똑같은 생명의 공포와 생명의 애착이 살아 숨 쉬고 있었다.

'내가 물을 부을 때 저 벌레는 얼마나 절박하게 생명의 위협

을 느꼈을까?'

　지효 스님은 타일 바닥 위로 기어오른 집게벌레를 보면서 진심으로 미안하다는 인사를 했다. 세수를 하고 방으로 들어온 지효 스님은 가사 장삼 위에 우비를 입고 목탁을 들고 밖으로 나왔다. 도량석을 돌기 위해서였다. 그녀는 조금 전의 집게벌레를 통해 미물과 인간의 생명이 다르지 않다는 것을 다시 확인했고, 인간이 성불을 지향해가고 있듯 미물 역시 아득하나마 그렇게 할 수밖에 없을 거라는 것을 알고 있었다. 그러기 때문에 지효 스님은 빗속에서 잠들고 있는 새나 벌레들까지 모두 깨워 인간과 함께 부처님의 설법을 듣게 하고 싶었다.

　지효 스님이 모습을 보이자 종각 위에 앉아 있던 융이 몸을 일으켰다. 자신이 나와 있음을 지효 스님에게 알리고 있는 것 같았다. 지효 스님은 어둠 속에 서 있는 융을 물끄러미 바라보다가 대문 앞으로 걸어 나갔다. 지금처럼 비가 오는 날은 평소만큼 많은 사람이 몰려오진 않지만 그래도 몇몇 사람들은 새벽 종소리를 듣기 위해 찾아왔었다. 지효 스님은 그동안 몇 번 그런 경험을 했기 때문에 오늘도 사람들이 와 있을 거라고 생각하면서 조용히 문을 열었다. 그러자 예상했던 대로 일곱 명 정도의 사람들이 이미 와서 문이 열리기를 기다리고 있었다. 지효 스님은 그들을 향해 공손히 합장을 하면서 그들의 얼굴을 가만히 바라보았다.

그들 중에는 아침 신문을 돌리기 위해 보급소로 나가는 소년도 있었고, 교대 시간에 맞춰 회사로 나가는 택시 기사도 있었다. 그리고 야근을 하고 돌아오는 전자 회사 공원도 있었다. 모두가 낯익은 얼굴들이었다. 무엇이 저들로 하여금 깜깜한 새벽에 빗속을 뚫고 여기 이 절에까지 오게 했을까? 무엇이라는 의문을 끝없이 던져보던 지효 스님은 그것이 성불을 향한 의지라는 것을 알았다. 물론 그들 중 대부분은 성불의 의미는 고사하고 성불이라는 단어도 들어보지 못했을 것이다. 하지만 그들로 하여금 여기 이 장소까지 오게 한 힘은 분명 성불을 향한 의지였다. 지효 스님이 목탁을 치며 도량석을 돌자 그들도 지효 스님의 뒤를 따라 도량석을 돌았다. 그것은 매일 반복되어온 일과였기 때문에 새삼스러울 것도 없는데 이상하게 오늘따라 가슴속이 뭉클해지면서 진한 감동이 느껴졌다.

뎅 - 뎅 - 뎅 -

애절하고 슬프게 가슴을 쥐어짜는 것 같은 종소리는 천천히 하늘로 비상해 올라가 기쁨과 환희 그리고 열락의 자리에 잠시 머물다가 그 열락의 자리마저 떨쳐버리고 삼천대천세계를 휘돌아 마침내 고요한 적정 속으로 사라져갔다. 도량석이 끝나자 함께 도량석을 돌던 사람들은 모두 돌아가고 지효 스님 혼자 법당으로 들어갔다. 법당 안에는 언제나처럼 융 외에도 철학 교수와 화가 그리고 할머니 한 분이 와 있었다. 지효 스님은 그들과 함께 예불을 드리고 한 시간 정도 참선을 같이 했다. 참선이 끝나자 그들은 먼저 도량석을 돌던 사람들처럼 모두 돌아갔고 법당 안에는 지효 스님 혼자 남았다. 혼자 남은 지효 스님은 다시 불전 앞으로 나아가 향 하나를 새로 사르고 융을 위해 천 배를 하기 시작했다.

"자비와 광명의 본체이신 관세음보살님, 관세음보살님께 발원합니다. 저는 이생의 생명을 다 바쳐 융을 꼭 성불시키겠나이다."

지효 스님은 부처님을 향해 이렇게 발원하며 절을 했다. 그러고 있는 그녀의 가슴속이 자꾸 뜨거워지면서 걷잡을 수 없이 눈물이 쏟아져 내렸다. 천 배를 다 마친 지효 스님은 가만히 고개를 들고 부처님을 올려다봤다. 부처님은 두 팔을 펴서 자기를 안으려는 듯한 자세로 자신을 가만히 내려다보고 계셨다. 저 얼굴, 저 천진무구한 얼굴…. 한참 기억을 더듬어가던 지효 스님은 아 하고 소리를 질렀다. 그 얼굴은 아득한 기억 뒤편에 숨어 있는 바로 봉두의 얼굴이었다.

그 순간 지효 스님의 머릿속엔 잊혔던 기억 하나가 되살아났다. 지효 스님이 봉두를 위해 옷 한 벌을 사주었을 때 봉두는 새 옷을 입은 자신의 모습을 보여주기 위해 지효 스님을 찾아왔었다. 하지만 그는 지효 스님이 거처하는 요사채까지는 들어오지도 못하고 혜조 스님이 그어놓은 금 밖에 서서 스님들의 놀림을 받으며 지효 스님을 찾고 있었다. 그런 그를 보고 있던 지효 스님이 밖으로 나가자 봉두는 마치 엄마한테 매달리려는 애기처럼 두 팔을 벌리고 애원하는 얼굴로 지효 스님을 바라보았다. 그때 지효 스님은 자신에게 매달리려는 봉두의 팔을 매정하게 뿌리쳤고 봉두는 스님들의 놀림 속에서 슬픈 얼굴을 하고 돌아섰다.

'부처님, 저는 봉두의 얼굴을 볼 수가 없었습니다. 물론 당신 얼굴도 볼 수가 없었습니다. 저는 교만했고 교만함 때문에 늘 회의의 늪 속에 빠져 있었습니다. 그것은 안개 속과 같은 혼돈이었습니다.'

지효 스님은 부처님을 올려다보며 진심으로 참회했다. 새벽예불을 마치고 요사채로 돌아온 지효 스님은 봉두를 만나봐야겠다는 생각으로 가득 차 있었다. 그래서 아침공양을 드는 자리에서 지효 스님은 자신의 뜻을 융과 살구 댁한테 밝혔다.

"전라도까지 갔다 오시려면 하룻밤 자야겠네요?"

살구 댁이 지효 스님을 쳐다보며 물었다. 32명의 애기보살과 11명의 할머니 보살, 그리고 32명의 애기 엄마와 부처님을 친견하기 위해 모여드는 신도들… 이 사람들을 자기 혼자 어떻게 감당하느냐는 얼굴이었다.

"보살님이 하루만 수고해주세요. 그 대신 용정이는 제가 데리고 갈게요."

지효 스님은 처음부터 용정이는 자기가 데려가야 한다는 생각을 하고 있었다. 용정이 아빠가 언제 또 와서 행패를 부릴지 모르기 때문이었다. 용정이 엄마가 병원에서 도망을 간 후 용정이 아빠는 지효 스님을 찾아와 또 한바탕 행패를 부리고 돌아갔다. 용정이 아빠가 돌아가자 지효 스님은 용정이가 마음에 걸려 견딜 수가 없었다. 그래서 용정이 아빠를 뒤미처 용정이 집으로 따라갔다. 지효 스님이 방문을 열고 들어가자 붉은 고무대야 속에 갇혀 있던 용정이가 입을 삐쭉이며 지효 스님을 향해 두 팔을 쳐들었다. 살려달라는 절규였다. 지효 스님은 자신도 모르게 용정이 앞으로 달려가 용정이를 가슴에 끌어안았다. 몇 번이나 오줌과 똥을 쌌는지 기저귀는 오줌과 똥으로 범벅이 돼 있었고, 그것마저 한쪽 끝이 빠져나갔기 때문에 용정이를 안고 있는 지효 스님 손엔 똥과 오줌이 끈끈하게 묻어났다. 손뿐 아니라 승복 앞자락도 마찬가지였다.

그날 지효 스님은 용정이 아빠를 붙들고 용정을 자기한테 맡겨 달라고 애원했다. 그러나 용정이 아빠는 지효 스님의 청을 거절했다. 용정을 인질처럼 잡고 있으면 아내가 돌아올지도 모른다는 계산을 하고 있는 것 같았다. 지효 스님은 그런 용정의 아빠 마음을 알고 있었기 때문에 용정이 엄마가 돌아오면 언제든 용정이는 되돌려주고 또 자기도 용정이 엄마를 힘껏 찾아보겠노라고 약속을 했다. 그 말은 지효 스님의 진심이었다.

그런 그녀의 진심이 통했는지 얼마 후 용정이 아빠는 용정이를 데려가도 좋다는 허락을 해주었다. 허락을 받은 지효 스님은 용정을 데리고 절로 돌아왔다.

절에 온 지효 스님은 더운물을 한 대야 받아서 용정이 목욕을 시키고 옷을 갈아입히고 기저귀도 새로 채워주었다. 그리고 우유도 한 통 먹였다. 지효 스님의 가슴에 안겨서 우유를 먹던 용정은 젖병 꼭지를 놓는 것과 동시에 스르르 잠이 들었다. 지효 스님은 그날 자신의 가슴에 안겨서 쌕쌕 자고 있는 용정을 내려다보며 표현할 수 없는 평온한 감정을 느꼈다. 자신의 생명을 완전히 맡기고 곤히 잠들어 있는 어린 생명. 그날 느꼈던 그 평온한 감정은 다른 어디에서도 경험해보지 못했던 가장 따뜻한 감정이었다.

"정 가셔야 하면 여기 걱정은 마시고 하루 다녀오세요."

살구 댁이 지효 스님의 여행을 선선히 허락해주었다. 지효 스님은 그런 살구 댁이 고마웠다. 처음에는 경우에 닿지도 않은 적대감을 나타냈지만 함께 사는 동안 그녀도 혼자 살 때보다는 이렇게 같이 사는 것이 오히려 낫다고 생각하는 것 같았다.

"고마워요, 보살님. 그리고 참, 내일 새벽 내가 못 오게 되면 그냥 대문만 열어줘."

지효 스님은 융을 보고 말했다.

"네."

"늦기 전에 어서 학교에 가."

"종강을 했기 때문에 늦게 가도 괜찮습니다. 제가 터미널까지 스님을 모셔다드리고 가겠습니다."

"아니야. 그러면 오히려 내가 불편해. 나는 그냥 용정이 데리고 갈게."

"스님을 모셔다드리지 않고 학교에 가면 제 마음이 더 불편합니다."

융은 지효 스님을 보며 웃었다.

"융은 참 이상한 데 불편함을 느끼는군."

지효 스님도 융을 보며 웃었다. 친구 같다고 할까? 함께 구도의 길을 걸어가고 있는 도반 같다고 할까? 아직 나이는 어리지만 지효 스님은 자신이 융한테 의지하고 있다는 것을 가끔 느낄 때가 있었다.

"여보세요. 사장님 계시면 좀 바꿔주세요."

영옥은 긴장한 얼굴로 수화기를 꼭 쥐며 말했다.

"네. 잠시만 기다리세요."

여비서는 영옥의 목소리를 알아들은 듯 순순히 세혁을 바꿔줄 뜻을 밝혔다.

"여보세요."

잠시 후에 세혁의 목소리가 들려왔다.

"나 영옥인데요. 지금 바쁘신가요?"

영옥은 경어로 정중하게 물었다. 그러자 세혁은 뭔가 이상한 낌새를 느꼈는지 잠시 망설이더니 물었다.

"지금 있는 데가 어디야?"

"회사 앞에 있는 공중전화예요."

영옥은 경직된 목소리로 대답했다.

"지금은 결재할 게 많아서 나갈 수가 없는데."

세혁의 목소리를 듣는 순간 영옥은 세혁이 자신을 피하고 있다는 것을 직감했다.

"바쁘시면 내가 그쪽으로 갈게요."

영옥은 세혁에게 거절할 틈을 주지 않고 전화를 끊었다.

공중전화 부스를 나온 영옥은 세혁의 회사가 있는 빌딩으로 곧바로 들어갔다. 전에 두 번 정도 와본 경험이 있었기 때문에 안내를 받지 않고도 세혁의 방을 찾을 수 있었다.

영옥은 사장실이라는 팻말이 붙은 문 앞에 서서 노크를 했다. 그러자 비서가 문을 열어주며 영옥을 맞았다.

"안녕하세요?"

영옥이 먼저 인사를 하자 비서도 영옥을 향해 상냥하게 인사를 했다.

"아, 안녕하세요."

"사장님 안에 계시죠?"

영옥은 비서의 대답을 기다리지 않고 안으로 들어갔다. 그러자 회전의자에 앉아 있던 세혁이가 몸을 일으키며 영옥을 쳐다봤다. 그의 표정 속엔 경계하는 빛이 노골적으로 드러나 있었다.

"……."

영옥은 그런 세혁을 무시하고 소파에 가 앉았다.

"차 드릴까요?"

비서가 심상치 않은 두 사람의 표정을 살피며 물었다.

"아니. 그보다 손님하고 얘기할 게 있으니 김 양은 밖에 좀 나가 있어 줘."

세혁은 담뱃갑을 들고 영옥의 맞은편 소파에 와 앉으며 말했다.

"네."

비서가 고개를 숙이고 돌아섰다.

"무슨 일이야? 잔뜩 화가 나가지고."

세혁은 담배 한 개비를 뽑아 입에 물며 여유 있게 말했다. 영옥의 긴장을 풀어주려는 의도적인 행동 같았다.

"서론은 생략하겠어요. 당신은 제 남편이 당신 때문에 파산한 걸 알고 계시죠?"

영옥은 세혁의 얼굴을 똑바로 주시하며 물었다. 자신이 세혁의 앞에서 최길성을 남편이라고 지칭한 건 처음이었다.

"최길성 씨 이야기를 하고 있는 거야?"

"……."

세혁은 능글맞다고 느껴질 정도로 여유를 되찾으며 물었다. 영옥은 입을 다물고 세혁을 노려보았다.

"최길성 씨가 나 때문에 파산하다니, 그게 무슨 말이지?"

"그동안에 있었던 과정을 내가 설명해야겠어?"

영옥은 싸늘한 얼굴로 반말을 했다. 그녀의 반말 속에는 그에 대한 경멸이 숨어 있었다.

"지금 나한테 무슨 말을 하고 싶은 거지?"

세혁이가 정색을 하고 물었다.

남의 특허권을 쓰레기 줍듯 주워 가지고 사업을 벌이고, 그렇게 벌인 사업으로 또 남을 쓰러뜨리는 비열한 놈. 영옥은 잠시 세혁을 노려보다가 말했다.

"세혁이가 만든 화공약품 때문에 최길성 씨가 파산했다는 건 세혁이도 알고 있겠지?"

"나는 장사꾼이야. 장사꾼은 물건을 만들어서 팔기만 하면 돼. 내 물건을 사 간 사람이 우유를 만들든 독을 만들든 그건 그 사람들이 알아서 할 일이지. 나더러 그것까지 책임을 지란 말이야?"

세혁은 같은 물을 먹고 우유를 만드는 소와 독을 만드는 뱀을 비유로 자기 입장을 밝혔다.

"최길성 씨한테 판 물건은 고의로 함량을 속였다는 거 내가 모를 줄 알아?"

"뭐야?"

"평택에 있는 공장도 세혁이가 인수했다지? 화공약품을 섞어서 싸구려 종을 만들어가지고 한국 전래의 종이라고 속여 외국에다 팔려고 말이야."

"어디서 그따위 얘길 들었어?"

세혁이가 몸을 일으키더니 험악하게 덤벼들었다.

"최길성 씨를 망하게 해서 어쩌겠다는 거야? 그 사람은 이랑이를 십 년간 키워준 사람이야."

"지금 무슨 소릴 하고 있어?"

세혁이가 언성을 높였다.

"더 이상 다른 얘긴 하지 않겠어. 지금이라도 최길성 씨가 손해 본 부분만큼 보상해줘. 그것은 세혁이가 할 수 있는 최소한의 인간적인 행위야."

"세상을 좀 아는 줄 알았더니 아직도 꿈속에서 헤매고 있군."

세혁이가 조롱하듯 냉랭하게 일축했다. 그 순간 영옥은 세혁의 표정 속에서 18년 전 세혁의 마지막 모습을 보고 있었다.

"나 임신했어."

"뭐야?"

"어떻게 해야 하지?"

"어떻게 하다니, 그건 네가 알아서 해야지."

"그럴 수 있어?"

"괜찮다고 했잖아."

영옥은 아무 말도 하지 않고 돌아섰었다. 하고 싶은 말이 없어서였다. 영옥은 세혁의 표정을 보면서 18년 전 일을 생생하게 떠올리고 있었다. 지금 세혁의 표정은 18년 전 그때 표정과 완벽하게 일치하고 있었다.

"이랑은 어떻게 하겠어?"

영옥은 자신도 예기치 않은 질문을 했다. 세혁의 앞에서 자기가 먼저 이랑의 얘기를 꺼내리라고는 꿈에도 생각지 않고 있었다.

"그 얘기를 지금 해야 해?"

세혁은 몸을 뒤로 빼고 있었다. 그가 몸을 뒤로 빼고 있다고 느낀 순간 영옥은 온몸의 피가 갑자기 머리 위로 치솟아 올라오는 것이 느껴졌다. 그러면서 몸이 부들부들 떨렸다.

"이삼일 후에 해외 출장을 떠나야 하니까 그 얘긴 출장을 다녀온 후에 하지."

세혁은 담뱃갑을 들고 자리에서 일어났다. 이야기가 끝났으니 나가달라는 의사 표시였다.

"개새끼!"

영옥은 탁자 위에 놓여 있던 대리석 재떨이를 집어서 세혁의 면상을 향해 던졌다. 그러자 세혁은 '억' 하면서 그 자리에 쓰러졌다. 그의 얼굴에선 피가 낭자하게 쏟아졌고 쏟아진 피는 와이셔츠와 넥타이를 적셨다.

"나한텐 너를 죽일 권리가 있어. 너는 내 손에 죽어야 돼."

영옥은 싸늘하게 내뱉었다. 그러고 있는 그녀의 얼굴은 미라처럼 창백했다. 그때 비서가 쫓아 들어왔다. 그녀는 세혁을 보자 비명을 지르며 밖으로 뛰어나갔고 뒤미처 사람들이 모여들었다. 사람들 속에는 40대 중반의 여자도 끼어 있었다.

영옥은 그녀가 세혁의 처임을 알았다. 남편을 만나러 왔다가 내방자가 있음을 알고 밖에서 기다리고 있었던 모양이었다.

"아니 세상에, 이게 도대체 어떻게 된 거야?"

여자가 악을 쓰며 세혁과 영옥을 번갈아 쳐다봤다. 그녀는 보석상에 세워놓은 마네킹처럼 온몸에 보석을 휘감고 있었다.

"……."

영옥은 창백해진 얼굴로 가방을 들고 몸을 돌렸다.

"넌 도대체 누구야? 누군데 여기 와서 행패야?"

여자가 영옥의 앞을 가로막았다.

"네가 그 알량한 노동 운동을 하던 계집애지?"

영옥은 여자 목에 두른 비취 목걸이를 확 끌어당기며 말했다. 그러자 푸른 비취 알이 바닥 위로 와르르 쏟아졌다.

"어머, 이런 깡패 같은 년 좀 봐. 이봐요, 빨리 와서 이 여자 좀 끌어내요."

세혁의 처는 사색이 된 얼굴로 사무실을 향해 소리를 질렀다. 그녀가 소리를 지르기 이전에 벌써 사무실 직원들은 겹겹이 둘러서서 그들을 구경하고 있었다.

"누가 와서 빨리 이 여자를 끌어내요."

여자가 다시 악을 썼다. 자기로서는 영옥을 감당할 수 없다고 느낀 모양이었다. 그러자 네댓 명의 남자들이 영옥이 쪽으로 다가왔다.

"내 몸에 손대지 마. 손대는 놈이 있으면 죽여 버릴 거야."

영옥이가 밀랍처럼 창백해진 얼굴로 쏘아보았다. 그녀의 얼굴엔 살기가 등등했다.

"아니, 뭣들 하는 거예요. 이 깡패 같은 년 좀 빨리 끌어내라니까."

여자가 더 큰 소리로 악을 썼다.

"넌 내가 누군지 모르는 모양인데 내가 누군지 알려줄까? 나는 18년 전에 세혁의 딸을 낳아서 키운 민영옥이라는 여자야.

똑똑히 기억해둬. 꼭 기억해야 할 날이 올 테니까."

잠시 여자를 노려보던 영옥은 또박또박 힐 소리를 내며 사무실 중앙으로 걸어 나갔다.

"미스 김, 빨리 병원에 연락해서 앰뷸런스를 보내 달라고 해. 빨리."

누군가의 황급한 목소리가 들려왔다. 그리고 곧이어 세혁이 처의 비명이 들리고 여러 사람이 웅성거리는 소리도 뒤따라 들려왔다.

빌딩 밖으로 나온 영옥은 지친 걸음으로 가로수 밑을 걷다가 하늘을 물끄러미 올려다봤다. 하늘에는 아직 해가 중천에 떠 있었다. 해가 중천에 떠 있다고 느낀 순간 영옥은 사는 일이 암담해졌다. 그것은 옛날 잡지사에서 일할 무렵에 느꼈던 심정하고 비슷했다.

'결국 제자리로 돌아왔군.'

영옥은 중천에 떠 있는 해를 올려다보며 씁쓸하게 웃었다. 그러던 영옥은 천천히 고개를 저었다. 자기가 돌아온 자리는 옛날 그 자리가 아니라는 것이 느껴졌다. 그때는 자기가 목숨을 걸고 지켜야 한다고 생각했던 딸 이랑이가 있었고, 끊임없이 자기를 괴롭혔지만 그래도 자기 곁을 떠나려 하지 않았던 어머니가 있었다. 그러나 이제 그녀 곁에는 딸도 어머니도 없었다. 영옥은 자기 자신이 선혈이 낭자한 몸으로 폐허 위에 혼자 서 있다는 생각이 들어 몸서리가 쳐졌다. 혼자라고 느낀 순간 영옥은 이상하게 죽은 어머니가 보고 싶었다. 어머니가 있었으면 좋겠다는 감정이 절박하게 느껴졌다. 영옥은 잠시 허공을 쳐다보다가 비틀비틀 가로수 밑을 걸어갔다. 그러고 있는 그녀의 머릿속엔 지효 스님 얼굴이 떠올랐다.

"영옥아, 그런 건 중요한 게 아니야. 너도 정말 중요한 게 뭔지 볼 수 있어야 해."

지효 스님은 언젠가 자신을 향해 이렇게 말했다.

"그건 나도 알아. 내가 중요하다고 생각했던 게 하나도 중요하지 않다는 건 나도 알았어. 하지만 나는 너처럼 구도에 목을 매달고 싶지는 않아. 보살이 되고 부처가 돼봐야 나같이 한심한 년 내려다보면서 불쌍하다는 생각밖에 더 하겠어. 안 그래?"

영옥은 고개를 저어 지효 스님의 영상을 쫓아냈다. 그런 그녀는 자신의 심경을 최길성 씨한테 편지로 쓸까 하는 생각도 해봤지만, 그것마저도 부질없게 느껴져서 그 생각도 털어버렸다. 그러곤 다시 비틀비틀 천천히 가로수 밑을 걸어가기 시작했다. 아득히 먼 길을 가듯.

비가 그친 여름 들판은 눈이 부시도록 싱그러웠다. 용정을 업고 바랑을 손에 든 지효 스님은 논가에 서서 논두렁 사이로 쾰쾰 흘러가는 봇물을 가만히 내려다보고 있었다. 옛날 봉두를 찾아 이 논두렁을 지날 때도 봇물이 지금처럼 쾰쾰 소리를 내며 흘러갔다는 생각이 들었다. 잠시 도랑물을 내려다보면서 옛날 생각에 잠겨 있던 지효 스님은 몸을 돌려 천방 둑 쪽으로 걸어갔다. 강물과 면해 있는 천방 둑에는 미루나무들이 일렬로 늘어서 있었다. 지효 스님은 걸음을 멈추고 잠시 미루나무들을 올려다봤다. 작은 소년이 봉두한테서 받은 목불을 찾으려고 열심히 마른 풀숲을 뒤지던 바로 그 장소였다. 10년 세월이 흐르기도 했지만 가지마다 푸른 잎이 피어 있어서 미루나무는 전에 봤던 나무와는 비교도 안 될 만큼 엄청나게 크게 보였다.

　미루나무를 올려다보며 감개무량한 감동에 젖어 있던 지효 스님이 몸을 막 돌리려고 할 때 등허리가 뜨끈해졌다. 용정이가 오줌을 싼 모양이었다. 지효 스님은 미소를 지으며 주위를 둘러보다가 미루나무 밑으로 걸어갔다. 나무 밑은 그늘이 넓게 드리워져 있어서 아이를 내려놓고 기저귀를 갈아 채우기에는 안성맞춤이었다. 나무 밑으로 걸어간 지효 스님은 용정이를 내려 무릎에 안았다. 그리고 왼손으로 용정이 겨드랑이를 껴안고 오른손으로 젖은 기저귀를 빼냈다. 그러자 용정이는 뜀박질을 뛰듯이 무릎을 폈다 오므렸다 하며 좋아했다. 지효 스님은 새 기저귀를 꺼내서 용정이 사타구니에 단단히 채워주고 미소를 지으며 용정이를 가슴에 꼭 껴안았다. 비릿하면서도 달콤한 애기 냄새가 가슴속으로 스며들었다.

애기 냄새를 맡을 때마다 지효 스님은 이상하게 가슴속이 평화로워지면서 알 수 없는 행복 같은 게 느껴졌다. 그것은 애기들한테서만 느낄 수 있는 희귀한 감정이었다. 지효 스님은 안고 있던 용정을 다시 등에 업고 얇은 포대기를 둘렀다. 아직 봉두의 행방을 모르고 있기 때문에 길에서 시간을 지체할 수 없었다. 지효 스님이 용정이를 업고 젖은 기저귀를 비닐 주머니 속에 넣고 있을 때 부자(父子)로 보이는 두 남자가 지게를 지고 지효 스님 옆으로 지나갔다. 그들은 지효 스님 옆을 지나다가 웬 여승이 애를 업고 있나 하는 얼굴로 뒤를 돌아다보았다. 지효 스님은 여기까지 오면서 그런 시선을 수없이 많이 받았기 때문에 그들이 보내는 시선에는 별로 마음이 쓰이지 않았다. 그래서 모른 체하고 몸을 일으키다가 그 사람들한테 봉두 안부를 물어봐야겠다는 생각이 들어 얼른 그들 뒤를 쫓아갔다.

"여보세요. 저, 말씀 좀 묻겠는데요."

지효 스님이 쫓아가며 부르자 그들은 지게 진 몸을 돌리고 지효 스님을 쳐다봤다.

"혹시 이 동네에 나무로 부처님을 조성하는 봉두라는 사람이 살고 있지 않은가요?"

"……."

"얼굴은 심한 화상을 입었고 오른쪽 팔이 없는 30세 정도의 남잔데요."

"아, 봉두요. 봉두는 옛날에 죽었어라우."

청년이 기억을 더듬어내며 말했다.

"누구 말이어라?"

옆에 있던 아버지가 궁금한 듯이 물었다.

"저 위에 있는 절에 봉두라는 사람이 있지 않았어라우."

"아, 네가 맨날 가서 손가락만 한 부처 얻어오던 그 사람 말이어라?"

"예, 바로 그 사람이어라우."

청년은 서슴지 않고 봉두라는 이름을 불렀다. 어렸을 때부터 그렇게 불렀던 것 같았다.

"그 사람이 정말 죽었는가요?"

지효 스님은 핼쑥해진 얼굴로 물었다.

"예. 죽은 지 오래됐어라우. 저 위에 절에서 살았는디, 어느 날 아침 놀러 가 보니께 죽었던데요."

"……."

지효 스님은 할 말을 잊고 멍한 얼굴로 청년을 바라보았다. 죽었을지도 모른다는 생각은 하고 있었지만 막상 죽었다는 말을 듣고 나니 가슴속이 너무나 허전했다.

"그럼 저 바랑산 옆에 묻힌 그 사람을 말하는 거여?"

아버지가 다시 물었다.

"예, 맞어라우."

청년이 자신 있게 대답했다.

"바랑산이 어딘데요? 그 사람이 묻혀 있는 데를 아시면 좀 알려주세요."

지효 스님은 간곡하게 청했다. 그러자 청년은 좀 이상하다는 얼굴로 지효 스님을 멀거니 쳐다보더니 말했다.

"저쪽 골짜기로 올라가면 스님들이 지고 다니는 바랑같이 생긴 바위산이 있는디 그 아래가 바로 그 사람 무덤이구만요."

"고마워요."

지효 스님은 청년을 향해 조용히 합장을 했다. 봉두 소식을 정확하게 알려준 그가 진심으로 고마웠다.

두 부자가 앞에서 멀어져가자 지효 스님은 풀밭에 내려놨던 바랑을 집어 들고 미루나무 밑으로 다시 걸어갔다. 미루나무 밑으로는 강이 보이고 강가에는 전에 봉두가 마을 아이들과 함께 앉아서 목불을 만들고 있던 돌밭이 보였다. 그때 봉두는 옹기종기 머리를 맞대고 있는 아이들 속에 앉아서 삭정이를 다리 사이에 끼우고 열심히 목불을 만들고 있었다. 지효 스님은 자기가 마지막 본 봉두 모습을 잠시 떠올리다가 몸을 돌렸다. 조금 전에 만났던 그 청년은 그때 봉두와 함께 풀밭에 둘러앉아 있던 아이 중 하나였을지도 모른다는 생각이 들었다.

이왕 온 김에 봉두가 묻혀 있는 무덤이라도 가봐야겠다는 생각을 한 지효 스님은 용정을 업고 천방 둑 위를 다시 걸어갔다. 얼마쯤 걸어가자 감로사라는 입간판이 서 있는 삼거리가 나왔다.

감로사라는 입간판을 보자 옛날 하룻밤 신세를 졌던 여인의 얼굴이 떠올랐다. 그녀는 아들 수술비를 마련하기 위해 감로사로 공양주살이를 간다고 하면서 언제든 지나는 길이 있으면 한번 들러달라고 당부를 했다. 그 여인은 지금도 감로사에서 공양주살이를 하고 있을까? 지효 스님은 잠시 이런 생각을 해보다가 바랑산이 있다는 골짜기 쪽으로 발길을 돌렸다. 하지만 올라가면서 아무리 주위를 두리번거려 봐도 스님들이 메고 다니는 바랑 같은 바위산은 보이지 않았다. 지효 스님이 좀 막막해져서 어떻게 할까 궁리를 하고 있을 때 등에 업힌 용정이가 내리겠다고 자꾸 발을 버둥거렸다.

"안 돼. 조금만 더 참아야지."

지효 스님은 용정이 궁둥이를 토닥토닥 두드려서 달래며 주위를 두리번거렸다. 그때 고추밭을 매는 할머니 한 분이 눈에 띄었다.

"할머니, 말씀 좀 여쭤보겠습니다. 여기서 바랑산이 먼가요?"

지효 스님이 할머니 쪽으로 다가가며 묻자 할머니도 허리를 펴며 일어났다.

"바랑산은 저기 보이는 저 앞산인디요."

할머니는 호미를 든 손으로 앞산을 가리켰다.

"앞산 어딘가요?"

지효 스님은 할머니가 가리키는 앞산을 보며 다시 물었다. 아무리 살펴봐도 바랑 같은 바위산은 눈에 들어오지 않아서였다.

"저기 언덕 위에 큰 소나무가 서 있는 게 보여라우?"

"네."

"그 소나무 밑에 있는 큰 바위가 바랑바위라우."

"아, 네······."

지효 스님은 그제야 머리를 끄덕였다. 펑퍼짐하게 자리를 잡은 큰 바위는 위로 올라가면서 마치 바랑을 끈으로 졸라맨 것처럼 잘록하게 오그라들어 있었다.

"스님은 어디서 사시는데 바랑산을 몰라라우?"

할머니가 지효 스님을 내려다보며 말했다. 심심해서 그냥 물어본 건지 아니면 바랑산도 모르는 스님이 있다는 게 이상해서 물어본 건지 그건 알 수가 없었다.

"저는 서울에서 살고 있어요."

"서울에서라우?"

할머니가 놀란 얼굴로 물었다. 그녀의 머릿속엔 서울이라는 곳이 아득하게 먼 곳으로 새겨져 있는 모양이었다.

"할머니, 바랑산을 가르쳐주셔서 감사합니다."

지효 스님은 아까 청년한테 한 것처럼 공손하게 허리를 굽히며 합장을 했다.

"스님도 애를 낳아서 업고 다니는 모양이네 잉."

할머니는 혼잣말처럼 이렇게 말하더니 고추밭 속으로 몸을 돌렸다.

지효 스님은 할머니의 말을 등 뒤로 들으며 혼자 미소를 지었다. 저 할머니는 오늘 집에 가서 틀림없이 스님도 애를 낳아서 업고 다니더라는 말을 할 거라는 생각을 하면서. 계곡을 끼고 조금 더 올라가자 앞산으로 건너가는 돌다리가 나왔다. 지효 스님은 용정이를 단단히 추슬러 업고는 조심조심 돌다리를 건너가기 시작했다. 지효 스님이 개울 중간쯤을 건널 때 등에 업힌 용정이가 다시 내리겠다고 두 발을 버둥거렸다.

"얌전하게 있어야지. 자꾸 그러면 물속에 빠지잖아."

지효 스님은 돌다리 위에 서서 등에 업혀 있는 용정이를 보며 야단을 쳤다. 그러자 용정이는 더욱 세게 다리를 버둥거리며 내리려고 했다. 지효 스님은 용정이 때문에 몇 번씩이나 물속에 빠질 뻔하며 조심조심 다리를 다 건넜다. 다리를 건너서 언덕을 올라가자 바랑산이 나왔다. 산이라기보다는 그냥 하나의 바윗덩어린데 그 바윗덩어리가 앞으로 불쑥 튀어나오고 그 위에 큰 소나무가 하나 서 있으므로 사람들이 그냥 산이라고 부르는 것 같았다.

바랑산 밑에까지 온 지효 스님은 주위를 살펴보았다. 얼른 보기엔 그냥 평평한 초원 같은데 자세히 살펴보니 봉분 비슷한 것이 보였다. 지효 스님은 저게 바로 봉두의 무덤일 거라는 생각을 하며 가만히 무덤을 바라보았다. 그때 등에 업힌 용정이가 다시 내리겠다고 발버둥을 쳤다. 지효 스님은 너무 오랫동안 업혀 있었기 때문에 그러는 모양이라고 생각하며 용정이를 풀밭 위에 내려놓았다. 그러자 용정은 엉금엉금 풀밭 속으로 기어갔다. 얼른 보기엔 그냥 푸른 풀밭 같았지만 풀밭 속에는 노란색· 남색· 자주색· 보라색· 분홍색… 이름도 알 수 없는 작은 들꽃들이 가득 피어 있었다.

지효 스님은 주위를 둘러보다가 봉두의 무덤을 향해 조용히 합장하면서 고개를 숙였다. 정말 간절한 마음으로 그의 명복을 빌어주고 싶었다. 한참 동안 고개를 숙이고 봉두의 명복을 빌던 지효 스님은 천천히 고개를 들고 무덤 쪽을 바라보았다. 그때 봉분 위에 올라가 있던 용정이가 지효 스님과 눈이 마주치자 입을 벙긋벙긋 벌리며 두 팔을 치켜들었다. 그 순간 지효 스님의 머릿속으로 새벽예불 때 본 봉두 영상이 번개처럼 빠르게 스쳐 지나갔다. 그러면서 우레 같은 소리가 쾅 하고 들려왔다.

"관세음보살님. 아, 관세음보살님."

지효 스님은 두 눈을 감으며 합장했다. 그리고 서 있는 그녀는 비로소 자기 자신이 우주 법계의 질서를 비늘 조각만큼

이나마 보고 있다는 느낌이 들었다.

　　최길성은 책상 서랍 속에 들어 있던 온갖 잡동사니를 꺼내 놓고 하나하나 정리하고 있었다. 서랍 속에 넣을 때는 중요하다고 생각했고, 언젠가는 필요하리라고 생각했던 물건들이 막상 꺼내놓고 보니 중요하지도 필요하지도 않은 것이 대부분이었다. 최길성은 자기 책상 위에 산더미처럼 쌓여 있는 잡동사니들을 내려다보며 내가 살아온 인생이라는 것도 바로 이런 것이 아니었을까 하는 생각을 하고 있었다. 중요하다고 생각했던 일, 필요하다고 생각했던 일, 그래서 그것을 얻고 간수하기 위해 시간과 정력을 쏟았는데 막상 돌이켜보니 그것들은 언제 버려도 좋을 잡동사니 쓰레기 같은 것에 불과했다. 책상 서랍 속이 잡동사니 쓰레기로 채워졌듯이 자기의 인생도 잡동사니 쓰레기로 채워져 있었다는 데 생각이 미치자 최길성은 허탈해져서 몸을 의자 뒤로 눕히며 멍하니 허공을 쳐다봤다. 인생을 잘 산다는 것은 참으로 어려운 것이구나 하는 생각이 다시 들었다.

　　젊은 시절 누구보다도 치열하게 삶의 진실을 찾아 몸부림쳤고 그런대로 삶의 진실이라는 것에 초점을 맞추고 일생을 살아왔는데, 그런데도 자기 손에 쥐어지는 것은 아무것도 없었다.

손에 쥐어진 것이 아무것도 없다고 생각하자 최길성은 언젠가처럼 영화 상영이 끝난 빈 스크린을 다시 보고 있는 기분이 들었다. 무엇인가 분주히 움직이고 의미를 만들고 사건을 전개해 나갔는데 그것들이 모두 사라지자 스크린에 남아 있는 것은 아무것도 없었다. 아무것도 없는 것은 그냥 무(無)가 아니라 허무였다. 허무였기 때문에 괴로웠다. 한참 동안 허탈감에 젖어 있던 최길성은 몸을 일으켜서 책상 위를 다시 정리했다. 서류나 메모지, 명함 같은 것들은 소각하기 위해 쓰레기통 속에 집어넣고 사무 도구는 이랑이한테 줘야겠다는 생각을 하며 따로 모아놓았다.

아내가 집을 나간 이후 최길성은 본격적으로 자신의 주변을 정리하기 시작했다. 집과 공장은 처분해서 각진사 신도들과 약속한 1억 원짜리 종을 만들어 주었고, 사무실 보증금은 빼서 형규 앞으로 통장을 만들어놓았다. 그리고 아내가 들었던 적금과 보험은 해약해서 이랑이 앞으로 따로 통장을 만들어줬고, 상암사에서 종 불사로 받은 잔금은 사무실에서 8년 동안 함께 일해 온 김 양한테 넘겨줬다. 그리고 통장에 남아 있는 약간의 현금은 자신의 몫으로 남겨놓았다. 병이 들거나 죽음을 맞이했을 때 최소한 물질로라도 주위 사람들한테 신세를 지지 않기 위해서였다.

이제 마지막으로 정리할 것은 아내가 장만한 살림살이와

자신이 일생 동안 사 모은 4천여 권 되는 책이었다. 지금 있는 살림살이는 거의 영옥이가 들어와서 그녀 손으로 새로 장만한 것들이었다. 먼저 아내가 쓰던 살림도 있긴 했지만, 그것들은 오래되었을 뿐 아니라 수명도 거의 다해서 자연적으로 새것과 교체하게 되었다. 그렇기 때문에 살림살이만은 영옥의 임의대로 처리하게 하고 싶었다. 세혁과 살게 되면 지금 사용하고 있는 살림살이는 자연히 필요 없게 되겠지만, 아무튼 필요가 있든 없든 그것은 그녀가 알아서 처리할 문제라고 생각했다. 그래서 최길성은 가족들이 집을 떠나기 전에 영옥이가 돌아오기를 진심으로 기다렸다. 그러나 영옥은 편지 한 장 남기지 않고 집을 나간 후에 아직까지도 소식이 없었다.

마지막으로 가장 애정을 가지고 정리하고 싶은 것은 책이었다. 최길성은 자신이 그동안 사 모은 책을 융한테 주고 싶다는 생각을 계속해 오고 있었다. 젊은 시절 방황의 늪을 헤매고 있을 때 그는 방황에 대한 해답을 얻고자 책을 사기 시작했다. 초기에 산 책은 대부분 철학 계통의 책들이었지만 종에 관심을 가지면서부터는 불교에 관계된 책들을 사 보았다. 그러기 때문에 자기가 소장하고 있는 책들은 융한테 도움을 줄 수 있을 것이라는 확신이 들었다. 최길성은 형규 이상으로 애틋한 감정을 느끼고 있는 융한테 무엇인가 도움을 주고 싶었고, 자기가 융을 도울 수 있는 길은 소장하고 있는 책을 넘겨주는 것이라고 결론지었다.

"아빠."

융한테 책을 가져가라고 해야지 하는 생각을 하고 있던 최길성은 고개를 돌리고 문 쪽을 바라보았다. 이랑이가 파리한 얼굴로 자기를 쳐다보고 있었다.

"벌써 수업 끝났니?"

"보충수업은 안 하고 그냥 왔어요."

"이리로 오너라."

최길성은 책상 위에 널려 있는 잡동사니를 한쪽으로 밀어 놓으며 말했다.

"오빤 아직 안 왔어요?"

"아직 안 왔다."

"여기서 여섯 시에 만나기로 했는데……."

이랑은 시계를 들여다보며 이상하다는 얼굴로 고개를 갸웃했다.

"이제 오겠지. 그런데 네가 들고 있는 건 뭐냐?"

"편진가 봐요."

이랑은 아래층 수위한테서 받은 편지를 최길성한테 건네주었다.

"편지……?"

최길성은 편지 겉봉을 들여다보다가 고개를 갸웃하면서

겉봉을 뜯었다. 이봉순이라는 발신인의 이름도 생소했지만 글씨체도 노인 글씨처럼 꼬불꼬불하게 쓰여 있어서였다.

최길성 선생님께.

저는 법운 스님 어미 되는 사람입니다.
선생님이 보내주신 4천만 원을 받아들고 너무도 감격해서 며칠 뜬눈으로 밤을 새우다가 편지를 씁니다.
선생님도 아실지 모르지만 우리 인태(집에서의 이름)는 대학교를 졸업하고 신문사에 들어가서 기자 노릇을 했습니다. 그러면서 신문사에 다니는 여자와 결혼을 해 아들까지 낳고 잘 살았는데 어느 날 집을 나가더니 그만 종무소식이었습니다. 나중에 수소문해보니 절에 들어가서 중이 됐다고 하더군요.
남편이 중이 된 걸 안 며늘애는 집을 나갔습니다. 풍문에 들으니 한 이 년 혼자 있다가 다른 데로 재가를 했다고 하더군요.
어린 손자를 맡은 우리 부부는 날벼락을 맞은 것 같아 머리를 싸매고 누워서 몇 달을 앓았지요. 그러다 생각해보니 이러다간 손자도 키우지 못하고 두 늙은이가 죽고 말겠구나 하는 생각이 들어 몸을 추스르고 자리에서 일어났습니다.
그 후 우리 내외는 손자 키우는 재미로 살았습니다. 손자도 제

애비를 닮아서 어려서부터 하나를 가르쳐주면 열을 알았습니다. 그런데 3년 전 봄부터 손자 녀석은 손가락 끝이 굳어지기 시작하더니 나중엔 온몸 전체가 딱딱하게 굳기 시작했습니다. 그래서 병원으로 데려가 봤더니 뇌에 이상이 생겨서 그렇다고 하면서 뇌수술을 받으라고 하더군요.

우리 내외는 의논 끝에 살던 집을 팔기로 하고 손자를 병원에 입원시켰습니다. 입원시킨 지 일곱 달이 지나서 수술을 받았고 수술 받은 후 반년이 지나서야 퇴원을 했습니다.

수술 결과가 좋아서 손자는 건강을 되찾고 다시 학교에 다니게 되었습니다. 하지만 살던 집까지 판 우리 내외는 사글셋방 한 칸을 얻어서 나갈 수밖에 없게 되었습니다.

사글셋방으로 나앉은 우리 내외는 하는 수 없이 길가에서 풀빵하고 호떡을 구워서 팔았는데 그걸로 연명은 할 수 있었지만 손자 공부시킬 일이 막막했습니다.

그래서 생각다 못해 제가 아들을 찾아 절로 갔습니다. 갈 때는 10년 동안 하고 싶은 짓 다 해봤으니 이제는 내려와서 새끼를 맡으라고 목이라도 끌고 올 작정을 하고 갔었습니다. 그런데 막상 가보니 아들은 어느 굴속에서 혼자 3년 동안이나 참선을 하다가 그 안에서 혼절해 사람 등에 업혀서 내려와 있다 하더군요.

그 소식을 듣는 순간 기가 막혔습니다. 남만큼 배우지를 못했나, 남만큼 똑똑하지를 못하나, 뭐가 모자라서 그 미친 짓을 하고 다니는지 복통이 터질 노릇이었습니다.

그런데 얼마 전에 향운 스님이 돈 4천만 원을 싸 들고 와서 이 돈으로 손자를 키우고 아들을 잊어버리라고 하더군요. 그러면서 이 돈은 아들이 스님 노릇을 할 수 있도록 하기 위해서 최 선생님이 주신 거라고 했습니다.

돈을 받아든 우리 내외는 너무 감격해서 며칠 뜬눈으로 밤을 새우다가 그 돈으로 13평짜리 아파트를 하나 사고 만홧가게도 하나 장만했습니다. 그리고 나머지 돈은 손자 앞으로 예금을 해 놓았습니다.

....

편지를 읽고 있던 최길성은 빙긋이 미소를 지으며 천천히 머리를 끄덕였다. 자신이 살아온 육십 평생은 결국 법운 스님을 스님으로 지켜주기 위한 준비 과정이었다는 생각이 들었다.

'전생에 내가 그 스님 덕에 공부한 인연이 있었던 모양이군.'

최길성은 혼자 속으로 이렇게 중얼거렸다.

"아빠, 무슨 편지예요?"

최길성의 얼굴을 뚫어져라 쳐다보고 있던 이랑이가 물었다.

"너는 모르는 사람 편지다."

최길성은 편지를 접어 봉투 속에 넣으며 말했다.

"혹시 엄마와 관계된 편지 아니에요?"

"엄마하고는 전혀 상관없는 사람 얘기다."

최길성은 이렇게 말하며 딸을 쳐다보다가 '정말 이 사람들 일이 영옥이하고는 전혀 관계가 없는가?' 다시 생각해봤다. 그런 생각을 하던 최길성은 얼굴도 알 수 없는 그 사람들의 일이 실은 영옥과 직접적인 연관을 맺고 있었다는 것을 알았다. 영옥이뿐 아니라 최길성하고도 그랬고 앞에 앉은 이랑이하고도 그랬고 멀리는 형규하고도 그랬다. 중중무진의 연기법이라고 하더니 인연이란 참으로 불가사의하다는 생각이 들었다.

"아빠, 제가 아빠한테 부탁하고 싶은 게 있어요. 제가 하는 부탁을 꼭 들어주셔야 해요."

이랑은 최길성을 똑바로 쳐다보며 말했다.

"아빠가 들어줄 수 있는 거라면 물론 들어주지."

최길성은 정말 자기가 들어줄 수 있는 거라면 뭐든 다 들어주고 싶다는 생각을 하며 말했다.

"아빠, 절 어디로 보내려고 하지 말아주세요."

최길성을 쳐다보고 있는 이랑의 시선은 떨고 있었다.

"……."

최길성은 이랑을 가만히 마주 바라보았다.

"아빠, 전 아빠하고 살고 싶어요. 절 다른 곳으로 가라고 하지 마세요."

이랑은 두 눈이 빨개지더니 최길성의 가슴에 안기면서 흐느껴 울기 시작했다.

"이랑아."

최길성은 딸을 끌어안았다. 그러고 있는 그의 두 눈도 뻘겋게 충혈돼 갔다. 한참 동안 흐느껴 울던 이랑은 몸을 일으키더니 가방에서 손수건을 꺼내 얼굴을 닦았다. 그러면서도 감정을 진정할 수 없는지 흑흑하고 속으로 흐느꼈다.

"이랑아, 마음을 진정하고 아빠 얘길 잘 들어라. 아빠도 너를 사랑한다. 하지만 사랑한다고 해서 너를 붙들어둘 수는 없다."

"왜요, 아빠? 왜 저를 붙들어둘 수가 없어요?"

"이제 나는 너를 보호할 힘이 없다. 그리고 가정이라는 것도 이미 파괴되어 버리지 않았느냐."

"달라진 건 엄마가 없다는 것밖에 없어요. 엄마가 없다고 해서 가정이 파괴되는 건 아니잖아요."

"네 마음은 고맙다. 하지만 너는 이제 너의 친아버지한테로 돌아가야 한다. 친아버지 밑에서 대학을 마치고 유학도 다녀와서 훌륭한 성악가가 돼야지."

"그런 건 필요 없어요. 전 아빠 마음을 아프게 해드리면서 성악가가 되고 싶지 않아요."

"네가 훌륭한 성악가가 되면 나도 기쁘지 왜 내 마음이 아프겠니? 아빠는 절대 그렇지 않다."

"아빠, 제게 친아빠가 있다는 걸 일깨워주지 마세요. 제발 절 비참하게 만들지 마세요, 아빠."

"그 일을 비참하게 생각하지 마라. 그래야 엄마 마음도 편해지지."

"엄마 얘긴 제게 하지 마세요. 전 아빠를 배신한 엄마를 절대로 용서하지 않을 거예요."

이랑은 단호하게 말했다.

최길성은 괴로운 얼굴로 두 눈을 감고 있다가 천천히 고개를 들고 이랑을 바라봤다.

"어른들의 세계는 네가 어른이 돼봐야 안다. 지금 내가 한 말을 명심하고 엄마를 나쁘게만 속단하지 마라."

"……."

"무작정 엄마가 돌아오기를 기다릴 수도 없고… 집도 사실은 이삼일 후에 비워줘야 한다. 그러기 때문에 네 거취 문제를 현실적으로 결정할 수밖에 없구나."

"……."

"네가 친아버지한테로 돌아가는 데는 세 가지 방법이 있다. 첫 번째는 내가 너를 데려다주는 방법이고, 두 번째는 동화 아저씨가 너를 데리고 가는 방법이고, 그리고 마지막은 너 스스로가 아빠를 찾아가는 방법이다. 이 세 가지 방법 중에서 어느 것을 택하고 싶으냐?"

"제 얘긴 그만하시고 아빠 얘기부터 들려주세요. 아빤 어떻게 하실 거예요?"

"아빤 서울을 떠나고 싶다. 이제 나는 서울이 싫다."

"서울을 떠나서 어디로 가실 건데요?"

"절로 가려고 한다. 늦긴 했다만 이제부터라도 나를 위한 공부를 해볼 참이다."

"저도 절로 가겠어요. 아빠가 정 저를 보내려고 하시면 지효 스님한테 가 있어야겠다고 생각했어요."

"그건 네가 잘못 생각하고 있는 거다. 너는 아직 부모의 보호 밑에서 공부할 나이야."

최길성은 엄하게 꾸짖었다.

"저까지 아빠를 배신할 수 없어요. 전 영원히 아빠 딸로 남아 있을 거예요."

이랑은 최길성의 손을 꼭 잡으며 나직이 말했다. 그 순간 전에 자기가 끼워준 은가락지가 만져졌다. 그 은가락지를 만지는 순간 이랑은 아빠를 지키고 싶은 자기의 감정이 얼마나 절절한가를 다시 한번 전해드리고 싶었다.

'아빠, 전 아빠를 지키고 싶어요. 정말 지켜드리고 싶어요. 아빠도 이런 제 마음을 아셔야 해요.'

이랑은 아빠의 두 손을 꼭 잡고 눈물이 가득 고인 눈으로 아빠를 쳐다봤다.

"스님이 오셨나? 어디서 염불 소리가 자꾸 들리네."

대청마루에 앉아서 녹두를 고르고 있던 곽 서방네가 손을 멈추고 바깥소리에 귀를 기울였다. 그러자 염불 소리가 조금 더 크게 들려왔다.

"시주를 받으러 오셨나……."

곽 서방네는 뚱뚱한 몸을 힘겹게 일으키더니 커다란 놋 사발에 쌀을 가득 담아 대문 앞으로 나갔다. 대문 앞에는 밀짚모자를 깊숙이 눌러쓴 스님이 걸망을 메고 서서 염불을 하고 있었다.

"스님, 시주받으세요."

곽 서방네는 들고 온 쌀을 걸망 속에 쏟아부으며 말했다.

"감사합니다."

스님은 두 손을 모아 공손히 합장을 했다.

"마님이 편찮으시지만 않으면 시주를 많이 하실 텐데……."

"마님이 많이 편찮으십니까?"

스님이 물었다. 일부러 말을 시키려고 그러는 것 같았다.

"네. 그래서 집안에 경황이……."

경황이 없다는 말을 하려고 고개를 쳐들던 곽 서방네는 정신이 아찔해져서 그냥 멍하니 서 있었다. 앞에 선 스님 얼굴에 하도 광채가 돌아서 마주 바라볼 수가 없었다.

"그러시다면 이왕 온 김에 제가 마님을 위해서 염불을 조금 더 해드리고 가겠습니다."

스님은 다시 목탁을 들면서 말했다.

"그래 주시면 고맙지요."

곽 서방네는 합장을 하며 스님 얼굴을 다시 한번 슬그머니 쳐다봤다. 그런데 다시 보니 스님 얼굴은 여느 사람 얼굴과 조금도 다르지가 않았다.

'이상하지. 아깐 내가 잘못 봤나.'

곽 서방네는 합장을 하고 서서 속으로 이렇게 중얼거렸다. 한참 동안 염불하던 스님은 '똑 또르르…' 하고 목탁 소리를 거두더니 곽 서방네를 향해 합장했다.

"시주 감사합니다."

"시주라고 할 게 있습니까. 하도 경황이 없어서……."

"보살님을 만난 것도 인연이니 제가 한 가지만 일러드리고 가겠습니다. 마님이 돌아가신 후 한 이레 동안은 빈소를 모셔 놓은 방에 아무도 들어가게 하지 마십시오."

스님은 들고 있던 목탁을 걸망 속에 넣으며 말했다.

"…네?"

곽 서방네가 무슨 말인지 자세히 좀 물어보려고 고개를 들었을 때 앞에 섰던 스님은 감나무 밑을 지나 벌써 참깨밭 쪽으로 걸어가고 있었다.

"얄궂기도 해라. 바람 같네……."

곽 서방네는 멀어지는 스님의 뒷모습을 바라보며 속으로 중얼거리다가 몸을 돌렸다. 안채로 들어가던 곽 서방네는 자꾸 기억을 더듬어보았다. 어디서 많이 본 스님 같았는데 얼른 기억이 나지 않았다.

'전에 시주를 받으러 오셨던 스님인가?'

"미음 좀 가지고 들어오지."

곽 서방네가 대청마루로 올라서려고 할 때 이 씨 방에 있던 남편이 고개를 내밀며 말했다.

"알았어요."

곽 서방네는 도로 댓돌 밑으로 내려서서 부엌으로 들어갔다. 곽 서방네가 미음 대접을 가지고 방으로 들어가자 곽 서방이 이 씨를 부축해서 일으켜 앉혔다.

"마님, 미음 좀 드십시오."

곽 서방이 이불을 바로 해주며 말하자 이 씨는 이불에 몸을 기대고 앉으며 물었다.

"어디서 염불 소리가 들리던데, 스님이 오셨는가?"

"네. 시주를 받으러 온 스님이 조금 전에 다녀가셨습니다."

"자네가 알아서 시주를 좀 드리지 않고……."

이 씨는 베갯머리를 가리키며 말했다.

"백미 한 주발을 드렸습니다."

곽 서방네는 얼른 염주를 집어서 이 씨 손에 쥐여 주며 말했다.

"염불을 옆에서 하시는 것처럼 하도 생생하게 들려서……."

"마님이 편찮으시다고 했더니 마님을 위해서 염불을 해 드리겠다고 하시면서 따로 염불을 하고 가셨습니다."

"어느 스님이신지 고맙구먼."

이 씨는 힘들게 염주 알을 굴리며 말했다. 그러는 이 씨의 머릿속엔 조금 전에 본 이상한 광경이 생생하게 되살아났다. 염불 소리를 듣고 있는데 자기 몸에서 동자처럼 느껴지는 어린 소년이 나와서 아름드리 소나무가 우거져 있는 길을 따라가더니 커다란 일주문 안으로 걸어 들어갔다. 분명히 절로 들어가긴 했는데 어느 절인지 알 수가 없었다.

"아까 그 스님은 시주받으러 여길 몇 번 오셨었나 봐요. 낯이 익은 게 어디서 많이 본 스님 같던데요."

곽 서방네가 스님 얼굴을 다시 떠올려보며 말했다.

"외양이 어떻게 생기셨는데?"

염주를 굴리고 있던 이 씨가 물었다.

"어떻게 생기신 거보다 어디서 많이 본 얼굴이었는데… 아, 이제 생각하니 그 스님 얼굴이 융하고 똑 닮으셨던 것 같아요."

곽 서방네가 이제 알게 돼서 시원하다는 표정으로 말했다.

"……."

그 순간 이 씨의 시선과 곽 서방의 시선이 강하게 부딪쳤다.

"그 스님 어디로 가셨어?"

곽 서방이 자리에서 후다닥 일어서며 물었다.

"깨밭 쪽으로 가셨는데 지금 나가보셔도 소용없어요. 걸음이 바람보다도 빠르시던데."

"그런 스님을 봤으면 진작 말을 해줘야지."

곽 서방이 아내를 원망하며 얼른 밖으로 나갔다.

"나가봐야 병자년 까마귀 빈 뒷간 들여다보는 격이지. 그러지 말고 뭔 얘기를 하고 가셨나 그거나 물어보지 않고……."

곽 서방네는 입 속으로 중얼거리면서 미음 사발을 끌어당겼다.

13
장

Udambara

버스에서 내린 융은 부지런히 골목 안으로 들어갔다. 그때 길옆에 있는 어느 집에서 12시를 알리는 괘종시계 소리가 들려왔다. 시계 소리를 들은 융은 더욱 걸음을 부지런히 옮기며 골목 안을 지나갔다. 자기를 기다리고 계실 지효 스님을 생각하자 마음이 조급해졌다. 다른 때 같으면 늦어도 11시 30분이면 절에 도착하는데 오늘은 도서관에서 문제 하나를 붙들고 씨름하다가 30분 정도 더 늦고 말았다. 시장 골목을 지나고 약국이 있는 비탈길을 오르자 선재사의 긴 담이 나왔다. 담 옆에 있는 보안등은 수은이 다 떨어졌는지 희끄무레한 불빛이 들어왔다가 나가고 다시 들어왔다가 나가고 하면서 힘겹게 껌벅이고 있었다. 융은 마지막 숨을 몰아쉬고 있는 사람처럼 힘겹게 껌벅이고 있는 보안등을 잠시 바라보다가 긴 담을 끼고 부지런히 걸음을 옮겼다.

집 앞에 이른 그가 대문을 밀고 안으로 들어서자 피아노 소리가 들려왔다. 융은 고개를 들어 이랑이가 거처하고 있는 이층 방을 올려다봤다. 불은 꺼져 있는데 피아노 소리만 낮게 들려왔다. 깜깜한 방에서 혼자 피아노를 치고 있을 이랑의 모습을 잠시 떠올려보던 융은 마당을 지나 요사채 층계를 올라갔다. 저녁부터 먹고 자기 방으로 가기 위해서였다. 융이 현관문을 밀고 거실로 올라서려고 할 때 이랑의 방에서 울음소리가 들려왔다. 이랑은 자신의 울음소리가 밖으로 새 나가지 않도록 마음을 쓰는 듯 소리를 죽이며 울고 있었다.

"……"

융은 생각에 잠긴 얼굴로 잠시 서 있다가 2층으로 올라갔다. 넓은 서재 옆에 있는 이랑의 방은 문이 닫혀 있었고 닫혀 있는 문틈으로 울음소리가 조금 더 크게 새어 나왔다. 융은 이랑을 부를까 하다가 그냥 문을 밀고 안으로 들어갔다. 생각했던 대로 이랑은 피아노 위에 엎드려서 울고 있었다. 융은 괴로운 얼굴로 가만히 이랑을 바라보다가 그녀 옆으로 다가갔다.

"이랑아."

융은 이랑의 어깨 위에 한 손을 얹으며 조용히 이랑을 불렀다.

"……."

"인제 그만 자."

"……."

"자고 나면 괴로움도 가실 거야."

"오빠, 오빠 눈엔 내가 너무 추하게 보이지?"

이랑은 눈물을 닦으며 융을 쳐다봤다.

"추하게 보이다니, 무슨 말이야?"

"난 내 몸에서 돌고 있는 추한 피를 다 뽑아버리고 싶어. 나를 낳게 한 그 남자의 피도 뽑아버리고 싶고 우리 엄마의 피도 뽑아버리고 싶어."

이랑은 낮게, 그러나 울부짖듯 격렬하게 말했다.

"그건 네가 잘못 생각하고 있는 거야. 네 몸엔 오직 네 피만 돌고 있어. 그런 엉뚱한 생각으로 자신을 괴롭히면 안 돼."

"……."

"벌써 한 학기가 다 지났잖아. 이제부턴 마음을 진정하고 공부에만 전념해. 모르는 거 있으면 나한테 묻고."

"오빠, 난 오빠 마음을 알고 싶어. 오빤 날 어떤 애라고 생각해?"

가만히 고개를 숙이고 있던 이랑이가 융을 보며 물었다.

"내가 널 좋은 애로 생각하고 있다는 건 너도 알고 있잖아."

"오빤 아직도 날 매미 잡아달라고 떼쓰던 그런 어린애로 생각하고 있는 거지?"

"……."

"난 오빠가 모르는 새에 너무 커버렸어. 나 자신도 날 감당할 수 없게 커버린 거야."

"……."

융은 어떻게 대답할지 몰라서 가만히 이랑을 바라보았다. 그때 아래층에서 전화벨이 울렸다. 전화벨 소리를 듣는 순간 융과 이랑은 거의 동시에 불안한 얼굴로 서로를 쳐다봤다.

"전화 받고 올게."

융은 얼른 층계를 뛰어 내려갔다. 거실에서 지효 스님이 전화를 받고 있었다.

"그래, 알았어. 융이 와 있군. 융 바꿔줄게."

지효 스님이 수화기를 건네줬다.

"나야, 융."

"할머니가 오늘 밤을 넘기시기가 어렵대."

융의 얼굴이 순간적으로 창백해졌다.

"널 기다리고 계신 것 같아. 자꾸 문밖을 내다보라고 손짓을 하셔."

"지금 갈게. 내가 지금 간다고 할머니한테 전해드려."

융은 수화기를 놓고 몸을 돌렸다. 그의 입술은 경련을 일으키듯 떨고 있었다.

"지금 가려고?"

지효 스님이 물었다.

"네."

"몇 시간만 더 기다렸다가 날이 밝거든 가지."

"지금 가면 할머님을 뵐 수 있을지도 모르잖습니까?"

"……."

지효 스님은 가만히 머리를 끄덕였다. 그럴 수 있을지도 모른다는 생각이 들어서였다.

"스님은 어떻게 하시겠습니까?"

"융이 갈 거면 나도 지금 가야지. 택시 회사에 연락하면 차가 있을까?"

"큰길에 나가도 빈 차는 있을 겁니다."

"……."

지효 스님은 이럴 때 최길성이 있었으면 좋겠다는 생각을 속으로 하였다. 하지만 그는 이랑을 맡긴 이후로 그들 곁을 떠나갔기 때문에 최길성 쪽에서 먼저 연락을 하지 않는 한 이쪽에서 연락할 길이 없었다.

"제가 가서 할머니를 깨울까요?"

이랑이가 층계를 내려오면서 물었다.

"그래. 빨리 좀 나오시라고 해."

"……."

이랑은 살구 댁이 자고 있는 방으로 뛰어갔다. 그때 용정의 울음소리가 들려왔다. 갑자기 집 안이 술렁이자 불안해서 잠이 깬 모양이었다. 지효 스님은 얼른 용정이가 자고 있는 방으로 가서 용정을 안아 일으켰다. 막 오줌을 쌌는지 기저귀가 따끈했다. 지효 스님은 젖은 기저귀를 빼고 새 기저귀를 갈아준 후 용정이를 안고 거실로 나왔다.

"할머님이 위독하시다고요?"

살구 댁이 걱정스러운 얼굴로 물었다.

"네. 우린 지금 가야겠는데 보살님이 며칠 수고를 좀 해주세요."

"알았어요. 여기 걱정은 마시고 다녀오세요."

"애긴 절 주시고 스님도 얼른 준비를 하세요."

이랑이가 지효 스님한테서 용정이를 받아 안았다.

"그래."

지효 스님은 법복과 불구(佛具)를 챙겨야겠다고 생각하며 현관으로 내려섰다.

"오빠한텐 제가 내일 아침에 연락하겠어요."

"그래. 가능한 한 일찍 내려오라고 전해."

지효 스님은 이랑한테 이르고 급히 밖으로 나갔다.

지효 스님과 융이 강릉 이 씨 댁에 도착한 것은 아침 해가 막 떠오르는 시간이었다. 푸른 들판은 물론 연당 속의 넓은 연잎과 창호지 문에도 아침 햇살이 눈부시게 쏟아지고 있었다. 먼저 차에서 내린 융이 안으로 들어가자 융을 반기는 소리가 들려왔다.

"융 왔어요."

누군가가 안을 향해 소리치자 곽 씨가 대청마루로 쫓아 나왔다.

"얼른 오너라. 너를 기다리고 계시는 할머니를 애가 타서 못 보겠다."

"……."

방으로 들어간 융은 할머니를 가만히 내려다봤다. 할머니는 목으로만 숨을 쉬고 있는 듯 목만 조금 움직였다.

"마님, 융이 왔습니다."

곽 씨네가 울음을 삼키며 말했다.

"형님이 기다리던 융이 왔습니다. 눈을 뜨고 얼굴이나 한번 보세요."

육촌 동서 되는 할머니가 이 씨 손을 잡으며 말했다.

"융아, 큰 소리로 '할머니, 제가 왔습니다.' 하고 말해라. 너를 기다리시느라고 눈을 못 감으신다."

송강의 당숙 어른도 말했다.

"할머니."

창백한 얼굴로 할머니를 내려다보던 융은 할머니 가슴을 끌어안으며 할머니 얼굴에 자신의 얼굴을 가만히 댔다. 그러자 이 씨의 눈동자가 조금 움직였다.

"할머니."

융의 눈에서 흘러내린 눈물이 이 씨의 뺨을 적셨다. 그러자 이 씨의 손이 뭔가를 가리키는 시늉을 했다. 그런 이 씨의 모습을 지켜보던 곽 씨가 얼른 베개 밑에 손을 넣어 백동으로 된 열쇠 하나를 꺼내서 이 씨 손에 쥐여 주었다.

열쇠를 받아든 이 씨는 그걸 융한테 건네주려고 안간힘을 썼다.

"얼른 받아라. 화실 열쇠다."

"……?"

융이 어리둥절해서 곽 씨를 쳐다보자 곽 씨가 다시 채근했다.

"너희 어머니가 쓰시던 화실 열쇠다. 얼른 두 손으로 받아라."

"…….."

융은 열쇠를 쥐고 있는 할머니의 손을 두 손으로 꼭 움켜잡으며 기도를 드리듯 그 손에 얼굴을 묻었다.

"할머닌 운명하셨다."

이 씨 맥을 잡고 있던 당숙이 낮은 소리로 말했다.

"…….."

송강은 입을 다물고 당숙을 가만히 돌아다보았다. 그러는 그녀의 얼굴은 백지장처럼 하얗게 변했다. 자신의 몸보다 천배 만배 무거운 짐을 지고 한평생을 살아왔던 이 씨는 이제 그 짐을 손녀딸 어깨 위에 넘겨주고 파란만장했던 생을 마감했다. 송강 역시 그녀의 몸보다 천배 만배 더 무거운 짐을 짊어지고 할머니가 살아왔던 생보다 더 파란만장한 생을 살아가게 될지도 모른다. 그녀 또한 평범하게 살 수 없는 비범함을 운명적으로 지니고 태어났기 때문이다.

이 씨가 운명한 순간 가장 서럽게 운 사람은 동미였다. 그녀는 마치 자신의 가슴속에 숨겨두었던 이 씨에 대한 애정을 고백이라도 하듯 이 씨의 시신을 끌어안고 몸부림쳤다. 곽 씨와 곽 씨네도 이 씨의 시신을 끌어안고 몸부림쳤고, 곽 씨의 네 남매도 그들 부모처럼 서럽게 울었다. 그뿐 아니라 방 안에 모여 있던 친척도, 밖에서 서성이던 동네 사람들도 모두 이 씨의 운명을 애통해하며 울었다. 그들은 자신의 생애 중 가장 어려운 시절에 이 씨로부터 도움을 받은 사람들이었고, 도움을 받았던 기억을 가슴속 깊이 간직하고 있는 사람들이었다.

이 씨의 장례가 치러진 7일 동안 눈물을 보이지 않은 사람은 송강이었다. 송강은 눈물을 보이지 않을 뿐 아니라 전혀 입을 열지 않았다. 그녀는 당숙으로부터 할머니가 운명하셨다는 말을 들은 그 순간처럼 백지장같이 하얀 얼굴로 입을 꼭 다물고 모든 의식에 참여했다. 이 씨가 운명하자 그녀의 적삼을 든 사람이 지붕 위로 올라가 초혼을 불렀고, 대문 앞에는 접시에 담긴 사자밥이 놓여졌다. 그리고 수족을 거둔 이 씨의 몸은 병풍으로 가려져 사랑했던 모든 사람과 자리를 달리하게 되었다.

풍요의 상징처럼 아흔아홉 칸 집을 지키면서 자신의 주위에 모여 있는 사람들 가슴 하나하나에 풍요로움을 안겨주던 이 씨의 장례는 그녀가 살았던 삶만큼이나 풍요롭게 치러졌다. 마당에는 몇 개의 차일이 쳐지고 차일 밑에는 집안 친척들뿐 아니라 인근 몇 동네 사람들이 모여서 술과 음식을 먹으며 고인에 대한 추억담을 나눴다. 장례 진행은 곽 씨가 맡아서 했는데, 곽 씨는 이 씨를 떠나보내는 마지막 길이므로 살아 있는 사람들이 할 수 있는 일은 무엇이든지 하고자 했다. 병풍 앞에는 위패가 모셔지고 위패 앞쪽에는 과일과 차가 진설되었다. 상복을 입은 송강과 형규, 융, 동미는 오른쪽에 서고 다른 친척들은 왼쪽에 서서 지효 스님이 진행하는 의식에 따랐다. 가사 장삼을 단정하게 입은 지효 스님은 요령을 들고 위패 앞에 나아가서 공손하게 세 번 절을 하며 삼불(三佛)을 청했다.

나무극락도사 아미타불

　　나무대원본존 지장보살마하살

　　나무 접인망령 대성 인로왕보살마하살

　거불을 마친 지효 스님은 위패 앞에 단정히 앉아 요령을 세 번 흔들고 고인의 영혼을 정중하게 맞아들였다.

　용화 보살 영가님이시여

　이 세상에 오실 때엔 어디로부터 오셨으며 이 세상을 떠나실 때엔 어디로 또 가시나이까? 옛 어른의 말씀에 사람이 태어나는 것은 한 조각 구름이 이는 것 같고 사람이 죽어가는 것은 한 조각 구름이 사라지는 것 같아서 실다운 본체가 없다고 하셨습니다.

　태어나는 것이 구름이 이는 것 같다고 하셨지만, 영가께서 이 세상에 오셔서 이룩하신 자취가 너무나도 혁혁하오며 떠나는 것이 한 조각 구름이 사라지는 것 같다고 하셨지만, 영가께서 떠나신 뒤에는 이처럼 참을 수 없는 오열만이 천지에 사무치나이다.

　평생을 애지중지하시던 송강과 융, 그리고 꿈결에도 잊지 못하시던 자부님과 집안 권속들을 모두 남겨두신 채 머나먼 저 세계로 떠나가시는 영가님의 마음인들 어찌 서운하지 않으시겠습니까?

이제 당신의 사랑하는 혈육과 친척 그리고 친지들이 모두 모여 당신의 이 머나먼 길을 배웅하고 있사오니 육식(六識)에 얽매이지 마시고 자세히 들으시옵소서. 그리하여 이 사바세계에서 못다 한 인연 더 생각지 마시고 부디 극락세계 아미타 부처님께 안기시옵소서.

....

지효 스님의 염불이 이어지고 있을 때 청은사 혜조 스님이 지원 스님과 지혜 스님을 데리고 들어왔다. 방으로 들어온 혜조 스님은 위패 앞에 단정히 앉아서 염불을 하고 있는 지효 스님을 가만히 바라보고 있었다. 용화 보살을 통해 지효 스님의 공부가 깊어졌다는 소식을 들었는데, 자기가 보기에도 저울추가 그쪽으로 훨씬 더 기울어질 것 같은 생각이 들었다. 염불을 끝낸 지효 스님은 은사 스님인 혜조 스님에게 자신이 다시 스님으로 돌아왔음을 인사드렸고, 혜조 스님을 통해서 혜일 스님이 인도에 유학 중이라는 소식도 듣게 되었다. 혜조 스님과 지원 스님은 백중 준비 관계로 하루만 있다가 청은사로 돌아갔고,

지혜 스님만이 남아 지효 스님과 두 시간씩 교대로 영가를 위한 염불을 했다. 동화와 형규, 융과 송강도 서로 교대를 하면서 조문 오는 손님들을 맞았다.

이 씨 장례 날, 집안 어른들은 옛날 남명(南溟) 어른의 장례 날에 벌였던 것과 똑같은 입씨름을 다시 한번 벌이게 되었다. 그것은 이 씨가 묻힐 묏자리가 공교롭게도 옛날 남명 어른이 처음 묻혔던 바로 그 자리였기 때문이었다. 지관은 옛날 남명 어른이 처음 묻혔던 자리를 잡아주고 그 자리 외엔 이 씨가 묻힐 자리가 없다고 한사코 우겼다. 남명 어른이 처음 묻혔던 자리엔 금맥이 깔려 있었기 때문에 남명 어른은 다른 곳으로 이장되고 그 자리는 채광이 되었다.

그때 김 참봉은 박 씨를 보고 말했다.

"산소를 이장하고 채광을 하십시오. 산소를 이장할 때는 산제를 크게 지내시고 채광이 끝나면 남명 어른을 원자리에 도로 모시십시오."

그러나 채광이 끝났을 때는 그 자리가 너무도 살벌하게 파헤쳐져 있어서 남명 어른은 원 자리로 돌아가지 못하고 말았다.

이 씨 산소 자리를 반대하는 사람들의 의견은, 산소는 음택(陰宅)이라 하여 죽은 사람이 사는 집을 의미하는데 조상이 살던 집을 어떻게 후손이 빼앗아서 살 수 있느냐는 것이었다. 하지만 지관은 지관대로 양보를 하지 않았기 때문에 양측은 오랜 시간 동안 설왕설래를 벌이게 되었고 그러던 끝에 결국 지관의 주장을 따르게 되었다. 만장의 휘날림 속에서 사랑했던 모든 사람과 작별을 하고 아흔아홉 칸 집을 나선 이 씨는 남명 어른이 묻혔던 양지바른 산자락에 누웠고, 그녀의 봉분 위엔 곽 씨가 특별히 주문해온 금잔디가 덮였다.

삼우제를 지낸 날 저녁, 곽 씨는 허전한 마음을 달랠 수가 없어서 이 씨 빈소가 차려진 안방에 혼자 남아 빈소를 지키고 있었다. 곽 씨네도 같은 심사였으므로 얼른 뒷일을 끝내고 남편과 같이 쉬어야지 하는 생각을 하며 대청마루에 앉아서 남은 음식을 정리하고 있었다.

그때 안방에서 쿵 하는 소리와 함께 신음 소리가 들려왔다.

"이게 뭔 소리지?"

음식을 정리하고 있던 곽 씨네는 얼른 몸을 일으켜 안방으로 들어갔다. 그러던 그녀는 비명을 지르며 그 자리에서 정신을 잃고 말았다. 곽 씨네의 비명 소리를 들은 사람들이 여기저기서 안방으로 모여들었다.

빈소 앞에는 곽 씨가 백랍 같은 얼굴로 쓰러져 있었는데 그의 머리에선 붉은 선혈이 콸콸 쏟아져 내리고 있었다.

"세상에 저 망치로."

누군가가 피 묻은 망치를 가리키며 말했다.

"강도가 들었나 봐요. 저 놈 좀……."

이 씨가 쓰던 3층 화류장은 한쪽 문이 뜯어져 있었다.

"이 사람……."

사람들을 헤치고 안으로 달려가 곽 씨를 일으켜 세우던 당숙이 멍한 얼굴로 곽 씨를 내려다봤다.

"아버지."

영실이가 울부짖으며 곽 씨를 끌어안았다.

"아버진 숨을 거뒀다."

"아."

영실은 한쪽 머리를 짚으며 비실비실 쓰러졌다.

"이러다간 줄초상 치르겠구먼. 얼른 곽 서방 댁을 바로 누이게."

당숙이 사람들을 둘러보며 말했다. 그제야 사람들은 정신을 차리고 곽 씨네 팔다리를 주무르고 인공호흡을 시키고 얼굴에 찬물을 끼얹었다. 그러자 곽 씨네는 후우 하고 숨을 토해냈다.

"서울 살던 여자 아들 금고……."

곽 씨네는 오른팔을 들어 장롱을 가리키며 반벙어리처럼 토막 단어만 나열시켰다. 한태서와 같이 살았던 카페 마담이 데리고 온 아들이 금고를 훔쳐 가면서 일을 저질렀다는 말 같았다. 곽 씨네 말을 듣는 순간 지효 스님의 머릿속엔 옛날 융의 발을 돌로 짓찧고 달아나던 꼬마 모습이 떠올랐다. 그 아이가 틀림없을 거라는 생각이 들었다.

"이 사람부터 옮기세."

당숙이 곽 씨를 가리키며 말했다.

"여기 주소가 어떻게 됩니까? 경찰에 신고해놔야겠습니다."

동화가 서둘렀다.

"살아서 수족처럼 부리더니 저승에 가서도 부리시려고 데리고 가셨나……."

"금고라면 땅문서가 들어 있을 텐데."

"땅문서뿐이겠어. 금덩이도, 돈도 들어 있겠지."

"이 집도 이제 운이 다 기울어진 것 같구먼. 곽 씨마저 없어졌으니 누가 이 큰 살림을 추슬러 나가겠어."

"세상에 이런 변괴가⋯. 며칠 사이에 대들보 서까래가 다 뽑혀 나가다니."

송강은 백지장처럼 창백한 얼굴로 서서 동네 여자들이 나누는 대화를 듣고 있었다.

그날 밤 융은 늦도록 연당 가에 앉아 있었다. 달빛은 교교하게 연못 주위로 내려앉고 융은 달빛에 등을 돌리고 앉아서 연못 속을 물끄러미 바라보고 있었다. 아니, 그가 어둠 속에서 바라보고 있었던 것은 연못이 아니라 생명의 실체였다. 융은 할머니의 임종과 곽 씨 아저씨의 참사를 지켜보면서 슬픔이라든가, 허무라든가, 비참함 등의 감정적인 느낌보다는 생명의 근원에 대해 끝없는 의문에 잠겼다. 생명의 구성을 무핵장과 유핵장으로 대별한다면 궁극적으로 유핵장은 무핵장에 영향을 미치고 있는가 하는 점이었다. 영향을 미친다고 하면 무핵장은 영원불변한 것일 수가 없고, 영향을 미치지 않는다고 하면 개개인의 생애에 대해 아무 의미도 부여할 수가 없었다. 융이 이 의문에 사로잡혀 있을 때 뒤에서 발소리가 들렸다.

"융."

융은 자신의 생각에서 벗어나며 고개를 돌렸다. 송강이가 등 뒤에 서 있었다.

"아직 자지 않았어?"

융이 송강을 맞았다.

"잘 수가 없어."

송강은 융 옆에 앉으며 자신의 심정을 고백하듯 말했다.

"……."

융은 할 말을 찾지 못하고 가만히 송강의 얼굴을 바라보았다.

"여기서 무슨 생각하고 있었어?"

송강이 융을 보며 물었다.

"도다가에 가서 백족화상을 만나보고 싶다는 생각을 하고 있었어."

융은 백족화상을 만나 자신이 느끼고 있는 모든 의문을 정말 진지하게 한번 물어보고 싶다는 생각을 속으로 하고 있었다.

"내 앞에선 그분을 백족화상이라고 호칭하지 않아도 돼.

나도 융이 아버지라고 부를 수 있는 훌륭한 분이 계시다는 게 기뻐."

송강이가 나직이 말했다.

"지금 한 말이 무슨 말이지?"

융은 송강의 눈을 응시하며 물었다.

"융은 백족화상이 융의 아버지라는 사실을 모르고 있었어?"

송강이가 의아한 얼굴로 융을 쳐다봤다.

"……."

융은 입을 꾹 다물고 고개를 저었다.

"나도 지난 초파일 때 서울에 다녀오면서 알았어."

"……."

"융 주위엔 훌륭한 분이 많이 계시니까 융은 그분들의 도움을 받으며 많은 공부를 하게 될 거야."

"……."

"어디 가서 무슨 공부를 하든지 집이 그리워지면 여기로 와. 내가 이 집을 할머니가 계실 때와 똑같이 지키고 있을게."

송강은 융의 얼굴을 응시하며 말했다. 그러고 있는 송강은 자기 자신의 생이 지금 융한테 한 언약을 지키기 위해 고스란히 바쳐질지도 모른다는 것을 속으로 예감하고 있었다.

오후가 되면서부터 도다가엔 신도들이 모여들기 시작했다. 백족화상은 일 년에 한 번 백중날 자정이 되면 도다가의 종을 직접 치고 고혼들의 영혼을 천도해주기 때문에 신도들은 그 전날 오후부터 각지에서 모여들어 자정이 되기를 기다리고 있었다. 도다가에 온 신도들은 하나같이 백족화상을 친견하기를 열망하고 있었기 때문에 백족화상이 기거하고 있는 토굴은 백중날 전날부터 완전히 개방되어 원하는 사람이면 누구나 와서 백족화상을 친견할 수 있게 했다.

그러나 이번 백중은 사정이 달랐다. 도다가 선방에서 10년 결제에 들어 있던 아홉 분 스님이 이번 백중을 맞아 해제하기 때문에 지금 백족화상이 기거하고 있는 토굴에는 10년 공부를 한 스님들의 회향 의식이 은밀하게 준비되고 있었다. 그래서 토굴로 이르는 좁은 길엔 새끼 줄이 쳐져 있고 새끼줄 앞에는 달운 스님이 서서 신도들의 출입을 막고 있었다.

"스님, 큰스님한테 인사만 드리고 바로 나올 테니 잠깐만 길 좀 터주세요."

신도들이 떼를 쓰면 달운 스님은 이렇게 말하며 안 된다고 손을 흔들었다.

"십 년 공부여, 나무아미타불."

그가 말한 십 년 공부여 나무아미타불이라는 말은 흔히 세상에서 쓰는 '10년 공부 나무아미타불'이라는 말과는 전혀 의미가 달랐다. 스님들이 10년 동안이나 아미타 부처님을 의지해서 공부를 했으니 마지막 순간을 방해하지 말라는 당부의 뜻이 숨어 있었다.

융이 도다가에 도착한 것은 바로 해가 지기 시작한 그 시간이었다. 땅거미가 내려앉고 주위가 어둠 속에 잠길 때 융은 도다가 경내로 들어섰다. 경내로 들어선 순간 그의 눈에 제일 먼저 들어온 것은 호수가 내려다보이는 낮은 언덕 위에 서 있는 종루였다. 종루 속에 있는 종을 보는 순간 융은 이상하게 언덕 위에 서 있는 어머니의 영상을 떠올릴 수가 있었다. 상을 약간 찡그린 듯한 투명한 얼굴, 어머니는 그런 얼굴로 슬픈 듯하면서도 밝은 미소를 지으며 자기를 내려다보고 계셨다. 어머니의 실체는 물론 사진까지도 본 일이 없는 융으로서는 어머니의 영상을 떠올릴 수 있었던 자신의 환각이 신비롭게 느껴졌다. 그것은 일종의 도취감과도 같은 감정이었다.

"융 아니냐?"

자신의 감정에 취해 있던 융은 고개를 돌리고 뒤를 돌아다보았다. 최길성이 서 있었다.

"아저씨?"

융은 놀라며 최길성을 쳐다봤다. 희끗희끗한 머리에 법복을 입고 있는 그는 평소 모습과 조금도 다르지 않았다.

"자꾸 이쪽으로 발길이 돌려져서 왔더니 네가 와 있었구나."

최길성도 융이 온 것을 감격해하며 말했다.

"아저씨는 여행을 하신다고 하던데 어떻게 여기 와 계세요?"

"여행을 하는 것도 귀찮아서 바로 여기로 왔다."

"그러신 줄 알았으면 아저씨한테 연락을 드릴 걸 그랬군요."

"무슨 연락을?"

최길성이 긴장하며 쳐다봤다.

"할머니하고 곽 씨 아저씨가 돌아가셨어요."

"…뭐야?"

최길성이 놀라며 반문했다. 이 씨가 돌아가셨다는 것도 충격이었지만 그보다 그를 놀라게 한 것은 곽 씨가 세상을 떠났다는 사실인 것 같았다. 융은 그런 최길성을 보며 며칠 안에 있었던 일을 자세하게 설명했다.

"……."

융의 설명을 다 들은 최길성은 입을 꾹 다문 채 묵묵히 서 있었다. 한참 동안 그렇게 서 있던 최길성은 고개를 돌리고 융을 쳐다봤다.

"형규도 내려갔었냐?"

최길성은 아들 소식을 물었다. 그 물음 속에는 이 씨 장례식에 참석하지 못한 죄스러운 감정이 숨어 있었다.

"네."

"그래, 너는 어떻게 여기까지 왔냐?"

최길성은 괴로운 감정을 숨기지 못하며 물었다.

"백족화상을 뵈려고 왔습니다."

"백족화상을?"

"아저씨한테 꼭 물어보고 싶은 말이 있습니다. 백족화상이 제 아버님이라는 게 사실입니까?"

융은 상을 약간 찡그린 듯한 얼굴로 최길성을 똑바로 쳐다봤다. 그러고 있는 그의 두 눈은 언제인가처럼 광채가 돌았다.

"그 말은 누구한테 들었냐?"

최길성이 무거운 목소리로 물었다.

"어젯밤 송강이한테서 들었습니다."

'송강이한테서….'

최길성은 혼잣말처럼 입 속으로 말하더니 가만히 융을 바라보았다.

"그래, 사실이다. 하지만 네 머릿속에선 그냥 스님으로 생각하고 있거라."

"……."

"들어가자."

최길성은 언덕 위에 있는 종을 물끄러미 올려다보다가 앞장을 섰다. 장성한 융이 백족화상을 찾아온 것을 채련이 보고 있는 것 같아서 가슴속이 찌릿해졌다.

"백족화상은 지금 어디 계십니까?"

옆에서 걷고 있던 융이 물었다.

"토굴에 계신다만 지금은 뵐 수가 없다."

"왜 뵐 수 없습니까?"

"아홉 마리 용이 마지막 눈동자를 얻으려는 순간이다. 그래서 안 된다."

"……?"

융은 상을 약간 찡그린 듯한 얼굴로 최길성을 쳐다봤다. 무슨 말이냐고 되묻고 있는 것 같았다. 최길성은 그런 융의 감정을 모른 체하고 경내로 들어갔다. 10년 공부를 한 아홉 분 스님이 정말 하늘 위로 승천할 수 있는 용이 되었는지, 백족화상이 그들에게 마지막 눈동자를 심어 줄 힘이 있는지 최길성으로서는 알 수가 없었다. 그건 최길성뿐 아니라 그들만큼 공부해 보지 않은 사람은 누구도 알 수 없는 비밀스러운 영역이다.

외부 사람들뿐 아니라 같이 공부해온 스님들도 다른 도반의 공부를 알 수 없기는 마찬가지다. 자신의 공부가 차지 않고는 다른 사람이 하는 공부의 깊이를 정확하게 알 수가 없다. 그러므로 스님들 사이에선 남의 공부를 함부로 평하지 않는 것이 불문율로 되어 있고, 또 자신의 공부를 함부로 드러내 보이지 않는 것도 불문율로 되어 있다. 부정확한 말들은 구정물처럼 공연히 서로를 더럽힐 수도 있기 때문이다. 그렇기 때문에 스님들은 공부가 끝나면 자신이 해온 공부의 깊이를 오직 스승

한 분에게만 조심스럽게 드러내 보인다. 그것은 스승과 제자 사이에서만 비밀리에 진행되는 엄숙하고도 경건한 의식이다.

동쪽 하늘에서 떠오르기 시작한 칠월 보름달은 호수 위까지 떠올라 와서 도다가 경내를 백야(白夜)처럼 밝게 비추고 있었다. 신도들은 밝은 달빛 아래서 호수 주위를 돌며 관세음보살을 염불하기도 하고, 법당 안에서 기도를 드리기도 하고, 또 종루 밑에 모여 앉아 종소리가 울려 퍼지기를 기다리고 있기도 했다. 융도 최길성과 함께 달빛이 쏟아져 내리는 법당 뜰에 서서 백족화상이 기거하고 있는 토굴을 올려다보고 있었다. 백족화상과 아홉 분 스님들이 비의(祕議)를 치르고 있는 토굴은 달빛 위에 떠 있는 구름 누각처럼 신비롭게 보였다.

호수 위에 있던 달이 점점 높이 떠올라 법당 지붕 위까지 왔을 때 법당과 호숫가에서 기도를 드리고 있던 신도들은 종루 주위로 모여들기 시작했다. 그들이 종루를 중심으로 둥그렇게 자리를 잡고 앉았을 때 토굴에서 나오는 백족화상의 모습이 보였다. 가사 장삼을 입은 백족화상은 산죽이 우거진 오솔길을 바람처럼 가볍게 내려오고 있었다. 백족화상의 모습이 보이자 신도들은 일제히 자리에서 일어나 그를 향해 합장했고, 법당 뜰을 지난 백족화상은 종루 쪽으로 올라왔다. 종루 가까이 온 백족화상은 조용히 신도들을 둘러보더니 두 손을 모아 공손히 합장했다. 그러곤 한참 동안 입정에 들었다가 몸을 뒤로 물리면서 천천히 종채를 끌어당겼다.

뎅 - 뎅 - 뎅 -

종은 열반의 환희를 드러내며 우렁차게 우렁차게 울려 퍼져나갔다. 종이 울릴 때마다 소리는 빛처럼 가늘게 부서졌고 가늘게 부서진 빛은 무수한 홍련(紅蓮)으로 바뀌며 호수 위로 내려앉았다. 달빛이 쏟아져 내리는 호수 위에는 붉은 홍련이 가득 떠올랐고, 홍련 하나하나는 슬프고 애달프고 원통하고 한 많은 고혼들을 위로하고 달래며 열반의 언덕 위로 실어 나르고 있었다. 그것은 황홀한 환각이었고 황홀한 확신이었다. 그 순간 호숫가에 모여 있던 신도들은 일제히 지장보살을 염송하며 종루를 향해 절을 하기 시작했다.

정관 스님은 장삼 허리띠를 끌러 고리를 맸다. 이생의 이 육신을 바꾸지 않고는 공부를 더 계속할 수가 없을 것 같았다. 세 살인가, 네 살인가? 담시와 비슷한 나이에 영묘사로 간 정관 스님은 해인 스님을 은사 스님으로 모시고 득도했다. 담시와 같이 득도를 했기 때문에 담시와는 일란성 쌍둥이 같은 형제간이다. 득도를 한 이후 40여 년 동안 정관 스님 옆에는 담시가 있었다. 아니, 그 자신이 담시만 바라봤기 때문에 그의 눈에는 담시만 보였다고 하는 편이 더 정확한 표현이 될 것이다. 정관 스님은 담시와 40여 년 동안 달리기 경주를 했다. 그러나 그의 앞에는 언제나 담시가 뛰고 있었다. 정관 스님의 목표는 담시를 따라잡아 그의 앞에 서보는 일이었다. 그런 정관 스님에게 있어서는 대오각성이라든가 구경열반이라든가 하는 말은 경주 시작부터 관심이 없었다.

하지만 아무리 뛰어도 담시와 그의 위치는 바뀌지 않았고, 두 사람의 위치가 바뀌지 않는 것은 불변의 진리처럼 굳어져 갔다. 그러면서부터 담시는 정관 스님에게 하나의 장애 요소가 되었다. 증오와 갈등의 대상. 정관 스님에게 백족화상은 증오와 갈등의 대상이었고, 그것은 마치 검은 가죽 포대를 뒤집어 쓴 것처럼 그를 암흑 속으로 몰고 갔다. 정관 스님은 이제 백족화상과 경주를 하는 것에도 지쳐 있었다. 전의를 잃은 패잔병 같다고 할까? 40여 년의 세월 속에 그 자신을 다 소모해 버린 기분이었다. 지금 정관 스님에게 한 가지 바람이 있다면 그건 자신의 몸을 새로 바꾸는 일이었다. 이생에서 받은 몸뚱이를 버리고 새로이 몸을 받는다면 공부할 수 있는 인연도 새로 받을 수 있을 것 같았다.

"우리 인연 닿으면 다시 만나세."

정관 스님이 고리를 지은 장삼 허리띠에 고개를 들이밀려고 할 때 벼락 치는 듯한 소리가 들려왔다. 정관 스님은 머리를 빼고 주위를 두리번거렸다. 벼락 치는 소리 같기도 하고 폭포 쏟아지는 소리 같기도 한 소리가 분명히 귓전을 때렸는데 주위엔 아무도 없었다. 한참 동안 멍청히 서 있던 정관 스님은 후다닥 밖으로 뛰어나갔다. 그리고 한달음에 백족화상이 기거하는 토굴로 올라갔다. 그러나 토굴 안은 텅 비어 있을 뿐 백족화상의 모습은 보이지 않았다. 정관 스님은 정신을 가다듬고 다시 법당 쪽으로 달려 가보았다. 법당 안엔 스님과 신도들이 발 들여놓을 틈도 없이 꽉 차 있었지만, 백족화상의 모습은 보이지 않았다. 법당 밖으로 나온 정관 스님은 갑자기 고아가 된 것처럼 외로워져서 법당 층계에 주저앉았다.

"이 사람아, 내가 좀 철없이 굴었기로서니 자네 혼자만 떠나가면 나는 어쩌나."

정관 스님은 쏟아져 내리는 눈물을 주먹으로 닦으며 울부짖었다. 정관 스님 주위에 스님과 신도들이 모여들기 시작했다. 그리고 그들은 정관 스님의 사설을 통해 백족화상이 도다가를 떠나갔음을 알았다.

"아니, 그럼?"

몹시 충격을 받은 얼굴로 서 있던 달운 스님이 토굴로 달려갔다. 그러자 신도들도 스님도 앞을 다투어 토굴로 올라갔다.

"어떻게 된 건지 모르겠구나. 우리도 가보자."

최길성이 핼쑥한 얼굴로 서 있는 융을 돌아다보며 말했다.

"……."

융은 아무 말 없이 최길성을 따라 백족화상이 기거하던 토굴로 올라갔다. 방 안은 양쪽 벽이 책으로 가득 채워져 있었다. 자연과학 쪽의 책과 불교 경전이 반반씩 되고 문화사와 사회과학 관계 도서도 상당량 눈에 띄었다.
　"나무아미타불, 나무아미타불."
　달운 스님이 뭔가 남긴 쪽지라도 없나 하는 얼굴로 방 안을 두리번거리다 다락문을 열었다. 그 순간 최길성은 '아!' 하는 외마디 소리를 질렀다. 다락 안에는 3천 매 정도 분량의 원고가 쌓여 있었고, 원고 위에는 한쪽 팔과 한쪽 다리를 앞으로 내민 애기가 고개를 쳐들고 방 안에 있는 사람들을 내려다보며 웃고 있었다. 조각을 보고 있던 최길성은 머릿속이 아득해지며 가슴이 떨려서 자신의 감정을 어떻게 진정해야 할지 알 수가 없었다. 원고 위에서 웃고 있는 애기 조각은 20년 전 피투성이가 된 채련을 안고 나올 때 그녀의 거실에서 본 바로 그 조각이기 때문이었다. 채련이 마지막 남긴 그 조각이 어떻게 백족화상의 손에 들어갔는지, 그리고 백족화상은 어떤 심정으로 그 조각을 지금까지 간직해왔는지 최길성으로서는 도저히 짐작이 가지 않는 불가사의한 일을 보고 있는 기분이었다.
　"이건 화상이 일부러 남겨놓으신 거 같은데… 나무아미타불."
　달운 스님이 다락 안을 들여다보며 말했다.
　"그건 이 사람 몫입니다."

최길성은 마음을 진정하며 융을 가리켰다.

"……?"

사람들은 모두 융을 돌아다보았다. 그러던 그들은 눈을 크게 뜨며 놀랐다. 자신들 앞에 서 있는 청년이 백족화상과 너무도 닮은 모습을 하고 있어서였다.

"백족화상이 너한테 남겨주신 거다. 가지고 가거라."

최길성이 융을 보며 조용히 말했다.

"……."

"내가 내려주마."

최길성이 다락 앞으로 가서 원고와 조각을 내렸다. 원고지 밑에는 원고를 쌀 수 있는 광목 보자기와 멜빵이 준비돼 있었다. 최길성은 원고를 보자기에 싸고 그 위에 멜빵을 둘러서 융의 등에 지워주고 그 위에 조각도 얹어주었다. 애기 조각은 다락에서와 마찬가지로 한쪽 팔과 한쪽 다리를 앞으로 내밀고 방 안의 사람들을 내려다보며 웃고 있었다.

"가거라."

최길성은 융의 어깨 위에 한 손을 얹으며 말했다.

"……."

융은 최길성을 가만히 바라보더니 밖으로 나갔다. 최길성은 산죽이 우거진 오솔길을 내려가는 융의 뒷모습을 지켜보다가 가만히 눈을 감았다.

"공부는 잘 되는가?"

"무엇이 공부입니까?"

"그 물음이 공부일세."

"봄이 오고 있습니다."

"봄볕 속에서 우담바라를 피우도록 하게."

"씨를 주십시오."

"씨는 자네 속에 있으니 나는 거름을 주겠네."

　최길성은 백족화상과 융이 처음 만나던 날, 두 사람이 나누던 대화를 생생하게 기억하고 있었다. 융이 지고 가는 원고는 그에게 거름이 될 것이며, 융은 이제 진리를 찾아가는 구도자로서의 첫발을 내딛고 있었다.

　산죽이 우거진 오솔길을 내려간 융은 법당 뜰을 지나 호숫가를 걸어가고 있었다. 백족화상이 남긴 원고와 채련이 남긴 조각을 등에 지고 아득히 멀어져가는 융을 보고 있던 최길성은 두 손을 모아 조용히 합장을 했다.

　"나무아미타불, 나무아미타불."

제 3 권

끝

『우담바라』 35주년 기념 리커버 디자인에 '만다라(mandala)' 작품을 사용할 수 있도록
허락해 주신 '만다라 아티스트_ 김성애 작가님'께 깊은 감사의 인사를 드립니다.

우담
바라₃

35주년기념판

펴낸날   2023년 4월 6일 발행
지은이   남지심
펴낸이   정창득
기획   문학창작집단 바띠
편집   이종숙 김미정 이수빈
책임편집 전현서

만다라   김성애   M. 010.2562.3225   E. kimsungae22@gmail.com
디자인   달사람스튜디오   E. moonmanstudio@naver.com
펴낸곳   도서출판 애기꾼 [제300-2013-124호] (2013.10.28)
         E. batistaff@naver.com   T. 070.8880.8202   F. 0505.361.9565

ISBN   979-11-88487-13-4   04810
ISBN   979-11-88487-10-3   04810 (세트)

디자인. 달남 **moonmanstudio**